10
18

12, AVENUE D'ITALIE. PARIS XIIIe

Sur l'auteur

Brigitte Aubert est née à Cannes en 1956. Programmatrice de cinéma, elle a également publié une quinzaine de thrillers (aux Éditions du Seuil), dont *La Mort des bois* qui a obtenu le Grand Prix de littérature policière en 1997, et, avec sa coauteure G. Cavali, autant de romans policiers et d'heroic fantasy pour la jeunesse. Elle s'essaie aujourd'hui au polar historique et signe aux Éditions 10/18 les deux premières aventures d'une série au long cours.

BRIGITTE AUBERT

LA DANSE DES ILLUSIONS

INÉDIT

10
18

« Grands Détectives »

dirigé par Jean-Claude Zylberstein

Du même auteur
aux Éditions 10/18

ISBN 978-2-264-04633-8

« La lune était plus sombre
en haut les chats braillaient
quand j'aperçus dans l'ombre
deux grands yeux qui brillaient. »
(La Ballade du Chat noir)

« J'adore Dumas et j'adore Shakespeare. »
Robert Louis STEVENSON,
Lettre à Marcel Schwob du 19 août 1890

CHAPITRE PREMIER

L'enfant ne bougeait pas. Les flocons de neige se posaient sur son visage d'une pâleur translucide, taché de suie, sur ses longs cils blonds, sur ses yeux grands ouverts. L'enfant ne bougerait plus.

Louis Denfert soupira, tout en ouvrant un petit carnet noir en moleskine. Le gardien de la paix Fernand Jacquet, un grand costaud digne d'une caricature avec sa voix de rogomme et ses bacchantes poivre et sel, était penché sur le corps, sa lanterne posée sur le parapet glacé du pont au Double. Son collègue, Lanvin, surveillait les alentours.

Derrière eux, le vaisseau de pierre de Notre-Dame, hérissé de gargouilles, désert à cette heure tardive.

C'était un garçon d'une huitaine d'années, chétif et hâve, affublé d'un costume de petit ramoneur : une chemise en loques, un pantalon souillé, un bonnet de laine enfoncé jusqu'aux yeux d'un bleu fané, une corde encore enroulée autour de l'épaule. Ses doigts de pieds marbrés, noircis d'une poussière épaisse, pointaient à travers ses semelles crevassées.

— Le froid, dit Jacquet en se relevant, tapant ses mains gantées l'une contre l'autre. Ils leur donnent rien à bouffer et les obligent à arpenter la rue sans rien sur le dos. Malades ou pas, c'est marche ou crève. Ce p'tiot-là est arrivé au terminus.

En cet hiver 1895, Paris, comme la France et l'Europe, grelottait sous une vague de froid sibérien. Le 12 janvier, la température était descendue à – 12° et la moyenne du mois de février plafonnait péniblement à – 4,2°, du jamais-vu depuis l'hiver 1740. Il avait neigé à Marseille, à Perpignan, en Algérie et à Tunis même. En contrebas, la Seine, prise par les glaces, craquait avec des grondements sourds. On patinait sur le bassin du Luxembourg et on retrouvait tous les jours des cadavres de sans-logis.

— Vous le connaissiez ? demanda Louis en exhalant un panache de vapeur.

— Non, mais y en a tellement ! Quand j'peux, j'les coffre pour la nuit, ça les met au moins à l'abri des coups, mais bon… Quand y ressortent, y s'en prennent deux fois plus.

— On ne lui a pas fait son affaire pour lui voler sa recette ?

— Non, il a encore ses pièces dans la poche. On est arrivés avant les vautours.

Il leva sa lanterne d'un geste preste et Louis eut l'impression de voir de petites silhouettes reculer vivement dans l'ombre.

Jacquet lança à la cantonade :

— Y a quelqu'un qui le connaît ? Y a une famille à prévenir ? Y a quelqu'un qui veut passer la nuit au chaud ?

Pas de réponses, des pas précipités, des trottinements.

— Y se tiennent tous les coudes, marmonna Jacquet. Reste qu'à attendre le fourgon.

Louis hocha la tête sans pouvoir détacher son regard de l'enfant mort que la neige recouvrait peu à peu comme un drap remonté doucement par une mère attentive.

Voilà une enquête dont il se serait bien passé ! *Le Petit Éclaireur*, soucieux de faire pleurer Margot, voulait un reportage sur la misère à Paris, en deux parties : « Les Enfants des rues » suivis par « Les Asiles de nuit ».

Enfant des rues. Sans doute ce qu'il serait devenu si le capitaine Denfert n'avait pas recueilli le nourrisson trouvé à fond de cale dans son bateau. Le vieux loup de mer avait ramassé le bébé abandonné, enveloppé de langes propres auxquels étaient agrafés un louis d'or et ces quelques mots en anglais : *God bless you.* Il l'avait nourri, logé, élevé. Aimé.

Le pauvre ramoneur n'avait pas eu sa chance. Abandonné ou vendu, forcé à mendier, à voler. Sa jeune vie pressée comme un citron par des crapules à la main leste et au cœur flétri.

Louis baisa discrètement un de ses boutons de manchette en os de baleine, souvenir du défunt capitaine, et se dit qu'il devait écrire sans faute à sa « sœur » Nicette, qui lui avait servi de petite maman et vivait maintenant près de Saint-Valery-sur-Somme.

Gustave Denfert lui avait donné une famille, une vraie.

Les faux parents du ramoneur ne lui avaient donné que des coups.

La plupart de ces enfants – chanteurs, marchands d'oiseaux, vendeurs de fleurs, acrobates malingres, infirmes exhibés dans les foires – étaient loués ou achetés à de pauvres hères et entraînés à mendier dès le premier âge, avec des taloches et une maigre pitance pour tout salaire. Un commerce lucratif, fallait-il croire, vu le nombre de petiots sillonnant les rues, faméliques, blêmes, prêts à tout.

Les « moralement abandonnés », comme avait si bien dit M. Jules Simon. Diverses sociétés de secours s'occupaient au mieux de ces pauvres gosses, dont l'Union française qui en avait près de sept cents sous son aile, mais il en restait tant !

Louis songea à La Glu, le grouillot du journal, un petit malin, réchappé de la zone des fortifs et du bouge à soldats que tenait sa mère.

Ce reportage lui posait des questions. Combien de fois avait-il acheté un bouquet à une gamine livide ? jeté une piécette à un bambin qui poussait sa romance tout en toussant à fendre l'âme ? L'âme de qui ? Pas celle des passants pressés. Pas celle d'un Louis de vingt-quatre ans, bondissant vers l'avenir. Un regard, un sou, et hop, la vie m'attend, moi !

Il ôta sa casquette, ébouriffant machinalement ses cheveux d'un blond presque blanc, se recoiffa, jeta un coup d'œil à sa montre de gousset, un cadeau de Camille. 10 heures et demie du soir. Il lui avait promis de la retrouver au *Chat Noir* où les trublions des Arts incohérents donnaient une fête privée. L'idée d'une fête lui semblait soudain indécente.

Il suivait les patrouilles de l'agent Jacquet depuis trois soirées et si les deux précédentes avaient été fertiles en incidents divers – de la bagarre sanglante au vol en réunion – ils n'avaient pas été confrontés à ça : un enfant roide de froid gisant au bord de la Seine caparaçonnée de glace, traître et fatale comme le Styx.

L'arrivée du fourgon le sortit de sa contemplation morbide. Il tapa des pieds, tandis que les brancardiers emportaient le corps. En aval, on voyait les lanternes de gens qui traversaient le fleuve à pied, malgré les sinistres craquements annonçant le dégel. L'agent Lanvin leur hurla de remonter sur la berge au plus vite. Pourquoi fallait-il toujours que les quidams se mettent bêtement en péril ?

Louis alluma une cigarette et en offrit une à Jacquet qui s'abstint : il préférait sa pipe, il la fumerait au commissariat, il finissait son service à 11 heures.

Ils se saluèrent. Le lendemain, Louis avait prévu de faire la tournée des asiles de nuit. Ça le changerait momentanément de l'exploitation éhontée des pauvres gosses.

Il héla un fiacre, non sans jeter un regard admiratif à une superbe Panhard et Levassor à deux places. Moteur à gazoline Daimler à deux cylindres, placé à l'avant. Poids : 700 kilos. Vitesse : pouvant atteindre les 18 kilomètres à l'heure. Consommation moyenne : 1 litre de gazoline pour 10 kilomètres. Un petit bijou, identique à celle qui avait couru en six heures trente la course Paris-Rouen organisée en juillet dernier par *Le Petit Journal* et s'était vu décerner le premier prix ex-aequo avec les n°s 30 et 65 des fils de Peugeot Frères (sept heures deux et cinq heures quarante-cinq).

Louis, passionné de voitures automobiles comme toute sa génération, avait eu la chance de couvrir l'épreuve où s'affrontaient quinze concurrents, sur machines à vapeur ou à gazoline. Il soupira. Combien d'articles lui faudrait-il écrire pour pouvoir s'en offrir une semblable ? Combien de journées et de soirées à sillonner les rues à l'affût du fait divers ? Combien d'heures à se creuser les méninges sur un beau crime ? Baste ! Il en aurait une un jour. Il n'avait pas peur de s'atteler à la tâche, il aimait creuser, fouiller, interroger, observer, avec la ténacité opiniâtre d'un cheval de labour. Et le panache d'un alezan, bien sûr, pour le pschutt !

Comme il s'apprêtait à grimper dans le fiacre, il aperçut un petit visage caché dans l'ombre. Une frimousse pointue et sale. Il s'immobilisa et fouilla posément ses poches, en sortit une pièce de cinq sous qu'il fit rebondir dans sa paume. La frimousse s'avança un peu.

— Vous montez ou quoi ? jeta le cocher emmitouflé dans sa cape.

— Une seconde.

— Ben voyons ! Pas qu'ça à fout', moi ! marmonna le bonhomme dans sa barbe.

Louis tendit la pièce à bout de bras.

Un trottinement hésitant. Puis une fillette apparut, se tenant prudemment hors du cercle de lumière du réverbère. Quatre ans ? cinq ans ? Enveloppée d'un mauvais châle en haillons. Les cheveux blonds emmêlés tenus par un nœud en velours rose déteint. Les pieds nus dans des galoches bourrées de journaux. Son regard passait de Louis à la pièce avec avidité. Louis, conscient de sa haute taille, s'accroupit, le bras tendu, comme on fait pour attirer un animal rétif. La petite avança d'un pas encore. Elle regardait maintenant de droite à gauche, agitée de tics et de frissons. Puis soudain elle tendit la main à son tour.

Elle avait un visage étroit, de grands yeux bruns, un nez retroussé. Elle essayait de sourire. Mais son regard… Louis éprouva une étrange sensation. On aurait dit une adulte, une adulte triste et désabusée, déguisée en enfant.

— Comment tu t'appelles ?

— Tu me la donnes, la pièce ? J'ai faim.

Louis répéta sa question.

— On m'appelle Nini. Tu viens à l'hôtel ?

Louis écarquilla les yeux, stupéfait. Nini accentua son affreux sourire et, au-delà de la tristesse, il y distingua soudain de la haine.

— Mais de quoi parles-tu ? murmura-t-il.

— Du garni de Maman Dupuis. Y a des jolies filles, tu sais. Et pis des garçons aussi. Et pis tout le monde y sera bien sage. Et pis ça coûte pas cher. Tu viens ?

— Vous comptez m'faire lanterner longtemps ? V'l'embarquez ou pas, la môme ? J'vais rater la sortie de l'Opéra !

Louis lui fit signe de partir et le cocher fit claquer son fouet non sans l'injurier copieusement.

— Je te suis, dit-il à Nini.

— Donne d'abord les sous.

Il obéit et sentit sa petite main rêche se refermer sur la pièce. Une main d'oiseau de proie.

Le fourgon mortuaire emportant le ramoneur était reparti. Les pas lourds des agents de police résonnaient au loin sur le pavé. Et Louis suivait une enfant dévoyée dont les légères empreintes souillaient à peine la neige fraîche.

Ils traversèrent le boulevard Saint-Germain. Nini chantonnait et parlait toute seule, dans un charabia incompréhensible. Louis s'efforçait d'aller à son pas. Elle lui arrivait à mi-cuisse et il se pencha vers elle pour lui poser les questions qui lui brûlaient la langue.

— Qui est Maman Dupuis ?

— C'est elle qui s'occupe de nous, répondit la petite en faisant la grimace. Elle est bien gentille de pas nous laisser crever la gueule ouverte, récita-t-elle d'une voix mécanique.

Louis frémit, son regard d'un bleu presque transparent se durcit.

— Vous êtes nombreux avec Maman Dupuis ?

— Douze. Mais Lolo, elle en veut pus, il fait que des saletés partout, elle l'a mis dehors.

— Lolo ?

— Le batteur de dig dig.

L'épileptique. On en croisait, traversés de secousses, écume aux lèvres, une sorcière à leurs côtés, implorant la pitié. Le plus souvent de faux malades qui, une fois à l'abri des regards, gambadaient sans effort.

— Il est vraiment atteint ? demanda Louis.

Nini haussa ses menues épaules.

— Chais pas ! y s'pisse dessus et y crie. Y se fait toujours punir.

— Et les autres ?

Elle énuméra des noms, distraitement. Yolande, la trapéziste, mais qu'était pas assez souple et qu'y fallait beaucoup la tordre, Lilas, la fleuriste que les messieurs aimaient bien, et Nico à la voix d'ange écoutez-moi-ça-si-c'est-pas-un-miracle, mais y commençait à tousser beaucoup et Maman Dupuis, ça l'énerve quand on tousse, et y avait les petits aussi, le nouveau nourrisson qu'avait remplacé l'aut' et pis les deux ans qui marchaient à peine droit malgré les coups de tatane.

Louis se redressa, respira un grand coup. Nini sautillait d'un pied sur l'autre en le tirant par la main et son contact le dégoûta soudain, comme si elle l'entraînait contre son gré vers la fange. L'envers du décor. Les coulisses sordides du théâtre des rues. La pauvre gosse n'était pas responsable. Il eut brusquement hâte de voir la sinistre Maman Dupuis, de secouer cette immonde scélérate.

— C'est là ! lança à ce moment précis Nini en se plaquant contre sa jambe.

Ils étaient arrivés rue de l'Estrapade, près de la place du supplice du même nom, devant un immeuble à la façade lépreuse, aux fenêtres aveuglées de planches. Une vague lueur filtrait du troisième étage. Malgré les 53 000 lanternes à gaz et les 500 arcs voltaïques de la capitale, certaines rues restaient aussi sombres que l'âme d'une maquerelle.

Un homme jaillit soudain de l'ombre du porche. Épais, les jambes torses, la face empourprée et le nez bulbeux des gros buveurs, un foulard rouge autour du cou. Il écarta sa vareuse et Louis distingua nettement le coutelas passé à la ceinture.

— C'est-y pour quoi ? éructa le gros type en leur barrant le passage.

— Y veut monter chez Maman ! glapit Nini. C'est moi qui l'ai trouvé !

— Ta bouche, toi ! Pour monter, faut payer, l'ami.

— Je veux d'abord voir la marchandise, avança Louis.

— C'est ça ! Vous v'lez organiser un' revue dans la rue, p'têt' ? Le cancan du *Moulin-Rouge* ?

— Très bien, je m'en vais.

— Holà, messire ! L'prenez pas comme ça ! Nini, va-z-y chercher Lilas.

Il se tourna vers Louis en faisant claquer ses grosses lèvres :

— Quatorze ans, toute neuve, qu'arrive d'son Ardèche. M'sieu aime le jambon du pays ?

Le répugnant bonhomme éclata d'un rire qui se mua en toux profonde, le pliant en deux, et Louis lui balança un violent coup de savate au visage. L'ivrogne, renversé, lui jeta un regard aussi hébété que chaviré et Louis le frappa alors à l'aine, le laissant KO pour le compte. Les leçons de boxe française de son ami Émile Germain n'étaient pas inutiles. Il s'engouffra en courant dans l'escalier vermoulu qui sentait l'ordure et les déjections, faillit trébucher sur un tas de chiffons qui se révéla être un vieillard empestant le laudanum, déboula sur un palier au plancher disjoint.

Nini sortait d'une pièce à peine éclairée, suivie d'une adolescente en chemise, les yeux gonflés, l'empreinte d'une gifle nettement visible sur la joue droite.

Une voix de mégère s'éleva en arrière-plan.

— Bougre de crétine ! J'vais t'apprendre à filer doux, moi !

Nini se figea en voyant Louis et glapit :

— Maman Dupuis, Maman Dupuis !

La jeune fille, elle, se jeta sur le côté en se couvrant le visage, tandis que Louis les bousculait pour passer.

Il se retrouva dans une grande pièce sombre, envahie de remugles puissants : chou, vinasse, saleté, urine. Des paillasses, sans doute infestées de vermine, étaient jetées à même le sol. Des paravents effilochés délimitaient des zones d'« intimité » dont il ne voulait même pas imaginer l'usage.

Des enfants étaient blottis sur les paillasses. Maigres. Sales. Les yeux brillants.

Et face à lui, empourprée, Maman Dupuis dans toute la splendeur de son ignominie. Grosse, lourde, la trogne mafflue, attifée d'une jupe de drap brun et d'un tablier à carreaux constellé de taches, les cheveux gris fer tirés en chignon, elle brandissait une louche au-dessus d'une marmite de soupe claire.

« Un conte de Grimm, se dit Louis. Je suis tombé dans un conte des frères Grimm. »

— Qu'eque vous foutez là ? lança-t-elle d'une voix épaisse.

— Je viens chercher les enfants, dit Louis calmement, sans même y avoir réfléchi.

— De quoi ? Z'êtes pas un peu maboul ? Arsène ! gueula-t-elle. Arsène !

— Il est dans les choux, répliqua-t-il.

Maman Dupuis écarquilla les yeux et recula soudain, une main dans le dos, en rusée sorcière qu'elle était. Rusée et dangereuse. L'heure n'était plus aux palabres.

— Pas de ça, la mère ! gronda-t-il en lui décochant assez peu galamment un direct du droit au double menton.

Maman Dupuis vacilla et Louis doubla du gauche, puis lui balança un crochet foudroyant. La mégère s'effondra, le souffle coupé, dévoilant le couperet brillant qu'elle avait saisi sur le poêle à peine tiède.

Les enfants ne mouftaient pas. Louis désigna l'escalier :

— Prenez vos affaires, je vous emmène à l'Union française. Vous aurez de la soupe chaude et un lit.

Il y eut des conciliabules, du remue-ménage, puis ce fut l'exode. Une cavalcade de pieds menus dans l'escalier. Louis vit Nini s'emparer du nourrisson, une toute petite chose de quelques mois à peine, bleue de froid, et il voulut lui emboîter le pas, mais un gars haut comme trois pommes lui lança sa corde de ramoneur entre les jambes et Louis, s'emmêlant les pinceaux, chuta lamentablement tandis que les petits pieds mal chaussés dévalaient les marches quatre à quatre. Fumasse, il se releva d'un bond, mais quand il arriva dans la rue les enfants avaient disparu. Égaillés dans la nuit comme une nuée de moineaux, dans l'attente de la prochaine volée de plomb.

L'ivrogne à terre geignait en s'étreignant les parties. Louis soupira, résistant à l'envie de lui filer un autre coup de pied, furieux contre lui-même et le monde entier. Il se mit en marche à grands pas, indifférent à la neige qui s'épaississait. Ces fichus gosses pouvaient bien se faire racler la couenne jusqu'à l'os ! Il s'était pris pour quoi ? Un justicier ? Un des cow-boys de M. Bill Cody ?

Il revit le visage marbré du petit cadavre et de rage serra les poings, enfoncés dans ses poches. Et que Camille ne s'avise pas de râler parce qu'il était en retard ! Il accéléra cependant, pour s'éloigner de cet infâme gourbi et parce que marcher à bonne allure apaisait en général son spleen. Mais marcher à bonne allure sur le pavé verglacé pouvait se révéler peu apaisant quand le soulier dérapait et qu'on se retrouvait les quatre fers en l'air, le postérieur trempé et le dos endolori, se dit Louis en frappant le sol de dépit. Juste sur une plaque d'égout en fonte.

Il se releva en enchaînant toute sa collection de jurons, secouant sa main rouge et gonflée, prêt à en découdre avec n'importe quel malheureux passant venant à sa rencontre qui aurait eu la moindre velléité de lui demander si tout allait bien.

Mais il n'y avait pas plus de passant que de fiacre. Le quartier dormait sous les flocons comme une illustration de livre et Louis éprouva le désir pressant de retrouver la lumière des Boulevards, la joyeuse cacophonie de la foule et des beuglants.

CHAPITRE II

Louis descendit du sapin qu'il avait enfin croisé après une demi-heure de promenade forcée. Presque 8 000 voitures de louage en activité et pas une seule sur sa route ! Il jeta un coup d'œil au compteur kilométrique pour vérifier si le cocher ne l'arnaquait pas, puis se dirigea vers le cabaret.

L'effigie d'un chat noir pelotonné dans la courbe d'un croissant de lune se balançait sur sa potence en fer forgé, blanchie par la neige de cette fin février. La lanterne accrochée au panache de sa queue oscillait gaiement. De la lumière brillait derrière les auvents en bois de la sympathique bâtisse, déguisée en hôtellerie du XVe.

Des chants et des rires résonnaient jusque dans la rue au grand dam des voisins, lassés de ce vacarme incessant, mais que l'amitié du directeur Rodolphe Salis avec le général Pittié[1] réduisait à l'impuissance. Louis salua poliment une vieille dame debout devant chez elle, son bichon en laisse, et elle

1. Le général François Pittié (1829-1886) était depuis 1879 chef de la maison militaire du président de la République, et aussi poète.

abaissa sa voilette sans répondre, grommelant quelque chose qui ressemblait étrangement à « Va te faire voir ».

Haussant les épaules, il poussa la porte et s'avança d'un pas ferme dans le charivari d'où émergeait la voix si particulière d'Yvette Guilbert, la grande diseuse, interprétant le *Madame Arthur* de Paul de Kock.

Madame Arthur est une femme
Qui fit parler, parler, parler,
[parler d'elle longtemps…

Le cabaret était bondé. « Du beau linge et des torchons, comme toujours », se dit-il en passant devant le fameux vitrail d'Adolphe Willette, *Le Veau d'Or*, exécuté en 1888 par le maître verrier Champigneulle. Il longea l'inscription en lettres jaunes sur fond noir dont il appréciait la conclusion : « Passant, sois moderne ! » et entra à gauche dans la vaste salle du rez-de-chaussée où l'on pouvait boire d'« excitantes consommations » et se sustenter en déchiffrant le menu illustré par Albert Robida, le dessinateur visionnaire.

Les Incohérents avaient accompli de la belle ouvrage ! Ils avaient décoré le cabaret avec les œuvres de leurs précédentes expositions. Tableaux en mie de pain, sur papier de verre ou toile de jute, aquarelles à l'eau de Seltz, portraits à l'huile de foie de morue, croûtes en macaronis… Il longea encore le *Tableau d'à-venir* de Meysonnier (un cadre vide), un *Porc trait par Van Dyck* de Bridet, assez réjouissant, et la *Mona Lisa fumant la pipe* d'Eugène Bataille. Même si la grande vogue des Incohérents était passée, il appréciait toujours leur audace et leur humour subversif. Il se souvenait de sa découverte, à l'adolescence, des toiles monochromes d'Alphonse Allais, dont il n'aurait pas alors imaginé devenir un jour l'ami. *Stupeur des jeunes recrues en apercevant ton azur, ô Méditerranée* et *Première communion de jeunes filles chlorotiques par un temps de neige* avaient comblé son goût pour le canular irrévérencieux. En croisant un miroir surmonté de l'indication « Autoportrait de tout le monde », il se lança un bref coup d'œil. Ses épais cheveux étaient tout ébouriffés, ses yeux cernés. Un peu de chaume envahissait ses joues et ses hautes pommettes slaves, qui lui avaient valu le surnom moqueur de « mon petit tsar » de la part de Camille.

Camille. Il dépassa le maître d'hôtel déguisé en suisse, la cherchant du regard, et heurta par inadvertance son confrère Jean Lorrain qui sentait quelque peu l'éther. Ils se saluèrent aimablement. Le célèbre auteur, esthète et dandy que la romancière Rachilde surnommait le « Fanfaron du Vice », collaborait à de nombreuses publications, dont *L'Écho de Paris*, et avait de l'influence. Se frayant un chemin dans la cohue, Louis serrait des mains, donnait des accolades, tandis qu'à l'étage au-dessus, dans la petite salle de théâtre, résonnait la voix puissante de Guilbert :

Mais par-derrière, sa tournure
Promettait un je-ne-sais-quoi !

On lui tapa sur l'épaule, c'était Maxime, un fêtard invétéré toujours brindezingue, qui commettait des livres grivois à la chaîne. Il lui tendit son dernier : *Histoires poivrées*.

— Tiens, c'est un cadeau. Tu connais celle de la gueuse qui accoste un passant ?

Louis fit non de la tête. Il venait d'apercevoir Camille. En grande toilette et en grande conversation avec le jeune auteur de théâtre Edmond Rostand, dont *Les Romanesques* avaient remporté un certain succès à la Comédie-Française l'an passé.

— … et le bourgeois lui répond : « Fous-moi la paix, j'suis marié ! »

— Excuse-moi, mon vieux…

— Et alors la fille lui lance : « Oh là là, t'es comme les allumettes suédoises, tu t'allumes que sur ta boîte ! » Elle est bonne, hein ?

Est-ce que Rostand n'était pas carrément penché sur elle ?

— Je l'ai lue dans le dernier numéro du *Boute-en-train*. Et celle du gars…

Ce gommeux de Rostand n'avait-il pas sa bouche à quelques centimètres de l'opulente chevelure rousse de Camille, relevée en chignon sous son chapeau Impératrice ?

— « Vous aimez la bière ? — Oui, répond la fille. — Alors permettez que je vous en brasse… » Ha, ha, ha !

Louis réussit à se dégager et à atteindre la jeune femme plus séduisante que jamais dans sa robe en mousseline de laine bleu roi ornée de nœuds de ruban de satin vert brillant.

— Bonsoir, mon ange.

Elle se retourna, dardant sur lui son chaud regard mordoré.

— Oh, Louis, tu es là ! Mais tu sens le chien mouillé !

— Il neige.

— Mmm. Tu as reconnu Edmond ?

Edmond ! Elle l'appelait Edmond. Louis ressentit une imbécile satisfaction en constatant qu'il le dépassait d'une bonne tête et grimaça un sourire avant d'empoigner Camille par le coude.

— Excusez-nous un instant, Edmond.

— Mais qu'est-ce qui te prend ? chuchota Camille, furieuse, tandis qu'il l'entraînait de l'autre côté de la salle, vers la cheminée aux chapiteaux en forme de chats.

— Rien, je voulais te parler un peu en tête à tête, c'est tout.

— Tu arrives à point d'heure et tu m'enlèves comme un Peau-Rouge pour me parler de rien ! Tu sais que j'étais en train de négocier mon cachet sur sa prochaine pièce ?

— Tu vas travailler avec lui ?

— C'est un auteur de théâtre, Louis, et je suis comédienne.

— Il a une tête qui ne me revient pas.

— S'il était amputé sous le nombril, sa tête ne te dérangerait pas. Tiens, prends-moi un bitter cuirassé, gros bêta.

Louis attrapa au vol un bitter curaçao sur le plateau que promenait un serveur et rafla une flûte de champagne pour lui, ainsi que quelques petites croustades au saumon.

Ils trinquèrent et Camille lui administra une tape avec son éventail.

— Normalement, avec les années on se bonifie, mais toi, mon petit tsar…

— Alors, les tourtereaux, ça roucoule ?

Georges Méliès, le jeune patron du Théâtre Robert-Houdin, leur souriait. Magicien renommé, il exerçait aussi comme chroniqueur et caricaturiste à *La Griffe* sous le pseudonyme de Géo Smile. Louis avait fait sa connaissance par l'intermédiaire de son ami Albert Féclas, jeune et brillant criminologue, qui menait lui-même une carrière parallèle d'illusionniste réputé sous le nom de Philibert Jolimond. Féclas et Méliès avaient collaboré sur plusieurs numéros.

Ils déplorèrent de concert qu'Albert, retenu par ses fonctions d'assistant d'anthropologie criminelle auprès de l'éminent professeur Lacassagne, soit retenu le plus souvent à Lyon, puis Méliès les quitta pour saluer Valentin le Désossé, dont la haute silhouette dégingandée en jaquette noire et pantalon jaune se repérait de loin.

Louis nota avec satisfaction que Rostand s'entretenait maintenant avec Émilie Bouchaud – plus connue sous le nom de Polaire –, dont les vingt et un ans, le minuscule tour de taille et la tignasse brune semblaient subjuguer pas mal de prétendants. Camille suivit son regard :

— Tu serais prêt à vendre cette pauvre enfant pour tenir Edmond occupé ! plaisanta-t-elle.

— On n'appelle pas « pauvre enfant » une bombe algérienne spécialisée dans le genre « gommeuse épileptique » ! répliqua Louis en riant.

Comme si elle l'avait entendu, Polaire commençait à se secouer violemment, passant d'une jambe sur l'autre tout en faisant tournoyer son collier en forme de serpent et en fredonnant « mon p'tit, sans s'épater, comme moi faut gigoter » et ceux qui les entouraient reprirent en chœur son grand succès des *Folies-Bergère* tout en se trémoussant à qui mieux mieux :

Tha-ma-ra-boum-di-hé, Tha-ma-ra-boum-di-hé
Chahuter, chahuter
N'y a qu'ça pour bien s'porter !

tandis que Rostand s'éclipsait discrètement.

Camille, entraînée par la cadence, avait saisi le bras de Louis, mais elle le sentit réticent.

— Ça ne va pas, mon p'tit tsar ?

— Mauvaise soirée dans le monde vrai. Je vais prendre une autre flûte.

— Ne te noircis pas trop, je ne veux pas d'un vieux bibard dans mon plumard ! lui murmura-t-elle à l'oreille avec l'accent des faubourgs.

— Comme c'est délicatement dit ! lui renvoya Louis en posant ses lèvres sur sa nuque, ce qui la fit frissonner. À tout à l'heure, mon ange ! Je vais faire mon tour.

« Faire son tour » signifiait pour lui s'acquitter des indispensables mondanités tout en restant à l'affût de quelque chose d'intéressant, si tant est qu'on pût entendre quoi que ce fût dans ce bousin.

Il retrouva Lorrain, appuyé contre le manteau de la vaste cheminée dont l'inscription proclamait *Nunc est bibendum* : Maintenant il faut boire. Ce à quoi il s'adonnait en compagnie d'un jeune homme brun un peu dégarni, la barbe taillée en pointe : son ami Marcel Schwob. Ils discutaient du regretté Robert Louis Stevenson, l'auteur de *L'Étrange Cas du docteur Jekyll et de M. Hyde* paru près de dix ans auparavant. Stevenson venait de mourir en décembre aux Samoa, d'une apoplexie. Schwob, qui en avait été le traducteur et l'ami épistolaire, récitait à Lorrain les premiers vers de son épitaphe :

Sous le ciel vaste et plein d'étoiles,
Creusez ma tombe et laissez-moi dormir…

Vaincus par le vacarme, ils s'interrompirent.

— L'agitante et agitée Polaire ! déclama Lorrain. Beaucoup vont s'y brûler les doigts et la bourse, pour ne pas dire les bourses ! ricana-t-il. Ils feraient mieux de la prendre au sérieux quand elle chante : « T'es pas joli, joli, joli garçon, Seulement t'as tant de pognon » !

Louis opina, l'esprit ailleurs. Les potins du petit monde du spectacle lui paraissaient bien frivoles et fades ce soir-là.

— Et votre enquête sur la rue, la rue sordide et dangereuse ? lui demanda Lorrain qui avait senti son humeur.

— On ne peut pas dire que ce soit très folichon, répondit Louis en vidant son verre. J'ai vu tout à l'heure un pauvre gosse partir pour la boîte aux claqués.

— Ce n'est ni le premier ni le dernier, commenta une voix derrière lui. On dirait que rien n'existe avant d'attirer l'attention de l'insatiable Mme La Presse.

Ils se retournèrent pour découvrir un jeune homme de l'âge de Louis, en complet gris, coiffé d'un melon. Il n'était pas beau, mais avait un visage sympathique d'ahuri.

— Armand Ménard, se présenta-t-il, ex-commis de magasin et future étoile montante sous le nom de Dranem, que vous avez sûrement pu admirer dans *Les Deux Timides* au *Concert de l'Époque*.

— Désolé, je n'ai pas eu ce plaisir, répondit Louis avec une certaine froideur. Mme La Presse devait être occupée à faire l'éloge d'un de vos confrères.

— Je ne voulais pas vous vexer, monsieur…

— Louis Denfert, reporter au *Petit Éclaireur*. Voici M. Jean Lorrain, gloire littéraire en exercice, et M. Marcel Schwob, un écrivain novateur qui a publié l'an passé *Le Livre de Monelle*.

Ils se serrèrent tous la main.

— C'est qu'on en voit tellement, des misères, dans la rue ! reprit Dranem. C'est sans doute pour ça qu'on a tant besoin de chanter et de faire les imbéciles.

Louis acquiesça, distrait cette fois-ci par l'arrivée de Caran d'Ache, le dessinateur et le talentueux créateur de théâtre d'ombres, dont la fameuse *Épopée* avait fait les beaux soirs du *Chat Noir*.

— Un vieil artilleur, de ceux qui boivent beaucoup de canons, m'a raconté, un soir où il était bamboche, qu'il se passait des choses bien pires que ce que l'on croyait, reprit Dranem. Il m'a parlé d'enfants disparus, tués… Le vieux Polyte, son nom me revient. Une jambe de bois gagnée en Crimée. Il traînait toujours rue Saint-Denis.

Louis nota l'information dans son petit carnet mental et laissa le jeune homme en conversation avec Schwob et Lorrain. Il venait d'apercevoir son ami Émile Germain, aussi massif et rassurant qu'un tronc de chêne, serrant de près une jeune femme bien en chair. Elle avait un visage assez commun, avec un nez pointu, des joues rondes et des petits yeux marron, mais son regard insolent lui donnait un certain charme. Louis reconnut la Goulue, la gloire du cancan. À vingt-neuf ans, elle venait de quitter le *Moulin-Rouge* pour s'installer à son compte dans les foires foraines.

Émile fit les présentations et Louise, car c'était son petit nom, lui tira coquinement la moustache. Louis se retint de rire au spectacle de ce solide et farouche sapeur qui se tortillait comme un collégien.

À l'étage, Yvette Guilbert avait attaqué *Fleur de berge*, écrite pour elle par Lorrain, et racontait l'amour avec « un marinier rouquin ».

C'gars mielleux me dit c'est pas d'la bêche,
T'as rien des nichons !...
Vrai, je t'offrirais bien qu'en dèche
Un frit' de goujons.

La Goulue pinça l'oreille d'Émile en lui murmurant qu'elle en avait attrapé un beau, de p'tit goujon, et Louis s'éclipsa. Il se rappelait sa première rencontre avec l'ex-sergent du Génie. C'était à Dijon, par une froide nuit de novembre[1]. Deux voyous avaient tenté de tuer Louis afin de le détrousser et Émile avait surgi de l'ombre pour se porter à son secours. Ensuite, ils étaient allés boire un verre. Après plus de trente ans d'armée, le sergent Germain, qui avait commencé comme « petit tambour » à neuf ans, avait été renvoyé définitivement dans ses foyers suite à de graves blessures. Il s'était reconverti en professeur de boxe et d'escrime. Ça avait été le début de leur amitié, et de leur collaboration.

Revenu au présent, Louis salua une ravissante jeune femme d'une vingtaine d'années, qui se produisait au *Trianon-Concert*. Camille, à qui Louis avait imprudemment avoué la trouver jolie, déclarait partout qu'elle n'avait pas de voix et savait à peine danser, ce qui était vrai. Après « Miss Helyett », Jeanne Bourgeois se faisait à présent appeler Mistinguett. Elle lui rendit son salut avec un clin d'œil mutin.

— L'argent, tout compte fait, aide à supporter la pauvreté...

Derrière lui, Alphonse Allais débitait une de ses assertions délicieusement absurdes à cet empaillé de Léon Daudet.

1. Voir *Le Miroir des ombres*, 10/18, n° 4155.

— N'est-ce pas, Denfert, que les gens qui ne rient jamais ne sont pas des gens sérieux ? continua Allais en l'apercevant.

Daudet haussa les épaules. Il ne goûtait de l'humour que l'ironie méchante, sa dimension absurde et poétique lui restait opaque. Allais plissa malicieusement les yeux. Il adorait tomber sur le râble d'un ennuyeux, comme il les appelait, et lui assener des sentences de son cru, certain d'exaspérer son bonhomme.

Jules Lévy, le fondateur des Arts incohérents et rédacteur en chef du *Chat Noir*, les rejoignit. Il voulait convaincre Allais de réunir ses toiles ineffables dans un album. Louis les laissa à leur discussion de joyeux iconoclastes de l'art et venait de décider de se soûler quand on le tira par la manche.

C'était La Glu, le petit grouillot du journal, qui le dévisageait avec sa face de Pierrot couverte de taches de rousseur.

— Mais qu'est-ce que tu fiches là ? s'étonna Louis.

— Ben quoi, j'ai pas l'droit d'berlauder, moi, p'têt' ? Y a qu'les vioques qui peuvent faire bombance ?

Louis leva la main, faussement menaçant :

— Tu finiras à la Roquette !

— Arrêtez, m'faites trop peur ! Filez-moi un chien, qu'j'm'remette ! dit La Glu réclamant un morceau de sucre trempé dans de l'eau-de-vie.

— Dis-moi d'abord ce que tu veux, dit Louis.

— J'ai un message pour vous.

— Bon sang, Gillières est encore au journal à cette heure ? s'étonna Louis, car même si son patron était un bourreau de travail, il rentrait dîner en famille.

— Non, c'est un flic, un sergot, qu'a téléphoné. Y avait personne, j'ai répondu.

Louis l'imagina se précipitant vers l'appareil convoité, coiffant tout le monde au poteau.

— Et alors ?

— Ben, y voulait vous parler et pis j'y ai dit que vous étiez pas là…

— Au fait, bourrique !

— Ben, il a dit que le môme, l'était pas mort de froid, qu'on l'avait aidé.

Louis se figea.

— Qu'est-ce que tu dis ?

— Z'êtes sourd en plus ? Faut dire qu'avec ce boucan… Le gamin, l'ramoneur, il a pas cassé son câble à cause d'la neige, on l'a chouriné.

La Glu exhiba un bout de papier où étaient tracés de gros chiffres maladroits. Il ne savait encore que très sommairement lire et écrire, malgré les leçons que lui prodiguait de bonne grâce un collègue occasionnel de Louis, l'écrivain Octave Mirbeau.

— Il a dit que vous l'appelez. Y sera encore au poste.

— D'accord. Et maintenant, ouste !

— Z'avez une araignée dans la boîte au sel ou quoi ? Y a plein à briffer et toutes les vedettes des cafés-concerts en gratuit et vous v'lez que je décanille ? J'vais remplir mes fouilles d'boustifaille et d'dédicaces, ouiche !

— N'ennuie personne ou je te colle mon pied au derrière ! l'avertit Louis tout en s'enquérant d'un téléphone qu'on lui indiqua se trouver dans le bureau du maître des lieux, lequel lui en offrit bien volontiers l'usage.

L'opératrice le mit en relation avec un brigadier qui alla chercher Jacquet.

— Excusez-moi d'interrompre votre petite sauterie, mais j'ai pensé que ça vous intéresserait, déclara celui-ci. Le gamin n'est pas mort de froid. Il a été saigné à blanc.

Louis sentit sa main broyer le combiné tandis qu'il écrivait fiévreusement au dos d'une facture de caisse de vermouth.

— Que voulez-vous dire ?

— Ce que je vous dis. C'est en le déshabillant à la morgue qu'on s'en est aperçu. Une toute petite incision à la carotide, mais qui a suffi à le vider de son sang.

La mine du crayon cassa et il faillit renverser le vase Gallé en voulant en saisir un autre.

— Vous en êtes certain ?

— Le Dr Langeais était là, il venait de terminer un amant révolvérisé. Il vous l'expliquera mieux que moi si vous passez demain matin vers 8 heures.

— Mais qui a pu faire une chose pareille ?

— C'est ce que se demande le commissaire et ça n'a pas l'air de le mettre de bonne humeur.

— Je vous remercie de m'avoir prévenu. Je vous ferai porter des billets pour le spectacle des Ambassadeurs.

— C'est ma bourgeoise qui sera contente, elle aime bien rigoler.

— Ce serait chic de ne rien dire aux préfecturiers, ajouta Louis, une allusions bien sentie à ses confrères qui faisaient antichambre à la Préfecture à l'affût des beaux crimes.

— Vous inquiétez pas, on va les laisser patienter un peu, ça leur apprendra à être plus aimables.

Louis sourit : grâce à Jacquet il serait le premier sur le coup et ferait la nique à ses confrères. Il remercia de nouveau le gardien de la paix, tout en se sentant un peu coupable de songer à sa gloriole alors qu'un petit être innocent avait été trucidé.

— Bon, faut que je libère la ligne, dit le policier. Le service…

Il raccrocha, laissant Louis perplexe.

Un enfant assassiné. Soit. Mais vidé de son sang ? Comme un cochon… Et lui qui avait attribué sa pâleur translucide au froid mordant. Si Albert avait été présent, il aurait tout de suite remarqué la cause exacte du décès. Vivement qu'il soit nommé à Paris ! Il l'appellerait demain après s'être entretenu avec le médecin légiste de la police.

C'était quand même bien moche, ce meurtre.

Il regagna les salles enfumées, la cohue, les rires, les bons mots et les vacheries et se trouva nez à nez avec l'hôte de la soirée, Léon Fourneau, dit Xanrof, auteur à même pas trente ans d'une série de scies à succès comme *Le Fiacre* ou *Les Quatre-z-étudiants*. Toujours très élégant, portant binocle, l'ex-avocat à la cour d'appel lui demanda d'intervenir encore une fois auprès de Camille pour qu'elle accepte de monter sur scène chanter quelques-unes de ses compositions. Louis l'assura qu'il ferait de son mieux.

Le problème était que Camille ne rêvait que de *Marie Stuart, Andromaque* et autres joyeusetés et réservait la chansonnette à la vie privée. Qu'elle ait obtenu en 1890 le second prix de comédie au Conservatoire alors que le premier prix de tragédie allait à sa camarade et rivale Marguerite Moreno ne l'avait pas dissuadée de devenir une grande tragédienne. Après tout, l'immense Réjane, qui avait tenu le rôle principal de *Maison de poupée* d'Ibsen l'an passé, triomphait en ce moment même aux États-Unis dans *Madame Sans-Gêne.*

Louis retrouva Camille aux côtés d'un couple de jeunes mariés, Colette et Henry Gauthier-Villars, et du fantaisiste Fragson qu'on disait d'origine anglaise. Âgée de vingt-deux ans, la jolie Colette Gauthier-Villars, arrivée de sa campagne depuis deux ans, était critique dramatique à *La Cocarde*. Louis aimait bien son visage malicieux, ses plaisanteries acérées, sa joie de vivre. Il appréciait beaucoup moins son époux bedonnant, Henry, dit Willy, de quatorze ans son aîné. Un dandy prétentieux né avec une cuillère d'argent dans la bouche, à l'humour méchant, et qui faisait trimer des nègres littéraires à des ouvrages qu'il signait de son seul nom. Louis ne présageait rien de bon de ce mariage et espérait que la mignonne petite Colette ne se laisserait pas phagocyter par son jean-foutre de mari.

Il embrassa Colette sur la joue, salua Willy et serra la main de Fragson. Un drôle de zèbre, celui-là. Célèbre pour s'accompagner lui-même au piano, il faisait rire le public par sa manière impassible de se moquer des travers courants. Il prétendait être né à Whitechapel, mais restait toujours évasif quand Louis évoquait son voyage à Londres un peu plus de trois ans auparavant. Il chercha La Glu des yeux.

Le gamin, la bouche pleine de baba au rhum, quasi fourré dans les jupes de Polaire, riait aux éclats à toutes les saillies que celle-ci lançait aux hommes qui l'entouraient. Colette la regardait, apparemment fascinée. Il aperçut Émile et sa Goulue, installés à un guéridon, faisant leur affaire à une bouteille de chablis et à une bourriche d'huîtres.

Amusant comme le rugueux ex-sergent du Génie s'était intégré à la vie parisienne ! Sans doute que les lumières et les flonflons lui avaient procuré l'étourdissement nécessaire après sa triste et humiliante aventure londonienne avec Miss Mary. Quoi qu'il en soit, il était vite devenu le bon camarade de ces demoiselles des bastringues, tout en menant le jour une carrière rigoureuse de professeur d'escrime et de boxe française.

Louis s'efforça de se mêler au badinage ambiant sans cesser de songer à la matinée du lendemain.

L'enfant n'avait certainement pas été tué sur place, il y aurait eu du sang partout. L'assassin avait dû agir dans l'ombre, dans un fourré. Et transporter ensuite avec discrétion le petit corps sans vie. Le gosse devait tenir dans un grand sac ou une valise, on pouvait trimbaler sans peine son cadavre.

Pourquoi laisser le corps exposé ? Pourquoi ne pas l'enterrer afin qu'on ne le retrouve pas ?

L'éternelle complainte des Pourquoi.

Louis s'empara d'un petit pâté à la saucisse qu'il mâchonna pensivement. Camille ne semblait pas pressée de s'en aller et plaisantait avec Lucien Guitry qui venait d'arriver. Le célèbre comédien était accompagné de son fils de dix ans, un morveux très doué répondant au surnom de Sacha. Camille rayonnait tandis que celui-ci lui assurait qu'il lui écrirait les plus belles tragédies et que son père la félicitait pour son interprétation de Violette dans *La Dame aux camélias*. Elle était à son affaire au milieu de ses pairs de la scène classique, de l'opérette ou des variétés, à mille lieues des tristes faits divers qui constituaient le pain quotidien de Louis. Les drames écrits en vers n'avaient pas la même odeur que ceux écrits avec la chair et le sang des gens.

— Vous avez l'air sinistre ce soir, mon vieux, lui lança Xanrof en passant.

— Je ne suis pas très à dextre, c'est vrai, répliqua Louis et Xanrof eut la gentillesse de sourire.

— Ah, encore un homme de gauche ! s'exclama Léon Daudet, méprisant. Un dreyfusard bon teint qui pisse sa copie selon les instructions des socialos !

Louis le dévisagea, hésitant entre lui en coller une ou se coller un autre petit pâté dans le gosier. Dreyfus, dégradé, enfermé au bagne de l'île de Ré, avait embarqué deux jours auparavant sur le *Ville-de-Saint-Nazaire*, destination la Guyane. L'opinion publique était divisée. Daudet, qui avait fréquenté les cercles républicains grâce à son mariage avec Jeanne, la petite-fille de Hugo, était en train de divorcer et collaborait avec Drumont, ouvertement antisémite. Louis avait apprécié chez Daudet le satiriste, mais son conservatisme exacerbé l'indisposait. Il haussa les épaules.

— L'antijuif n'a jamais remplacé l'antirouille, lui renvoya-t-il. Faites attention à la sclérose fatale, mon petit vieux, j'ai l'impression que vos boulons se débinent sérieusement.

Daudet s'approcha, les lèvres crispées, et Xanrof crut bon d'intervenir.

— Allons, messieurs, un peu de calme, je vous prie. Nous ne sommes pas à la Chambre. Ne gâchez pas la fête.

Louis opina et s'écarta du polémiste. Les mots pouvaient se révéler cinglants et assassins, c'était vrai, mais ce soir son attention était tout à un véritable meurtre et il n'avait aucune intention de se ruiner un peu plus la soirée en se querellant avec une tête de pioche comme Daudet.

Il grimpa l'escalier menant à l'étage. Le jeune homme qui s'était présenté comme Dranem-future-vedette se tenait sur la scène et débitait, avec un air d'imbécillité absolue, *La Tour Eiffel* de Xanrof.

Jésus, depuis sa Passion,
Redoutant toujours la souffrance,
Dit : « Ça c'est un pal que la France
Élève à mon intention. »

Louis se faufila entre les rangées de spectateurs hilares, passant devant les masques japonais de Grasset et la frise d'affiches aux couleurs éclatantes de Jules Chéret, l'inventeur de la lithographie moderne. Il se glissa dans les coulisses. Dranem avait fini sa chanson et Henri Rivière, le régisseur, venu bénévolement ce soir-là, veillait à la mise en place d'un extrait de la capiteuse *Phryné*, de Maurice Donnay, hommage du théâtre d'ombres à une hétaïre grecque célèbre en son temps pour ses tarifs élevés.

C'était l'habituelle pagaille, en apparence du moins. L'homme chargé de manipuler les soixante-dix fils manœuvrant les verres doubles sur lesquels étaient peints les décors était coincé contre les vingt membres du chœur tandis que le responsable de la lumière oxhydrique qui brûlait à feu libre à moins de trois mètres de l'écran surveillait d'un air anxieux cet univers particulièrement inflammable de cordes, de bois, de tissu et de papier.

Louis aimait l'atmosphère des coulisses qu'il avait découverte en rejoignant Camille dans sa loge. Il aimait cette effervescence, cette sensation d'être sur le pont, l'anxiété fébrile qui imprégnait les lieux avant un spectacle. Il aimait aussi flâner entre les décors, observer les machineries, sentir l'odeur poussiéreuse des rideaux, des velours, effleurer les costumes dont on voyait soudain la trame usée, les boutons manquants.

Il y retrouvait, comme dans le journalisme, l'impression de ne pas être qu'un simple spectateur, mais de faire partie de ceux à qui était donné de voir l'envers du decor.

Il amorçait un demi-tour, quand une silhouette élancée parmi les choristes attira son attention. Une grande femme brune, mince, élégante et distinguée, le nez aquilin, la bouche bien dessinée. Surpris, il hésita. Cette physionomie, ce maintien... Était-il possible que ce fût Lady Fisher-Brown ? Était-elle donc revenue d'Amérique ?

Il s'avança, mais les lumières baissèrent et Rivière le poussa doucement vers la sortie.

Lady Fisher-Brown, reine des aventurières et des courtisanes, jouant les choristes au *Chat Noir* ? Pour le coup, il se sentait prêt à rester jusqu'à la fin de la soirée. Mais Camille justement avait mal à la tête – trop de curaçao – et souhaitait rentrer « avant de s'écrouler comme une vieille loche devant tous nos amis », bredouilla-t-elle en s'appuyant sur lui. D'autant que Marguerite Moreno avait fait son entrée et que tout le monde s'empressait autour d'elle avec la déférence due aux très grandes. Elles avaient pourtant le même âge, vingt-quatre ans ! Louis nota l'attirance manifeste entre Moreno et Marcel Schwob, mais se tint coi.

Il hésitait à partir, puis finit par acquiescer. Il devait se lever tôt et voulait être frais pour discuter avec le médecin légiste.

Ils saluèrent Émile et la Goulue, laquelle, au vu du nombre de verres vides entassés devant elle, méritait son ancien sobriquet de Vide-Bouteille, mais elle tenait cependant mieux l'alcool que Camille au bord de la nausée. Louis chercha La Glu pour le ramener, mais le fieffé saligaud, à présent juché sur les genoux de Mistinguett, fumait un cigare d'un air crâne en lâchant des ronds de fumée dans la figure du petit Sacha Guitry.

Ils sortirent sous la neige de plus en plus drue. La chaussée disparaissait sous une couche poudreuse sillonnée de traces de fiacres. Le chat noir sur son enseigne ressemblait au Chat du Cheshire. Le cocher qui s'avança vers eux grelottait malgré son épaisse pèlerine.

Ils montèrent en voiture tandis que la voix d'Yvette Guilbert s'égrenait comme autant de notes en flocons :

Je suis pochard
J'dis des bêtises...

et que Camille reprenait le refrain en chœur :

C'est pas un crim' que d'êtr' pompette
Et d'aimer le Moët-et-Chandon.

Un gamin loqueteux, les pieds nus dans ses sabots fourrés de paille, s'élança derrière le véhicule, mais la neige étouffait ses pas et ils ne l'entendirent pas.

CHAPITRE III

Louis se réveilla à l'aube. Il ne neigeait plus, mais un ciel blanchâtre semblait s'enrouler autour des maisons comme une écharpe cotonneuse. Camille, enfouie sous l'édredon doré, marmonna quelque chose d'inintelligible et se tourna de l'autre côté, dévoilant sa chute de reins. Toutefois, l'heure n'était pas à la tendresse matutinale. Tout en se frottant les yeux, Louis se leva, un arrière-goût de champagne dans la bouche, et se précipita sur la carafe d'eau citronnée posée sur la commode.

Ils avaient dormi chez lui et Camille râlerait en se réveillant. Elle préférait le confort douillet de son bel appartement, doté du tout-à-l'égout et de l'eau courante. Louis affectionnait son petit deux-pièces mansardé de la rue Saint-Antoine, dans l'ancien hôtel de Sully. Situé dans les combles de l'immeuble construit au début du siècle sur la terrasse, entre les deux majestueux pavillons, il donnait à l'arrière sur la grande cour et l'escalier menant au jardin et à l'orangeraie, occupée depuis 1865 par la pension comme il faut de Mlle Amonius. Le petit logis baigné de lumière avait le chic d'une adresse prestigieuse et riche d'histoire. Louis le trouvait propice à l'amour et il avait profité de l'ivresse de Camille pour l'y ramener.

Maintenant, pour le coup, il regrettait le tub, l'eau chaude et les serviettes moelleuses. Mais baste ! Il se bouchonna comme un cheval rétif, se rasa soigneusement, changea de caleçon et choisit son costume en laine marron, ni démodé ni m'as-tu-vu. Il essaya de coiffer ses cheveux qui se redressaient sur sa tête sitôt le peigne reposé. Sa redingote, son carnet, un dernier baiser à Camille et il descendait l'escalier quatre à quatre, passait en courant sous l'imposte en fonte ouvragée et manquait entrer en collision avec le droguiste Froment qui se dirigeait vers son entrepôt.

Dans la rue, c'était l'habituelle animation du petit matin. Le marchand de chaussures « Incroyable » ouvrait sa grille en plaisantant avec Mme Louise de la *Moderne Parfumerie*. Un fort de farine, son sac de cinquante kilos sur le dos, livrait la boulangerie. Louis héla Gustave, le petit livreur, son panier en osier en équilibre sur son bonnet aplati, et lui donna une pièce pour monter deux croissants tout chauds chez lui. Pour sa part, il prit une livre de frites brûlantes chez Boulanger, dit l'Général, dit Gégé, dont la friteuse posée sur un brasero fonctionnait de 6 heures du matin à minuit.

Tout en courant vers le tramway, il s'essuya les mains avec le cornet de papier journal – Tiens ! *Le Petit Journal*, leur concurrent, bien fait ! –, sauta sur l'impériale et se tassa sous l'auvent pour se protéger du courant d'air tout en profitant du spectacle de la ville.

L'automotrice filait dans un chuintement fantomatique, les lumières des magasins tremblotaient, les gens semblaient se mouvoir au ralenti et Louis avait l'impression d'avoir les oreilles pleines de coton.

Il sauta à terre quelques arrêts plus loin et prit un omnibus hippomobile bondé dont la cloche résonnait comme une corne de brume dans le brouillard qui s'installait.

L'omnibus le lâcha près du pont de l'Archevêché et il arriva enfin devant la Morgue. On l'avait reléguée à l'extrémité de l'île de la Cité, sur un îlot relié à la terre ferme depuis le XIIIe siècle et qu'on appelait autrefois la « Motte aux Papelards », une allusion rabelaisienne aux chanoines qui venaient s'y ébattre avec leurs maîtresses.

Bien loin des ébats ardents de jadis, ce bout de campagne dans Paris n'abritait plus maintenant que des corps roides et froids qui ne connaissaient d'autres caresses que celle des instruments chirurgicaux.

Louis ôta sa casquette humide de bruine et pénétra dans le bâtiment d'un pas décidé. Quatre ans de faits divers lui avaient donné l'habitude des dépôts mortuaires. Le greffier n'arrivant que plus tard, il alla saluer le commis aux écritures, occupé à noter dans son registre impeccablement tenu la dernière entrée du petit matin. Un noyé qu'on était en train d'arroser de chlorure d'oxyde de sodium dans la salle de réception des corps, une pièce pavée assez vaste pour recevoir une charrette attelée d'un cheval.

Un garçon de service somnolent lui fit ensuite traverser la salle des morts. C'était là qu'on remisait les corps en attente de leur inhumation après leur exposition publique. Quatorze tables de marbre noir, munies de couvre-corps et de robinets destinés à des irrigations désinfectantes. Au moins dix d'entre elles étaient occupées. Louis enjamba avec précaution le caniveau couvert d'une grille par où s'écoulaient les divers liquides qui s'échappaient des cadavres et entra enfin dans la salle d'autopsie.

C'était une vaste pièce, bien éclairée par deux fenêtres exposées au levant, avec en son centre une table tournante sur laquelle reposait le cadavre d'un barbu.

Un médecin de petite taille, le front dégarni, l'œil vif, portant lunettes et barbiche, enfilait un tablier de cuir.

Louis, sachant la répugnance innée de l'administration pour la presse, se présenta comme un étudiant du professeur Lacassagne, en stage dans les rues de Paris auprès des forces de police du IVe arrondissement, et venu s'enquérir du cas du petit ramoneur. Le Dr Langeais acquiesça distraitement et chargea Louis de transmettre ses bons souvenirs au professeur. Avant de s'attaquer à l'inconnu, il avait encore trois autopsies à pratiquer dans la matinée : d'habitude l'hiver était une saison morne côté crimes, le sang s'échauffait avec la température, mais cette année…

Il s'écarta pour prendre ses instruments, dévoilant une seconde table où était allongé le corps de l'enfant. Ses côtes pointaient sous la peau de son torse blafard. Ses genoux paraissaient trop gros pour ses jambes fluettes.

— Sous-alimentation, dit Langeais. Pour le reste, je vous avouerais que si je n'avais pas été là par hasard quand ils l'ont déshabillé, il partait directement en salle d'exposition, pour le cas improbable où quelqu'un viendrait le reconnaître. J'étais en train de ranger mes instruments lorsque j'ai remarqué la blessure. Là, voyez.

Il indiquait de la pointe de son scalpel une incision de deux centimètres en travers de la gorge.

— On dirait une entaille de rien du tout, reprit Langeais. Mais au-dessous nous avons l'artère carotide. Qui a été percée. C'est un cas de transfixion, au sens étymologique. J'ai fait un examen sommaire du corps, il n'y a pas d'autres blessures mortelles. Des contusions, des traces de fractures mal soignées, des éraflures… Le gamin était maltraité, c'est un fait. Souvent attaché, battu comme plâtre. Mais ce n'est pas ce qui l'a tué. Non, c'est cette plaie sur la partie antérolatérale du cou.

Il pointa de nouveau sa lancette vers la gorge du garçonnet.

— Mais le sang ? demanda Louis. Il aurait dû être couvert de sang, ses vêtements… le sol…

— Bonne question, jeune homme. En effet, un jaillissement artériel très important aurait dû arroser les alentours et la victime elle-même. Mais comme vous le voyez, l'incision n'est pas horizontale. Elle a été pratiquée avec un trocart, un couteau creux – la marque est caractéristique. Dans ce cas, le sang s'écoule d'une manière plus uniforme.

La vision d'une saignée au-dessus d'une bassine s'imposa à Louis.

— Repassez en début d'après-midi, j'aurai terminé l'examen, conclut le médecin visiblement pressé.

Tout en parlant, il avait saisi sa scie et commencé à attaquer la boîte crânienne du barbu, ce qui n'était pas un spectacle très stimulant.

Louis prit congé et Langeais le salua l'air absent, déjà penché sur la matière grise de son défunt.

Une fois dans le couloir, Louis se surprit à désirer une tasse de champoreau, un café bien noir arrosé de rhum, mais il fallait d'abord se rendre chez le greffier, faire des politesses. Les rapports cordiaux avec ces messieurs les ronds-de-cuir étaient essentiels au bon déroulement d'une carrière journalistique d'envergure.

Dehors, il neigeait de nouveau, à gros flocons. Louis avisa un estaminet et s'y précipita. Café, rhum et petit pain. Un corps jeune et solide avait besoin de nourriture comme une automobile de carbure de pétrole.

Il engloutit le tout en relisant ses notes. Une sale affaire. Il se rappelait la saignée du cochon à la ferme du père Duval. Un moment important de la vie paysanne. Les femmes en tablier ciré, les hommes préparant les cruches de cidre, les bassines en cuivre, l'odeur du porc, l'odeur de peur, de sang, mêlée à la joie de la fête. Le père Duval se servait d'un couteau à saigner de trois pouces de long, le saigne-cochon dont les gosses se menaçaient entre eux. Louis et ses camarades se poursuivaient en hurlant entre les jambes des adultes tandis que l'animal agonisait. Ce n'était pas pire que la pêche, le harpon planté dans les écailles, les ouïes, la mer rouge de sang. C'était la vie, rude, violente, nécessaire.

Mais n'empêche qu'enfant, il évitait le regard révulsé de l'animal. De même qu'il se bouchait les oreilles aux longs cris des baleineaux. Ces MM. des belles-lettres ne sauraient jamais comme il était reposant de n'avoir pour armes que des mots !

Il commanda un autre champoreau en regardant les flocons glisser le long des vitres embuées. Jusqu'à mi-janvier, l'hiver avait été froid, sans plus, et puis il avait soudain donné toute sa mesure. Mais qu'importait la météorologie ? Ce n'était pas la neige qui était responsable de la mort du petit ramoneur. C'était un assassin bien plus froid.

Le plus souvent, lors de la fête champêtre pour tuer le cochon, l'animal était maintenu sur un banc par quatre hommes solides. Mais certains préféraient le suspendre par les pattes arrière. Ensuite, il fallait enlever les soies, nettoyer soigneusement l'animal, le dépecer, préparer les salaisons… trois jours de travail, de chants, de ripailles. Les gamins, en général chargés de nettoyer les boyaux, s'en donnaient à cœur joie, et Louis se souvenait de batailles à coups de boules réellement puantes.

Suffit avec le passé, il n'était pas un vieux gâteux pour radoter ainsi. L'enfant était mort ici et maintenant. Il consulta sa montre de gousset. Il était temps de filer au journal. Il devait finir son papier sur les pneumatiques pour bicyclette, les Michelin et les Torrilhon.

Louis aimait le cyclisme et était abonné au *Pneu*, « organe spécial de la vélocipédie », qui paraissait tous les jeudis soir. Il était fier de faire partie des 256 084 détenteurs de bicyclettes. Il possédait à présent une Terront qui lui avait coûté près de huit cents heures de salaire. Il la bichonnait tendrement et l'avait surnommé Éclair. Éclair se montrait parfois récalcitrante et n'hésitait pas à l'envoyer au tapis quand elle rencontrait un caillou ou tout autre obstacle malveillant, mais quel plaisir de tricoter des mollets et de doubler tous les piétons, d'arriver à l'auberge assoiffé et affamé, sale et couvert de poussière, et de s'installer sous la tonnelle pour déguster un blanc bien frais en fumant une Élégante !

Mais bon, aujourd'hui, il lui aurait plutôt fallu une paire de skis, comme ceux qui avaient servi lors de l'expédition Nansen au Groenland, se dit-il en traversant la rue pour attraper encore un omnibus. Quand donc Paris aurait-il son métropolitain ? La Capitale des Lumières n'était qu'une vieille baderne à côté de

Londres. Ah, ces amusants voyages souterrains pleins de fumée et de fracas !

Il se morigéna de nouveau. Qu'avait-il diable à se complaire dans les réminiscences et les divagations oiseuses ? Était-ce une manière d'éviter de penser à ce meurtre révoltant ? Il ressortit son carnet. Aucun indice ne permettait d'identifier l'enfant. Langeais l'avait étiqueté « Ramoneur inconnu pont au Double ». « L'Inconnu du pont au Double », ça ferait un surtitre de paragraphe.

Et pourquoi le saigner ainsi ?

Ce soir, il était de service pour la tournée des asiles de nuit, sous la protection d'Émile. Il avait proposé à son ami Gaston Leroux de les accompagner. L'ancien rédacteur mondain de *L'Écho de Paris* était devenu chroniqueur judiciaire au *Matin* et s'intéressait lui aussi à ces établissements charitables dont les ouailles fournissaient l'essentiel de la clientèle des tribunaux.

En arrivant devant l'immeuble du *Petit Éclaireur*, Louis trouva La Glu en pleine bataille de boules de neige avec Tonin, le fils du père Concorde, le concierge, et esquiva de justesse un projectile bien tassé.

Dans la salle de rédaction, le poêle ronronnait gentiment, il faisait bon, au moins 16°. Louis suspendit sa redingote et sa casquette détrempées à une patère et se dirigea vers sa table non sans avoir salué ses confrères. D'ordinaire, le brouhaha familier des conversations et des allées et venues l'aidait à s'isoler dans sa bulle, mais il eut beau essayer de se concentrer sur son article pendant une demi-heure, ses pensées dérivaient sans cesse.

Finalement, il se releva pour télégraphier à Albert. Au vu des ventes croissantes du *Petit Éclaireur*, le sacro-saint conseil d'administration avait consenti à l'installation d'un bureau du télégraphe dans les locaux mêmes, ce qui faisait gagner un temps précieux.

NÉCESSAIRE VENIR SUR PARIS AU PLUS TÔT.
DÉCÈS INTÉRESSANT VIENT DE SE PRODUIRE

Jeanne, la jolie mais revêche préposée, hocha la tête en soupirant.

— Pouvez pas parler comme tout le monde ?

— J'aime trop vous voir grogner, ça vous fait l'œil andalou, lui lança-t-il et il lui chantonna la scie indémodable : *Mad'moiselle, écoutez-moi donc ; j'veux vous offrir un verr' de madère…*

— *Non, m'sieur, j'n'vous écoute pas, quand j'ai soif, j'bois un verre d'eau claire.* Allez, dégagez, vous bloquez tout le monde !

— Aussi cruelle que zélée !

Louis adorait se disputer avec elle, ça le mettait de bonne humeur.

Bien, Albert prévenu, que faire d'autre ? se demanda-t-il, ragaillardi. Un déjeuner avec Émile s'imposait. Il manda à La Glu d'aller porter un message quand l'idée lui traversa l'esprit. Le chenapan passait sa vie dans les rues et connaissait tout le monde. Il lui demanda donc à tout hasard s'il avait entendu parler d'une femme Dupuis, une marâtre qui louait des enfants.

— Dupuis… ça m'dit rien. V'lez que j'me rancarde ?

— Volontiers. Elle faisait travailler une petite de quatre, cinq ans, Nini, et une grande d'environ quatorze ans, Lilas.

— Lilas, la vendeuse de fleurs ? s'exclama La Glu, tout illuminé.

— Tu la connais ?

— Une jolie môme, avec un chouette décolleté ?

Louis retint un sourire.

— Tout à fait. Blonde, le teint pâle.

— Ouais, Lilas. Elle trime pour une vieille ordure qu'a avalé une chaise percée. J'y ai déjà dit plusieurs fois de s'tirer d'là, mais elle a pas de courage, du vrai sang de navet.

— Elle a peut-être peur.

— Pour sûr qu'elle a peur ! C'est la bande des Tisonneurs, ils lâchent pas leurs esclaves comme ça.

Louis fit mentalement défiler son catalogue de voyous. Les Tisonneurs n'y figuraient pas, mais leur surnom suggérait l'emploi d'instruments contondants chauffés à blanc.

— Ils font quoi, ces Tisonneurs ? demanda-t-il.

— Ben, des affaires ! répondit La Glu en levant les yeux au ciel. C'est des vrais méchants. Y tiennent le pavé des mômes et des faux bohémiens. C'est eux qui distribuent les rôles aux fausses mères et aux faux aveugles, tout ça, quoi. Une fois, y a de vrais Roms qu'ont voulu s'installer sur leurs trottoirs, ils les ont dégommé à coups de tisonnier dans le baba… Et hop, d'la mousse, les Roms !

Des brutes sadiques. Charmant.

— Lilas, y l'ont menacée d'lui chauffer les miches, reprit La Glu. J'y ai proposé d'la protéger, mais elle a pas voulu, c'tte gourde.

— Et que ferait un dur comme toi face aux Tisonneurs ?

— Z'inquiétez pas pour ma pomme, m'sieu Louis, j'sais être vachard.

Louis émit un « mazette ! » admiratif.

— Et je peux la trouver où, la charmante mais prudente Mlle Lilas ?

— J'peux pas dire au juste. Elle fait les Boulevards et les cafés avec ses fleurs. Elle a intérêt à tout vendre, sinon la vieille lui fout une danse. Souvent, vers midi, elle passe au *Café Riche*.

Louis le remercia et le chargea donc de prévenir Émile qu'il l'attendrait à partir de midi au *Café Riche*, à l'angle du boulevard des Italiens et de la rue Le Peletier. Le gamin s'éclipsa, ravi. Émile lui donnait toujours gratuitement une leçon de savate et ensuite il pouvait encore mieux casser la gueule à Tonin. Louis le vit descendre le perron à cloche-pied, sa mauvaise veste même pas boutonnée, son écharpe volant au vent, en chantant à tue-tête :

Ma mistonne est eun'chouette ménesse,
Alle est gironde et bath au pieu...

Donc, l'épreuve des 24 Heures du Champ-de-Mars et les malheurs de Buffel qui a subitement perdu la vue vers la treizième heure.

Un trocart... c'était avant tout un couteau chirurgical. Fallait-il y voir la main d'un disciple dévoyé d'Hippocrate ? Dans les années 1820, Burke et Hare, qui déterraient les cadavres pour fournir la faculté de médecine d'Édimboug, avaient trouvé plus pratique d'assassiner leurs voisins pour se procurer des corps bien frais. La recherche sur la composition du sang et les possibilités de transfusion exigeaient de disposer de matière première. Pouvait-on imaginer des émules contemporains ? Hum. Voir ça avec Albert.

Mille bombes ! Il n'arrivait à rien ! Il pondit laborieusement cent mots de plus, finit sa phrase d'un point rageur qui troua le papier et allait se lever pour guetter La Glu en fumant une cibiche quand une ombre se dessina sur sa feuille. Il leva les yeux. Mince, le patron !

André Gillières, dit le Grand Dédé, le foudroyait du haut de son mètre cinquante-trois.

— Tu m'as l'air bien pressé, mon p'tit Denfert. T'as des choses à faire plus intéressantes que ton travail ?

Du coin de l'œil, Louis aperçut l'immonde et obèse Vauglard qui les observait avec délices.

— J'suis sur un meurtre, patron, chuchota-t-il en s'ébouriffant les cheveux.

— Tu m'en diras tant ! Et nos lecteurs cyclistes, ils peuvent se brosser, alors ? Le 2e Salon du cycle, que nib ? Les 470 exposants, la bicyclette Tour Eiffel Humber de ces andouilles d'Anglais, cinq mètres de haut, tout ça on s'en contrefiche ?

— Mais non, regardez, j'ai fini.

— Travail bâclé. Sans âme, lâcha le Grand Dédé après avoir parcouru la prose.

Louis crut entendre Vauglard ricaner. C'était lui, le prétendu spécialiste ès-crimes, l'indéboulonnable gros plein de soupe, le neveu de l'administrateur-délégué ! Louis devait se battre pour arracher les sujets les plus juteux de ses mâchoires de bouledogue.

— C'est quoi, cette histoire de crime ? demanda le Grand Dédé à mi-voix, tournant le dos à Vauglard.

— Du très moche, patron, du qui se vend du tonnerre ! répondit à voix basse Louis qui avait fait sienne la devise de Gillières : « Du sang, du sens, du sensationnel. » Laissez-moi faire.

— Hum. Et qui va couvrir la prochaine course de vitesse de tricycles ?

— Patron ! Des tricycles ! C'est du boulot de débutant ! J'vous parle de meurtre révoltant, moi, et vous me répondez jouets géants…

— C'est toi qui m'as réclamé la chronique sportive, mon pt'it Denfert.

— Et traquer les assassins, c'est pas du sport ?

— Tu manques vraiment pas d'air ! Disparais et ne reviens qu'avec de quoi reléguer *Le Petit Journal* aux cuvettes de gogues.

Louis ne se le fit pas dire deux fois et s'esquiva sans attendre sous le regard contrarié de Vauglard. Heureusement, le rédacteur en chef non plus ne l'appréciait pas et, tout en faisant semblant de courber l'échine devant la haute direction, s'arrangeait pour favoriser la carrière de Louis en qui il croyait beaucoup.

Sur le perron, Louis avisa La Glu qui revenait en sifflotant. M'sieu Émile serait là-bas à l'heure dite. Il lui donna cinq centimes pour sa peine et La Glu s'en retourna finir un bonhomme de neige dont la bouille ronde et inachevée évoquait étrangement Vauglard.

À midi pile, Louis prenait place sous l'auvent en toile rayée de la terrasse du *Café Riche*, « sur la partie du boulevard fréquentée par le monde comme il faut de tous les pays », ainsi que le disait la réclame. Des braseros disséminés entre les tables permettaient d'y boire un verre sans trop se geler et ils étaient plusieurs à vouloir jouir du spectacle de la rue malgré la neige devenue pour l'heure un fin grésil. L'établissement de la famille Bignon était réputé pour ses vins fins et Louis commanda une bouteille d'un médoc qu'appréciait Émile. Il n'était pas installé depuis cinq minutes qu'un camelot maigre et voûté lui hurlait dans les oreilles les mérites de ses « balais » :

— Nettoyez vos porte-cigarettes, débourrez vos pipes ! Trois balais pour deux sous !

Rien que pour ne plus l'entendre, Louis acheta le lot de balais et le bonhomme s'en alla hurler à la table voisine. Il se versa un verre de vin et s'apprêtait à le boire quand une autre voix, plus jeune et plus aiguë, le fit sursauter. C'était un unijambiste appuyé sur sa béquille qui brandissait son lot de brochures :

— Pourquoi les femmes ont-elles toujours des puces ? Deux sous ! Et spécialement pour vous, mon beau monsieur : la manière de traiter les femmes comme elles le méritent ! Deux sous à peine !

« Deux sous pour taquiner Camille, ce n'est pas trop cher payé », se dit Louis en empochant la brochure, un sourire aux lèvres. Il reprit son verre et on lui tapa sur l'épaule, manquant le faire tout renverser.

— Monsieur veut-il me permettre de lui offrir quelques olives ?

Avant que Louis ait pu répondre, un homme de son âge, coiffé à la romantique, déposait dans sa soucoupe une dizaine d'olives en susurrant :

— Vingt centimes à peine… elles sont excellentes…

Pour sûr, il les achetait à la *Maison niçoise* de la Chaussée-d'Antin et les revendait le double. Louis refusa d'un geste et le type remballa ses olives avec un soupir condescendant.

Il portait pour la troisième fois son verre à ses lèvres quand Émile surgit, enveloppé dans un large manteau noir, le chapeau rabattu sur les yeux.

— Qu'est-ce que vous fabriquez, planté là en avant-poste ? On ne serait pas mieux au mess pour s'avaler une bouillante avec ce temps ?

— Bonjour à vous aussi, Émile. J'ai besoin de surveiller le boulevard.

— Ne me dites pas que vous y avez des trottins !

— Espèce de vieil idiot ! Commandons à déjeuner et je vous explique.

Émile se décida pour un pluvier doré accompagné de potiron au four et Louis pour de petits oiseaux en brochette et leurs pommes frites, puis le journaliste entreprit de résumer les derniers événements.

— Un gosse, saigné à blanc ? Mazette, on a vu plus gai. J'ai connu un truc comme ça au Dahomey. Un tirailleur indigène retrouvé suspendu à un banian la tête en bas, la gorge tranchée. Le sang avait disparu, recueilli sans doute dans un bidon. On a pensé sacrifice humain, sorcellerie. En fait, il s'agissait d'un meurtre rituel en rapport avec une guerre tribale. Mais le meurtre rituel à Paris…

— Merci, Émile, pour cette intéressante contribution. Vous voulez un peu de patates ?

Émile refusa d'un geste, la bouche pleine de pluvier.

— Un autre souvenir utile ? persifla Louis en s'octroyant une poignée de frites dorées à souhait.

— Excusez-moi de ne pas être un singe savant comme votre cher Albert !

— Mais vous êtes jaloux !

— Jaloux de ce poupinet ? C'est un brave garçon, certes, mais tout de même…

— Finissez donc votre pensée ! fit une voix malicieuse.

Ils se retournèrent d'un bond. Un jeune homme fluet, à la fine moustache, portant des lunettes rondes, les salua en ôtant son chapeau dévoilant des cheveux châtains soigneusement peignés.

— Albert ! s'exclama Louis en se levant. Mais qu'est-ce que vous faites là ? Nous parlions justement de vous…

— C'est ce que j'ai cru comprendre. Alors, Émile, vous donnez toujours des cours à de beaux éphèbes à demi nus ?

Émile faillit s'étouffer.

— Ne plaisantez pas avec ça, Albert.

— Bien, bien, vieux sauvage. Versez-moi donc un verre de ce bordeaux. Je suis arrivé il y a à peine une heure, j'ai filé au journal et le petit gibier de potence que vous affectionnez, Louis, m'a dit que je vous trouverai ici. Et me voilà ! conclut-il.

— Je vous ai envoyé un câble ce matin même, dit Louis.

— Nous avons dû nous croiser. Je suis là, nous sommes là, devrais-je dire, le professeur et moi-même, pour les rencontres de médecine légale qui se tiennent à la Salpêtrière. Ça commence ce soir. Je suis parti en avance dans l'espoir de goûter un peu à la vie dissolue de la capitale avant d'être enfermé avec l'habituelle bande de savants fous.

— Excellente coïncidence. Vous tombez à pic, mon petit vieux ! Nous avons un meurtre sur les bras.

Une demi-heure plus tard, Albert Féclas finissait son assiette de potage aux asperges en s'interrogeant.

— À quoi vous sert-il de remonter la piste de ces Tisonneurs ? demanda-t-il en se tamponnant les lèvres avec sa serviette. Des bandits n'auraient pas commis un meurtre aussi raffiné. Ils se seraient contentés de rompre le cou au gamin comme à un vulgaire poulet.

— Une guerre entre bandes rivales ? marmonna Émile. Un meurtre pour l'exemple…

Louis soupira ostensiblement. Albert faisait tournoyer son vin dans son verre.

— Saigner un enfant en signe d'intimidation, pourquoi pas ? Mais le sang, qu'ont-ils fait du sang ?

— Comme les prêtres vaudous ! lança Émile. Ils l'ont bu !

— Pour s'approprier la jeune force du défunt ? Baste, je n'y crois pas. Nos mauvais garçons n'ont pas de ces subtilités. Les trois quarts de nos clients à l'Institut ont le crâne proprement défoncé ou le ventre posément ouvert. Les buveurs de sang, c'est autre chose…

— Crime sadique, laissa tomber Louis.

— Je crains que vous n'ayez raison.

Émile remua sur sa chaise. Depuis leur aventure de Londres, les meurtriers sadiques lui donnaient des démangeaisons dans les phalanges.

Louis regarda sa montre. Il était plus d'une heure et Lilas ne s'était pas montrée.

— Les uniformes de l'armée française, soixante centimes au lieu de trois francs !

Le vendeur les dévisageait, agitant sa brochure sous le nez d'Émile, et sa voix criarde leur transperçait les oreilles.

— Question uniforme, j'ai ce qu'il me faut, laissa tomber Émile en repoussant posément l'importun qui faillit s'étaler sur le trottoir verglacé. On n'est jamais tranquille cinq minutes, dans cette cantine !

— Un bel éventail, messieurs ? glapit une voix de femme âgée. Pour offrir à vos dames ? C'est ma sœur aveugle qui les fabrique.

La sœur aveugle hocha la tête pour confirmer. Les deux vieilles faisaient leur commerce d'éventails depuis des lustres et nombre d'épouses et de petites amies devaient en avoir une collection.

Émile s'apprêtait à les éconduire, mais Albert examinait un joli éventail au décor japonais.

— Je crois bien que je vais prendre celui-ci, dit-il.

— Pour votre amie ? Elle va être contente.

— Non, c'est pour moi et je vais être très contente, je vous assure.

Les deux vieilles s'enfuirent pendant qu'Albert rangeait son éventail dans sa grosse sacoche en cuir de médecin.

— Est-il possible de voir le corps ? demanda-t-il tout à trac.

Inutile d'attendre la petite marchande de fleurs plus longtemps.

Cinq minutes plus tard, la note réglée, ils filaient tous les trois en cabriolet vers la Morgue.

CHAPITRE IV

De nouveau le pont de l'Archevêché, de nouveau le bâtiment enfoncé entre deux bras de la Seine, de nouveau les trois marches, les trois grandes fenêtres et les trois hautes portes dont seule la centrale est ouverte. « Ne manque que les Trois Ours », se dit Louis en piétinant dans la neige.

Malgré le froid, une longue file de curieux s'agglutinait devant la cloison de séparation menant à la vitre de la salle d'exposition. Là gisaient sur les tables en marbre noir les corps retirés de la Seine, de la voie publique ou des garnis, et desquels on n'avait pu établir l'identité. Une exposition macabre et fort appréciée.

— On se croirait à une première à l'Opéra ! souffla Albert, pendant qu'ils attendaient d'être introduits près du médecin.

— Faut être un embusqué pour prendre plaisir à regarder un macchabée ! grogna Émile.

— C'est pour qui tout ce monde ? s'enquit Louis auprès du garçon de salle qui venait d'apparaître.

— Une jeune fille qui flottait entre les blocs de glace telle Ophélie. Ophélie nue sous une chemise transparente, ajouta-t-il. Il n'en faut pas plus pour attirer la populace. Par ici, messieurs, le Dr Langeais est assez pressé.

Albert, devenu un des membres éminents de la Société d'anthropologie criminelle, connaissait Langeais et ils se serrèrent cordialement la main.

— Inutile de me présenter votre collaborateur, dit Langeais en désignant Louis, nous nous sommes vus ce matin.

— Bien sûr, bien sûr, se hâta d'acquiescer Albert. Et voici M. Germain, mon factotum. Vous avez eu le temps d'examiner ce pauvre ramoneur ? Le cas n'a pas l'air banal.

— Je ne vous le fais pas dire ! Une saignée pratiquée avec un trocart sur un enfant de huit ans environ. Le sujet est là.

Il désigna la table, tout en rangeant ses instruments dans la grande boîte à autopsie de chez Mathieu, coutelier.

Le petit ramoneur reposait sur le dos, comme le matin même, mais on l'avait ouvert du menton à l'aine afin d'étudier ses viscères ; des bocaux sur la paillasse renfermaient des masses violacées.

— J'ai examiné ses organes internes, reprit Langeais. Rien de particulier, pas d'empoisonnement. Non, cet enfant a eu l'artère transpercée, ce qui a entraîné une hémorragie fatale et rapide.

Louis s'efforçait de ne fixer rien d'autre que le petit visage marmoréen du cadavre et surtout pas la cage thoracique béante.

Albert, lui, s'était penché sur le corps, les sourcils froncés par l'attention.

— Ici, dit-il en désignant l'incision. Hélas, la forme de la blessure n'apporte aucune indication sur le meurtrier. Il peut s'agir d'un homme comme d'une femme.

— Exact.

— Relation avec un autre crime ? D'autres violences ?

— Pas d'autres lésions graves.

— L'examen génital ? demanda Albert, qui pensait à la possibilité d'un viol.

— Ni sévices ni acte de sodomie, Dieu merci.

Mais Louis se dit *in petto* que c'était encore plus inquiétant, car la plupart des criminels aliénés en état de crise s'acharnaient sur le corps de leur victime. Celui-là était donc d'une autre sorte.

— Pas de tatouages, non plus, ajouta Langeais.

— Compte tenu des températures actuelles, observa Albert, et au vu de la très grande rigidité du corps, je dirais que la mort ne remonte pas à plus de quarante-huit heures.

— C'est aussi mon avis, opina Langeais. Quant au lieu du crime... il a pu être tué n'importe où et transporté ensuite sur le quai où la police l'a trouvé. Les vêtements ne présentent aucun indice particulier hormis les traces de gadoue habituelles, soupira-t-il. Je n'ai trouvé ni cheveux, ni poils, ni empreintes, hélas. Le froid et la neige ont fait leur œuvre en lavant le corps à leur manière.

— Hum. « Le blessé a-t-il pu marcher, crier, faire certains actes ? » marmonna Albert se récitant à voix basse son vade-mecum. « Dans l'impossibilité de pouvoir examiner la scène du crime, il est impossible de répondre à cette question », conclut-il. Et en raison de la saignée, pas de lividités post mortem renseignant sur la position du corps lors du crime. Encore que... regardez ceci, là, autour des chevilles : on dirait des marques d'abrasion...

— Le corps présente de nombreuses ecchymoses, anciennes et nouvelles.

— Oui, mais celles-ci, circulaires, donnent à penser que la victime était attachée par les pieds.

— Pendue la tête en bas ? s'exclama Émile. Comme mon sauvage !

Louis lui fila un grand coup de coude dans les côtes et Émile se renfrogna.

— Récapitulons, reprit Albert en se tapotant les lèvres avec son scalpel. Heure de la mort : inconnue. Cause : Transfixion du cou. Instrument qui a fait la blessure : trocart. Rapidité de la mort : environ une demi-heure.

Une demi-heure à se vider de son sang !

— C'est le premier cas de cette sorte que vous constatez ? disait Albert.

— En vingt ans de carrière, oui. J'ai en vu, des hommes, des femmes, des enfants, égorgés de bien des manières, mais saignés ainsi…

Langeais brandit sa grosse seringue en cuivre de deux litres pour ponctuer sa perplexité et Louis imagina aussitôt l'énorme ustensile pompant le sang du petit ramoneur.

— Pourrait-on s'être servi d'une seringue de cette sorte pour aspirer le sang ? demanda-t-il.

Albert et Langeais se retournèrent vers lui.

— Il est vrai qu'on peut y ajuster des aiguilles de calibres différents pour s'adapter à tous les vaisseaux, dit Langeais. Mais cela supposerait que le tueur ait eu accès à du matériel médical et… Oh là là, je devrais déjà être à la salle des Magistrats, excusez-moi, je vous laisse, fermez la porte en sortant.

La salle des Magistrats, adossée à la salle d'autopsie, donnait sur le quai. C'était là qu'avaient lieu les interrogatoires des inculpés qu'on voulait confronter à leurs supposées victimes.

Émile, Albert et Louis restèrent un moment silencieux près du cadavre de l'enfant. On ne lui avait pas fermé les yeux et son regard d'un bleu maintenant laiteux fixait le plafond.

— Je ne vois pas en quoi une seringue géante aspirant le sang comme une trompe de moustique atteint d'éléphantiasis serait moins ridicule qu'un meurtre rituel, lâcha Émile.

Albert haussa les épaules tout en recouvrant le petit corps pitoyable.

— Louis propose une idée plausible sur la manière dont a pu être commis le crime. Cela n'a rien à voir avec sa motivation.

— Et c'est quoi, la motivation pour pomper le sang d'un gamin jusqu'à plus soif ? grogna encore Émile, décidément de mauvaise humeur.

— La soif, justement, rétorqua Louis. La soif de sang.

— Balivernes !

— Il est vrai que certains meurtriers éprouvent un grand plaisir à regarder, toucher ou ingérer du sang, un plaisir de nature quasi sexuelle, soupira Albert. Je pourrais vous citer de nombreux cas : les piqueurs, les coupeurs d'oreilles, les cannibales… Lacassagne les classe dans la catégorie des sadiques sanguinaires.

— Mais ils ne se contentent pas d'en absorber, fit remarquer Louis. Ils veulent le voir couler et aiment infliger des blessures affreuses. Rappelez-vous le meurtre de la jeune Louise Marcel en novembre dernier.

— Treize ans, retrouvée égorgée dans une bergerie près de Vidauban le 20 du mois, récita aussitôt Albert. Seins découpés, éventration, suspicion de coït anal.

— Précisément. Or ici, le corps est intact.

— Et dans les deux cas, l'assassin est en liberté, soupira Albert. Et si nous allions discuter ailleurs ?

La salle des Magistrats étant occupée, ils repassèrent par la salle des morts dont la puanteur perçait malgré l'acide phénique, poussèrent une porte tout en conversant et se retrouvèrent dans la salle d'exposition. Face à une rangée de quidams le nez pressé contre la vitre.

— Foutrebleu, nous nous sommes trompés ! jura Émile. Regardez-moi ces andouilles de pékins !

De l'autre côté du vitrage, des jeunes garçons leur faisaient des grimaces et les adultes riaient.

Ils rebroussaient chemin quand l'attention de Louis fut attirée par la table la plus proche et il se figea. Sur le marbre noir reposait un corps juvénile, dont la blanche nudité féminine était à peine masquée par une chemise en lin. Les mains étaient jointes sur la poitrine, sans doute pour la cacher. Les cheveux, tressés en couronne, auréolaient un visage émacié, mais charmant. Des fleurs, de vraies fleurs, des gardénias à présent flétris, avaient été piqués dans la tresse.

L'Ophélie dont leur avait parlé le commis. L'attraction du jour. Une Ophélie qui n'était autre que Lilas, la petite fleuriste.

— Albert ! Émile ! Venez voir !

— Écoutez, Louis, nous sommes déjà la risée de tout le monde, inutile de nous attarder ici, murmura Albert que les pitreries du public agaçaient.

— Bon sang, vous devriez avoir l'habitude d'être ridicule, non ? Cette jeune fille, là, c'est celle que je guettais, la fleuriste !

— La noyée ? Voilà pourquoi elle n'est pas passée au *Café Riche* tantôt, dit Émile.

— Magnifique déduction, mon vieux ! Mais vous ne trouvez pas bizarre que cette fille, qui, comme le ramoneur, travaillait pour la mère Dupuis, se sauve hier au soir et qu'on la retrouve noyée aujourd'hui ?

— Allons en parler dehors !

— Comment, Albert, vous ne l'examinez même pas ? Et si elle a été saignée aussi ?

Albert tira d'un geste rageur les deux rideaux verts qui servaient à masquer la salle lors des transferts de corps.

— Je n'ai pas autorité pour opérer ici.

— Juste un coup d'œil vite fait !

On tambourinait de l'autre côté de la vitre, sur l'air de « Ah ! Ça ira ».

Albert se pencha, sur le qui-vive, souleva une mèche de cheveux humides, examina la peau décolorée, se redressa.

— Non, il n'y a rien. Sortons.

Ils prirent la bonne porte et se retrouvèrent cette fois de l'autre côté de la cloison, dans le hall d'entrée rempli de curieux.

— Paraît qu'elle est à poil, disait un type à son compère.

— E' flottait entre deux blocs de glace, e' pouvait pas couler par'que l'fleuve l'a pas encor' complètement dégelé, expliquait un scientifique.

— Une vierge jetée à l'eau par les Gitans, assurait une femme replète.

— Mais non, c'est une petite novice déshonorée par un curé.

— C'est ça qu'ils viennent chercher, murmura Louis. L'excitation, le drame.

— Comme dans votre feuille de chou, mon cher Louis, susurra Albert.

Louis allait lui répondre vertement quand il aperçut deux petits pieds qui trépignaient dans la file d'attente, de long cheveux blonds mal peignés…

— Nini ! s'écria-t-il.

La fillette lui darda un regard d'abord surpris, puis furieux, et s'élança vers la porte avec la vivacité d'un serpent.

— Attends ! cria Louis en plongeant pour la retenir.

La guenille qui lui servait de châle lui resta dans la main pendant qu'elle filait et, déséquilibré, Louis manqua s'étaler par terre.

— Mauvais appui sur la jambe gauche, commenta Émile, pas assez d'allonge.

Louis était déjà dehors, scrutant les environs. Pas de Nini en vue. Elle pouvait être partie dans n'importe quelle direction, mais il était sûr qu'elle avait pris vers la cathédrale. Le parvis foisonnait toujours de petits loqueteux et le square de l'Archevêché offrait ses frondaisons.

— Albert, allez vous renseigner auprès du greffier sur la jeune noyée. Et retrouvez-nous devant la statue de la Vierge. Remuez-vous un peu, Émile !

— Je crois rêver ! C'est vous qui n'avez pas été fichu de bloquer la cible, répondit celui-ci en prenant le pas de course de la charge.

Ils galopèrent ainsi jusqu'à l'abside, sous le regard alarmé des nourrices qui promenaient des enfants potelés et chaudement couverts, contournèrent la masse imposante de l'église et déboulèrent sur le parvis, fort encombré. Badauds, dévotes, touristes, aquarellistes, pickpockets, joueurs d'orgue et marchands de n'importe quoi l'arpentaient en tous sens.

— Autant chercher une anguille dans une meule de foin ! dit Émile.

— Une aiguille.

— Quoi, « une aiguille » ?

— Une aiguille, pas une anguille. Que diable voulez-vous que fasse une anguille dans une meule de foin ?

— Et une aiguille ? Personne ne s'installe dans le foin pour coudre.

— D'accord, concéda Louis qui essayait de voir simultanément à gauche et à droite. Où a pu passer cette satanée gamine ? Et pourquoi s'est-elle enfuie en me voyant ?

— Elle a eu peur que vous la traîniez dans une société de bienfaisance. Il n'y a que les rupins pour penser qu'on peut aimer vivre dans un foyer, rudoyé par les bonnes sœurs.

— Parce que la mère Dupuis ne la rudoyait pas, peut-être ?

— Si, mais elle pouvait garder l'espoir de s'enfuir et puis elle était dehors, à l'air libre, et non pas enfermée dans une cellule ou derrière la grille d'un parloir.

— Ma parole, Émile, vous avez été religieuse dans une vie antérieure ? Allons retrouver Albert.

Ils l'aperçurent qui venait à leur rencontre et leur faisait signe de le rejoindre devant l'étal de la marchande de petit noir, près du quai.

La vieille était là dès l'aube avec son réchaud et sa grosse bouillotte et elle leur versa pour un sou de café chacun, un breuvage fumant, épais et âcre.

— À réveiller un mort ! tonitrua Émile.

— Le greffier m'a dit qu'ils n'avaient trouvé aucun effet personnel, leur apprit Albert. La petite est tombée à l'eau comme ça, en chemise, les fleurs dans les cheveux.

— Y a-t-il eu viol ?

— Il ne semble pas. Ni contusions ni déchirure de la muqueuse. Mais, comme disait Voltaire, elle avait déjà laissé le chat aller au fromage.

— La mère Dupuis la prostituait, Nini me l'a laissé entendre quand elle m'a emmené là-bas hier soir, ajouta Louis d'un ton lugubre.

— Peut-être s'est-elle suicidée ? avança Albert en vidant discrètement son pot de café dans un buisson.

— Si toutes les lorettes de Paris se suicidaient, il n'y aurait plus beaucoup de femmes dans les rues, fit observer Émile.

— Émile, je ne comprends pas votre succès auprès des dames ! soupira Louis. Avec ce froid, la gosse ne s'est pas promenée sur les berges en déshabillé, reprit-il. Où l'a-t-on retrouvée, d'ailleurs ?

— Ben, juste là en contrebas, fit la marchande de petit noir. Vous parlez bien d'Lilas ?

— Vous la connaissiez ? s'exclamèrent trois voix à l'unisson.

— J'connais tout l'monde, depuis quarante ans qu'jsuis là ! L'était gentille, c'tte môme. Elle est passée c'matin, tôt, vers les 6 heures, j' lui ai offert une tasse de jus. L'avait l'air pas dans son assiette. M'a dit qu'un type était venu faire du raffut chez la Saleté. La Saleté, c'est comme ça qu'j'l'appelle, la grosse maquerelle, expliqua-t-elle. Tous les mômes s'étaient carapatés et Lilas, elle avait la trouille. Elle a pas voulu m'dire d'quoi ou d'qui, mais à un moment y a un bourgeois qui s'est pointé au loin, un grand type en habit, genre qui a fait la fête toute la nuit, et elle a sursauté. Et pis y a les débardeurs qui sont arrivés et j'ai dû leur servir le jus et elle, j'l'ai plus vue.

— Vous l'avez dit à la police ?

— Quoi ? Que j'y avais offert un café ?

— Qu'elle avait peur, qu'elle semblait poursuivie.

— Personne m'a rien demandé, et pis ces petiotes, elles ont toujours peur. Parlez d'une piste !

— Et les Tisonneurs, ça vous dit quelque chose ? demanda Louis à brûle-pourpoint.

La vieille cligna vivement des yeux.

— Les Tisonneurs ? Non point. Faudrait ?

— Réfléchissez bien, renchérit Albert en faisant apparaître comme par miracle une belle pièce de un franc au bout de ses longs doigts.

— Dame, c'est tout réfléchi. Les Tisonneurs, vaut mieux pas les connaître, parce que vot'pièce, elle m'servirait qu'à payer le passage à Charon ! conclut la vieille.

Une marchande qui avait des lettres.

— Ils sont donc si dangereux ? chuchota Louis en lui faisant signe de leur remettre un coup de son poison.

— Ah, lâchez-moi le coude, j'vous en ai déjà trop dit ! S'y faut, sont là à nous reluquer, ça m'fout les jetons !

— J'ai le dos assez large pour vous cacher à leur vue, répliqua Émile. À quoi ils ressemblent, vos tirailleurs ?

— À personne, justement, murmura la vieille. Z'ont pas l'air d'bandits. Y s'habillent comme vous et moi.

Louis vit Albert retenir un sourire.

— En costume, l'air propre. C'est leurs yeux qui sont bizarres. Comme les yeux des chiens quand y vont mordre. Brillants. Dilatés. Et pis y portent tous un tatouage.

Louis soupira. Chaque corporation avait ses tatouages, des marins aux forçats en passant par les ébénistes ou les francs-maçons. Le professeur Lacassagne avait planché sur le sujet, analysant 1333 motifs. Émile lui-même arborait sur le biceps gauche le drapeau de son régiment, sur le poignet droit deux gants de boxe au-dessus de deux épées entrecroisées et sur le cœur la devise *Toujours brave*.

— Quel genre ? demanda-t-il.

— J'sais pas trop. C'est un môme qui m'l'avait dit.

— On peut le trouver où, ce môme ?

— J'sais pas, y bouge tout l'temps. Tiens, c'est marrant, j'l'ai point vu aujourd'hui, l'p'tit ramoneur.

Louis accusa le coup.

— Le petit ramoneur ? Vous parlez du gamin qui vivait avec Lilas chez la mère Dupuis ? demanda-t-il, fébrile.

— Chez la Saleté, oui.

Ils s'interrompirent, car deux terrassiers réclamaient du café pour se réchauffer et la vieille se détourna de Louis tout en empochant avec adresse la pièce d'Albert.

Battant en retraite, les trois amis se dirigèrent du même pas vers un endroit chaud et clos, en l'occurrence une petite taverne quai Saint-Michel, de l'autre côté du pont.

— Il faut remonter la piste de ces Tisonneurs, dit Louis, les mains jointes autour de son ballon de cognac.

— Des zigotos tatoués et les yeux dilatés, ce pourrait être des Zoulous ! ricana Émile. Ils ingurgitent des breuvages euphorisants avant le combat.

— Des Zoulous en costume, lui renvoya Louis. Pensez-vous que cet étrange regard dénote l'usage de morphine ?

— C'est fort possible, répondit Albert.

— Des haschischins drogués jusqu'aux yeux... marmonna Émile. J'en ai rencontré un, une fois...

— C'est drôle, le coupa Albert, jusqu'à avant-hier encore la Seine était entièrement gelée et cette jeune fille aurait eu peine à s'y noyer.

— Est-ce à dire qu'elle aurait différé son suicide de trois semaines à cause de la vague de froid ? ironisa Louis.

— Je voulais juste faire remarquer qu'il lui aurait fallu trouver une autre façon de se donner la mort.

— Si c'est bien elle qui se l'est administrée, observa Louis.

— Pourquoi un assassin l'aurait-il déshabillée ? Cela ressemble plus à la dernière impulsion d'un dépressif qui ôte ses vêtements et s'enfonce dans l'eau comme un enfant retournant dans le ventre de sa mère.

— Admirable psychologie ! On dirait votre collègue autrichien, ce Freud qui vient de publier *Études sur l'hystérie* avec Breuer.

— C'est un théoricien formidable, le contra Albert. Je vous en conseille la lecture, à la place de votre habituelle revue sportive. Sérieusement, on ne peut pas survivre plus de deux minutes dans une eau à cette température. L'hypothermie l'a donc foudroyée autant que la noyade.

— L'eau ! s'écria Louis. Personne n'a vérifié si elle avait de l'eau dans les poumons.

— Pardieu ! s'exclama Albert en reposant sa crème de menthe. Vous avez raison : on a pu la jeter à la Seine alors qu'elle était déjà morte.

— Ce qui expliquerait son costume ou plutôt son absence de costume, dit Émile en sifflant sa bière. On retourne donc à la Basse-Geôle ?

La neige avait repris, accompagnée de bourrasques. La marchande de petit noir avait fermé son étal. Les nourrices étaient parties. Le ciel, sombre et chargé, avait des airs de crépuscule. Les passants hâtaient le pas, tête baissée, col relevé. Il fallait faire attention avant de traverser, car la neige étouffait le roulement familier des fiacres qui semblaient soudain jaillir à vos côtés.

Le temps de regagner la Morgue, ils étaient glacés et crottés jusqu'aux genoux.

— Le Dr Langeais vient de partir, les informa le commis qui rangeait lui-même ses affaires.

En hiver, le bâtiment était ouvert au public de 7 heures du matin à la tombée de la nuit.

— Vous désiriez ?

— Lui parler de la jeune noyée exposée tantôt.

— L'inconnue du quai de Seine ?

— Celle-là même.

— Le cas est réglé, le corps a été reconnu.

— Pardon ?

— Oui, oui, le père est venu. Il était consterné, le pauvre homme. Apparemment, la jeune fille n'avait plus toute sa tête depuis le décès de sa mère.

— Cet homme vous a fourni la preuve de son identité ? demanda Louis un peu trop vivement.

Le commis, un jeune homme acnéique et imbu de lui-même, le dévisagea avec condescendance.

— Qu'est-ce que vous croyez ? Que je suis un abruti ? Bien évidemment ! Que je l'ai interrogé, veux-je dire. Ce monsieur est venu avec deux témoins et il m'a donné sa carte de visite. Tenez, voyez, ajouta-t-il en désignant son registre que ne déparait aucun pâté.

Ils se penchèrent sur la carte agrafée à la dernière page et qui comportait l'inscription suivante en élégantes capitales :

PHILIBERT JOLIMOND
Magie – Prestidigitation – Théâtre d'ombres
Théâtre Robert-Houdin, Paris.

— Fichtre ! s'exclama Albert, livide.

— Je dirais même : foutre Dieu ! ajouta Émile. Votre propre carte de visite, Albert…

— Vous avez dû la perdre dans le hall tout à l'heure, avança Louis qui réfléchissait à toute vapeur tandis que le commis les regardait d'un air méfiant.

— Vous pourriez m'expliquer les causes de cette agitation, messieurs ?

— Ce type, le prétendu père, vous a remis une carte subtilisée à M. Albert Féclas, ici présent.

— M. Albert Féclas s'appelle Philibert Jolimond ? Hum.

— M. Albert Féclas a pour nom de scène Philibert Jolimond ! cria Louis.

— Malheureux, taisez-vous ! l'adjura Albert, dont la vie artistique n'était pas connue de la Faculté.

— Monsieur est magicien, continuait Louis.

— Bien sûr, bien sûr. Et vous-même ? ricana le commis.

— Je suis reporter au *Petit Éclaireur*, bougre d'âne, et le type qui est venu vous a menti.

— Et qui me dit que ce n'est pas vous qui mentez, monsieur l'excité ? Vous avez tout à fait une tête d'anarchiste. Je m'en vais appeler le garçon de salle.

— Je ne crois pas, dit posément Émile en saisissant le commis au collet et en le soulevant du sol. Je crois que vous allez nous rapporter les faits et gestes du faux M. Jolimond.

— Vous regretterez d'avoir porté la main sur un employé de la France, monsieur, hoqueta le commis, outré.

— J'ai moi-même été au service de la France pendant trente ans, mon petit planqué. Alors, entre collègues, je t'écoute ! lui adjoignit-il en le reposant sans douceur excessive.

Le jeune homme toucha le sol avec soulagement.

— Il a affirmé être le père de sa pauvre petite Violette, cracha-t-il avec aigreur. Il avait deux messieurs avec lui, bien mis, deux voisins respectables.

— S'il vous l'a dit…

— Et comment voulez-vous que je vérifie ? Depuis quand les citoyens transportent-ils sur eux leurs photographies estampillées par la Préfecture ?

— Bien, bien, ensuite ? le pressa Louis.

— Ensuite, il m'a dit qu'il prendrait les obsèques à sa charge et qu'un sien cousin, entrepreneur de pompes funèbres, se chargerait de faire enlever le corps…

— Quand cela ?

— Eh bien, sauf erreur, en ce moment même, acheva le commis avec une sombre satisfaction en regardant sa grosse montre « Régulateur ».

— Si vite ?

— Je le crains. Le père devait repartir en Italie pour ses affaires et voulait inhumer son enfant le plus vite possible.

— Mille bombes ! La salle des morts ! lança Louis en courant déjà tandis que le commis, rouge de colère, se précipitait sur le téléphone mural pour appeler la police.

Une voix chevrotante s'élevait de la salle des morts :

Comme des mariées, couvertes de fleurs,
Tous les matins on m'en apporte...

Ils se ruèrent dans la pièce, toujours aussi encombrée. Un vieux préparateur lavait au jet d'eau le corps d'un vagabond, un seau de chlorure de chaux en poudre à ses pieds, et c'était lui qui chantait à mi-voix.

Moi j'trouve que ça sent bon la morte.
Je les prends dans mes bras à mon tour,
et pis j'les berce et pis j'les couche...

— La jeune noyée du quai de Seine ? cria Louis, interrompant la complainte de Bruant.

L'homme regarda avec des yeux ronds ces trois inconnus qui déboulaient, tout agités.

— Où est-elle ? le pressa Louis en courant de table en table, au milieu des corps en décomposition. Celle avec les fleurs !

— L'Ophélie ? Ils viennent d'l'emporter, répondit le vieux sans interrompre son ouvrage. Par là... L'était si belle, si blanche, c'tte gosse...

— Suivez-moi ! brailla Albert qui connaissait bien les lieux.

Il les entraîna jusqu'à l'une des deux portes latérales qui donnait le long du quai, sur un large chemin aménagé pour la circulation des corbillards et des fourgons. Rien en vue, sinon la remise et l'écurie où somnolait un cheval.

Louis en tête, ils se mirent à courir le long de la clôture en bois qui s'élevait au-dessus du parapet pour soustraire le chemin et le bâtiment à la vue des passants.

— Là ! fit-il en montrant une voiture en bois d'aspect quelconque qui s'engageait déjà à vive allure sur le pont.

— Impossible de la rattraper ! grommela Émile. Nous l'avons dans l'os !

— Pas sûr ! rétorqua Louis qui venait d'apercevoir un tricycle rangé dans la remise.

— Louis ! s'exclama Albert, mais déjà il enfourchait l'engin et s'éloignait en pédalant comme un dératé.

— Heureusement qu'il n'a pas volé le cheval, se contenta de remarquer Émile en mordillant sa moustache. D'autant que voici la maréchaussée. À défaut de baguette magique, je propose qu'on se serve de nos guibolles.

— De toute façon, vous êtes beaucoup trop lourd pour la télékinésie, mon vieux. Vous croyez que Louis va les rattraper ?

— Sur la neige, le tricycle risque de patiner. Mais on ne sait jamais… Il a du sang aux ongles et du poil au ventre, notre Denfert. Nom de Zeus, regardez-moi ça !

Tout en courant, Émile désignait les étonnantes empreintes laissées par le tricycle. S'étalant en noir sur le sol blanchi, on pouvait déchiffrer dans un sillon : « La publicité par la vélocipédie » et dans l'autre : « Eau phéniquée Duclos, la plus efficace. »

— Qu'est-ce que c'est que ça ! s'étonna Albert, l'œil rond.

— Le tricycle-imprimeur présenté au Salon. Louis m'en a parlé. Il a des jantes spéciales avec des inscriptions en grosses lettres de caoutchouc. C'est alimenté par un réservoir d'encre. Le fabricant a dû en offrir un exemplaire à la Morgue.

Ils étaient arrivés sur le boulevard où ils faillirent se faire rétamer par un omnibus, mais ils ne ralentirent pas, espérant apercevoir Louis.

— Là-bas ! cria Albert. Ils tournent à gauche !

Brève vision d'une voiture de transport lancée à toute allure au milieu des embarras de la circulation, talonnée par un tricycle zigzaguant sur lequel était juché un jeune fou vociférant qui laissa une trace aussi lisible qu'un encart dans une revue.

Émile héla un cabriolet et ils lui enjoignirent de poursuivre ce tricycle. Le bonhomme leur décocha un regard en coin mais fouetta sa vieille carne qui se mit au trot.

— Plus vite, bon Dieu ! lui intima Émile.

— Avec cette fichue neige, c'est point commode, lui répondit le cocher piqueté de blanc.

La voiture découverte prenait le vent en pleine face et Albert remonta son écharpe.

Loin devant eux, cramponné au guidon, courbé sur la selle, aveuglé par la neige, ignorant qu'il délivrait à la population la réclame de M. Duclos, Louis pédalait de toutes ses forces en songeant au champion Henri Desgrange dont il avait eu l'occasion d'admirer l'exploit à l'entraînement du 100 kilomètres. Desgrange voulait battre les trois heures dix-huit minutes et vingt-deux secondes de Nicodemi en 1893, soit du 30 kilomètres à l'heure. Si des types arrivaient à cette vitesse, il pouvait bien, lui, s'accrocher à la roue d'un cheval au petit trot.

Une silhouette surgit devant lui et, surpris, il manqua renverser un bougnat chargé de charbon, dérapa, se redressa, perdant de vue un instant le fourgon brinquebalant qui prenait une rue transversale.

La main en visière, Émile se tourna vers Albert.

— On dirait qu'on retourne chez la Dupuis, dit-il, se souvenant de l'adresse.

Effectivement, on remontait la rue des Fossés-Saint-Jacques, presque dans la roue de Louis, on traversait la place de l'Estrapade et…

Le fourgon avait disparu. Louis, haletant, pied à terre, scrutait la rue de l'Estrapade. Albert paya le cocher et ils le rejoignirent.

— Ils ont dû entrer dans une cour, grogna Louis, le visage congestionné par l'effort.

— La porte cochère, là…

Émile désignait une large porte en bois à deux battants. Il usa à plusieurs reprises du marteau, en vain.

— La plaque indique « De Toursienne et Frères, import-export », lut Albert. Mais c'est apparemment fermé.

Louis avait garé le vélocipède contre un mur et examinait l'immeuble de la mère Dupuis. Pas d'ivrogne en faction.

— Allons jeter un coup d'œil là-haut, suggéra-t-il en se faufilant dans l'escalier humide, Albert sur ses talons. Émile, montez la garde devant l'import-export.

Comme la veille, l'escalier sentait le chou et l'urine. Aucun bruit. Juste le craquement des marches et le roucoulement d'un pigeon sous le faîte. Louis montait lentement, sur ses gardes, suivi de près par Albert qui tenait sa sacoche en bouclier devant sa poitrine étroite.

La porte du taudis était entrouverte. Louis la poussa du bout des doigts. Elle pivota en grinçant, dévoilant les draps troués, la paille souillée, les vieux journaux. Le poêle, éteint. La marmite de soupe, renversée. Et Maman Dupuis, assise contre un mur. Qui les regardait, la bouche grande ouverte.

Un tisonnier enfoncé dans la gorge.

Le sang avait coulé sur son menton, lui dessinant une barbe rouge sombre.

— Le sang est sec, dit Albert. Le corps est froid. Raide. Je dirais qu'on l'a tuée dans la nuit.

Il se livra à un examen rapide du corps. Hormis une ecchymose noire et jaune, souvenir de la visite de Louis, il n'y avait pas trace de coups. Dans les poches de sa jupe élimée, ils dénichèrent un flacon de laudanum bien entamé, une blague à tabac, une pipe en argile, quelques piécettes, un journal plié en quatre – *Le Petit Parisien*, évidemment –, une paire de ciseaux, du fil et des aiguilles.

— La parfaite ménagère, commenta Albert. Qui sait, elle est peut-être tombée en voulant tisonner le poêle ?

— Il n'y a pas signe de lutte, observa Louis. Et pourtant, elle a dû se débattre.

— Elle était sans doute étourdie par le laudanum et par le vin, répondit Albert en désignant une bouteille vide renversée sur le sol.

— Mais elle a les yeux ouverts, elle a donc vu sa mort arriver. Une mort atroce.

— Regardez les marques sur son nez. On le lui a pincé jusqu'à ce qu'elle ouvre la bouche. Et là, l'assassin a frappé, hop !

— Je n'aime pas ça… grommela Louis.

— Personne n'aime ça, en général, dit Albert.

— Ne vous faites pas plus idiot que d'habitude, mon petit Albert. Je pensais à Londres et à cette fille de joie assassinée d'une manière quasi semblable.

Albert se redressa, l'air soucieux.

— Le meurtrier de cette malheureuse est mort, vous l'avez abattu vous-même, Louis. Et il vous a avoué avoir supprimé son comparse, le protéiforme Mr. Hyde.

— Je sais. C'est juste que ce tisonnier…

— Hyde n'a plus fait parler de lui depuis environ trois ans. On peut donc raisonnablement supposer que notre homme avait dit vrai. Et d'ailleurs, quelle raison aurait-il eue de vous mentir au seuil de la mort ?

Louis soupira.

— *All right*, mais il y a quelque chose qui cloche ici. D'un côté, les Tisonneurs, une bande de brutes dirigeant le trafic de petits mendiants, dont on peut supposer qu'ils ont puni Maman Dupuis pour avoir laissé filer sa marmaille. Une punition tout de même excessive, mais bon… De l'autre, un des petits esclaves de la Dupuis, saigné à mort d'une manière quasi délicate.

— Deux *modus operandi* très différents, je vous le concède, dit Albert, les sourcils froncés. Nous aurions deux assassins ?

— Ou plusieurs motifs.

— Comment cela ?

— Un crime commis pour l'exemple, dans l'urgence, la colère, et un crime réfléchi. Prémédité. Crapuleux.

— La plupart des assassins agissent sous l'impulsion du moment et n'orchestrent pas leurs meurtres, sauf en ce qui concerne les crimes d'intérêt. Or je ne vois pas ce que pouvait rapporter de tuer cet enfant. Et pourtant, vous avez raison, celui qui l'a fait avait forcément prévu le trocart et de quoi recueillir le sang.

— On ne peut pas s'attarder, dit Louis en sortant son carnet, je vais essayer de dessiner rapidement la scène du crime.

— Attendez, j'ai un cadeau pour vous.

— Heu… c'est gentil, Albert, mais est-ce vraiment le moment ?

— Mais oui ! C'est notre ami David Devant de l'Egyptian Hall qui se l'est procuré à New York.

David Devant était l'un des illusionnistes les plus réputés de Londres et Louis, par l'entremise d'Albert, avait fait sa connaissance trois ans auparavant.

Celui-ci sortit de sa sacoche une petite boîte noire en aluminium que Louis approcha de la lucarne. L'inscription « Pocket Kodak » lui flanqua le frisson.

— Mille bombes ! Un appareil photographique de poche !

— « *Big Pictures, Little Camera !* », récita Albert tout fier. Cinq dollars, m'a-t-il dit. Vous connaissez leur slogan : « *One button does it. You press it.* »

— Ouat ! C'est trop chocnosoff[1] ! Vous le remercierez grandement de ma part.

— Je n'y manquerai pas. En attendant, je vous suggère de prendre la photographie avant qu'il fasse trop sombre. Je vais tenir la chandelle.

Louis appuya à plusieurs reprises sur le fameux bouton unique, enregistrant sur le petit rouleau de Celluloïd la femme poinçonnée comme un papillon.

Puis il glissa son cadeau dans sa poche intérieure et ils redescendirent l'escalier à tâtons. Dehors, la lumière avait baissé, les réverbères n'étaient pas encore allumés, la neige prenait des allures phosphorescentes. Émile battait la semelle près des grandes portes closes.

— Pas un mouvement là-dedans, dit-il. On se croirait dans un cimetière. Et de votre côté ?

— La même chose ! répliqua Louis qui entreprit de lui relater leur macabre découverte.

1. Ou koksnoff : élégant, beau, brillant (argot des bohèmes et des rapins).

— C'est tout de même curieux que le corbillard soit allé se planquer derrière les lignes ennemies juste à côté de l'immeuble où se trouvait la cambuse de la sorcière.

— Il doit y avoir une cour commune ! s'exclama Albert. Évidemment. Le quartier général des Tisonneurs englobe sans doute ce pâté de maisons.

— Le plus simple serait d'entrer voir, proposa Émile, l'air innocent.

— Sans lampe ? Sans armes ? Ne comptez pas sur moi, dit Albert, et de toute façon je suis attendu.

— Justement, on vous attendra, répliqua Louis. Émile a raison, battons le fer pendant qu'il est chaud. Ces crapules sont peut-être encore là.

— J'espère bien que non. Je n'ai aucune envie de déguster un tisonnier en guise d'apéritif.

— J'ai mon canif, Émile a ses poings, vous avez bien un scalpel dans votre sacoche ?

Albert opina. Les trois hommes se penchèrent pour en examiner le contenu.

Un flacon d'éther. Des pansements. Deux scalpels. Une pince. Une canne repliable. De l'alcool de menthe. *Le Vade-mecum du médecin expert*, de Lacassagne. Un vieux rapport d'autopsie. Un livre en anglais : *The Time Machine*[1], d'un certain H. G. Wells.

— Je prends la canne ! déclara Émile d'un ton sans réplique. Albert, à vous le scalpel.

Albert ouvrit la bouche, mais Louis lui coupa la parole.

— J'ai des allumettes dans la poche, je nous éclairerai. Émile, je monte sur vos épaules.

Émile s'adossa à l'un des hauts battants et fit la courte échelle à Louis qui, quelques secondes plus

1. En français : *La Machine à explorer le temps.*

tard, se retrouvait à califourchon sur la faîte du portail.

— Alors, que voyez-vous ?

— Une grande cour. Le fourgon. Un cheval. Des charrettes à bras. Un atelier. Des caisses. Le bric-à-brac habituel.

— Pas de chiens ?

— Ils auraient déjà aboyé. Je descends de l'autre côté et je vous ouvre.

Deux minutes plus tard, il tirait la lourde barre en fer qui bloquait les vantaux et Émile et Albert se glissaient à l'intérieur.

— Il y a quand même quelque chose qui me chiffonne, murmura Albert. Si ces types ne sont pas ressortis, c'est qu'ils sont encore ici.

— Ou bien qu'il y a une autre issue.

— Et pourquoi personne ne monte-t-il la garde ? Ils ont bien vu qu'on les poursuivait.

— Ils ont peut-être levé le camp. Allons voir.

— Je sais bien que vous n'avez pas grand-chose dans le crâne, Louis, mais ce n'est pas une raison pour s'y faire loger une balle. Pensez à Camille.

— Baste ! Fermez-la, vous allez alerter tout le voisinage.

Ils se faufilèrent jusqu'au fourgon dont le cheval encore attelé mâchouillait paisiblement son picotin. La porte arrière pendait, ouverte. Pas de Lilas.

— Il faut inspecter l'atelier et les bureaux. Vous avez un mouchoir, Albert ?

— Oui, mais je ne vois pas le rapport…

— Merci, répondit Louis en liant un paquet de paille avec le mouchoir obligeamment tendu.

Il embrasa le fagot, puis ils se dirigèrent vers l'atelier à la lueur de cette torche improvisée tandis qu'Albert marmonnait qu'il aimait beaucoup ce mouchoir, un cadeau de sa défunte tante Aglaé.

Un établi. Des outils de toutes sortes. Rabots, râpes, clous, marteaux, tenailles… Un tonneau vide. Des cerceaux de fer. Des piles de planches.

— Tout cela a l'air foutrement normal, fit Émile à mi-voix.

— Oui, mais ils ont bien mis le corps de la petite quelque part ?

Toujours courbés en deux et chuchotant, ils essayèrent de pousser la porte du bâtiment principal. Fermée à clef. Louis se mit à fourrager dans la serrure avec la lame de son canif. La neige avait cessé de tomber, mais leurs pieds glacés s'enfonçaient dans dix bons centimètres de poudreuse.

— Bon sang, on dirait qu'il y a quelque chose qui coince de l'autre côté ! souffla Louis.

Et au même moment la porte s'ouvrit sur un homme en costume gris, tenant haut une lampe à pétrole d'une main et braquant de l'autre sur eux la gueule noire d'un revolver. Dans un réflexe de bretteur, Émile bondit aussitôt, assena un coup de canne sur le poignet de l'inconnu et…

Un nuage de confettis se répandit dans la pièce.

Il y eut un instant de silence pendant lequel tout le monde resta interloqué.

— C'est ma canne de magie, chuchota Albert. Je voulais vous le dire tout à l'heure…

— Des confettis… ricana leur vis-à-vis. Comme c'est charmant ! Puis-je vous demander ce que vous faites dans ma propriété, messieurs ? ajouta-t-il plus froidement. Je n'ai pas commandé de clowns.

Il avait une voix sourde, un accent indéfinissable. Dans la quarantaine, une tête de moins que Louis, les épaules larges, le ventre proéminent, le nez en bec d'aigle, la barbe taillée en pointe, des sourcils broussailleux en accent circonflexe. Il portait des lunettes rondes aux verres teintés et les dévisageait avec autant d'animosité que de perplexité.

Louis s'avança.

— Monsieur de Toursienne ?

— Lui-même. Étant d'un naturel flegmatique, je vous préviens gentiment que j'ai appelé la police. Elle sera là d'une minute à l'autre.

— Nous sommes à la recherche d'un homme qui a volé un cadavre, commença Louis.

— C'est ça, et moi je suis le Dr Frankenstein, se moqua Toursienne dont la main armée ne déviait pas d'un pouce.

— Quelqu'un s'est présenté à la Morgue sous une fausse identité et a emporté le cadavre d'une vendeuse de fleurs, Lilas.

— Un vrai feuilleton !

— À l'épisode suivant, il apparaît que c'est ce fourgon stationné dans votre cour qui a servi à emporter le corps.

— Vraiment ? Et comment en êtes-vous sûrs ?

— Parce que nous l'avons suivi jusqu'ici ! triompha Louis.

Mais Toursienne ne parut pas ébranlé.

— Voyons si je suis bien vos élucubrations : vous-même et vos acolytes avez suivi un fourgon qui a emporté le corps d'une fleuriste. Et vous l'avez vu entrer dans cette cour ?

Un bref silence le renseigna.

— Je m'en doutais. Savez-vous combien de voitures en bois de cette sorte circulent dans Paris ?

— Certes, mais tout de même…

— Tout de même, vous ne manquez pas de culot de venir m'accuser chez moi de dérober des cadavres ! Comme si je n'en avais pas assez !

— Pardon ?

Toursienne ouvrit grande la porte d'un geste théâtral, dévoilant son antichambre.

Remplie de cercueils. Vides et exposés sur des tréteaux.

Avec un sourire ravi devant l'expression ahurie de ses visiteurs, il en désigna un garni de poignées dorées et capitonné de velours rouge.

— Le Vénéré, un très beau modèle en chêne massif, d'une qualité irréprochable. Vos proches pourront y dormir d'un sommeil aussi paisible qu'éternel sans crainte de la vermine. Eh oui, messieurs, continua-t-il avec emphase, je suis entrepreneur de pompes funèbres. J'embaume, j'inhume, je fournis les pierres tombales et les regrets inconsolables…

— Mais, « import-export »… avança Albert.

— Mes frères et moi-même préférons travailler dans la discrétion, vous connaissez les superstitions populaires. Et, de fait, nous avons des clients dans toute l'Europe. Nous importons de la soie du Cachemire et du bois de Roumanie… Mais je ne pense pas devoir me justifier devant mes cambrioleurs ?

— Nous vous avons expliqué ce qui nous a menés ici, répondit Louis, fasciné malgré lui par cette exposition.

— Pour un homme de votre taille, je recommanderais celui-ci, dit Toursienne qui avait suivi son regard.

Il tapota un cercueil en acajou brillant rembourré de bleu roi.

— Un modèle très moderne : l'Américain. Pour monsieur, qui n'a pas l'air tourmenté par l'au-delà, continua-t-il en désignant Émile, je prendrais du hêtre, solide et rustique. Et pour vous, conclut-il en regardant Albert, je conseillerais l'Archevêque, vous y serez en sécurité.

Ce type se fichait ouvertement de leur poire ! Émile esquissa un mouvement, mais le revolver pivota aussitôt.

— Votre curiosité est satisfaite ? Ce n'est pas que je m'ennuie, mais j'ai du monde au sous-sol qui attend mes bons soins. Puis-je vous raccompagner à la porte ? Ou souhaitez-vous allonger la liste de mes commandes ?

Louis serra les poings devant ce ton railleur. Il reconnaissait bien ce satané fourgon, mille bombes !

— Nous partons, dit-il. C'est un malentendu.

— J'en suis certain. D'ordinaire, les gens n'ont aucun désir de s'éterniser chez moi. Par ici…

Ils retraversèrent la cour, piétinant dans la gadoue, et Louis ne put s'empêcher d'effleurer au passage les roues de la voiture, toutes crottées et glacées. Un rouleau de papier brillant dépassait d'entre les rayons et il l'escamota prestement, le fourrant dans sa poche.

— Bonne chance pour retrouver votre voleur de noyée, messieurs, persifla Toursienne en leur claquant le lourd vantail au nez.

Ils l'entendirent réajuster la barre, puis regagner le bâtiment en sifflotant *La Veuve joyeuse*.

— Le sale individu ! jeta Albert à voix basse. Il allie l'air patelin du chat qui a gobé une perruche et le sourire carnassier du tigre du Bengale.

— Les tigres du Bengale sont rien moins que souriants, laissa tomber Émile. Et ils puent atrocement de la gueule.

— Je suis certain que c'est le bon fourgon, les roues étaient sales de neige écrasée, marmonna Louis. Vous entendez ? ajouta-t-il, soudain en alerte.

Le trot rapide de quatre chevaux, le martèlement des roues sur le pavé, des voix. L'éclat d'une lanterne, arrivant de la rue Sainte-Clotilde.

— La police !

Ils filèrent le long des murs, sans courir, mais d'un bon pas, jusqu'à la place de la Contrescarpe et un café d'où s'échappait de la musique. Ils pénétrèrent avec soulagement dans l'établissement embué où un homme à l'air farouche déclamait de l'Aristide Bruant en roulant les yeux et les *r* :

C'est les petits des grandes villes,
Les petits aux culs mal lavés,
Contingents des guerres civiles,
Qui poussent entre les pavés...

C'était l'heure de l'absinthe et Louis en commanda trois qu'ils emportèrent jusqu'à un petit guéridon dans un coin.

— Faisons le point, proposa-t-il après avoir sacrifié au rite de la petite cuillère et du sucre, éprouvant l'agréable chaleur des 50° de l'alcool, essayant de ne pas écouter la triste complainte.

Sans gâteaux, sans joujoux, sans fringues...

— Je commence, dit Albert. Quel rapport entre un petit ramoneur vidé de son sang, une fleuriste noyée et une mère maquerelle assassinée...

Et dorment dans des lits communs
Où les daronnes font des passes
Avec les autres et les uns...

— Les Tisonneurs… marmonna Louis.

Et quand ils meurent dans ces fanges,
Ils vont tout droit au paradis…

— Et un cadavre escamoté ! lança Émile.

— Par le répulsif Toursienne, ajouta Albert.

— Que nous essayons d'affronter avec une canne lance-confettis ! soupira Émile.

Car ces petits-là sont les anges
Des ruelles et des taudis !…

— Mais il va la boucler à la fin ? grogna Louis. On ne s'entend pas.

Heureusement, le musicot saluait et filait s'envoyer une bière à la pression.

— Fin des opérations, conclut Émile.

— Vous avez oublié un détail, dit Louis qui n'avait cessé de griffonner dans son petit carnet.

« Quand nous sommes sortis, Toursienne nous a parlé fort bêtement de notre « voleur de noyée », or, à aucun moment, nous n'avons mentionné le fait que Lilas avait été trouvée dans la Seine.

— Je savais bien qu'il fallait lui foutre une brûlée à ce jean-foutre ! grogna Émile en broyant son sucre trempé d'alcool entre ses dents. Il a tout à fait l'air aimable d'un pirate chinois s'apprêtant à vous couper la gorge. Fabricant de cercueils ! Il fournit aussi la matière première pour s'allonger dedans, oui !

— Ne nous emballons pas, dit Albert qui n'appréciait que modérément l'absinthe et aurait préféré un vin cuit. Il peut être mêlé à un trafic de cadavres volés sans être un assassin. Sapristi ! J'ai rendez-vous à la Salpêtrière, il faut que je file.

Louis jeta un coup d'œil à sa montre.

— Moi aussi. Je dois repasser au journal, sinon le Grand Dédé va nous faire une jaunisse. Puis, avec mon bon Émile, direction la gaieté parisienne des asiles de nuit ! Retrouvons-nous ensuite pour souper aux *Folies-Bergère*.

CHAPITRE V

Louis et Émile battaient la semelle pour se réchauffer en attendant Gaston Leroux devant le 37, rue Saint-Denis. Ils avaient décidé de commencer leur excursion par l'hôtel *Fin-de-Siècle*, une institution dans ce milieu.

Le ciel était dégagé, le froid intense. Leroux arriva bientôt, mâchonnant sa moustache. À peu près du même âge que Louis, doté d'une formidable imagination, il souhaitait par-dessus tout devenir un écrivain reconnu. Ils se serrèrent la main et entrèrent d'un pas conquérant.

L'hôtel *Fin-de-Siècle* n'était pas un asile. On y payait sa nuitée : là, pour quatre sous, on avait droit à une soupe – ou un demi-setier de vin – et à une place sur un banc pour la nuit.

Sur trois étages et jusque dans les caves, des hommes en haillons étaient assis en enfilade devant de longues tables, la tête posée entre leurs bras.

— Ça, un hôtel ! murmura Leroux entre ses dents serrées.

Le directeur, un homme énergique et ventru, lui tapa dans le dos.

— C'est toujours mieux que le coucher à la corde, mon jeune ami. Autrefois, il n'y avait pas de tables : juste une corde tendue devant les bancs. Ah ! pour ça, fallait garder l'équilibre, les soûlards roulaient souvent à terre. Que voulez-vous, pour quatre sous, je ne vais pas leur offrir l'*Hôtel du Louvre* ! Au moins, ils sont à l'abri des intempéries et ne se retrouvent pas au poste.

Les jeunes reporters sortirent, dégoûtés, et Émile cracha discrètement dans l'entrée vermoulue. Prochaine étape : le refuge du quai de Valmy.

Une brume épaisse montait du canal Saint-Martin, caressant les berges blanches et silencieuses sous un dais d'étoiles. C'était l'une de ces nuits d'hiver scintillantes et poudrées quasi magiques.

Magique, le grand réfectoire du refuge l'était moins. Un boulvari indescriptible les y attendait. Deux cents bougres en chemise et treillis fournis par la maison, réclamant leur pitance : un bol de bouillon et un morceau de pain.

— Et encore, ce soir, c'est calme, leur dit le responsable, M. Jeanin, un homme massif et rude. Avec le froid de ces derniers jours, on en a eu jusqu'à sept cents par soir, à grelotter et à tousser en attendant un peu de soupe. Le problème, c'est quand il s'est agi de les coucher à trois ou quatre par lit !

Ils discutèrent un moment des conditions d'entrée : il fallait se faire inscrire à l'aube et recevoir trois jetons numérotés : l'un pour échanger ses vêtements sales contre le costume de l'asile, le second pour obtenir la soupe et le troisième pour le lit. On ne prenait pas plus de quatre-vingts inscriptions et chacun avait le droit de rester trois jours au maximum. Interdiction de revenir avant deux mois écoulés. Pendant leur court séjour, les hommes étaient douchés. On leur fit visiter la salle de douches et leurs vêtements chargés sur une longue tringle qu'on emmenait à la désinfection. Ils pouvaient recevoir du courrier, avaient droit à une soupe le matin et une soupe le soir et repartaient rhabillés de propre et parfois de neuf.

Louis vit Leroux avaler sa salive, mais Émile trouva tout cela très bien, bien plus confortable que la plupart des baraquements de fortune. Au moins, on n'y craignait pas les tirs d'obus ennemis, et aucun troufion ayant somnolé dans la crainte de la mitraille ou la froideur de la boue ne verrait de quoi se plaindre dans cette caserne bien tenue.

M. Jeanin se rengorgea et leur livra ses statistiques : le taux de malheureux se représentant au bout des deux mois ? Onze pour cent à peine !

« Et combien morts ou en prison ? » se demanda Louis.

Nations étrangères les plus représentées : la Belgique, la Suisse, l'Allemagne et l'Italie. Émile parut un peu chagriné qu'on ne laissât pas les Prussiens crever la bouche ouverte dans le canal, malgré les invocations de M. Jeanin à la charité chrétienne. Celui-ci s'excusa bientôt : il avait rendez-vous avec l'une de leurs grandes donatrices, une dame qui exigeait une totale discrétion.

— Une soupe le matin, une soupe le soir, ça vous changerait du régime andouillette-bordeaux, Émile, ricana Louis une fois dehors.

— Ne me faites pas rire, ce sont les blaireaux[1] comme vous qui pleurnicheraient après leur mère si vous n'aviez pas vos trois repas par jour ! répliqua l'ancien sergent du génie. Vous croyez qu'on avait

1. À l'époque : conscrit.

des rations de luxe dans la jungle ? J'ai bouffé du serpent plus souvent que vous n'avalez des couleuvres !

— Émile, quel poète vous faites ! lança Leroux, amusé, tout en montant dans le fiacre qui devait les mener maintenant chez les femmes, au refuge George-Sand, rue de Stendhal, tout contre le cimetière du Père-Lachaise.

Dirigé par un couple très strict, l'asile était bien tenu et propre. Le mari, lui aussi passionné des statistiques, leur en débita quinze à la douzaine, depuis l'influence des conditions météorologiques sur le nombre des entrées à celle de la lecture des journaux, en passant par l'âge des entrantes.

— Les deux tiers n'ont pas quarante ans, beaucoup sont enceintes et veulent le cacher, les autres sont battues ou ivrognes, conclut-il en se dirigeant d'un pas lourd vers une femme à la trogne illuminée qui tapait au carreau.

Cinq minutes plus tard, Anatoline, ce pilier de refuge qui avait osé déjà se présenter quinze jours plus tôt alors que le délai minimal était de trois mois, se voyait éconduire sans plus de ménagement.

Louis se représenta la pauvre femme errant dans le froid de la nuit, seule, ivre, sac humain continuant à rouler sur la pente de la déchéance.

— Monsieur, monsieur, on va me ramasser ! implorait-elle, tassée contre l'embrasure.

— C'est ce qui peut vous arriver de mieux, trancha le sévère directeur en les emmenant visiter les douches.

Les douches, encore ! Il se rappela le mot d'Émile Pouget, le trublion rédacteur du *Père Peinard*, la feuille anarchiste : « Des pisse-froid nous foutent des douches de phrases creuses et emmerdantes. »

Compartimentées, pourvues de baignoires et de rideaux, ces douches-ci étaient propres ainsi que le dortoir, aux draps blanchis chaque jour, flanqué à chaque extrémité d'une cabine vitrée où dormaient deux surveillantes.

— Ça me rappelle la pension, chuchota Leroux.

— Hélas, on n'y était jamais refusé ! lui renvoya Louis.

Une fois dans la rue, ils retrouvèrent avec plaisir l'air glacé et Louis éprouva le vif désir de serrer Camille dans ses bras. Toute cette propreté alliée à tant de rigueur avait un petit air de lourdes bottes prussiennes écrasant la vermine de la populace. Comme ils s'éloignaient pour aller jeter un coup d'œil à l'asile de la rue Fessart – « Encore un de ces noms ! » s'amusa Leroux –, une calèche couverte s'arrêta devant le refuge et une femme du monde, chapeautée, le visage masqué d'une voilette, s'engouffra dans la maison.

— Sans doute la bienfaitrice anonyme dont parlait le sieur Jeanin, observa Leroux.

— J'aimerais bien savoir de qui il s'agit… Cette silhouette…

— Une autre fois, mon vieux, on a encore du boulot.

L'établissement de la rue Fessart, dédié aux futures mères, était plus moderne que les précédents. Couture, repassage, blanchissage, pliage, tout était prévu pour occuper pendant huit mois les pensionnaires, vêtues du caraco blanc et de la jupe grise réglementaires. La nourriture était plus roborative. Le matin : soupe à l'oignon, lard aux pommes, fromage. Le soir : bouillon, œufs, fromage. La République prenait soin de ses futurs enfants.

En sortant, un peu abrutis de toutes ces visites, ils aperçurent des mioches, pendus aux fenêtres, qui essayaient d'attirer l'attention des pensionnaires.

— Les précédents loupiots de ces dames, dit Émile au moment où Louis remarquait un petit visage angélique aux lèvres rouges et pincées.

— Nini ! s'écria-t-il en s'élançant.

Mais une fois de plus, la petite fille fut la plus rapide et elle s'évanouit dans l'obscurité. Était-ce même elle ? Ces gamines se ressemblaient toutes, maigres, hâves, l'air sournois. Il essaya de questionner les autres marmots, mais bien sûr personne ne connaissait Nini. Louis rejoignit ses compagnons, morose. Fichue excursion que cette balade dans les antres de la charité. Mais, bon, ça lui fournirait un bon papier et l'occasion de remuer un peu le cœur desséché des bourgeois.

— Depuis quand pourchassez-vous les petites filles ? demanda Leroux qui griffonnait dans un carnet tout en détaillant Louis des pieds à la tête.

— Ce n'est pas une petite fille, c'est un succube que je dois interroger pour une enquête en cours. Pourquoi me reluquez-vous comme ça, Gaston ? J'ai une tache sur le nez ?

— Non, non, protesta Leroux en riant. Je prends des notes pour une idée de roman, c'est tout. Vous avez tout à fait le type du loustic détective que je veux croquer !

— Crénom, Gaston, ne vous avisez pas de me donner en modèle d'ahuri de Chaillot menant ses enquêtes comme un poulet décapité !

— Je n'oserais pas ! Un raisonneur comme vous ! Étape suivante ?

— Vous allez rire, nous allons au Château-des-Rentiers.

— Cruel surnom !

— Pas du tout, c'est simplement le nom de la rue et jusqu'à présent l'ironie de la chose n'a gêné personne. Allons, en voiture !

M. Gobard, le directeur du Château-des-Rentiers, était d'ailleurs très fier de son établissement.

— 264 lits ! clama-t-il. La cuisine est capable de livrer 300 soupes à la fois. Quant au travail, faites-moi confiance, j'arrive toujours à en placer au Marché aux bestiaux, à 4,50 francs par jour. Les autres, je les mets à la fabrication des bûchettes résineuses qui servent à allumer le feu. 2 francs par jour. Et pour les habits, nous avons de la chance : on nous envoie ceux de la Morgue, bien désinfectés.

À la mention de la Morgue, Louis et Émile échangèrent un regard.

— Vous savez, ajoutait Gobard tout fier, nous n'avons pas que des prolétaires. Tenez : un ancien commissaire de police, un professeur de langues, des licenciés en droit, des étudiants en pharmacie, des artistes dramatiques…

De retour sur le trottoir, soûlés de données, de nuitées, de mesures et de comptabilité, ils envisageaient de remettre la visite des maisons de l'Œuvre de l'hospitalité de nuit, fondée par des particuliers, quand Louis remarqua la calèche de la dame en noir, stationnée devant une porte latérale. Il se précipita sur l'administratrice, qui était en train de mettre les volets, et, s'excusant de son audace, lui raconta qu'il avait absolument besoin de savoir qui était la visiteuse si distinguée : *Le Petit Éclaireur* envisageait une réunion de souscripteurs en faveur des enfants aveugles et chaque donateur potentiel pouvait être utile.

Après maints atermoiements, la brave dame, sensible au charme de la jeunesse et aux yeux bleu pâle de Louis, lâcha enfin le nom de leur bienfaitrice, actuellement en rendez-vous avec son mari.

Une certaine Lady Fisher-Brown.

— J'en étais sûr ! glapit Louis. Son adresse ?

— Mais, jeune homme, comprenez bien… c'est gênant… joignez-la donc à son bureau, à l'Union pour la bienfaisance.

Sur ces entrefaites, Leroux les salua : il devait rentrer, il assistait à un procès tôt le lendemain matin. Louis voulait rester un peu, attendre Lady Fisher-Brown.

— Vous vous rendez compte, Émile ? Notre aventurière transformée en dame patronnesse ? Moi qui la croyais toujours en Amérique…

— Sans doute s'est-elle lassée de son riche banquier et elle est venue mettre le grappin sur un autre gogo, répliqua Émile.

Il n'avait rien contre Lady Fisher-Brown, mais elle était rattachée à leur pénible aventure anglaise qui lui avait causé tant de tourments.

Pendant qu'ils attendaient en fumant, un vieil infirme, dont le manteau troué flottait autour de son maigre corps, s'avança vers eux en clopinant sur sa béquille et leur quémanda une cigarette et une pièce. Il rangea la pièce dans une petite bourse qu'il portait autour du cou et coinça la cigarette derrière son oreille.

— C'est pour c'tte nuit, expliqua-t-il. Quand j'dors pas, j'fume.

— Vous êtes inscrit à l'asile ?

— C'est mes trois jours, avec le dimanche, ça m'en fait quatre. Faut savoir s'organiser si on veut durer dans c'métier.

— Je croyais que tous les pensionnaires devaient être rentrés à 6 heures du soir ?

— J'ai une dispense, parce que j'fais la sortie des théâtres.

Devant leur air étonné, il expliqua :

— J'distribue des prospectus pour les bonnes œuvres, r'gardez.

Il exhiba une feuille bien imprimée appelant à rejoindre l'Union pour la bienfaisance.

— C'est une idée d'Milady, qu'en a dans la tourte. Les gens y viennent d's'marrer, bien au chaud, vont aller becqueter, y z'osent pas m'dire d'm'aller faire fiche. Bon, c'est pas tout ça, faut qu'j'm'rentre, j'ai la dalle.

Il commençait à s'éloigner, appuyé sur sa béquille, quand une voix éraillée monta d'une encoignure.

— Polyte, file-moi la pièce, m'ont pas laissé entrer, j'ai pus rien à licher.

— Des nèfles !

Polyte… Brusquement, Louis se souvint de sa conversation avec le nommé Dranem au sujet d'un mendiant amputé qui avait évoqué des disparitions d'enfants.

Il rattrapa le vieillard par le bras, manquant le faire s'étaler.

— Faites gaffe, abruti ! Voyez pas qu'j'ai qu'une patte ?

— Excusez-moi, il faut que je vous parle.

— Ah ouais, et d'quoi ? Du cours de la Bourse ?

— Je pourrais aider à garnir la vôtre.

— Là, vous m'intéressez plus. En échange de quoi ? Pas d'mon vieux corps, j'espère ? ricana Polyte qui fut pris d'une quinte de toux expectorante.

— Je suis reporter au *Petit Éclaireur*.

— Moi, j'étais éclaireur, quand j'ai perdu ma guibolle. En Crimée. Foutue guerre d'foutus couillons.

— Sergent-chef Émile Germain, service du Génie aux colonies, se présenta Émile qui s'était approché.

— « Rien n'est sacré pour un sapeur », chantonna Polyte. Salut, camarade officier. Tu m'files une cibiche ?

Émile lui tendit son paquet.

— Garde-le.

— Je suis à la recherche d'un assassin, lâcha Louis tout à trac.

Polyte se figea.

— Qu'est-ce qu'vous dégoisez là ? Et pis, en quoi ça m'concerne ?

— Vous connaissez un jeune comique qui se fait appeler Dranem ?

— Celui qui fait l'andouille ? Ouais, ça s'peut. Et alors ?

— Vous lui avez parlé de gamins qui disparaissaient. C'est important, monsieur Polyte. Il y a un tueur en liberté. Vous connaissiez Lilas, la vendeuse de fleurs ?

— Beau brin d'fille.

— Elle est morte. On l'a retrouvée ce matin dans la Seine. À moitié nue.

— Mince alors !

— Et la veille, un enfant a été assassiné, un petit ramoneur qui vivait chez la mère Dupuis.

— C'est Lilas qu'a tué le gosse ? J'peux pas l'croire. Elle était toute douce.

— Mais non, ce n'est pas elle. Elle, on a volé son cadavre.

— Ça m'semble embrouillé, vot'histoire. Et pis y a toujours eu des richards pour s'amuser avec les p'tits pauvres. « Les uns chair à travail, les autres viande à plaisir », comme disait *Le Père Peinard*.

Louis se souvenait de l'article en question, un violent pamphlet contre les abus sexuels.

— Qu'est-ce que vous savez, vous ? le pressa-t-il à voix basse, car deux hommes passaient.

— C'est flou, dit le vieux clochard en secouant la tête. Y a des rumeurs.

Il se tut. Louis lui tendit une pièce qu'il empocha lestement.

— Merci, mon prince. Les gosses ont peur. C'est un mouflet qui m'l'a dit. Un type avec un sale regard avait voulu l'faire monter dans un fiacre. Un type de la haute qui rôde la nuit. La rumeur dit que les mômes qu'acceptent, on les r'voit pus. Mais j'en sais pas plus, conclut Polyte. Bon, là, faut vraiment qu'j'aille faire téter mes puces…

— Et les Tisonneurs ? Vous en avez entendu parler ?

— Parlez pas d'malheur, jeune homme ! Les Tisonneurs, c'est des bêtes enragées. Des esclavagistes ! Et pis en plus, c'est souvent les mômes qui marnent pour eux qui disparaissent.

Il se tut, hésitant. Louis rajouta une pièce, mais Polyte secoua la tête et il fut obligé de lui allonger un billet craquant.

— On dit qu'y servent de rabatteurs au diable ! chuchota-t-il.

— Vraiment ? Et où peut-on les trouver ?

— Ce sont eux qui t'trouvent, mon pote, quand ils veulent. Tout c'qu'j'peux dire, c'est…

Il s'interrompit soudain, la bouche ouverte, les yeux exorbités, titubant sur sa béquille.

— Bon sang, il a une attaque ! lança Louis.

La béquille bascula sous le poids du corps et le vieux Polyte s'écroula face contre terre. Laissant voir un manche noir planté entre ses omoplates.

— Une attaque de couteau ! gronda Émile.

— Le gars dans le caniveau ! cria Louis en s'élançant vers l'homme tapi dans l'ombre qui avait réclamé de l'argent à Polyte.

Un homme qui n'avait pas la démarche hésitante d'un ivrogne, mais l'allure rapide d'un sprinter. Et trop d'avance sur Louis et Émile qui, impuissants, le virent disparaître dans une rue transversale et sauter dans un tramway.

Furieux, ils revenaient vers le malheureux Polyte quand ils se trouvèrent face à deux clochards aux yeux étrécis, qui dégageaient une forte odeur de gnôle. Le plus grand des deux, dont la barbe descendait jusqu'au nombril, sortit un long couteau à manche de bois et l'autre exhiba un marteau de forgeron.

— C'est pas le moment, les gars, dit Louis calmement.

Il y eut un silence et on entendit le fiacre stationné devant l'asile s'éloigner rapidement. Lady-Fisher Brown prenait le large.

— L'avez tué, salauds, éructa le barbu. J'vas vous crever la panse.

Sans même répondre, Émile balança sa jambe gauche en un arc de cercle foudroyant qui faucha l'homme derrière le genou, le propulsant à terre où, de la pointe de sa bottine, il le percuta au menton, le laissant dans les vapes. Avec un cri de rage, le marteau de forgeron s'éleva et fut stoppé dans sa descente par un avant-bras musculeux, tandis qu'un formidable coup de poing atteignait son propriétaire derrière l'oreille, le laissant assommé pour le compte.

— Je vois que les Prussiens vous ont acquis à la guerre éclair, observa Louis en poussant les deux hommes inconscients dans le caniveau.

— Je ne réponds pas aux gamins, riposta Émile en rajustant son nœud de cravate.

Ils se penchèrent sur le corps de Polyte.

— Pauvre gars ! dit Émile en lui fermant les yeux. Se faire rétamer dans le dos par un salaud d'embusqué... Vous pensez que c'est lié à notre affaire ou que l'autre lui a réglé son compte par vengeance ? On a la détente facile, chez les biberonneurs.

— Vous avez vu comment ce type cavalait ? Il n'avait pas plus bu que vous ou moi. Et il a frappé Polyte à l'instant précis où il nous parlait des Tisonneurs. Nous voilà avec un nouveau cadavre sur les bras, ajouta-t-il, morose. Pauvre vieux bonhomme ! Tirez-le sous le réverbère, je vais prendre une photographie.

— Et la police ?

— La police... Inutile de nous fourrer dans les sales pattes du commissaire Journaux.

Le commissaire Journaux, le mal nommé, détestait particulièrement les journalistes, ces écrivaillons, et leurs fichus torchons juste bons à s'essuyer le derrière, selon ses propres mots. En retour, Louis détestait le commissaire Journaux, hélas au service de la Sûreté générale.

Après avoir photographié le corps, Louis jeta un coup d'œil aux deux clochards qu'Émile avait assommés et remarqua un détail étrange : l'homme à la grande barbe portait des chaussettes. Des chaussettes en fil de soie ! Le costume de clochard n'était qu'un déguisement !... Il héla Émile, mais ils entendirent soudain les éclats de voix d'une patrouille qui approchait.

Ils s'éloignèrent donc le plus discrètement possible. Inutile de perdre des heures à subir un interrogatoire. Ils ne pouvaient même pas donner le signalement de l'assassin. Grand, svelte, coiffé d'une casquette... « Avec ça, allez retrouver le bonhomme dans les deux millions et demi d'habitants de la capitale. Et essayer en plus de convaincre les pandores que les deux clochards étaient des imposteurs... peine perdue », se dit Louis en accélérant l'allure.

Le cocher du fiacre de Lady Fisher-Brown, garé de l'autre côté du bâtiment, n'avait certainement rien vu, sinon il serait intervenu. Donc rien à attendre de ce côté-là. Tout s'était déroulé si vite ! Un couteau traversant la nuit, un homme perdant la vie...

Louis soupira : quatre morts en vingt-quatre heures et ils n'étaient pas plus avancés. Fallait-il voir dans le guet-apens tendu à Polyte la preuve d'une surveillance constante exercée par les Tisonneurs ? Mais pourquoi épier le vieil infirme qui n'avait pas grand-chose à dire ? N'était-ce pas plutôt lui qui était suivi ? Et quand ceux qu'il cherchait risquaient de lui en dire trop, on les exécutait. Lilas, Polyte... La petite Nini était peut-être en danger de mort à cause de lui !

Toute cette affaire puait le sordide.

Le luxuriant jardin d'hiver des *Folies-Bergère* était noir de monde. Tant la Belle Otero que la *Danse serpentine*[1] de l'envoûtante Loïe Fuller attiraient toujours la foule. Le public allait et venait entre le jardin,

1. Créée par Loïe Fuller en 1892 à New York, combinant effets de lumière et amples mouvements de tissu. La *Danse serpentine*, qui introduisait les « effets spéciaux » dans la danse, fut imitée dans toute l'Europe.

les bars, le hall, la salle et le promenoir, qui grouillait de lorettes à l'affût de clients.

Louis salua d'un signe de tête la dame replète derrière le comptoir du bar principal. Elle avait bien pris quatorze kilos depuis que Monet avait fait son portrait quatorze ans auparavant. *Un bar aux Folies-Bergère*. Un tableau qui trichait avec la réalité, soit dit en passant, car d'aucun des trois bars du rez-de-chaussée on ne pouvait voir la salle ou le public, ni leur reflet. Se faufilant entre les arcades orientalisantes ocrées de rouge et d'or sous le fabuleux plafond d'étoffe à pompons et à glands, Louis repéra Albert, à une table d'angle, près d'une fausse fontaine. En habit, portant ses lorgnons, il était attablé auprès d'un jeune homme aux yeux sombres, au nez grec, arborant des moustaches en guidon de vélo, qu'il leur présenta comme Joseph Talbot, apprenti vedette.

Les activités de prestidigitateur d'Albert, sous le nom de Philibert Jolimond, lui faisaient côtoyer le gratin des phénomènes de foire et des étoiles du music-hall, et Louis eut vaguement l'impression de l'avoir déjà vu.

Joseph Talbot soupira.

— La concurrence est rude, tout le monde veut s'engouffrer dans la brèche. Mais moi, je ne suis pas un vulgaire imitateur, j'ai le feu sacré !

— Vous êtes dans le spectacle, donc ? demanda Louis tout en étudiant le menu.

À ce moment-là retentirent, nettement audibles même dans cette atmosphère de bazar turc, les sonores déflagrations de flatulences intestinales. Louis se figea, espérant que ce n'était pas Émile. Puis, stupéfait, il s'aperçut que le chapelet de gaz formait une chanson. *La la la, la la la, la*... non, ce n'était pas... mais si...

C'est la lutte finale, groupons-nous et demain...

Impossible. Personne ne pouvait pétarader ainsi ! Et pourtant…

L'Internationaaale sera le genre humain !

Le silence se fit, un silence de mort, puis brusquement Émile et les convives les plus proches se levèrent et des « bravo, bravo ! » jaillirent, tandis que Joseph Talbot se levait et saluait, l'air modeste.

— Épatant ! dit Louis, un peu congestionné. Vous avez un don, c'est certain.

— N'est-ce pas ? Mais il n'y a pas que le côté sportif, mécanique, qui m'intéresse. Je voudrais amener dans ce métier un peu de poésie.

Un pétomane poète. Bien. La pintade aux choux avait l'air tentante. Ou le gigot frit à la bretonne ?

— Comme dit le grand Pujol, mon modèle, un artiste doit savoir se lâcher sur scène, expliquait Talbot, pince-sans-rire.

Le Marseillais Joseph Pujol, qui emballait Paris, s'était autoproclamé le seul artiste « qui ne paie pas de droits d'auteur », ainsi que cela figurait sur ses affiches. Il ne devait en effet sa gloire qu'à la maîtrise de son appareil intestinal qui lui permettait d'ébahir les foules. Avec sa singulière anatomie, le Pétomane pouvait aussi bien jouer *Frère Jacques* au pipeau qu'éteindre les bougies de la scène. Gloire du *Moulin-Rouge*, il avait décidé de voler de ses propres ailes et d'ouvrir son théâtre, le Pompadour.

Louis comprenait l'amertume de Talbot. « Le devant de la scène est déjà occupé, le garçon aura du mal à faire son trou », se dit-il en s'interdisant absolument de faire un jeu de mots douteux.

Sur ces entrefaites arriva Camille, fourbue et de mauvaise humeur. La énième représentation du *Médecin malgré lui* avait mis ses nerfs à rude épreuve. Le metteur en scène était une bourrique, l'éclairagiste un veau, la costumière une buse.

— Avec tout ce zoo, un déjeuner de perroquet vous fera le plus grand bien, décréta Talbot en lui offrant un biscuit trempé dans du vin.

Camille sourit et Louis songea que son sourire s'évanouirait bien vite si Talbot décidait d'exercer de nouveau son art.

Ils vidèrent une bouteille de champagne en apéritif et en commandaient une autre quand un homme d'une trentaine d'années, glabre, de taille moyenne, les traits forts, se glissa soudain sur la banquette en saluant aimablement tout le monde.

— Claude ! Comment allez-vous ? s'exclama Albert en le présentant à la ronde. Claude-Louis Delair, vous l'avez certainement applaudi au *Bataclan* : le Lilyonnais.

« Jamais entendu parler », se dit Louis, occupé à caresser la main de Camille sous la table. Elle lui adressa un sourire coquin en retour.

— Le Lilyonnais, c'est fini, *out*, du vent, d'la mousse ! dit Delair. Maintenant, je m'appelle Mac Norton et je donne dans un genre tout à fait différent. Attendez voir...

Il se leva, s'approcha du bel aquarium d'ornement où nageaient des poissons rouges et, les mains en coupe, en ramena une poignée jusqu'à leur table, qu'il flanqua dans le grand seau à glace.

— Voyez comme j'ai faim ! lança-t-il avec un clin d'œil avant d'avaler les cinq poissons un à un, sans se presser, sous le regard ébahi de ses compagnons.

Cela fait, il but un grand verre d'eau et alluma une cigarette qu'il fuma paisiblement jusqu'au bout. Mal à l'aise, les autres se taisaient. Puis Mac Norton écrasa son mégot et, tout souriant, régurgita les poissons tout frétillants, un à un, dans le seau à glace.

— Réflexion faite, lâcha-t-il avec un sourire, je prendrai plutôt une blanquette de veau ce soir.

La table s'enthousiasma. Camille, les yeux ronds, applaudissait à tout rompre, Émile examinait les poissons, bien vivants. Louis se disait que Mac Norton allait faire fureur, Albert parlait déjà tournées européennes et Talbot faisait la tête, morose.

— J'ai aussi un numéro avec de l'eau, expliqua Mac Norton, tout content. Je me fais servir une cinquantaine de vrais bocks par de faux garçons de café, soit à peu près quinze litres. Je les bois, puis je fume, comme tout à l'heure, et ensuite j'expulse l'eau, en douche ou en fontaine. Ça plaît beaucoup. Vous voulez que je vous montre ?

— Pas ici, dit Louis un peu vivement et Camille lui décocha un regard du genre « Ce que tu peux être bourgeois, mon petit tsar ! ». Nous irons vous applaudir sur scène, poursuivit-il.

— Théâtre Moderne, boulevard des Italiens. Passez dans ma loge, on boira un coup, ha, ha, ha ! Excusez-moi, j'ai rendez-vous avec mon imprésario.

Ravi de t'avoir revu, Philimond, dit-il à Albert. Je n'entends que des louanges à ton sujet, petite fripouille !

Il rafla les poissons au passage pour les remettre dans l'aquarium.

— Comment fait-il ? demanda Camille dès que Mac Norton se fut éloigné. Il y a un truc ?

— Non, non, ce n'est pas un illusionniste, assura Albert, juste une nature un peu particulière, comme notre ami Talbot.

Camille pencha la tête vers Talbot et allait très certainement lui demander quelle était sa spécialité quand des voix féminines et un brin vulgaires retentirent.

— Émile ! Vieux soiffard ! Tu lichotes en loucedé, ma parole !

La Goulue, hilare, se tenait derrière eux, accompagnée de deux de ses anciennes camarades du cancan du *Moulin-Rouge*, Nini Pattes-en-l'Air et Grille-d'Égout. La plus petite, Nini, une créature délurée au visage malicieux, avait la réputation de ne pas avoir froid aux yeux ni au reste. Grille-d'Égoût, ainsi surnommée à cause de sa dentition irrégulière, était jolie et gracieuse. Comme ses camarades, elle avait toujours dans sa poche un jeu de photographies où elle posait dénudée et qu'elle n'hésitait pas à faire admirer à la ronde.

Elles avaient déjà dîné, mais on leur fit de la place, on passa la commande, on but pas mal et on rit beaucoup. Cependant, Louis n'arrivait pas à se défaire de la vision du pauvre vieux Polyte effondré dans la gadoue.

Nini Pattes-en-l'air semblait avoir jeté son dévolu sur Talbot. Grille-d'Égout, ayant jugé qu'Albert n'était pas « levable », que Louis était pris et qu'elle n'allait pas faire de crasses à la Goulue, essayait d'attirer l'attention d'un rupin à la panse rebondie et qui fumait de gros havanes, des vrais, pas des *crapulos* à un sou plongés dans de la teinture de fève tonka pour se donner l'air cubain.

Entre deux gorgées de bordeaux, Louis apprit à Albert l'assassinat de Polyte et sa nouvelle tentative – ratée – pour intercepter la petite Nini.

— Nini, c'est marrant, c'est mon nom ! s'écria Nini Pattes-en-l'air qui avait saisi le mot au vol.

— C'est un petit nom assez répandu, dit Talbot.

— De quoi ? Tu dis qu'j'suis commune ? riposta Nini en se penchant sur lui, l'air redoutable.

Le temps passait, les bouchons sautaient et que ces dames finissent par lever la jambe en poussant des hou hou frénétiques accompagnés par le trombone anal de Joseph Talbot indiquait peut-être une consommation excessive d'alcool, conclut Louis en louchant pour sa part sur le décolleté de Camille.

Une petite main froide le tirant par la manche le ramena sur terre. Un loufiat qui venait leur dire de se calmer ?

Non, c'était un gamin pâlot, la joue barrée d'une cicatrice, des dents en moins, qui lui tendait sa boîte contenant des paquets de cigarettes.

— Tiens, Totor, qu'est-ce tu fous là ? lança Grille-d'Égoût en se laissant retomber sur sa chaise, haletante.

— Ben, j'turbine, ça s'voit pas ? répliqua le marmot du haut de ses huit ans. Et toi, tu montres pas ta lune, ce soir ?

— Dis donc, malappris ! Et pis, c'est déjà fait ! conclut-elle en riant. Tiens, file-moi un paquet de Caporal, du supérieur.

Totor empocha son dû et s'apprêtait à continuer sa tournée quand il se figea. Louis, un peu embrumé, suivit son regard affolé, mais ne vit qu'une silhouette en frac sortir dans la nuit glacée.

Il demanda un paquet d'Amazones pour Camille et des Havanaises pour lui, que Totor leur tendit, l'air ailleurs.

— De qui as-tu peur ? demanda Louis à voix basse. Tu peux me parler, je suis reporter au *Petit Éclaireur.*

— J'sais pas lire, riposta Totor. Allez, faut que j'marne, moi. Y a mon poteau qui m'attend, ajouta-t-il en désignant un garçonnet, un joli blond du même âge que lui, qui exécutait des cabrioles dans le jardin.

— J'arrive, Momo ! lui cria-t-il.

Il se heurta à Nini Pattes-en-l'Air qui revenait des water-closets, tenant Talbot par le cou.

— Salut, toi ! lança-t-elle en ébouriffant les cheveux du gamin. C'est le p'tit Maurice Chevalier qu'est dehors à faire l'acrobate ? Dis-y de venir me voir s'il veut toujours faire du cirque avec son frère.

Elle recula en louchant, pour mieux le regarder.

— Eh, t'as l'air tout chose, toi ! Il est pas encore revenu t'embêter, l'sale bonhomme, dis ? Sinon, Joseph il ira lui coller son poing dans les gencives, hein, Joseph ?

Talbot grogna vaguement. Totor essayait d'échapper à la poigne de Nini, mais celle-ci, avec l'opiniâtreté des ivrognes, le tenait fermement, tout à son idée.

— Des types comme ça, faudrait leur couper les roubignoles ! déclara-t-elle. Vous vous rendez compte, attirer les p'tiots avec des jouets !

Louis, illico dégrisé, se pencha vers Totor.

— Un type a essayé de t'embarquer ?

Le gamin haussa les épaules.

— Pas la peine d'faire d'la mousse, j'm'ai sauvé et pis c'est tout.

— Menteur ! jeta Nini. C'est Alphonse qui t'a tiré de ses griffes.

— Alphonse ?

— Oui, Alphonse Allais, le rigolo. On sortait d'chez la mère Adèle, l'ancien *Lapin Agile*, et on a vu ce type tout en noir avec un haut-de-forme qu'essayait d'faire monter Totor dans une calèche. Tu vendais quoi, Totor, c'soir-là ? Des canaris, c'est ça ?

Totor hocha la tête, résigné.

— Alors, Alphonse il a couru vers le mecton en y gueulant d'lâcher l'môme et l'homme il a grimpé dans l'sapin, et fouette cocher, y s'est esbigné sans demander son reste. Allez, raconte-nous, Totor, j't'offre un coco.

— J'en veux pas, d'ta limonade ! J'veux d'la gnôle.

En riant, on lui servit une coupe de champagne qu'il dégusta les yeux brillants, le petit doigt en l'air, puis, assis entre Camille et Grille-d'Égout, il leur raconta son histoire à voix basse, non sans jeter des regards craintifs alentour.

Il y avait un mystérieux monsieur, toujours en habit, qui rôdait la nuit dans la ville et proposait aux enfants de monter dans sa belle calèche pour leur montrer une lanterne magique époustouflante, rien à voir avec les vieux zootropes.

Le zootrope, un cylindre à tambour jouant sur la persistance rétinienne, avait connu un grand succès depuis sa commercialisation en 1834 et était utilisé aussi bien pour divertir les bambins que les adultes licencieux, tout dépendant des images que l'on y faisait défiler.

Louis tapota sans y penser sur la table. D'innombrables appareils fondés sur le même principe inondaient le marché du jouet. Albert, à l'instar de ses camarades magiciens, utilisait fréquemment des instruments similaires pour projeter des spectres grimaçants.

Depuis des années, des dizaines d'inventeurs s'étaient attaqués au problème de la décomposition et de l'animation des images. Sur la lancée du photographe américain Muybridge, l'éminent savant français Étienne-Jules Marey avait conçu des appareils à usage scientifique – fusil photographique, chronophotographe à bande mobile – tandis qu'Émile Reynaud avait créé un « praxinoscope de projection » et breveté son « théâtre optique ». Œuvrant en solitaire, il dessinait et coloriait lui-même ses plaques de gélatine et projetait ses dessins animés au public enthousiaste du musée Grévin depuis 1892.

Mais bien certainement, l'homme en noir devait vouloir exhiber autre chose que des images de Pierrot ou Colombine… Quoi qu'il en soit, tous les enfants qui le suivaient, appâtés par un coûteux jouet optique et la promesse d'une bourse de menue monnaie, ne réapparaissaient jamais.

L'homme avait de la prestance, portait l'habit, un haut-de-forme et se faisait appeler le Vicomte.

Louis pressa Totor d'en dire plus, mais sans succès. Très grand, « aussi grand que vous, m'sieu le scribouillard ». Élégant, sans âge et sans visage, le Vicomte était une ombre en frac dont les chevaux noirs martelaient le pavé la nuit venue.

— J'y ai expliqué, au Suédois, qu'j'l'avais pas bien vu, et y m'a posé plein d'questions en faisant son dessin, conclut Totor en tendant son verre.

— Le Suédois ? répéta Louis.

— Anders Zorn, il est peintre, un beau Viking, expliqua Nini que l'ivresse faisait loucher.

Camille, qui appréciait la peinture, avait entendu parler de Zorn comme d'un artiste talentueux et original.

— Donc, ce Zorn était là ? demanda Albert à moitié endormi par l'abus de bulles.

— Ouais, et il a essayé de faire le portrait d'ce salaud d'après la description de Totor et pis des au'tres gosses d'la Butte, expliqua la Goulue, s'arrachant un instant à Émile.

— Et il est où, ce portrait ? demanda celui-ci en reboutonnant son col.

— Ben, avec Zorn, pour sûr, marmonna Nini. Il crèche boulevard de Clichy, mais il a un atelier sur la Butte, c'est là qu'on l'trouve l'plus souvent.

— Il faudra nous en occuper dès demain, dit Émile.

Louis se retourna vers Totor qui dégustait une meringue, les lèvres pleines de sucre.

— Et les Tisonneurs, dans tout ça, quel est leur rôle ?

Le gamin se figea.

— Mince, mon lacet ! dit-il en se baissant sous la nappe.

Une seconde plus tard, il filait à toute allure entre les tables, sa boîte et sa meringue serrées contre son cœur, et rejoignait Maurice dehors.

Décidément, les Tisonneurs flanquaient la frousse à tout le monde !

— Une lanterne magique, c'est dépassé ! ironisa Talbot. Ce Vicomte n'a donc pas entendu parler du kinétoscope ? Ils en ont installé chez Werner. Pour quelques centimes, on peut visionner cinq films[1]. On y voit des gens bouger, vraiment bouger, et faire des choses amusantes. Un type qui éternue…

— Oui, *Fred Ott's Sneeze*. Il y a également un singe qui saute sur un orgue, un type qui salue… mais ça ne dure qu'une demi-minute et on est chacun

1. « Positifs tirés sur des bandes flexibles de Celluloïd de 2 x 3 cm... ces rubans atteignent une longueur considérable de 15 mètres environ ». Gaston Tissandier, in *La Nature*, 1894.

devant sa boîte, objecta Louis qui s'était lui aussi rendu 20, boulevard Poissonnière, chez MM. Werner Frères, représentants d'Edison en France.

La conversation lui rappelait étrangement leur enquête à Londres et la disparition prématurée d'Augustin Leprince, l'inventeur franco-anglais qui avait tant œuvré pour créer un appareil de projection d'images animées.

Comme en écho à ses pensées, Albert leva la main.

— Vous savez que je me tiens toujours moi aussi au courant des innovations optiques : c'est un atout de plus pour un bon spectacle de magie. Comme l'a très bien résumé M. Gay, du Photo-Club de Paris, on sait aujourd'hui produire des épreuves successives formant une décomposition parfaite du mouvement. Mais à ce jour, rien n'est totalement satisfaisant pour la restitution de ce même mouvement.

— Jacte français, mon mignon, on pige rien ! s'écria Grille-d'Égout, hilare…

— Même vous, mesdames, savez qu'Edison, avec l'aide de l'ingénieur William K. L. Dickson et du film Celluloïd d'Eastman, a conçu les kinétoscopes, reprit Albert, imperturbable, mais ce ne sont que des machines à sous où l'on peut visionner de tout petits films.

— Petit film deviendra grand ! s'esclaffa Nini.

— Justement, il n'a pas résolu le problème de la projection sur grand écran, poursuivit Albert, toujours à son idée.

— Contrairement à Reynaud et à ses Pantomimes lumineuses, lança Louis, qui en était un spectateur assidu.

— Reynaud s'est engagé dans une voie différente, répliqua Albert. Il projette ses propres dessins. Or, ce qu'on veut aujourd'hui, ce à quoi travaillent à cette minute même tous les inventeurs d'Europe et d'Amérique, c'est arriver à projeter dans une grande salle les images animées de gens réels, en mouvement comme vous et moi, et ce pendant plus d'une minute.

— T'imagines ça, Grille-d'Égout ? rigola la Goulue. Nos gambettes sur un écran géant ! Encore mieux que sur leur bazar de photographies : on nous verra gambiller pour tout d'bon ! Pour le grand écart, sûr qu'y aura foule ! Et pis, pour les petites scènes intimes, ça sera bien plus amusant…

Émile rosit tandis que les filles éclataient de rire.

— Parfaitement ! insista Albert. Notre ami Robert William Paul, de Londres, m'a téléphoné avant-hier que sa collaboration avec le photographe Birt Acres portait ses fruits et qu'ils testaient leur kineopticon à son domicile dans Park Road. Bientôt, mesdames, on verra au même moment vos gambettes sur toutes les scènes de Paris, de Londres, de Berlin !

On trinqua une fois encore à cette fantastique idée.

— Tu vois ça que les gonzes du XXe siècle y préfèrent les images animées que les vrais gens ! gloussa Nini. Vos fichus appareils, y vont toutes nous mettre au chômage, oui !

S'ensuivit une vague polémique.

Louis, fatigué de trop d'événements et de trop de conversations, n'avait plus qu'une envie : rentrer, dormir, et surtout reprendre la traque le lendemain matin. De toute façon, la soirée tirait à sa fin, on bâillait en finissant les verres. Albert demanda l'addition que l'on trouva vraiment exagérée – Quoi ? pour quatorze dîners et cinq bouteilles ? Ah non, quatorze bouteilles et cinq dîners – et chacun paya son écot en maugréant.

— Je suis dans les brindezingues ! marmonna Louis en se mettant au lit. Demain, de l'eau et du potage.

— C'est ça, mon p'tit tsar, un peu d'abstinence ne te fera pas de mal, répliqua Camille en se collant contre lui. Ah, non, pas touche ! Rappelle-toi que tu es au régime.

Il la fit basculer sur le dos et leurs souffles se mêlèrent dans la nuit saupoudrée de givre.

CHAPITRE VI

Louis toqua à plusieurs reprises contre la porte close avec la désagréable impression que les coups résonnaient dans son cervelet.

Émile, qui donnait une leçon de boxe, n'avait pas pu l'accompagner. Quant à Albert, il était coincé à la Salpêtrière avec une conférence sur les personnalités morbides.

— Pour le charbon, faut passer par la petite porte, dit une voix de baryton.

— J'ai l'air de livrer du charbon ? répliqua Louis en montrant son élégant costume à carreaux tout en s'avançant pour apercevoir son interlocuteur.

— Hé, ne me marchez pas dessus, mon vieux !

Il baissa les yeux. Devant la porte de l'appartement voisin, un minuscule bonhomme en pyjama rayé le dévisageait en bâillant.

— Excusez, je n'ai pas beaucoup dormi, dit le nain qui lui arrivait à mi-cuisse.

— Moi non plus, répliqua Louis en observant son interlocuteur.

Un visage de faune, de grands yeux verts, des cheveux carotte, un corps bien proportionné. Un lilliputien.

— Je cherche M. Anders Zorn, ajouta Louis.

— Bienvenue au club.

— Je vous demande pardon ? dit Louis en se demandant si le nain se fichait de lui.

— Il avait promis de faire le portrait de Champ', mais il n'est pas là.

— Qui est Champ' ?

— Champ' est Champ'. Moi, je suis Edmond, mais on m'appelle plutôt le Roi des Elfes, précisa-t-il avec une courbette.

— Louis Denfert, reporter au *Petit Éclaireur*, se présenta Louis, perplexe.

— Plaisant, ce petit coin de campagne, ajouta Edmond en désignant la butte Montmartre paisible sous la neige. Quand on passe à tout ce boxon cinq cent mètres plus bas…

Louis opina, peu enclin à discuter des charmes de la capitale.

— Vous connaissez bien M. Zorn ?

— Un peu. Nous sommes voisins de palier. J'ai fait partie du *Freak Show* de Barnum jusqu'à ce que cet exploiteur casse sa pipe. J'avais envie de retrouver Paname, je me suis recyclé dans les foires foraines locales, expliqua le Roi des Elfes en tendant une petite main potelée.

À ce moment-là une voix retentit dans son logis, une voix aiguë qui réclamait en anglais son breakfast d'un ton plaintif. Edmond soupira tandis qu'une ombre massive s'encadrait dans la porte.

— Je vous présente Champ', annonça-t-il.

Louis leva la tête. Grand, blond, frisé comme un mouton, les joues roses et imberbes, la mine renfrognée, Champ' devait mesurer deux mètres vingt et peser cent cinquante kilos.

— Dis bonjour à M. Denfert, ordonna Edmond.

Le géant tendit une main grosse comme un battoir à linge et saisit avec vigueur celle de Louis, lequel décolla du sol.

— Doucement ! le tança le nain. Champ' est mon partenaire, expliqua-t-il. Le Géant du Texas. Nous faisons du lancer de nain, du main à main… Son papa est rancher. C'est un brave garçon, mais il est un peu capricieux.

— *Bullshit !* marmonna Champ' en arrière-plan.

— Tout cela est très intéressant, mais je dois rencontrer Zorn au plus vite, précisa Louis.

Champ' secoua sa grosse tête en faisant mine de tirer sur une corde :

— *Tchou ! tchou !*

Louis attendit que ses oreilles aient fini de résonner de « tchous » prodigieusement sonores avant de demander :

— Anders Zorn est parti en voyage ?

— Il est à Venise, répondit Edmond.

— *I need my breakfast !* trépigna Champ'.

— On y va, mon grand, on y va. Entrez, Denfert, ce n'est pas le paradis, mais bon… rigola Edmond en le précédant.

Louis suivit les deux phénomènes de foire dans une minuscule cuisine dont Champ' touchait presque le plafond. Bacon et œufs au plat crépitaient sur le poêle et Louis se rappela aussitôt qu'il n'avait avalé qu'un bol de chicorée.

— Que va faire Zorn à Venise ? demanda-t-il dix minutes plus tard, la bouche pleine.

— C'est un des commissaires de la première Exposition internationale d'art de la ville de Venise, expliqua Edmond.

— C'est bien ma veine, murmura Louis en se resservant du café, excellent. Pourrais-je consulter les œuvres qu'il a laissées dans sa chambre ? Il s'agit d'une affaire extrêmement importante.

Le Roi des Elfes le gratifia d'un œuf supplémentaire et d'un clin d'œil.

— Dans ce cas, il faut nous la raconter en détail. Je vous dirai ensuite si j'ai la clé de son atelier…

Louis s'exécuta tout en nettoyant son assiette avec du pain frais et, excité par son récit, le lilliputien l'accompagna dans l'atelier du peintre où ils firent chou blanc.

— Il emporte toujours son carnet de croquis avec lui, dit Edmond. Mais vous-même, pourquoi n'iriez-vous pas à Venise ? reprit-il en réintégrant son douillet appartement. De nombreuses revues d'art sont intéressées par l'événement.

— Je fais plutôt dans le fait divers, précisa Louis.

— Bah, on s'en tamponne ! Improvisez ! Vous croyez que je suis né Roi des Elfes ? Je suis de Belleville et en guise de bonne fée, ma mère m'a vendu à un forain quand j'avais trois ans. C'est lui qui m'a taillé les oreilles en pointe, continua-t-il en montrant ses lobes pointus.

Louis frissonna.

— Mais comment voulez-vous que je me fasse passer pour un rubriqueur d'art ? lança-t-il. Ma collaboration la plus artistique portait sur les costumes féminins de *lawn-tennis*.

— J'ai toujours rêvé d'y jouer, dit Edmond, mais j'arrive à peine à manier la raquette. Champ' a essayé une fois et a failli décapiter son adversaire.

— Et puis, continua Louis, tout à son idée, ce portrait ne m'apprendra peut-être rien d'utile.

— Mais vous n'avez pas d'autre piste. Champ', arrête de jouer avec ce tisonnier ! Et voilà ! Je le savais ! Il va nous servir à quoi, plié en deux ? Bougre de Texan !

— À propos de tisonnier, vous avez entendu parler d'une bande de malfrats qui se fait appeler « les Tisonneurs » ?

Le Roi des Elfes se renfrogna en tirant sur le lobe de ses longues oreilles pointues.

— De fieffés salauds, ils terrorisent tout le monde. Heureusement pour moi, avec Champ', je ne crains rien ni personne. Ils sont en rapport avec votre affaire ?

Louis confessa le reste de l'histoire, le meurtre de la mère Dupuis, le vol du corps de Lilas, l'assassinat de Polyte. Le regard vif et intelligent d'Edmond le mettait en confiance.

— Ce n'est pas une bande ordinaire, confirma celui-ci. Ils n'hésitent pas à torturer et à tuer pour s'assurer de la docilité de leurs ouailles. Mais le pire, ce ne sont pas leurs activités crapuleuses de souteneurs ou d'exploiteurs d'enfants des rues. Le pire, c'est qu'ils servent de rabatteurs à des pervers sexuels, des débauchés cyniques.

Louis se raidit sur sa chaise.

— De laides âmes cachées sous du beau linge, poursuivit Edmond. Qui s'attaquent en priorité aux jeunes prostitués qui n'appartiennent pas à des bandes organisées. Des débauchés ont recours aux services des Tisonneurs pour assurer leur protection pendant qu'ils assouvissent leurs vices. Votre Vicomte doit être un de ces malfaisants.

— Ce n'est pas un simple pervers, protesta Louis. D'après les enfants, ceux qui montent dans sa calèche ne reviennent jamais.

— Que voulez-vous que ça fasse aux Tisonneurs ? Ce n'est pas la matière première qui manque. Il doit les rétribuer grassement pour leur aide.

— Et vous voulez que je parte à Venise ? !

— Réfléchissez, mon grand monsieur ! Toute la bonne société va filer là-bas pour parader le long des canaux et, en bons républicains que nous sommes, faire des grâces au roi Humbert Ier et à la reine. C'est la période du Carnaval et, même s'il n'est plus que l'ombre de ceux d'antan, il a ses adeptes. Quoi de plus attractif pour ceux qui aiment avancer masqués ?

— Mais comment en savez-vous tant ? ! s'exclama Louis.

— Je me faufile. J'écoute. J'observe. Beaucoup de gens ne m'accordent pas plus de considération qu'à un petit chien. On parle aisément devant son chien.

— J'en aurais un pour mon anniversaire, de chien, décréta Champ' occupé à essayer de soulever le plafond.

— On verra, lui renvoya Edmond. Un soir, ajouta-t-il, j'étais sorti seul pour aller boire un coup ou deux, quand on m'a soudain mis la main sur l'épaule. J'ai sursauté, mais déjà une voix me proposait de l'argent, des jouets, un feu de cheminée, déjà on m'entraînait vers un fiacre. Un salaud m'avait pris pour un gosse ! Je lui ai expédié un coup de coude dans les parties et j'ai filé ventre à terre jusqu'à mon terrier, foi d'elfe !

Il bondit de sa chaise.

— C'est l'heure d'aller au boulot, Champ' ! Dernière représentation. Ensuite, nous nous accordons un repos bien mérité. Allez, mon grand, en route !

Ils se saluèrent, promirent de se revoir. Tout en descendant la Butte, sous un soleil pâle qui faisait étinceler les branches givrées, soufflant sur ses doigts glacés, Louis réfléchissait à son entretien avec le Roi des Elfes. Il devait rendre compte de tout ça à Albert et à Émile et aviser ensuite.

Il pourrait toujours proposer à Gillières un papier pittoresque sur le nain et le géant. Mais avant, faire un saut à l'Union pour la bienfaisance.

La revêche secrétaire qui montait la garde devant le bureau de Milady ne parut nullement attendrie par l'œil de velours bleu et le sourire enjôleur de Louis. Lady Fisher-Brown ne recevait que sur rendez-vous. Avait-il rendez-vous ?

— En quelque sorte, oui, expliqua Louis. Nous avons tous rendez-vous avec notre destin.

— Eh bien, monsieur l'écrivaillon, ce n'est pas noté dans mon cahier. Si vous voulez bien m'excuser et repasser la porte, j'ai du travail, conclut le dragon à chignon en se replongeant dans un volumineux courrier.

— Faites-lui au moins passer ma carte, Lady Fisher-Brown me connaît bien, elle me recevra.

— Mon petit monsieur, rétorqua la duègne, pour lui faire passer votre carte, il faudrait que je prenne le train !

— Plaît-il ?

— Lady Fisher-Brown est partie ce matin en voyage d'agrément.

— Où cela ?

— Croyez bien que je ne vous le dirai pas, même sous la torture.

— N'ayez crainte, je n'ai aucune envie de me salir les mains. Pourquoi m'avez-vous fait perdre mon temps à me demander si j'avais rendez-vous ?

— Le fait qu'elle soit absente n'a rien à voir avec le fait que vous n'avez pas rendez-vous, répliqua-t-elle en rajustant ses bésicles. Le règlement est le règlement.

— Vieille toupie ! jeta Louis en claquant la porte vitrée. Allez donc vous faire réglementer chez les zouaves !

Au journal, c'était l'effervescence habituelle. Les aléas de la politique intérieure, les expéditions coloniales, la menace anarchiste, les avancées phénoménales de la science et de la technique, tout se fondait dans le fracas des rotatives, l'agitation de la cour des expéditions, l'air affairé des collègues.

Surpris, il aperçut Camille qui l'attendait dans un coin du hall d'entrée et il se hâta, craignant une mauvaise nouvelle. Mais elle lui sauta au cou, tout sourire.

— Tu as vu, il fait beau ! lui dit-elle.

— Que se passe-t-il ?

— Il devrait se passer quelque chose pour que je vienne te voir ?

— Tu détestes venir au journal. Tu as toujours peur de te salir et ça t'énerve de me voir m'intéresser à autre chose qu'à toi.

— Fais ton odieux, je m'en fiche, je pars ce soir.

— Qu'est-ce que tu racontes ? demanda Louis, livide.

— Ha, ha ! On fait moins son fanfaron ! Ce que je raconte, mon petit tsar, c'est qu'on me demande de jouer Hedda Gabler au pied levé. Le rôle-titre !

— Mais… et *Le Médecin* ?…

— Que le diable le patafiole ! J'en ai ma claque de jouer les ingénues. De toute façon, la Duramis sera ravie de me remplacer, elle me déteste. Hedda Gabler ! Tu te rends compte ?

— Mais comment se fait-il…

— Quoi ? Qu'on me propose un vrai rôle ? s'emporta Camille, ses yeux dorés flamboyant. Ça se fait qu'Eleonora s'est cassée la jambe en jouant les amazones et qu'on s'est souvenu que je connaissais le rôle pour avoir été sa doublure. Et donc, *avanti* ! *Venezia*, me voilà !

— *Venezia ?* répéta Louis comme un perroquet.

— *Si, caro mio !* Venise ! Nous jouerons devant le roi et la reine, lors des fêtes d'inauguration de l'Exposition.

Stupéfait par ce concours de circonstances, Louis dévisageait Camille sans rien dire.

— Tu as l'air aussi enthousiaste qu'une gargouille, mon petit tsar. Tu as fait une mauvaise chute sur la tête ?

Louis la saisit par le bras et l'entraîna vers un coin tranquille, loin de l'ascenseur.

— Il faut que je t'explique, c'est inouï !

Un quart d'heure plus tard, Louis montait à l'étage où Gillières avait son bureau. Tapi dans son antre surchargé de souvenirs, le rédacteur en chef, entouré d'un nuage de fumée, relisait la une en téléphonant.

— Vous avez tout du rédacteur en chef d'opérette ! lança Louis en se laissant tomber dans un fauteuil avachi près d'un iguane empaillé.

— Dommage que je n'aie pas de librettistes à la hauteur ! lui renvoya Gillières en couvrant le combiné avec sa main.

Il termina sa conversation et raccrocha.

— Cinq minutes pour obtenir un numéro ! Et il n'y a que 14 000 abonnés. T'imagines si on était 200 000 ?

Le réseau ne pourrait pas suivre. Bon, qu'est-ce que tu veux ?

— Un billet pour Venise.

— C'est ça. Et puis quoi encore ?

— Une chambre chez le père Danieli.

— Denfert, retourne-z-y et laisse-moi travailler, moi !

— C'est pas du flan, patron. Je suis sur un gros coup.

— Ah ouais ? Le renouveau de la commedia dell'arte ? Tu peux te le mettre…

— Des meurtres. Des meurtres d'enfants. Je vous en ai déjà parlé.

Gillières posa son cigare et se redressa.

— Tu m'as parlé d'un meurtre ignoble dans Paris. Maintenant tu me parles de meurtres d'enfants à Venise. Je t'ai nommé reporter à l'étranger ?

— Écoutez-moi deux minutes !

— Deux secondes, Denfert, répliqua Gillières en brandissant deux doigts menaçants.

Une demi-heure plus tard, Louis ressortait du bureau du Grand Dédé son ordre de mission en poche. On allait traquer le Vicomte et épingler les Tisonneurs. Aucun concurrent n'était sur le coup, ça valait le scoop, comme disaient les confrères américains !

Il entraîna Camille jusqu'au *Grand Bar anglo-américain*, à l'angle des rues de la Chaussée-d'Antin et Meyerbeer. Un grand bar cosmopolite où on pouvait lire les journaux du monde entier et où on parlait toutes les langues. Il devait y retrouver Émile et Albert. Émile était déjà là, la moustache cirée, l'œil vif, ragaillardi par deux ou trois heures de coups de poing et de lancers de jambe. Il était passé à la Préfecture. Édouard de Toursienne y était inconnu : pas de condamnations, pas d'activité politique, pas de dettes de jeu, rien à ce nom. Louis n'en fut pas trop étonné. On n'avait pas affaire à des voyous ordinaires. Les messieurs comme il faut commettant des actes répréhensibles se piquaient généralement de respectabilité.

Albert ne tarda pas à les rejoindre, pâle et les yeux cernés, la tête farcie de pathologie nerveuse, de dégénérescence d'origine héréditaire et d'étude approfondie du fonctionnement cérébral.

— Le mien a grand besoin d'un petit doux ! déclara-t-il en commandant une crème de menthe. Camille, quel plaisir de vous voir parmi nous, si rayonnante ! Que nous vaut cet honneur ?

— Nous partons à Venise ! s'exclama-t-elle en tapant dans ses mains.

— Enfin, Louis, vous vous êtes décidé ! claironna Émile. Félicitations ! Le voyage de noces avant les noces, il n'y a que ça pour être sûr qu'on ne fait pas fausse route.

— Émile, espèce de vieux débris de notre glorieuse armée, je regrette que les macaques hurleurs ne vous aient point pris comme déjeuner, vous ne seriez pas là pour empoisonner le nôtre de votre fiel, répliqua Louis.

— Laisse, dit Camille, magnanime. Il est jaloux, c'est tout.

— Jaloux ? De vos canaux stagnants qui fleurent la poubelle ? Des palais lépreux rongés d'humidité ? De ces stupides barques appelées gondoles qui transportent des moutons de touristes bêlants ? Crédieu !

— Et moi qui pensais que vous seriez content de nous accompagner, ainsi qu'Albert, bien sûr.

— Moi ? À Venise ? s'étonna ce dernier. Comment voulez-vous que je fasse faux bond à la Société d'anthropologie ?

— Tombez malade quelques jours ou envoyez votre mère à l'hôpital, que sais-je ! dit Louis. Mais il faut d'abord que l'on vous explique…

Il en était à la fin de son récit quand il fut interrompu par l'arrivée de Joseph Talbot, qui semblait épuisé et nerveux.

— Messieurs, madame, permettez. Votre grouillot m'a dit que je vous trouverais ici. Un blanc cass' et vite, garçon ! Je suis un homme traqué !

— Plaît-il ?

— Cette fille, cette goule…

— Nini Pattes-en-l'Air ?

— J'ai réussi à m'évader de sa chambre pendant qu'elle faisait sa toilette. Une forcenée. Elle dit qu'elle m'aime, que je suis son petit mari. Moi qui suis allergique au mariage, je vous jure, rien que le mot me donne de l'urticaire !

Camille le fixa d'un air sévère.

— Croyez-moi, je suis un brave gars, mais elle, elle veut me sucer jusqu'à la moelle !

Un lourd silence accueillit ses paroles malheureuses.

— Je vous ai entendu parler de Venise, continua-t-il. Les Italiens sont friands de spectacles, je me disais que ce serait peut-être une bonne idée d'aller voir ailleurs si j'y suis.

— Vous ne m'avez toujours pas dit quel était votre numéro, fit remarquer Camille qui trouvait Talbot attendrissant.

Louis lui écrasa le pied sous la table. À cet instant, la porte du restaurant s'ouvrit de nouveau et La Glu fila comme une flèche jusqu'à leur table.

— J'y ai dit que vous serez pas content, mais ils ont insisté qu'y devaient vous jacter d'autor et d'achar[1] ! se justifia-t-il en s'écartant, dévoilant le Roi des Elfes, dans un petit manteau noir, le feutre crânement incliné sur le côté.

Ce n'était pas la présence du nain qui attirait tous les regards. C'était la vision d'un géant débonnaire et confus qui tendait devant lui la lourde poignée arrachée à la porte, l'air de demander où il devait la poser.

Les serveurs, blêmes, faisaient claquer leurs serviettes et le patron poussa un long gémissement qu'Edmond s'empressa d'interrompre en lui fourrant des billets dans la main et en faisant asseoir Champ' à une table voisine.

— Donnez-lui un seau de grenadine et il se tiendra tranquille, assura-t-il.

La Glu, visiblement ravi, s'installa près du géant, prêt à partager ses confidences et sa boisson, tandis qu'Edmond se hissait près de Camille.

— Comme vous êtes belle, lui dit-il, une vraie fée ! Dommage que je sois pris !

Elle donna une chiquenaude sur le bord du chapeau.

— Louis m'avait caché que vous étiez un vilain séducteur. Et où est votre dulcinée ?

— Mlle Gabrielle est en tournée en Russie avec le Kingston Brother Circus. Malheureusement, ils avaient déjà un Tom Pouce, donc je n'ai pas pu partir avec eux. Tenez, je vous offre sa photographie, ajouta-t-il en lui tendant une carte postale colorisée où souriait une jolie jeune femme blonde d'une trentaine d'années, les mains sur les hanches.

1. Apocope d'autorité et d'acharnement : vivement, d'un ton sans réplique.

Camille crut d'abord qu'elle n'avait posé qu'en buste. Puis elle prit conscience qu'elle n'était qu'un buste. Dépourvue de jambes, la jeune femme était littéralement posée sur un tabouret en velours. « Mlle Gabrielle, la plus ravissante demi-femme du monde ! » disait la légende, en français et en anglais.

Louis vit Camille battre des cils tout en complimentant Edmond qui lui tapota gentiment la main en retour.

— Ne vous inquiétez pas de votre réaction, dit-il de sa surprenante voix de baryton. Nous autres, les vedettes des *freak shows* qui ont tant de succès, avons appris à nous protéger en nous repliant dans notre univers parallèle. Pour moi, Mlle Gabrielle est belle et pour elle je suis beau. Que m'importent ses jambes inexistantes, et que lui importent mes soixante-dix centimètres de hauteur ? Un être humain se réduirait-il à une addition de chair ?

Puis, se tournant soudain vers Talbot :

— Permettez que le Roi des Elfes porte un toast au futur Roi des Pétomanes !

Camille battit des cils, mais se joignit bravement au toast tandis qu'Émile étudiait la carte postale de Mlle Gabrielle. L'ex-sergent se pencha soudain vers Louis.

— Votre nain, là, il pourrait nous être utile, chuchota-t-il.

— À quoi ? demanda Louis, un peu ahuri de toutes ces rencontres.

— Il pourrait facilement passer pour un mioche. Servir d'appât pour le Vicomte. Un leurre qu'on agite dans la nuit.

— Émile, vous êtes un fin stratège !

Émile se rengorgea tandis que Louis répercutait son idée à voix basse à Albert qui l'approuva sans réserve.

— Et pourquoi croyez-vous que je sois venu vous voir ? les interrompit Edmond en sifflant son cognac d'un trait.

Louis, cependant, était embarrassé :

— Mais pour le financement…

Edmond haussa les épaules :

— Mlle Gabrielle ne reviendra pas avant trois mois. Mon dernier engagement s'est fini hier au soir. J'ai de l'argent de côté, assez pour devenir un nain rentier. Si votre enquête aboutit, la notoriété sera ma rétribution. Et puis, Venise est tellement moins chère que Paris !

C'est ainsi que, le soir même, sur le quai de la gare, près du marchepied d'une voiture de la Compagnie des wagons-lits, une petite troupe hétéroclite rassemblait ses bagages. Le convoi gagnerait Venise par Bâle et la ligne du Gothard, ouverte en mai 1882.

Il avait été décidé que Champ', vraiment trop encombrant, resterait à Paris sous la bonne garde de la Goulue qui venait de s'acheter une baraque à la Foire du Trône. « Nini, Grille-d'Égout, la Môme Fromage et les autres s'occuperont bien de lui », avait-elle assuré. La mère d'Albert, quant à elle, attendait l'arrivée de son fils unique pour recevoir les saints sacrements en vue de sa fin imminente. Elle allait heureusement se rétablir dès leur retour de Venise, afin de pouvoir décéder une nouvelle fois si besoin était par la suite.

Louis, très élégant dans son pardessus de voyage gris foncé, pointa du doigt chaque membre du groupe.

— Camille, Albert, Émile, Talbot et le Roi des Elfes. Nous sommes au complet, annonça-t-il. Messieurs, ma puce, en avant toute !

Ils montèrent à bord du sleeping-car et se répartirent dans les luxueux compartiments capitonnés de velours avant de se retrouver au wagon-restaurant où Louis confia son appareil photographique au maître d'hôtel afin qu'il leur tire le portrait, tout sourire et bras dessus, dessous.

La locomotive sifflait, la neige tombait, l'aventure commençait.

CHAPITRE VII

Le train emprunta au ralenti le pont de 4 600 mètres, porté par 222 arches, qui franchissait la lagune. La locomotive siffla plusieurs fois et le convoi s'immobilisa enfin dans un panache de vapeur et le grincement assourdissant des freins. « *Signori, Venezia !* » hurla le contrôleur tandis qu'on ouvrait les portières.

La vaste gare résonnait de mille voix dans toutes les langues. Le froid était vif et piquant. Des *carabinieri* aux brandebourgs argentés, étincelants sous leur *lucerna*, le chapeau à deux pointes, surveillaient les nombreux mendiants aux mains lestes.

Le Roi des Elfes remonta le col de loutre de son manteau, dédaigneux des regards qu'on lui lançait à la dérobée. Albert – qui, contrairement aux apparences, ne venait pas d'une famille bourgeoise, mais avait été élevé à Aix-les-Bains, en Savoie, dans une ferme où travaillaient de nombreux ouvriers agricoles transalpins – entendait un peu de vénitien. Sa sacoche sous le bras, il montait la garde près des bagages en attendant les porteurs, refusant énergiquement les offres multiples de domestique à la journée. Talbot s'en fut acheter des cigarettes turques à une petite marchande aimablement potelée, suivi d'un essaim de coureurs d'hôtels, de gondoliers désœuvrés et de pauvres hères se proposant comme guides. Émile faisait ses exercices d'assouplissement talons-pointes tout en repoussant les incessantes jérémiades de miséreux en haillons. On eût pu croire que la moitié de la population, en guenilles, demandait l'aumône, jacassant en plusieurs langues.

Enfin, les portefaix arrivèrent, accompagnés du groom de l'hôtel. Un jeune garçon d'une quinzaine d'années, mince comme une anguille, au long visage mobile surmonté d'une masse de cheveux noirs crépus. Vêtu d'un étroit pantalon blanc, d'une courte veste marron à boutons dorés sur laquelle était brodé le nom de la pension et coiffé d'un tambourin marron et or, il se présenta comme Rizzo, le frisé. Les importuns furent vivement éloignés, les bagages chargés sur une charrette à bras et nos voyageurs guidés vers l'extérieur.

Venise ! Louis, qui ne connaissait la ville que par les peintures et les photographies, déboula sur un quai glissant qui empestait le poisson et les algues, face à une rangée de palais flottant dans une brume argentée.

— La « cité magique » de Byron, « sortant des flots comme des colonnes d'eau[1] », chuchota Camille en lui serrant le bras.

Une cloche sonnait, toute proche. Quelque chose manquait… le bruit omniprésent des chevaux ! Pas de hennissements, pas de sabots martelant le pavé. Un silence aquatique seulement troublé par l'animation des passants, les cris enjoués des marchands, le grincement des brouettes.

1. Extrait de *Childe Harold*, chant IV.

— Nous prenons une des pirogues ? demanda Émile, moqueur.

— Nous ne sommes pas dans la brousse ! protesta Albert.

— Gondoles, pirogues, c'est kif-kif. Et m'est avis qu'il faut avoir l'œil sur les moricauds du coin. Le pickpocket vénitien est réputé pour sa vélocité.

— Nous avons écumé Whitechapel sans crainte, et vous trouvez à redire à cette vieille cité endormie ! s'exclama Louis.

— Souvent les vieilles sont plus sournoises que les jeunes, décréta Émile en enfonçant les poings dans ses poches. Bon, comment y va-t-on, à cet hôtel ?

Gillières ayant renâclé à loger Louis à la *Grande Albergo Reale* de Giuseppe Danieli, la petite troupe s'était rabattue sur un hôtel près du Théâtre Rossini, qu'un camarade avait recommandé à Camille. L'*Albergo di la Luna* convenait convenablement aux bourses modestes.

Rizzo, qui baragouinait un français passable, les invita à le suivre.

— Par ici, mezieurs-dames, nous allons prendre lé vaporetto.

— Vaporetto ? répéta Camille.

— Le bateau à la vapeur, répondit le groom, désignant une sorte de bateau-mouche dont la corne et le panache de fumée trouaient la brume. Il y en a toutes les dix minoutes. Les premiers, ils étaient *francese*. Venir de Rouen. La Compagnie des bateaux Omnibous. Maintenant, *ela xe* la Societa Veneta Lagunare qui a repris les lignes. Allons, allons, par ici s'il vous plaît ! Les bagages, eux, ils prennent un *sandolo*, une barque.

Après avoir acquitté la redevance de quinze centimes, ils se faufilèrent à sa suite sur le vaporetto et se tassèrent dans un coin, contre le bastingage, indifférents au grésil, avides de contempler la légendaire cité.

— 132 000 habitants ! Nous allons descendre le Grand Canal, 5 700 mètres, largeur moyenne de 50 mètres, annonça Rizzo, qui semblait affectionner les chiffres.

Ils passèrent sous le majestueux pont du Rialto – « 1588-1591, une seule arche, 48 mètres de long, 10 de large, 12 000 pilotis » – tandis que Talbot lançait des œillades à une grisette vénitienne rougissante et qu'Edmond, perché sur une des bouées de sauvetage, saluait aimablement les autochtones. Rizzo, plein de fierté, leur nommait les édifices au fur et à mesure qu'ils avançaient le long du Grand Canal. « À la gauche, la Ca' Tiepolo, à la droite la Ca' Genovese, qu'elle a été construite en 1892 à la plaze de l'abbaye San Gregorio… à la gauche… »

Louis, Camille et Albert ne cessaient de tourner la tête de tous côtés, comme les spectateurs d'un match de *lawn-tennis*, fascinés par cette fantomatique et délicate beauté.

— C'est assez délabré, Hanoi est plus pimpante, fit soudain observer Émile. Un bon coup de peinture ne serait pas de trop.

Albert soupira.

— Vous êtes imperméable à la poésie, mon pauvre vieux.

— Oui, mais pas à ce crachin. Quel temps de chien ! Ou devrais-je dire d'Autri-chien ? Ha, ha, ha !

Rizzo s'esclaffa poliment.

— Sympathique, ce garçon, déclara Émile. Beaucoup d'humour.

Ils débarquèrent sur une placette animée, le *campiello* San Zacco, et attendirent pendant qu'on déchargeait les bagages, plongés dans leurs pensées respectives. Talbot se lissait les moustaches d'un air conquérant. Cette ville avait l'air agréablement pourvue de cafés et de jeunes demoiselles. Albert rêvait déjà qu'il se produisait au Théâtre Malibran, émerveillant le public pourtant blasé de Venise par la fougue novatrice de son spectacle qui mêlait théâtre d'ombres, magnétisme et grandes illusions. Camille, elle, faisait la révérence à la reine Marguerite qui la félicitait pour sa remarquable interprétation. Edmond imaginait un lancer de nain par-dessus le Grand Canal, d'une rive à l'autre. En maillot de bain rayé rouge et blanc, il aurait fière allure. Émile se disait que la Sérénissime avait tout d'un vieux cuirassé sur le point de sombrer dans les flots, toute la bande des doges debout sur la tourelle arrière. Louis songeait que c'était le décor parfait pour un aristocrate débauché s'enfonçant dans les vapeurs délétères de la décadence. Mais où se trouvaient donc les courts de tennis et le vélodrome ?

Rizzo vint les tirer de leurs rêveries. L'hôtel était à deux pas, *par ici, par ici.*

Ils passèrent sous un *sotopòrtego*, un passage couvert, empruntèrent une ruelle moussue, la *càe* Pignata, et arrivèrent à l'*Albergo di la Luna*, un petit palais du XVIe, aux murs couverts de lierre, situé en bordure d'un étroit canal aux eaux transparentes, le rio dell'Angelo. Dans la jolie cour pavée trônait un vénérable *pozzo*, un puits en forme de chapiteau antique, orné de blasons. Une servante aux mains rouges de froid était en train de déverrouiller la grille qui fermait la *vera*, la margelle blanche ornementée.

Une femme du peuple attendait, deux seaux en cuivre accrochés au bâton suspendu en travers de ses épaules.

— La *bigolanta*, la porteuse d'eau, expliqua Rizzo en les priant d'entrer avec force courbettes.

Les chambres étaient ravissantes. On aurait dit des chambres de poupées, avec leurs épaisses courtepointes dorées, leurs lambris, leurs étroites cheminées de marbre noir. « Et pour trois francs par jour ! » souligna Émile en refermant la porte de la sienne.

Camille sauta plusieurs fois sur le lit pour l'essayer avant de défaire sa malle, tout excitée.

— Venise, Louis, tu te rends compte ? La plus belle ville du monde !

— Mais pas la plus trépidante : on dirait une ville de conte de fées. Endormie. Frappée par une malédiction. On est loin des fastes du père Goldoni !

— Ne fais pas ton Émile. Tout le monde adore Venise. Musset, Chateaubriand, Maupassant, Turner…

— N'en jette plus ! Tous des maniaques de la mélancolie. Un peu de musique et de gaieté ne feraient pas de mal. À quand le gramophone transportable ?

— Tais-toi donc, tu me fatigues. Oh là là, je dois être à la répétition à midi. Pousse-toi de là. Tu as ton guide Joanne ? Tu veux ma lorgnette ? Tes cigarettes, voilà, ton écharpe, ta casquette et hop, d'la mousse, mon petit tsar ! File fouiner dans les ruines, ne rate pas une seule piste. Allez, zou, dehors !

Louis se retrouva dans le hall de l'hôtel encaustiqué de frais. Un feu flambait dans la cheminée monumentale, flanquée de deux armures. Un canapé XVIIIe voisinait avec un coffre Renaissance. Aux murs, des gravures et des reproductions de Canaletto. Rizzo jaillit devant lui, tout sourire.

— Vous voulez visiter un peu ? *Mi* vous montre les grandes collections, la galerie de l'Accademia, les mousées, la basilique…

Louis, que la perspective de devoir arpenter des salles encombrées de peintures poussiéreuses assommait, refusa tout net. Albert émergea sur ces entrefaites, coiffé et pommadé, précédant Émile qui avait chaussé ses bonnes vieilles bottes de campagne et Edmond, muni d'une petite canne faite sur mesure, qui demanda, l'œil brillant, où l'on pouvait déguster un bon capuccino.

Ah, ces messieurs n'avaient que faire de l'art et de la culture ? Pas de problèmes, Rizzo les emmènerait dans les meilleures trattorias découvrir l'authentique *cuxina* vénitienne, dans les plus agréables tavernes, les plus célèbres estaminets. Que ces messieurs le suivent, en route pour la place Saint-Marc et le *Florian*.

Le café *Quadri*, qui lui faisait face, avait été l'établissement préféré des troupes autrichiennes, au point qu'on l'appelait alors le « Café militaire », mais le *Florian*, lui, était resté le repaire des opposants à l'occupation. Et même si aujourd'hui le *Quadri* drainait la clientèle des soldats italiens, c'était le *Florian* qui gardait la faveur des patriotes.

Tout en leur débitant ses explications à toute allure, il les menait à un train d'enfer et ils débouchèrent bientôt sur la place la plus célèbre du monde. Tout y était : la basilique, le Campanile et ses 98 mètres, la tour de l'Horloge, les élégantes arcades des Procuraties Neuves, les luxueux magasins, les centaines de pigeons, les touristes, les peintres amateurs, les mendiants et les cafés.

— On dirait un peu la place du Palais-Royal, commenta Émile en essayant d'empêcher un pigeon de se poser sur son feutre. En plus négligé.

— 175 mètres dé long sur 56 dé large, récita Rizzo en lui jetant un regard mauvais. Pour visiter la basilique, il est six de vos francs à peine. Là-bas, vers la mer, c'est la Piazetta, 97 mètres de long sur près de 49 de large. Admirez les deux colonnes, dé Saint-Georges et dou Lion ailé.

— Les lions ailés attendront : pour l'instant les elfes ont soif, décréta Edmond en s'engouffrant dans le *Florian*, manquant faire trébucher un serveur qui ne l'avait pas vu.

Le vénérable café les enchanta. Émile se promenait entre les six petits salons avec les précautions d'un éléphant bien élevé dans un magasin de porcelaine. Edmond, un lorgnon à la main, appréciait les ors, les dorures et les miroirs en chineur confirmé. Albert, le nez dans son *latte macchiato* – un délice de lait chaud, mousse de lait et espresso saupoudré de chocolat –, se demandait si le jeune gandin à la table de gauche lui faisait de l'œil.

Louis, qui avait essayé de lire le journal local et avalé trois cafés *ristretti*, dressait son plan de bataille. Gillières attendait des résultats rapides. Or, Louis se trouvait dans une ville fantôme dont il ne parlait pas la langue, à chercher il ne savait même pas quoi ou qui. Une ombre parmi les ombres. Un spectacle d'ombres projeté par un ombromane assassin.

Il lui fallait contacter Anders Zorn au plus tôt...

Talbot fit irruption, tout sourire. Le Roi des Pétomanes semblait en pleine forme. Il avait rencontré une petite modiste jolie comme un cœur, il l'emmenait déjeuner au Lido, et ce soir on fêtait Mardi gras sur la place Saint-Marc ! Allez, salut la compagnie !

— Ce troufion-là ne pense qu'à la galipette ! observa Émile en riant. Tout moi à son âge. Bien, comment comptez-vous alpaguer le Vicomte ?

— Il faut que l'on récupère le portrait fait par Zorn, répondit Louis en tapotant le guéridon, et que l'on interroge ensuite les jeunes garçons des rues.

— *Ragazzi* sales et dangereux, laissa tomber Rizzo. *Mi* vous emmener dans bon bordel.

— Mais non ! s'emporta Louis. Nous ne sommes pas des… heu…

Il se tut. Edmond observait ses petits ongles carrés, Émile fixait la ligne d'horizon et Albert, cramoisi, essayait d'aspirer son *latte macchiato* par le nez.

— Nous sommes là pour mener une enquête, reprit Louis, et il lui en résuma l'essentiel pendant qu'un régiment d'infanterie en uniforme bleu ciel, shakos recouverts de plumes blanches, s'installait sur la place, instruments posés à terre.

Un quart d'heure plus tard, après un récital de marches militaires aussi sautillant que stimulant, Rizzo les entraînait à travers les ruelles étroites et les places paisibles. Direction les *giardini pubblici* du quartier du Castello, où l'on dressait les pavillons de la future exposition, après avoir hélas démoli un manège et l'écurie de l'éléphant Toni, « qu'il était si *magnifico* », leur apprit-il en sautant allégrement les marches d'un des 367 ponts que comptait la Sérénissime.

Émile, en apprenant que la ville ne reposait pas sur des pilotis, mais était bâtie sur 122 îlots, avait adopté l'air goguenard de celui à qui on ne la fait pas. Une cité lacustre, c'était une cité lacustre, pas un rassemblement d'*isolotti* boueux. Se méfier des Vénitiens, sans doute assez fourbes comme tous les insulaires, voir la perfide Albion.

Edmond, qui devait mettre les enjambées doubles pour les suivre, se plaignit que l'on n'ait pas pris le vaporetto ou la gondole, mais Rizzo expliqua qu'il voulait leur montrer un peu les dédales et les recoins si pittoresques de la ville.

— Côté « pittoresque », j'ai été servi par la nature, grogna Edmond dans sa barbe tout en allongeant le pas. Attendez-moi, au moins, bande de grands !

Après moult escaliers, *rio tera, ruga, calle* et *fontego*, ils longèrent les hautes murailles de brique rose de l'Arsenal. Émile nota les heures d'accès : tous les jours de 9 heures à 3 heures de l'après-midi sur présentation d'un passeport ou d'une carte de visite. Ils remontèrent la large via Garibaldi dont le canal central était encombré des marchands de quatre-saisons juchés sur leur *caorlina*, leur barque, traversèrent les jardins du même nom et arrivèrent finalement aux *giardini pubblici*, résonnant des chants et des cris des charpentiers, des coups de marteau et des longs sifflets des gros vapeurs à quai, en partance pour Messine ou l'Égypte.

Un contremaître chauve taché de plâtre et crachotant un vénitien haché leur apprit que ces messieurs de l'Exposition se trouvaient présentement en réunion à l'hôtel *Bucintoro*, à trois cents mètres de là. Ils revinrent sur leurs pas, admirant au passage les éventaires de citrons et d'oranges. Alignés le long du quai, des vaisseaux de toutes les nations déversaient leurs passagers et leurs marchandises. Des équipages coiffés de fez rouges côtoyaient les plates casquettes bleues de la marine russe.

Au *Bucintoro*, ils s'installèrent dans un des salons, pas mécontents de se mettre à l'abri du crachin. Le froid et la marche leur avaient redonné soif et ils commandèrent du vin blanc local, de l'*ombra*, sur les recommandations de Rizzo, pendant que Louis et Edmond se rendaient à la réception s'enquérir de MM. les commissaires, se recommandant vaguement d'une revue d'art parisienne.

— Quel nom, dites-vous ? lança une voix mordante et tout à fait française.

Un homme âgé de taille moyenne, doté d'une épaisse barbe blanche, sortait d'une salle de réunion. Louis reconnut sur-le-champ Gustave Moreau. Le grand peintre symboliste, révéré par la jeune intelligentsia parisienne, le toisait d'un air peu amène.

Louis balbutia qu'ils étaient à la recherche d'Anders Zorn, pour une affaire privée. Moreau, qui faisait partie des cinq commissaires français de l'exposition, fronça les sourcils, puis tourna les talons.

Cinq minutes plus tard arriva un bel homme dans les trente-cinq ans, les traits aristocratiques, le nez long et busqué. Bien que surpris, Zorn salua chaleureusement Edmond qui lui présenta Louis, lequel entreprit aussitôt d'expliquer les raisons de leur venue. Zorn, qui parlait bien le français, se souvenait parfaitement de l'incident. Oui, il avait le « portrait » de l'agresseur dans ses bagages. Non, il ne pouvait pas s'absenter maintenant. Le jury, les commissaires et les officiels étaient en pleine chamaillerie. Les dissensions habituelles en amont d'une grande manifestation. Ensuite, il y avait le déjeuner, puis la visite des installations, les mondanités, etc., il ne pourrait pas se libérer avant la fin de la soirée. Ils convinrent de se retrouver vers minuit au *Grand Veglione* du Mardi gras qui suivait le bal de la place Saint-Marc et se donnait au palais du prince Papadopoli, le mécène qui avait financé le jardin des Plantes.

Louis le remercia vivement et le laissa aux échanges animés dont des éclats coléreux franchissaient les portes fermées. Les grands hommes, comme les petits enfants, défendent farouchement leur bout de gras.

Un deuxième flacon de vin blanc était apparu sur la table et Louis s'en servit un grand verre. Frais, gouleyant, le vin clair donnait envie d'empoigner une rapière et d'en découdre avec l'assassin du petit ramoneur. Était-ce le même qui avait tué Lilas ? Ou fallait-il voir derrière les meurtres de Lilas, de la mère Dupuis et du vieux Polyte la main sans pitié des Tisonneurs ?

Comme c'était étrange d'évoquer Paris, les voyous, la Morgue, la violence et la circulation effrénée dans cette cité piétonne alanguie sortie d'une imagerie médiévale ! Une poursuite en gondole, ça paraissait tout de même moins épastrouillant qu'une course de voitures à moteur !

Il jeta un coup d'œil par la fenêtre aux petits carreaux soufflés à la main.

— *Caigo*, dit Rizzo. Le brouillard.

Une brume épaisse enveloppait les quais. On se serait cru en Angleterre plutôt qu'en Italie.

— Faire attention à les canals, pas tomber dédans, ajouta Rizzo en riant. Il est mieux aller visiter les mousées. Moins froid.

— Bonne idée, approuva Albert. J'aimerais beaucoup voir celui de l'Académie.

— Je crois que je vais aller faire un tour à l'Arsenal, dit Émile. Un atelier de marine colossal ! Des siècles de domination maritime…

— Moi qui ne suis ni très peinturomane ni forcénément militarophile, je vais continuer à me balader un peu, j'ai mon guide, ne vous en faites pas pour moi, dit Louis en montrant son petit livre vert.

— Je viens avec vous, décida Edmond en sautant de son fauteuil. Si le temps se lève, nous ferons un tour en gondole.

280 morceaux dé bois. 10,75 mètres dé long, 1,38 dé large. La moitié droite, elle est plous étroite que la gauche dé 24 millimètres. *La xé senpre nera.* Toujours noire. 50 centimes la pétite course. *El* vaporetto *el xé* moins cher !

Ils prirent rendez-vous pour le déjeuner à 1 heure de l'après-midi au restaurant de la *Casa Kirsch*, riva degli Schiavoni.

— Quel sale temps ! grommela Edmond en trottinant derrière Louis. Et tous ces ponts, tous ces escaliers !

— Pourquoi n'êtes-vous pas allé au musée avec mon ami Albert ?

— Il faut se tordre le cou pour voir les toiles, elles sont accrochées trop haut, ça me donne mal à la tête. Et puis je dois sauter pour lire les cartouches. Les musées, *no thank, sir* !

— Et l'Arsenal ? Les bateaux ?

— Les milliers de galériens fouettés à mort, les batailles navales, la mer rouge de sang, l'odeur des naufrages, très peu pour moi. Le seul uniforme que j'aie porté c'était celui de la poupée de la fille d'un colonel sécessionniste, à La Nouvelle-Orléans, il y a vingt ans. J'ai quarante-cinq ans, vous savez. Je suis un vieux nain.

— Comment êtes-vous arrivé en Amérique ?

— En bateau, ha, ha ! Je me suis d'abord retrouvé à Londres, à faire les music-halls. Je me suis lié d'amitié avec *The Little Queen of Beauty* qui était plus petite que moi et connaissait tout le monde. Notre couple plaisait beaucoup. Le Roi des Elfes et la

Reine des Fées, un *fairy wedding* ! Grâce à elle, j'ai suivi une tournée en Amérique et je me suis fait embaucher au Barnum and Bailey Circus. C'est là que j'ai rencontré Champ'. Son père ne savait pas quoi en faire. À douze ans, le garçon avait déjà démoli la moitié du ranch. Du coup, Barnum, c'était l'occasion de s'en débarrasser. C'est un brave gars. C'est juste qu'il est resté comme un enfant.

Louis imagina l'énorme « enfant » entre les mains expertes des danseuses de cancan. Hum. Avec ce brouillard, on n'y voyait goutte. Comme par magie, un vent vif se leva à ce moment-là, dissipant la brume. Ils se trouvaient sur une petite place, près d'une belle et antique église en brique d'où s'élevait le son plaintif d'un harmonium. Il consulta rapidement son plan : San Giuseppe di Castello. Et en parlant de gamins, il y en avait une grappe agglutinée près des grandes portes tendant leurs casquettes rapiécées. Avisant Edmond, ils se mirent à s'esclaffer et à lui lancer des lazzis, faisant mine de le souffleter avec leurs casquettes, jusqu'à ce qu'il se décide à leur allonger un bon coup de canne. Louis s'avança, menaçant. Les gamins crachèrent à ses pieds – et même un peu sur ses chaussures à vrai dire.

Il haussa les épaules. Il ne parlait pas leur langue, ne savait même pas quoi leur demander. Leur plan était débile. Pourquoi diable le Vicomte serait-il à Venise en ce moment ? Il fallait récupérer le portrait et rentrer dare-dare à Paris, débusquer les Tisonneurs et…

Louis leva la tête, tiré de ses ruminations par le bruit des portes que l'on ouvrait en grand. Les gamins mettaient genou à terre, tête découverte, casquettes tendues, devant un cercueil drapé de velours rouge et porté par quatre gaillards ceints d'écharpes bleu et or. La procession funèbre suivait, femmes en pleurs, hommes sombres et silencieux. Il vit Edmond se signer tout en tirant furtivement la langue aux petits mendiants. Louis ôta à son tour sa casquette et inclina la tête, en signe de respect. De fines gouttelettes de pluie froide lui chatouillaient le crâne. Il s'apprêtait à s'éclipser quand une voix retint son attention. On parlait français !

— Ce soir, à l'heure convenue, chez qui tu sais, disait une voix masculine assourdie.

Edmond et lui relevèrent la tête et Louis aperçut un homme en manteau noir et haut-de-forme qui s'adressait à la dérobée à un jeune garçon pauvrement vêtu. Celui-ci détala aussitôt et Louis n'eut que le temps de noter sa bouche lippue. L'homme en manteau noir revenait déjà vers le cortège, plein de componction et d'onctueux serrements de mains. Louis ne le voyait que de trois quarts, mais cette panse, ce nez, cette barbe noire en pointe… Estomaqué, il marmonna :

— Toursienne !

Non, c'était insensé. Et pourtant… un enterrement… un fabricant de cercueils… Il essaya de se rapprocher, mais le supposé Toursienne se faufila soudain dans l'église. Louis entreprit de remonter le cortège, Edmond sur ses talons.

— Que se passe-t-il ? lui souffla le nain.

— Je vous expliquerai. Suivez cet enterrement !

Le nain obtempéra sans discuter. Louis avança dans le nef sombre et silencieuse.

Où diable était passé Toursienne ? L'allée centrale était vide, les travées aussi. Une vieille femme balayait le dallage. Un enfant de chœur soufflait les cierges. La sacristie ? Elle était ouverte sur le bedeau qui rangeait les étoles. Louis avisa la rangée de confessionnaux. Mais pourquoi Toursienne se serait-il caché là-dedans ?

Il s'approcha du premier, se risqua à regarder. Vide. Le deuxième, idem. Le troisième ne contenait qu'un morceau de fromage, du parmesan, sans doute oublié par un pénitent. Le quatrième, lui, contenait une paire de jambes aux souliers éculés.

Un homme gisait à la renverse. Louis retint son souffle en se penchant sur le siège étroit. Un jeune prêtre le regardait fixement. Du sang coulait de ses oreilles et de ses narines. Un grand crucifix en bois était posé sur son crâne. Non : un lourd et grand crucifix en bois était *enfoncé* dans son crâne. On lui avait fracturé la tête. À ce moment, le jeune prêtre frémit, faisant sursauter Louis. Avant qu'il ait pu dire au jeune homme de tenir bon, qu'il allait chercher du secours, celui-ci lui agrippa la manche, ses lèvres frémirent, du sang les tacha, et il murmura « *Aiutate, aiutate i fantolini* », puis son corps se tendit, ses yeux se révulsèrent et il rendit l'âme.

Il était si jeune, encore imberbe. Le tueur avait frappé fort, du sang avait giclé sur les parois de bois vernis. Louis se redressa, le cœur battant, sous le choc. Un courant d'air glacé faisait voleter les fins cheveux bruns du mort. Un courant d'air ? Il tendit la main. L'air venait de la paroi du fond. Impossible. À moins que… il poussa doucement. La paroi ne bougea pas. Mais elle était si légère… Appuyant des deux mains, il poussa sur le côté et elle se mit à coulisser, révélant une ouverture dans le mur de l'église. Une porte dérobée, restée entrouverte et par où s'engouffrait l'air glacé.

Louis essayait de réfléchir à toute vitesse, épiant les bruits alentour. Toursienne était entré dans l'église et s'y était volatilisé. Tout indiquait qu'il avait tué le prêtre avant de s'éclipser par la porte dérobée.

Le frottement du balai sur les dalles s'était rapproché. Si Louis se faisait surprendre, on l'accuserait certainement. Se défendre, dans une langue inconnue, d'un meurtre sacrilège et insensé n'était pas au programme. Aucune envie de finir pendu sous le pont des Soupirs par une foule en furie. Une photo, vite. Il sortit le petit appareil, prit un cliché. Un dernier coup d'œil au confessionnal… Quelque chose brillait dans la poussière. Un médaillon. Il le ramassa à la hâte, puis s'esquiva, repoussant la cloison derrière lui.

Il déboucha sur une placette, au flanc de l'église, et se rua dans la première rue à droite, croisant deux bigotes en foulard, leur missel à la main. Il tourna à gauche, à droite, au hasard, cherchant juste à mettre de la distance entre le lieu du crime et lui, et se retrouva perdu face à un canal où paressaient de grosses gondoles noires, semblables à d'énormes cafards endormis.

Il s'assit sur la première marche d'un petit pont en pierre. Que faisait Toursienne à Venise ? Était-ce vraiment lui qu'il avait aperçu ? Et par quelle formidable coïncidence Toursienne était-il venu assassiner un prêtre dans cette église à l'instant où Louis et Edmond passaient devant ? Funeste impression de fatalité, un mot que Louis détestait. L'idée que le destin puisse être écrit le mettait en fureur. Le destin n'était que le résultat logique d'une somme de choix, avec toutes leurs conséquences.

Edmond lui avait conseillé de se rendre à Venise récupérer le portrait du Vicomte. Toursienne avait-il eu vent de ce déplacement ? Car il faisait à l'évidence partie de la bande. Quant à Edmond… Que savait-il du nain, après tout ? Qu'il était fort à propos survenu pour les entraîner dans ce voyage. Mais non, les Tisonneurs et le Vicomte n'avaient aucun intérêt à ce que Louis et consorts viennent traîner leurs guêtres dans leurs pattes.

Tout s'embrouillait. Il desserra la main. Le petit médaillon était en argent. Un objet ancien, un peu cabossé. Et dont la surface s'ornait d'un motif hélicoïdal à trois branches. Louis se sentit glacé. Il avait déjà vu cette figure. Tatouée sur le bas-ventre d'une femme démembrée. Et sur l'aine d'un fou sataniste. C'était un triskel. Un symbole celtique. La spirale du Temps éternel, du Bien et du Mal, et de toute autre fadaise ésotérique qu'on voulait bien y voir. Mais surtout le symbole de bien mauvais souvenirs[1].

Il retourna le bijou. On y avait gravé un chiffre, un 3. En soupirant, il rempocha l'énigmatique médaillon. Ce triskel, pouvait-il n'être qu'une coïncidence ? Il est vrai qu'en cette décennie, les médiums et autres spirites pullulaient et qu'on se bousculait pour assister à leurs séances tandis que le bon peuple se régalait des turpitudes réelles ou imaginaires prêtées aux sectes et aux sociétés secrètes. L'inépuisable Léo Taxil continuait ses accusations effarantes contre le palladisme, le culte satanique secret des francs-maçons. Chaque jour voyait son lot de révélations sulfureuses et, parallèlement, le celtisme jouissait d'un engouement général. Pour sa part, il en avait soupé, des triskels. Il glissa la médaille dan sa poche et essuya ses doigts poissés de sang sur la doublure de sa veste.

1. Voir *Le Miroir des ombres*, 10/18, n° 4155.

Qu'avait dit le prêtre ? *Aiutate i fantolini*. Qu'est-ce que ça signifiait ? Il avisa une enseigne : *Luganegher*. Une charcuterie, à en croire les cochonnailles étalées en vitrine. La boutique était petite et bien tenue. Carrelage blanc et bleu, solide commis au teint rubicond, opulente caissière blonde coiffée d'un fichu vert. Ça sentait l'ail, les herbes aromatiques, les tripes. Le charcutier était en train de servir une petite vieille d'une élégance surannée. Louis s'approcha de la caisse enregistreuse toute neuve, une machine rutilante pleine de boutons nacrés, acheta une livre de viande séchée et demanda si l'on parlait français.

Hélas non. Mais on était prête à faire des efforts, on roulait des yeux, on minaudait tout en empaquetant la viande séchée.

— Que veut dire *aiutate* ?

La caissière lui tendit le petit paquet et encaissa sa monnaie, en lui débitant quelque chose à toute allure. Devant son air perplexe, elle sortit de derrière sa caisse, dévoilant ses formes imposantes. Sous le regard mécontent de son mari, elle fit soudain mine de s'évanouir en criant :

— *Aiutate ! aiutate !*

À l'aide ? Louis lui saisit le bras et elle sourit. Le prêtre avait crié à l'aide ?

— Et *i fantolini* ? questionna-t-il. C'est quoi, *i fantolini* ?

— *Fantolini ? Vieni, vieni.*

Elle l'entraîna sur le seuil de la petite boutique. Deux écoliers en uniforme passaient, sautillant à clochepied, se décochant des bourrades.

— *Fantolini !* dit-elle en les désignant et en ajoutant à sa phrase le geste de la main paume vers le bas indiquant une petite taille.

Fantolini. Des enfants. À l'aide les enfants. À l'aide pour les enfants.

« Aidez les enfants. » Mille bombes !

Il remercia l'accorte caissière et se perdit de nouveau dans les ruelles en grignotant la viande séchée – originaire des Grisons, disait l'étiquette –, pas mauvaise du tout.

Aidez les enfants. Tout était lié. Paris, Venise, le Vicomte, Toursienne, les meurtres... C'était une véritable organisation du vice.

Il regarda l'heure à sa montre de gousset. Il était temps de se rendre au restaurant. Il ouvrit son guide et entreprit d'étudier le plan de la ville qui, sur le papier, avait l'air d'un gros escargot se traînant dans la lagune. Ayant repéré le chemin à suivre, il se mit en route à grands pas, indifférent à la bise mordante et aux pavés glissants.

CHAPITRE VIII

Louis traversa l'élégante réception lambrissée pendant que le concierge, au téléphone, notait la réservation de M. Freud pour le mois d'août.

Le restaurant, lumineux et feutré, orné de plantes vertes et d'élégants vitraux, proposait une carte internationale, c'est-à-dire pour la plus grande part d'inspiration française, ainsi que des spécialités vénitiennes.

Bouillonnant d'impatience de pouvoir parler aux autres en privé, il se pencha sur le menu décoré de roses trémières. Il aimait à essayer tout ce qu'il ne connaissait pas et repéra finalement un *minestrone al borlotti*, une soupe locale aux haricots blancs, et de la *canocchia*, de la cigale de mer.

— E oune espèce dé grande araignée, expliqua Rizzo, avec dé longues pattes pointoues. *Tant delicao !*

Il se tenait poliment debout derrière eux et recommanda à Albert les *capa santa*, les coquilles Saint-Jacques. Émile se décida pour une volaille à la crème d'artichaut et Edmond voulut goûter le foie de veau à la vénitienne, « presque comme celui de la *mamma* », lui assura le jeune garçon avant qu'un maître d'hôtel hautain lui indique d'un froncement de sourcils de rejoindre les cuisines où on lui servirait une collation.

— Bonne matinée ? demanda Émile en attaquant une bouteille de barolo.

— Nous avons vu des Titien, des Tintoret… et Uccello… admirable, commença Albert, une hardiesse du trait, une richesse de couleurs…

— Il y a du nouveau, coupa Louis qui n'y tenait plus. Un meurtre…

Les exclamations fusèrent. Puis ils serrèrent les rangs, comme des conspirateurs.

— Toursienne à Venise ! s'étonna Albert quand Louis se tut. Assassinant un jeune curé… vous avouerez que c'est un peu difficile à avaler.

— Vous n'insinuez tout de même pas que Louis a la berlue ? dit Émile d'un air qui l'insinuait.

— Émile, moi qui vous croyais fidèle comme un grenadier de la garde ! protesta Louis, outré.

— Vous savez très bien que je vous suivrai au combat n'importe où. C'est juste que je me dis que vous avez peut-être pris la vessie d'un quidam pour la lanterne de Toursienne.

— Vessie vous-même ! On a tout de même zigouillé un curé ! Je l'ai inventé, ça ? J'ai encore son sang sur les mains, et sa photographie dans ma poche ! Servez-moi du vin au lieu de me taper sur les nerfs. Si ça intéresse quelqu'un, voici ce que j'ai ramassé près du cadavre.

Il jeta le médaillon sur la nappe empesée.

— Un triskel ! siffla Albert, tout pâle. Ça ne va pas recommencer comme à Londres…

— Que s'est-il passé à Londres ? s'enquit Edmond.

— Nous y avons traqué un assassin impitoyable appartenant à une secte qui arborait un tatouage de ce genre, expliqua Albert, peu soucieux de développer plus avant sous le regard sombre d'Émile, qui avait été atteint dans son honneur viril lors de cette pénible aventure[1].

— Vous savez comme moi que les sectes grouillent de nos jours, reprit Louis en agitant sa fourchette. Tous les passéistes cherchent à se raccrocher aux branches rassurantes de la superstition. La peur du nouveau millénaire ! Moi qui l'attends avec tellement d'impatience, ce XXe siècle ! Les engins volants, les téléphonoscopes, les kinétographes géants ! Aller de New York à Moscou en aéronef à vapeur, rouler sous Paris en métropolitain électrique, regarder un spectacle d'Albert projeté sur un écran géant à l'Opéra pendant qu'il le donne à Londres…

— Londres que vous rejoindrez ensuite dans votre voiture à moteur à explosion, à plus de 100 kilomètres à l'heure dans le tunnel sous la Manche, renchérit Albert.

— En attendant, il y a encore un cadavre et le seul indice, c'est ce médaillon à la noix, laissa tomber Émile, qui pensait que le XXe siècle, comme le précédent, ne serait sans doute qu'une interminable succession de guerres.

— Émile a raison, soupira Louis. Restons-en au présent. Edmond, racontez-nous ce qui s'est passé avec l'enterrement.

— Pas grand-chose, répondit le nain qu'on avait surélevé à l'aide de deux gros coussins. On a rejoint le quai. Pas de sous-marin à propulsion à air comprimé. Ils ont tout bêtement chargé le cercueil dans une gondole à la proue très fine…

1. Voir *Le Miroir des ombres*, *op. cit.*

— *Pupparin*, lança Rizzo qui était revenu rôder autour de la table en affectant de se rendre utile. Bateau de famille noble.

— File à l'office, toi ! gronda le maître d'hôtel.

— Un *pupparin* donc, reprit Edmond, tendu d'un drap rouge foncé. Deux prêtres et le bedeau, portant des cierges allumés, y ont rejoint trois musiciens qui jouaient une marche funèbre. Un très beau morceau, j'ai cru reconnaître…

Le regard de Louis le dissuada de s'en souvenir.

— Le reste du cortège s'est réparti dans d'autres barques, et hop, direction le cimetière, qui, m'a-t-on dit, se trouve dans une des îles.

— *Isola di San Michele*, précisa Louis qui avait potassé son guide en attendant les autres.

— « *Dies mei sicut umbra declinaverunt* », récita Albert. Mes jours sont passés comme l'ombre.

— Foin des oraisons funèbres ! s'emporta Émile. Et le soi-disant Toursienne, faisait-il partie du cortège ?

— Comment voulez-vous que je le sache ? Je ne le connais pas, répliqua Edmond en piquant un morceau de foie bien doré.

— Taille moyenne, nez busqué, barbe noire épaisse taillée en pointe, sourcils de jais, moue sarcastique, précisa Émile.

— Méphistophélès en costume de ville et lunettes fumées, ajouta Albert.

— Comme le type là-bas, près de la fenêtre ? demanda Edmond, la bouche pleine.

Louis leva les yeux et faillit s'étouffer avec son excellent vin rouge. C'était Toursienne, attablé devant un rôti, savourant paisiblement ses pommes de terre persillées. En face de lui, un militaire italien farci de décorations, le visage glabre et congestionné.

— Toursienne et un colonel d'infanterie, constata Émile.

— Vous voyez bien que je n'affabule pas, pauvre vieux schnock ! lui jeta Louis, rancunier.

— Toutes mes excuses, monsieur le bleubite[1]. Que fait-on maintenant ?

— On réfléchit. Resservez-moi de ce vin, il est vraiment bon.

— Nous n'avons qu'à suivre Toursienne quand il sortira, proposa Albert en mâchouillant une succulente coquille Saint-Jacques.

— Tous ensemble ? Un peu voyant, non ? Par contre, il ne connaît pas Edmond, fit observer Louis.

— Edmond, vous voilà désigné comme espion, dit Émile en piochant un petit pain au sésame.

— Non, nous devons rester groupés, on ne sait jamais ! objecta Albert. Ne vous inquiétez pas, j'ai dans ma trousse à malice de quoi changer notre apparence.

— Je suis d'accord pour me déguiser en Champ', ricana Edmond en sauçant son assiette.

Ils se dépêchèrent de finir leur déjeuner et de payer, puis sortirent rapidement, rejoints par un Rizzo étonné à qui on enjoignit de surveiller la porte à tambour du restaurant pendant qu'ils s'abritaient dans une petite cour pour se grimer. Albert retourna tout d'abord sa redingote qui, de gris perle, devint bleu marine. Puis il transforma son chapeau en chapka. Il explora ensuite l'intérieur des vastes poches cousues

1. Usité depuis la Révolution française, en raison de la couleur bleue des uniformes des nouvelles recrues, le reste des troupes portant du blanc.

un peu partout dans le vêtement et se colla une moustache grise sous le nez. Louis hérita d'une paire de bésicles et d'une barbe postiche d'un brun roux, assorti à la perruque qu'Albert lui plaqua sur la tête. Émile se retrouva pourvu d'épais favoris poivre et sel et d'un feutre beige. Quant à Edmond, il était trop repérable, il faudrait qu'il suive les suiveurs de loin.

Ils revinrent se poster dans la rue, affectant de discuter tranquillement sous la pluie, et Louis photographia Toursienne à travers la vitre.

— Malheur, *signori*, que vous n'avez pas lé droit dé vous déguiser avant ce soir ! leur jeta Rizzo, affolé. Que c'est interdit par la *polizia*. Permis seulamente après les huit heures dou soir.

— Nous ne sommes pas déguisés, bougre d'âne, nous sommes en mission de reconnaissance en territoire ennemi, répondit Émile en s'empêchant de toucher ses faux favoris qui le gratouillaient.

— Pour lé Mardi gras, *mi* connais bon magasin, pas loin, pas cher, beaux masques ! Vous pouvez pas aller al bal masqué *tutti bruti* comme ça !

— L'abruti, c'est toi ! File donc, tu vas nous faire repérer.

— Non, laissez, Émile. Tous les visiteurs ont un cicérone, ça paraîtra plus naturel, dit Louis. Bon, mais qu'est-ce qu'il fiche, notre Belzébuth ? Rizzo, va faire semblant d'avoir oublié quelque chose à l'office et essaie d'écouter la conversation du colonel et du barbu.

Rizzo fila ventre à terre, aussi joyeux qu'un chien après une balle.

— Ce garçon a du poil au ventre, dut admettre Émile, pas comme l'autre dort-dans-l'auge de Robinson.

Robinson, leur jeune guide indolent de Londres, avait été son cauchemar.

Rizzo revenait, toujours en courant.

— Ils discoutent dou prix dou bois. Lé barbou, il veut vendre al colonel des cercueils en pin, pour les soldats tués au combat. Dès qué j'ai l'âge, *mi* engage comme soldat, ajouta-t-il, *mi piace molto* de faire la guerre.

Pour le coup, Émile le fixa d'un air attendri.

— Attendez encore un peu avant de l'adopter, lui conseilla Louis. Attention, ça y est, ils sortent.

Toursienne et le militaire se serrèrent la main puis se séparèrent. Le militaire rejoignit une embarcation gardée par deux soldats et Toursienne se mit en marche d'un pas vif, s'enfonçant résolument dans le quartier du Castello. Ils dépassèrent à sa suite l'église San Giorgio dei Greci, le couvent San Giovanni di Malta et débouchèrent peu après au dos d'un grand bâtiment adossé à une église.

— L'*ospizio* San Servolo, l'hospice, expliqua Rizzo, ses cheveux crépus luisant de gouttes de pluie.

Toursienne n'était plus en vue.

— Il est peut-être entré à l'hospice, dit Albert. Pour un fabricant de cercueils, c'est un marché potentiel exponentiel…

— Il mènerait tranquillement ses affaires après avoir assassiné un jeune prêtre ? s'indigna Émile.

— Pourquoi pas ? La plupart des meurtriers n'ont ni scrupules ni remords, sauf quand ils se font prendre, lui renvoya Albert. Il a de l'estomac, je vous le concède. Et un cœur de pierre.

— Je dirais même de pierre tombale, renchérit Louis. Émile et Edmond, surveillez les abords de la place. Albert, allons voir dans l'hospice. Rizzo, conduis-nous. M. Féclas est un grand médecin en France, il souhaiterait rencontrer le directeur de cet honorable institut.

Rizzo considéra Albert par en dessous, puis soupira en les précédant dans le vaste hall carrelé.

Ça sentait l'humidité, la vieillesse et la maladie. Des religieuses affairées circulaient sans bruit. Un rouge-gorge, indifférent aux pauvres vieilles carcasses échouées là, lançait ses trilles. Une jeune sœur en tablier bleu vint à leur rencontre et se présenta comme sœur Constance. Son regard d'un noir profond disait clairement qu'elle était pressée. Rizzo servit la fable prévue par Louis, à propos du fameux docteur Albert Féclas, curieux de visiter l'établissement, et elle acquiesça, la tête visiblement ailleurs.

Le médecin-chef, le *dottore* Mastroianni, était absent. Des affaires à l'Archevêché… Ignatia, une jeune novice, allait leur servir de guide. Les petites orphelines à la charge du couvent travaillaient très tôt à l'hospice pour gagner leur nourriture et remercier le Seigneur de ses bontés en trimant du matin au soir. Allez, bonne visite et bon vent. Ces Français avaient de ces lubies !

À la suite d'Ignatia, ils déambulèrent dans les vastes salles à peu près bien tenues, entre les rangées de lits étroits, les bassins, les sacs de pansements souillés, les pelotes de charpie, les chaudrons de soupe… Il faisait froid malgré les immenses cheminées. Albert, l'air grave, prenait des notes. Louis observait chaque vieillard comme s'il était Toursienne et chaque lit comme s'il pouvait s'y être embusqué. Rizzo récitait des compliments à la petite novice à peine sortie de l'enfance, qui riait sous cape et lui flanquait des coups de coude.

Au bout de trois étages de lamentations et de chou bouilli, il fallut se rendre à l'évidence. Soit Toursienne avait pris le voile, soit il n'était pas dans les lieux, en tout cas pas dans ceux qu'on leur avait montrés. L'hospice comprenait tellement de dépendances, couloirs, galeries, placards, etc., qu'il pouvait se cacher n'importe où.

Ils ressortirent, fort mécontents. Ni Émile ni Edmond n'avait vu qui que ce soit sortir du bâtiment. L'infâme fabricant de cercueils était donc encore dans la place, mais dans quel but ?

Tout en discutant, ils se débarrassèrent de leurs postiches qui réintégrèrent la redingote magique d'Albert. Cherchant ses cigarettes, Louis plongea la main dans la poche de son solide veston de tweed, le même qu'il portait le soir de la visite aux asiles de nuit, et en ramena le rouleau de papier repêché dans la cour de Toursienne.

— Sapristi, je l'avais complètement oublié !

Il fendit l'enveloppe, découvrant une matière transparente couverte d'ombres.

— Qu'est-ce que c'est ? demanda Émile.

— Du Celluloïd, dit Albert. On s'en sert pour la photographie…

— La chronophotographie et les kinétoscopes, compléta Louis.

Ils se regardèrent en silence. Déjà à Londres, ils avaient traqué un homme qui avait tué pour récupérer un photogramme. Et maintenant, ce rouleau de Celluloïd dans la cour de Toursienne alors que le Vicomte appâtait les enfants avec une lanterne magique. Les images animées semblaient de nouveau tenir le centre de la scène.

— J'ai récupéré ceci près du fourgon dans lequel ils avaient emporté le corps de Lilas, reprit-il en considérant le souple ruban, d'une dizaine de centimètres, séparés en trois rectangles.

— Croyez-vous que Lilas l'avait sur elle ? demanda Albert.

— Ou qu'ils l'aient prise en photo ? dit Émile.

— Si vous voulez en savoir plus, il faut faire tirer des épreuves, lança Edmond. Rizzo, connais-tu un photographe parlant français ?

Rizzo se gratta la tête puis s'élança ventre à terre.

— Au pied ! cria Émile. On ne peut pas te suivre à cette allure, bougre de jeunot !

Rizzo revint en arrière et les guida sans cesser de sautiller, exaspéré par leur lenteur. Ils arrivèrent finalement près de la principale station de gondoles, à la Piazzetta. Malgré le mauvais temps, plusieurs photographes professionnels proposaient leurs services aux touristes, les faisant poser près des gondoliers ou sous les nuées de pigeons nourris tous les jours à 2 heures pile par la municipalité.

Rizzo se dirigea vers un homme assez jeune, de petite taille, les joues mangées de barbe. Il lui adressa quelques mots et celui-ci se présenta comme Léon Bouly, un compatriote photographe. Il ne devait pas avoir plus de vingt-cinq ans et dégageait une impression de lassitude et d'amertume surprenante à son âge.

Louis lui montra le ruban de Celluloïd et le visage de Bouly s'anima soudain.

— Où avez-vous eu ça ? s'exclama-t-il, l'air stupéfait.

— Je l'ai trouvé par terre, à Paris, répondit prudemment Louis.

— Bon Dieu, si c'est ce que je pense, c'est qu'il continue donc à s'en servir !

— Qui ça ?

— Le type qui m'a acheté l'appareil !

— De quoi parlez-vous ?

— Il faut que je boive un coup, Rizzo, garde-moi la place. Venez, messieurs, c'est une longue histoire et il fait trop froid pour bavarder dehors.

Quelques instants plus tard, ils étaient attablés près de l'imposante cheminée d'une trattoria, sous d'épais jambons fumés suspendus aux solives, devant un verre de vin blanc du Frioul.

— J'ai toujours été passionné par la mécanique et la photographie, commença Léon Bouly. En 1892, j'ai déposé un premier brevet pour un appareil de prises de vues, un cynématographe. En décembre 1893, après l'avoir perfectionné, j'ai déposé un second brevet, n° 219 350, pour un appareil réversible de prises de vues et de projection, à pellicule sans perforations : le cinématographe Bouly.

« Hélas, je n'avais pas les fonds nécessaires pour me consacrer totalement à mes recherches. Grâce à Gaillard, un constructeur-mécanicien, j'ai quand même réussi à réaliser mon appareil, mais je n'ai pas pu payer le renouvellement du brevet qui est donc devenu disponible. À vrai dire, la projection me posait des problèmes.

« C'était à cause de ces foutues perforations ! s'exclama le jeune inventeur. Pourquoi n'y ai-je pas pensé ? Et le système d'entraînement n'était pas au point non plus. Trop de saccades et de distorsions. Depuis le formidable boulot d'Étienne-Jules Marey, tout le monde sait enregistrer des images. Mais les restituer sans secousses, sans à-coups, ça c'est la gageure !

— Nous en discutions justement l'autre soir à Paris, dit Albert. À ce propos, j'ai vu à l'Institut des sourds-muets des images animées projetées par le phonoscope de Georges Demeny.

— Oui, mais ce n'est pas parfait. Le gars dit juste deux phrases : « Je t'aime » et « Vive la France ». Trente épreuves maximum bout à bout. Ce salaud d'Edison a trouvé une solution, avec les kinétoscopes qu'a construits pour lui William Laurie Dickson. Il projette jusqu'à une demi-minute de film.

— Notre ami Robert Paul en construit lui aussi en Angleterre, dit Louis, un peu fier.

— Des contrefaçons ! lança Bouly.

— Pas du tout ! protesta Albert. Edison n'avait pas pris de licence pour l'Angleterre et deux entrepreneurs grecs ont demandé à Robert Paul de construire pour eux des kinétoscopes.

Il s'apprêtait à développer les péripéties de l'association Robert William Paul et Bit Acres, et de leur kinepticon, mais Bouly haussa les épaules :

— Phantascope, Animatoscope, Marvellous Cinematograph, Electrotachyscope... tout ça, c'est la même chose ! laissa-t-il tomber. Depuis l'an dernier, Edison et Dickson tournent leurs films dans un grand studio qu'ils ont appelé Black Maria[1].

— Black Maria, c'est de l'argot, c'est le surnom donné au fourgon pénitentiaire, précisa Albert, qui estimait en savoir autant que Bouly sur l'avancée des recherches cinématographiques.

— Ah oui ? En tout cas, le kinétoscope n'est pas la panacée et Dickson est en froid avec Edison.

1. Situé à Orange (New Jersey), le premier studio de cinéma au monde était un édifice à toit ouvrant et tournant pour suivre la lumière du soleil.

— Passionnant, laissa tomber Émile avec un bâillement étouffé.

Mais Bouly était lancé :

— Edison n'a pas voulu développer de recherches pour une projection sur écran. Vous savez ce qu'il a dit ? Que si l'on fabriquait en grand nombre des projecteurs d'images, ça tuerait ses *peep show machines* !

Il eut un sourire désabusé.

— Bref, Dickson travaille en sous-main pour les Latham, qui ont mis au point un Pantoptikon, que j'aimerais bien voir en action. Ils ont prévu une projection à New York en avril. Un combat de boxe, je crois.

Il vida son verre cul sec et se resservit avant de reprendre son discours.

— Nous sommes des dizaines sur le coup, dans tous les pays ! Le Prussien Ottomar Anschütz, le Berlinois Max Skladanowsky, l'Anglais William Friese-Green, le Polonais Kasimir Proszynski, mon ami Filoteo Alberini, etc. Actuellement, tous les inventeurs font la course pour être les premiers au monde à pouvoir projeter au public des images animées.

— Mais c'est ce que fait Émile Reynaud tous les soirs au musée Grévin, avec son théâtre optique, rappela Louis, qui trouvait le travail de Reynaud superbe et le défendait en toutes circonstances.

— Il projette des dessins qu'il a lui-même réalisés et coloriés à la main !

— Peut-être, mais ça remue, ce sont des dessins animés ! s'entêta Louis.

— Je vous parle de gens, de choses de la vie. La rue, la ville… Du kinétoscope sur grand écran. Il paraît que les deux frères qui ont racheté mon brevet

– des Lyonnais – ont amélioré mon cinématographe avec un résultat fantastique, reprit Bouly, les yeux brillants. Ici, à Venise, on dit qu'Alberini les a rencontrés pour leur montrer son projet de *kinetografo*, et qu'ils lui ont piqué des idées. Bah, Edison a bien pompé sur Émile Reynaud ! Un vrai panier de crabes, les inventeurs ! Quoi qu'il en soit, les Lumière vont bientôt faire une présentation à la Société d'encouragement pour l'industrie nationale ! Bon Dieu, je vous le dis, messieurs, j'ai raté le coche de l'invention du siècle ! Et en plus, on dirait que tout le monde vient me narguer à Venise ! Tiens, rien qu'hier, j'ai rencontré les frères Skladanowsky qui cherchent des fonds pour leur Bioscope. Sans parler d'Ottomar Anschütz qui essaye de fourguer son *Electrical Schnellseher* au Théâtre Goldoni.

— On a pu le voir sur le Strand à Londres, jeta Albert.

— Oui, même que ça a sacrément contrarié Son Altesse Edison. Et à propos d'Edison, il paraît qu'il y a un de ses opérateurs qui est ici en ce moment même. Un vrai nid de vipères, je vous dis, martela Bouly.

Il vida son verre d'un trait, se resservit.

— Dites-nous-en plus sur cet appareil que vous aviez construit, le pressa Louis, soucieux de revenir à ce qui les intéressait. Le prototype ?

— En fait, nous en avions réalisé deux. Un type de la haute m'a demandé de lui en céder un.

— Comment s'appelait-il ? lança Louis impatient.

— Ben… appareil n° 2.

— L'homme, le commanditaire ! le pressa Émile.

— M. le vicomte de Triscèle.

Les exclamations fusèrent sous le regard perplexe de Bouly.

— On vous expliquera, dit Louis, continuez.

— J'ai accepté et il m'a demandé de l'aider pour les prises de vues. Des nus artistiques, qu'il disait. Tu parles. Le vieux saligaud faisait poser des gamins déguisés en pâtres grecs pour des scènes cochonnes prétendument tirées de la mythologie. C'était sacrément trouble, et il s'est bien vite débarrassé de moi dès qu'il a eu compris le maniement de l'appareil. De toute façon, je n'avais aucune envie de continuer. Il me flanquait la trouille.

— Pourquoi ?

— Je ne sais pas. Ses manières onctueuses. Son sourire méchant. Il avait un côté violent et doucereux en même temps.

— Le pervers sexuel type, énonça Albert.

— À quoi ressemblait-il ? demanda Louis.

— La cinquantaine, de haute taille comme vous, Denfert, plutôt mince. Des cheveux gris, une moustache grise également, des favoris, le nez grec, un monocle.

Toursienne était plus petit que Louis et avait le nez en bec d'aigle.

— Vous le reconnaîtriez ?

— Sans problème. Bien que j'aie toujours soupçonné qu'il se grimait. Tout ça se passait dans une propriété qu'il avait aux environs de Paris, une sorte de gentilhommière où l'on m'a conduit les yeux bandés. Rien que ça, ça donne à réfléchir. J'ai été bien content de ne plus rien avoir affaire avec lui. Et puis, j'ai eu l'opportunité de travailler pour un photographe de cartes de visite et je suis devenu professionnel moi-même. Je me suis spécialisé dans les fêtes. D'où ma présence au Carnaval.

Il saisit la bande de Celluloïd.

— C'est exactement la taille de mes rouleaux : 40 mm. Edison utilise du film celluloïd perforé 35 mm. Demeney, du 60 mm non perforé. Skladanowsky, du 54 mm. Et vous voyez la double griffure, là, sur le côté gauche ? C'est caractéristique de mon appareil. Un fichu défaut. Tout ça pour dire que j'ai tout de suite reconnu la signature de mon cinématographe.

Louis se pencha en avant.

— Vous voulez dire que ce négatif provient de votre caméra ?

— Ben oui ! Vous êtes lent à la comprenette !

— Qu'y a-t-il dessus ?

— Il faut le regarder à contre-jour, laissez-moi voir… Attendez, j'ai ma lampe dans ma sacoche.

Il se vissa sur l'œil une lampe de joaillier et étudia le négatif en transparence.

— Il y a un type en haut-de-forme et… on dirait un enfant, déguisé en… en ramoneur ! Oui, c'est ça.

— Triscèle ne fait qu'un avec le Vicomte, conclut Louis.

— Je ne sais pas si je vous comprends bien, lança Bouly, mais ce que je sais c'est que des bruits courent à Venise, comme quoi un type de la haute attire les jeunes prostitués dans son palais pour leur montrer une fabuleuse lanterne magique et qu'on ne les revoit jamais.

— Vous n'avez pas cherché à en savoir plus ?

— Au contraire. Moins j'en sais, mieux je me porte. Imaginer que mon appareil, ma création, sert peut-être à chronophotographier des assassinats, ça me donne envie de vomir. Excusez-moi, il faut que j'y aille. C'est la bonne heure pour les touristes.

— Vous serez à la réception au palais Papadopoli ?

— Certainement, et avant je ferai la place Saint-Marc, on y attend 40 000 masques ! Bon, à ce soir, je vous rapporterai votre épreuve.

Il s'éclipsa, voûté, amer.

— Décidément, vouloir reproduire la vie a l'air de porter malheur, déclara Edmond.

— Il ne s'agit pas de malédiction ! s'exclama Louis. Les ennuis surviennent dès que l'on détourne un procédé d'utilité publique à des fins personnelles.

— J'ai bien fait de vous conseiller de venir à Venise ! dit Edmond. Il faut croire que le Roi des Elfes a l'oreille des émules de Pan.

— Si vous aviez autopsié autant d'enfants martyrisés que moi, vous ne plaisanteriez pas avec ça, Edmond, lui rétorqua doucement Albert.

Le nain haussa les épaules.

— Si vous aviez été vous-même un enfant martyrisé, je vous donnerais le droit de me dire comment me conduire, jeune homme. Mais comme ce n'est pas le cas…

Il se laissa glisser de son tabouret et gagna la porte.

— À plus tard, messieurs, je vais faire un tour.

— Albert, vous l'avez vexé ! dit Louis.

— En tout cas, il vous a rabattu votre caquet, constata Émile avec satisfaction.

— Émile, il y a des moments où je vous ferais volontiers disparaître d'un coup de ma baguette magique.

— Gardez-la donc dans votre poche ! Quelle est la suite des opérations ? Cible, stratégie, tactique ?

— Je ne vois pas bien quoi faire de plus d'ici ce soir, dit Louis. Nous avons besoin du portrait exécuté par Zorn et de l'image développée par Bouly.

— Il ne nous reste plus qu'à nous occuper de nos costumes pour ce soir, fit observer Albert. Nous n'allons pas nous produire chez le prince en guenilles. Il nous faut au moins des masques.

Ils s'enquérirent d'une bonne adresse auprès de Rizzo et Louis décida d'aller chercher Camille au théâtre avant de les y rejoindre. Albert, de son côté, voulait câbler à son agent. Après Milan, Vienne, Berlin, Venise ferait bien sur le programme de ses tournées. En attendant Broadway… le rêve de tout grand artiste, expliqua-t-il à ses compagnons. Il voyait déjà son nom de scène en lettres immenses au fronton des théâtres : « Philibert Jolimond, le mage le plus célèbre d'Europe ! » et son spectacle enregistré projeté dans les kinétoscopes du Holland Bros, vingt-cinq cents la séance. Oui, mais combien y avait-il d'appareils ? Même en en comptant une cinquantaine et cinq minutes par client, voyons… Il appela Rizzo à la rescousse.

— En quatre heures, vous vous faites les six cents dollars, calcula le jeune garçon. Ma il faut les partager avec l'Edison. Et il faut fabriquer les cinquante films. Si vous en fabriquez oun seul, qué vous projetez dans oun grand théâtre, ça rapporte autant et ça coûte moins.

« Étonnant comme ce groom a saisi l'intérêt pratique du cinématographe ! » songea Louis, réalisant pour la première fois la portée commerciale de l'invention.

Un brouhaha furieux le tira de ses spéculations. Devant le palais ducal, un groupe d'hommes et de femmes pauvrement vêtus vociférait.

— Que se passe-t-il ?

— Ce sont ceux dou *sestiere* di Castello. Ils veulent aller protester à la Questure, à cause qu'il y a eu un prêtre toué dans la *sua* église, San Giuseppe. Que c'est oun scandale. Qué eux, ils veulent la *polizia* arrête le coupable et le pende.

— Sain programme ! fit Albert. Et si nous nous dirigions innocemment jusque chez ce marchand de déguisements avant que quelqu'un se rappelle vous avoir vu entrer dans l'église en question, Louis ? lui chuchota-t-il en aparté.

— Juste une seconde. Rizzo, je voudrais que tu leur demandes…

Il dressa une brève liste de questions et le garçon fila aux nouvelles pendant qu'ils feignaient d'admirer la Libreria Vecchia (Cent vingt-houit arcades, si éléganté !).

Rizzo revint rapidement. C'était la femme de ménage qui avait trouvé le cadavre, encore tiède. Elle avait aperçu un homme près du confessionnal. Sa vue était mauvaise, mais il lui avait semblé grand et mince, avec une casquette et des pantalons de cycliste.

— Knickerbockers ! siffla Louis entre ses dents, tout en fourrant sa casquette dans sa poche. Quoi d'autre ?

Don Esposito n'avait pas d'ennemis. « *El xe un bon pare*. » C'était un bon père, il s'occupait des pauvres et des malades des hospices, essayait d'instruire les enfants des rues pour qu'ils puissent trouver un travail décent. Il ne portait aucun bijou, à part la sainte croix suspendue à son cou.

— Cela confirme qu'il a arraché le médaillon à son attaquant, remarqua Émile.

— Mais pour quoi faire ? demanda Louis.

— Comment ça, pour quoi faire ? En tombant, en essayant de se défendre !

— À moins qu'il ne l'ait pris à dessein. Pour confondre son agresseur, suggéra Albert.

— Ce genre de bazar celtique est en vente dans toutes les boutiques ésotériques, répliqua Émile.

— Il ne s'agit pas d'une pâle copie. C'est de l'argent massif. Ancien. Rudement bien travaillé. Je le montrerai ce soir à Bouly, il le reconnaîtra peut-être.

— L'emblème d'une société secrète ? avança Albert.

— Toujours vos fumigations hasardeuses ! lança Émile.

— Vous voulez sans doute dire divagations ? lui renvoya Albert.

— Divagations fumeuses !

— Je crois rêver ! Qui nous canule avec des histoires de meurtres rituels depuis le début ?

— Messieurs, messieurs ! s'interposa Louis. L'air de Venise serait-il insalubre au point d'altérer votre légendaire magnanimité ?

Et sur cette pique perfide, il se dirigea d'un pas résolu vers le gondolier le plus proche, un gaillard bâti comme un quartier de bœuf.

— Il est temps de goûter un peu à la sérénité de la Sérénissime.

— Je ne vois pas comment une balade en barque sous la pluie nous permettra d'établir un plan d'attaque, marmonna Émile.

Les trois amis se tassèrent sous le *felze*, l'abri en bois au centre de la gondole, tandis que le gondolier pesait délicatement sur sa rame et que Rizzo restait debout à la proue, tel un chien de garde, indifférent à la pluie qui redoublait.

Si la boutique était somptueuse, le choix des masques fut cependant difficile. Ils étaient trempés et de mauvaise humeur, harcelés par le vendeur de costumes désireux de les dépouiller jusqu'à la doublure de leurs portefeuilles, avec de surcroît une Camille sur les nerfs et convaincue de ne jamais pouvoir jouer convenablement cette sale perruche d'Hedda Gabler. Pour finir, Louis se rabattit sur un costume de chevalier vénitien bleu roi et or, assorti d'un simple loup bleu. Albert repoussa la tentation d'une Colombine pour se contenter d'un Arlequin mettant en valeur sa taille gracile. Émile choisit un Chinois à barbiche et Camille une Mauresque fort décolletée. Edmond n'avait pas reparu, Talbot non plus.

Rizzo proposa en vain d'aller admirer la cavalcade du Roi du carnaval, Pantalone, au jardin des Plantes près de la gare, « qué c'était si amousant ». On était pressé de regagner l'hôtel, de se changer, de se réchauffer, de se reposer, de réfléchir, en un mot d'être un peu tranquille entre trois assassinats, deux bals masqués et beaucoup de supputations.

CHAPITRE IX

La pluie avait enfin cessé. La place Saint-Marc, décorée d'oriflammes claquant au vent, était noire de monde. Près de 30 000 personnes déguisées se pressaient sur les fameux *listoni*, les pavés gris décorés de faisceaux de marbre blanc. On avait allumé des gerbes de gaz à des candélabres et l'effet était saisissant, sur cette architecture échappée d'un conte orientalo-baroque et peuplée de masques flamboyants.

— Féerique ! admira Albert, une main sur la taille.

— Dire que votre Napoléon l'avait interdit ! lança Louis à Émile, qui haussa les épaules.

Rizzo, dans son costume de groom, était assis avec les autres domestiques sur les marches, et sifflait les filles. Des dames élégantes, cachées derrière leurs masques, plaisantaient en jouant de l'éventail, proposant aux messieurs costumés des cigares ou des fruits, et les *signori* répliquaient en leur tendant des fleurs toutes fraîches. On était loin du carnaval endiablé des siècles précédents, avec ses lancers d'œufs pourris et ses massacres de chats. La foule compacte et animée dégageait une effervescence bon enfant.

Le Roi des Elfes, réapparu à temps pour la soirée, avait revêtu son costume de scène : satin vert brodé, cornes et barbiche de faune. Il faisait grand effet, mais, craignant de se faire écraser par la foule, avait finalement obtenu de se jucher sur les épaules d'Émile.

— Comme un tirailleur avec son singe ! avait grogné celui-ci. Avez-vous déjà vu un Chinois transporter un Elfe ?

— Vive la grande réconciliation des Peuples ! répliqua Edmond en lui plantant un coup de botte elfique dans les omoplates.

Un couple les heurta au détour d'un pilier. La femme, petite et fine, était costumée en danseuse étoile, l'homme portait un masque traditionnel de Capitan en cuir brun. C'était Joseph Talbot et sa modiste, qui grignotaient des pistaches et leur en offrirent aimablement.

— Vous ne venez pas danser ? demanda Talbot en désignant une grande estrade au milieu de la place où s'agglutinaient au moins deux mille personnes. L'entrée coûte cinquante centimes.

Camille prit Louis par la main et ils gagnèrent la plate-forme au milieu du charivari et de la musique entraînante. Tout le monde riait, criait et sautait à qui mieux mieux et ils furent emportés dans la sarabande, tout heureux d'être vivants, jeunes et amoureux.

Albert avait engagé la conversation avec un prince arabe qui parlait français comme toute la bonne société vénitienne, et se faisait expliquer, au bord de l'eau, l'usage des *mascareta*, ces gondoles légères utilisées autrefois par les prostituées au visage masqué.

Le Roi des Elfes, juché sur son Chinois maussade, dégustait des *masanette*, de petits crabes frits, en commentant tout ce qu'il apercevait du haut de son perchoir.

— Belle Andalouse à trois heures ! Un peu volumineuse, mais sans doute confortable. Quel dommage que ma Gabrielle ne soit pas là ! Une si belle fête ! Et vous Émile, vous ne regrettez pas votre Louise ?

— Nous n'allons pas nous marier, nous sommes juste bons camarades ! répliqua l'ancien sergent.

— Hum. Dites donc, pivotez un peu vers la gauche, j'ai cru voir le complice de Toursienne, le jeune aux grosses lèvres, non, fausse alerte. Ah, ce que j'aimerais aller guincher si je ne craignais pas de me faire écrabouiller par tous ces grands pieds ! Bon Dieu, là, c'est bien lui, il discute avec un type masqué ! Activez-vous un peu, mon vieux ! Droit devant, à gauche, gauche ! Sous les arcades, là-bas, accélérez !

Émile prit le pas de course, celui de l'assaut quand il montait les collines sous la mitraille, chargé des trente kilos d'Azor, le pesant havresac réglementaire. Comme Edmond lui tirait sur le masque, il ne voyait pas grand-chose et fonçait à l'aveuglette.

— On le tient ! s'écria le Roi des Elfes en lui frappant le crâne du plat de la main.

Puis quelque chose de bien plus lourd qu'une main d'Elfe s'abattit sur sa tête et il bascula en avant tandis que tout devenait noir.

— Où sont Émile et Edmond ? demanda Louis en sueur, en s'éventant avec son tricorne.

— Ils doivent traîner par là-bas, répondit Camille, à bout de souffle, son opulent corsage mauresque se soulevant au rythme de son cœur.

Ils avaient dansé à en avoir le tournis. Talbot était allé chercher des rafraîchissements. La petite modiste, qui se prénommait Serafina, n'arrêtait pas de rire et de saluer des connaissances. Elle avait eu le bon sens de complimenter Camille sur sa prestance et se gardait bien de faire de l'œil à Louis. Rizzo, qui l'avait repérée de loin, rôdait autour d'eux en faisant le zouave, mais Serafina attendait sagement Talbot et les boissons, au grand dam de l'adolescent.

— *Mi* vais lé chercher, moi, M. Émile, déclara-t-il pour faire son important.

Louis opina. La fête était belle, mais quelque part sous les arcades rôdait un pervers meurtrier à l'affût de jeunes âmes à détruire. Si la description de Bouly était juste, Toursienne n'était pas le Vicomte, mais sans doute son sinistre émissaire. Le bras armé d'une puissance occulte et maléfique. Il regarda autour de lui. Dire que le Vicomte était peut-être tout près… Le vicieux bonhomme se piquait d'élégance : sa tenue, sa calèche, sa gentilhommière… De quel masque s'était-il affublé ? Baste ! il n'en avait pas vraiment besoin, puisque son visage lui-même n'était qu'un mensonge. L'idée le troubla, qu'il cherchait une chose cachée alors qu'elle était peut-être en évidence, comme la lettre volée d'Edgar Poe.

— Qué je ne lé trouve pas, lança Rizzo, le tirant de ses réflexions. M. Albert, lui, il est zur lé môle.

Louis le remercia et ils se dirigèrent vers le quai. Camille et Serafina, baragouinant en franco-vénitien, commentaient en pouffant les tournures de leurs consœurs. Talbot, venant à leur rencontre, leur tendit deux bols de vin chaud à la cannelle.

— Vous avez l'air préoccupé, Denfert ?

— On ne trouve pas Émile.

— Il est assez grand pour se défendre, vous ne croyez pas ? Et il a Edmond avec lui, qui sait jouer du couteau. Je l'ai vu à l'œuvre dans un numéro assez renversant. Il…

Un homme courant à toutes jambes les bouscula violemment. Il ne portait qu'un simple loup noir. Louis eut le temps d'entrevoir une vareuse rapiécée, un pantalon en laine gris, des souliers de manœuvre et une bouche épaisse. La certitude que c'était l'acolyte de Toursienne le traversa comme une flèche de Peau-Rouge. Sans plus réfléchir, il s'élança dans la direction d'où avait surgi l'homme, fendant la foule, indifférent aux appels étonnés de Camille.

Là-bas, au bord du quai, près d'une grappe de pilotis, un Arlequin titubait, en se tenant la tête. Louis poussa sur le côté trois marquises dodues qui l'injurièrent copieusement, marcha sur le pied d'un Espagnol volubile, et atteignit l'Arlequin au moment où celui-ci lui balbutiait :

— Vite, ils l'ont jeté à l'eau ! Il va se noyer.

Louis ne demanda ni qui ni quoi. Il jeta son tricorne, se dépouilla de son manteau bleu roi et de son masque en un tournemain et, sous le regard incrédule des fêtards à demi ivres, il plongea torse nu dans l'eau sombre et glacée qui clapotait contre les marches.

Le froid lui coupa le souffle. À cette saison, la mer ne devait pas dépasser les 13°. Il toucha le fond du plat du ventre, puis remonta et s'aperçut à sa grande surprise que ce n'était pas très profond.

Où était Émile ? On n'y voyait goutte. Il bougeait lentement, pour ne pas remuer la vase. Chaque seconde comptait.

Un plouf tout près. Il émergea, reconnut Albert, demi nu lui aussi, puis ce fut Rizzo.

— Contre les pilotis, lé courant il emmène tout ! leur cria-t-il en se mettant à nager à la chien.

Sur le quai, dans la lumière des réverbères, les gens criaient, s'interpellaient, mais Louis n'entendait rien. En une fraction de seconde, il était passé dans un autre monde, un monde d'eau froide, d'algues, d'obscur, de peur, de chair grelottante. L'eau vaseuse emplissait lentement les poumons d'Émile. Non ! Il fonça derrière Rizzo, écartant un *sandolo* qui pivota gracieusement sur lui-même, et vit le gamin qui remontait le pouce levé.

Louis aspira une goulée d'air et se laissa couler. Tout était noir. Totalement opaque. Il sentit soudain sous sa main une poignée de cheveux. Il s'enfonça un peu plus, repéra à tâtons un torse, sentit que Rizzo s'emparait des pieds et soudain l'eau trouble s'éclaira un peu. Albert tenait un flambeau au-dessus d'eux et Louis distingua Émile, le corps inerte d'Émile entre leurs bras.

Il poussa violemment sur ses jambes et refit surface. Rizzo donnait des coups de pied vigoureux et Albert les aida à tirer Émile vers la rive, en s'accrochant aux pilotis, jusqu'aux marches blanches usées par des millions de pas.

Louis arracha le masque de Chinois : Émile était bleu. Il le secoua, lui enjoignant de se réveiller. Albert l'écarta et, assis à califourchon sur l'ex-sapeur, se mit à lui assener dans la région du cœur de terribles coups du plat de ses mains réunies.

Les badauds murmuraient, atterrés. Louis était secoué de frissons. Rizzo s'était couvert la bouche, l'air interdit.

— *E morto*, dit-il.

Louis faillit le frapper, mais il ne pouvait pas détacher son regard d'Émile, de ses moustaches brunes dégoulinantes, de sa foutue poitrine d'haltérophile qui ne se soulevait pas.

Albert se pencha un peu plus, pinça le nez d'Émile et l'embrassa à pleine bouche, aspirant et soufflant, une fois, deux fois, dix fois. Puis il se remit à lui marteler le torse en hurlant « Allez, maintenant, allez ! » et soudain…

Soudain Émile toussa. Un long crachat d'eau vaseuse. Et il toussa encore. L'eau jaillissait de sa bouche comme de celle de Norton, l'avaleur de poissons, et Louis étreignait Rizzo, le faisait tournoyer, et trois hommes à moitié nus lançaient des vivats autour d'un Chinois hébété qui essayait de s'asseoir.

— Où sommes-nous ? hoqueta Émile en crachant un dernier jet saumâtre.

— Au pied de Saint-Georges.

— Ne me dites pas que vous m'avez suivi jusque-là ! grogna Émile en se redressant, soutenu par Albert. Crébleu, il fait pas chaud au paradis ! Et que font tous ces gens ?

— Ils nous admirent, répondit Louis. Vous venez de battre le record du monde de plongée en apnée. Vous n'êtes mort que pendant deux minutes.

— Trois, rectifia Albert, mais à Venise, le temps ne s'écoule pas de la même manière. Allez, venez, mon vieux, il faut vous sécher, vous réchauffer. C'est Rizzo qui vous a trouvé, ajouta-t-il, il vous a sauvé la vie.

— Toutes lés ordoures, elles vont toujours contre les pilotis, dit celui-ci, c'est lé courant.

Émile lui serra vigoureusement la main.

— Merci, camarade ! Tu feras une bonne recrue.

Et Rizzo se rengorgea, tout en enfilant sa chemise et son paletot. Ils grimpèrent les marches, on débarrassa Émile de son costume trempé et Talbot leur fit boire des coupes de vin chaud, pendant que Serafina et

Camille les étrillaient comme des chevaux à l'aide de leurs châles. Albert entoura le rescapé de sa grande cape et Talbot partit chercher un costume de rechange auprès des marchands ambulants.

Deux carabiniers arrivèrent, écartant les badauds, bicornes sévères. Rizzo leur expliqua qu'un touriste français était tombé à l'eau et qu'on avait plongé pour le sauver. Les carabiniers notèrent leurs noms et l'adresse de l'hôtel, s'assurèrent que tout le monde allait bien, puis tournèrent lentement les talons non sans jeter des coups d'œil menaçants çà et là.

Déjà la foule était retournée s'amuser et danser. Émile, stoïque, s'efforçait de ne pas grelotter, mais Albert le fit asseoir sur un banc et respirer lentement plusieurs fois jusqu'à ce que son cœur batte moins vite. Talbot revint avec un justaucorps, une cape noire, un loup et un chapeau assorti et ils le rhabillèrent.

— Alors, que s'est-il passé ? demanda Louis, incapable d'attendre plus longtemps. Vous aviez trop bu, une fois de plus ?

Émile pencha la tête, désignant son crâne.

— Un bel œuf de pigeon ! dit Albert. L'eau froide vous aura épargné le traumatisme crânien, au moins. Quant à moi, je discutais hum avec un ami hum dans une gondole quand j'ai vu ces deux types enveloppés dans leurs capes qui jetaient quelqu'un à l'eau. J'ai reconnu le déguisement d'Émile. J'ai sauté à terre pour les intercepter et l'un d'eux s'est retourné et m'a frappé à la tempe avec un gourdin. C'est alors que je vous ai vu, Louis, et que je vous ai appelé.

— Celui qui vous a frappé venait de nous bousculer pour fuir, expliqua Louis. Il était avec Toursienne ce matin à l'enterrement, quand on a assassiné don Esposito. Edmond l'a vu aussi.

— Edmond ! Il était sur mes épaules ! s'écria Émile.

— Vous étiez le seul candidat à la baignade, affirma Albert.

— Donc, Dieu merci, on n'a pas offert à Edmond une agonie d'eau salée… fit observer Louis. Mais dans ce cas, où est-il ? Avec tout ce raffut, il aurait dû rappliquer. Je ne peux pas croire qu'il soit tranquillement en train de se goinfrer de beignets pendant qu'on joue les sauveteurs en mer.

— Edmond avait reconnu le complice de Toursienne, dit lentement Émile. En conversation avec un type masqué. J'ai pensé à Toursienne. Nous avons couru vers la Zecca, la Monnaie, et puis, boum ! Extinction des feux.

Après un instant de silence méditatif, il fallut bien se rendre à l'évidence : quoi qu'il en soit, Edmond avait disparu.

Les agresseurs d'Émile avaient-ils emporté le nain ? On pouvait facilement le fourrer dans un sac. Ou bien gisait-il, inanimé, dans quelque sombre recoin ? Albert alla se procurer des lanternes à pétrole et ils se séparèrent pour fouiller la Piazzetta et ses abords. Louis et Rizzo d'un côté, Albert et Joseph de l'autre. Les femmes attendraient sous la protection d'Émile près du vendeur de guimauve et de marrons chauds.

Ils revinrent assez vite, bredouilles.

— Impossible de fouiller la place, il y a trop de monde, fit observer Louis, inquiet. Ouat ! Où peut bien être passé ce fichu Elfe ? Et pourquoi s'en prendre à lui ?

— Et pourquoi s'attaquer à votre Émile ? lui renvoya Talbot, serrant de près une Serafina toute rose.

Ils auront sans doute repéré toute votre petite bande et flairé le danger. Vous les débusquez à Paris, vous les suivez à Venise, vous trouvez le cadavre du curé... de véritables empêcheurs de brutaliser en rond. Toursienne a peut-être ordonné votre... heu... éradication.

— Louis ! s'écria Camille. J'en ai plus qu'assez, tu ne peux pas passer ta vie à te faire assassiner ! Tu ne peux donc pas te contenter de la chronique sportive ?

Émile laissa échapper un soupir qui lui valut un coup d'œil furibard.

— Oh, vous, ça va, le célibataire endurci ! Ce n'est pas parce que l'armée vous a répudié que vous devez retourner votre aigreur contre toutes les unions heureuses.

Estomaqué, Émile en resta sans voix.

— Que les hommes sont fatigants, ma pauvre Serafina, reprit Camille, à toujours vouloir jouer à la guerre ! Comme le monde serait paisible sans eux !

— Et vide, laissa tomber Albert, puisqu'on ne connaît pas encore le moyen de se reproduire par parthénogenèse.

— Pourquoi l'homme aux grosses lèvres s'est-il laissé remarquer ? Pour être bien sûr qu'on le suive ? demanda Louis à la cantonade.

— Et voilà, c'est reparti, murmura Camille. C'est un monomaniaque de la traque criminelle. Il doit avoir un cerveau en forme de roue pour hamster : les idées les plus insensées y pédalent à longueur de temps.

— Oui, c'est cela, reprit Louis, indifférent aux sarcasmes de Camille. L'homme voulait attirer nos amis dans un piège. C'est presque une malchance qu'Edmond l'ait aperçu.

— Pourquoi donc ? demanda Talbot, perplexe.

— Parce que s'il ne l'avait pas vu, Émile et lui n'auraient pas couru derrière et le piège n'aurait pas fonctionné. C'est pourquoi je soutiens qu'il n'y a que deux hypothèses : Edmond a été enlevé ou Edmond est complice.

— L'un des symptômes les plus graves est cette tendance à soupçonner constamment son entourage, déclara Camille à Serafina. Je crois que votre ami Freud appelle cela le délire paranoïaque, Albert ?

— Ma propre théorie est que la paranoïa est la base de l'intuition et de la préservation de l'espèce, mademoiselle De Saens. Heureusement que nous nous méfions de nos congénères !

— Foin de vos théories, nous avons perdu une anguille. Qu'allons-nous faire de concret ? demanda Émile.

— Pour l'instant nous rendre au palais Papadopoli, bien sûr, lui renvoya Albert. Il paraît qu'il est somptueux.

— Si je n'étais pas mort noyé, je vous en donnerais, du somptueux ! grogna Émile à qui les bals masqués ne disaient plus rien.

— Et peut-être y retrouverons-nous Edmond, continua Albert, il nous a déjà fait le coup de disparaître à sa guise.

— Je voudrais bien être aussi optimiste que vous, grogna Louis. J'espère vraiment qu'il ne lui est rien arrivé.

— Avec tout ce qu'il a dû voir au cours de sa vie, je pense que le petit bonhomme est capable de se débrouiller partout, ajouta Émile.

À cet instant, le bourdon du Campanile se mit à tinter joyeusement et la foule, comme sur un ordre, commença à refluer en chantant « *Dan dan dan ! Le carnaval s'en va !* » et un écho assez tonitruant lui répondit, provoquant l'étonnement des passants. « *Dan dan dan* », scandait le pantalon de Talbot, et Serafina, bonne fille, gloussait, le visage dans les mains, avec une gaieté qui irrita Louis. Certes, il était d'usage d'avoir toujours l'air plein d'entrain, mais Émile avait failli mourir et Edmond avait disparu, tout de même !

Rizzo, l'air sévère, rassembla prestement son petit troupeau et le mena à une gondole qu'il avait réservée en début de soirée. Émile y monta avec répulsion et se tint assis au centre, crispé, pour éviter toute proximité avec l'eau noire. On remonta le Grand Canal, croisant des centaines d'autres embarcations qui glissaient sans bruit, décorées de lanternes et résonnant de chansons. Leur gondolier entonna lui aussi un air ancien et gracieux.

La biondina in gondoleta
L'altra sera gomena
Dal piaser la poverta
La sa in bota indormanza.

L'embarcation avançait lentement, en ondulant dans le léger clapot causé par le *dosàna*, le courant de la marée montante. On aurait pu toucher l'eau avec la main. Albert effleura le *cavai*, le « cheval » ornemental en forme d'hippocampe situé au niveau des accoudoirs. Le batelier manœuvrait avec aisance.

— Lé *remàr*, le rameur, il outilise les *morsi*, les encoches dé la *fòrcola*, la pièce de bois en noyer qu'elle serve à appouyer la rame, expliqua Rizzo avec enthousiasme, mais personne ne lui demanda d'autre détail.

Ils étaient silencieux, serrés les uns contre les autres, perdus dans leurs pensées.

Louis fulminait, l'esprit en ébullition. Cette barcasse se traînait. Plus il y réfléchissait, moins il trouvait de raisons d'enlever Edmond. À moins que les Tisonneurs – ou leur émanation vénitienne – ne l'aient pris pour un enfant et enlevé pour leur sombre commerce ? Peu probable : trop de tracas pour une denrée qu'on trouvait abondamment dans toutes les ruelles. Inutile d'enlever les gamins, ils allaient spontanément vers leur funeste sort, comme les enfants indociles dans le conte de Pinocchio se précipitaient vers l'île aux Jouets.

Et s'ils gardaient Edmond en otage ? Les types qui avaient saigné à blanc un gamin, enfoncé un tisonnier dans la gorge d'une femme, poignardé un clochard et fracassé la tête d'un jeune curé d'un coup de crucifix espéraient peut-être monnayer la vie du nain contre le silence de Louis et de ses amis. Ils semblaient prêts à tout. Pourvu qu'ils ne fassent pas de mal à Edmond. Non, un otage n'avait d'intérêt que bien portant. Ce gondolier à la noix ne pourrait-il aller un peu plus vigoureusement au lieu de caresser sa rame en chantant ?

Le gondolier à la noix vira soudain et s'engouffra à travers une large porte, l'*atrio d'approdo*, les conduisant à l'intérieur même d'un palais où ils accostèrent contre un escalier moussu, dans une cave humide éclairée aux flambeaux. « *Cavàna* », expliqua Rizzo. L'embarcadère privé et abrité que l'on trouvait dans toutes les grandes maisons. Une dizaine de gondoles aux couleurs de la maison étaient amarrées aux *paline* en robinier.

À la suite d'un valet de pied, ils remontèrent un escalier de marbre orné de balustres, passèrent le premier étage réservé aux appartements des domestiques et arrivèrent au *piano nobile*, l'étage noble. On les fit entrer dans une antichambre où on les pria de déposer leurs manteaux. Là, un maître d'hôtel s'enquit de leur condition et Albert les présenta comme d'éminents hôtes français, amis de M. Zorn, commissaire de l'Exposition.

Ils déposèrent leurs cartes de visite et furent introduits dans la traditionnelle *sala*, une pièce qui s'étendait sur toute la longueur du bâtiment jusqu'à la loggia donnant sur le canal. Cette pièce monumentale, qui servait de salle d'apparat et de réception, desservait les chambres, les salons, la bibliothèque. C'était là que se tenait le *Grand Veglione*. De nombreux convives s'y pressaient déjà, dans un déploiement de masques somptueusement ouvragés et de costumes chamarrés.

— J'espère que nous ne sentons pas trop la vase, chuchota Albert tout en se dirigeant vers l'imposant buffet. Et le costume d'Émile fait vraiment bas de gamme !

— Albert, vous êtes un snob fini ! répliqua Louis. Passez-moi donc un canapé au caviar, je suis affamé.

— Pas de caviar pour moi, jeta Émile, ça sent trop le poisson et, pour ce soir, j'ai donné. Ce jambon de Parme fera l'affaire.

Louis espérait que le brave Rizzo, cantonné avec les domestiques de place dans une salle des communs, recevait une collation.

Talbot, toujours très galant, servait les dames et les assiettes de Serafina et de Camille croulaient sous les mignardises salées.

Louis s'avisa qu'il n'avait pas demandé à Zorn en quoi il serait déguisé, ce qui était plutôt fâcheux, dans un bal réunissant près de cinq cents masques. Puis il aperçut un petit groupe de messieurs, « au naturel », queues de pie et lavallières, qui, à coup sûr, avaient un air « officiel ». Il s'approcha et repéra Anders Zorn en discussion avec le président de l'Exposition, le signor Riccardo Selvatico. Louis essaya en vain d'attirer discrètement son attention jusqu'à ce qu'il pense enfin à retirer son loup bleu roi et Zorn lui adressa un léger signe de tête, lui indiquant l'entrée d'un petit salon rouge et or orné de Veronèse.

Cinq minutes plus tard, Zorn entrait et refermait les portes derrière lui.

— J'ai ce que vous vouliez, dit-il sans préambule. Excusez ma brusquerie, mais tous ces palabres me semblent devoir durer jusqu'au jour de l'inauguration.

Il sortit de sa poche intérieure un rouleau de papier vélin.

— Je vous le laisse, précisa-t-il, vous en ferez meilleur usage que moi. Il faut attraper ce débauché. Le pauvre petit Hector était malade de peur quand il me l'a décrit. Cet homme est malsain et dangereux.

— Juste un instant ! Avez-vous jamais entendu parler d'un nommé Toursienne ?

Zorn fronça les sourcils.

— Non, pas que je sache.

Se rappelant soudain que San Giuseppe di Castello était toute proche des *giardini pubblici*, Louis demanda à tout hasard :

— Et de don Esposito, un jeune curé ?

— Le pauvre prêtre qui a été assassiné ce matin ? Oui, je le connaissais un peu. Nous avions eu une curieuse conversation.

— À quel propos ?

— Quand je réussis à m'échapper pour une heure de nos réunions, je me réfugie au calme dans cette église, expliqua Zorn. Don Esposito m'a abordé. Il parlait bien français et il voulait savoir si les abords du chantier, et notamment les quais, étaient surveillés la nuit. Beaucoup de jeunes prostitués des deux sexes y viennent traiter leurs tristes affaires et il craignait pour eux, m'a-t-il expliqué. Le bruit courait que des adorateurs du démon s'en prenaient à ces jeunes dévoyés. Des adorateurs du démon, ici à Venise !

Il pâlit brusquement.

— Bon Dieu, croyez-vous que… suis-je bête, je n'avais pas fait le rapprochement ! Ce salaud dégénéré serait ici ?

— C'est ce que nous pensons. Nous avons vu un des ses acolytes.

Un valet ouvrit soudain la porte, essoufflé.

— *Professore* Zorn, on vous cherche partout ! La délégation suisse est arrivée !

— Je viens ! Don Esposito a également évoqué le Lido, ses plages à l'atmosphère licencieuse, il a parlé de marais… J'ai cru à de la bondieuserie exacerbée. Mais maintenant… Tenez-moi au courant !

Il avait déjà filé, laissant Louis avec le portrait du Vicomte qu'il déroula lentement.

Moins qu'un portrait, c'était plutôt l'esquisse d'un homme de haute stature, en habit, cape déployée flottant au vent, le visage à demi tourné vers la pénombre, s'enfonçant dans une sorte de brume.

Louis éprouva soudain la terrible sensation que cette silhouette lui était familière, que ces traits à peine suggérés lui étaient connus. Il avait déjà vu cet homme ! Ce n'était pas Toursienne, il en était à présent certain. Non, c'était…

La porte s'ouvrit de nouveau sur Albert et Émile, accompagnant un Scapin crotté, appareil photographique en bandoulière. Le Scapin ôta son masque, révélant un Léon Bouly au visage tuméfié.

— Que s'est-il passé ?

— On m'a attaqué, on m'a volé ! répliqua Bouly furieux. Deux types en *bauta*, le déguisement traditionnel avec la voilette, qui dissimule entièrement le visage, et le *tabarro*, la longue cape. Ils ont jailli d'une arcade et m'ont jeté à terre et bourré de coups de pied. J'ai essayé de me défendre, mais… heureusement que des passants sont intervenus, je me voyais déjà finir dans le canal !

— Et, croyez-moi, ce n'est pas agréable, dit Émile.

— Que vous ont-ils pris ? s'enquit Albert.

— À votre avis ? Le tirage que j'avais préparé pour vous, et mon portefeuille, aussi, bien sûr.

— Ils ont pris les photographies ? Mais vous avez eu le temps de les regarder ?

Bouly s'assit sur le bras d'un élégant et fragile fauteuil Louis XVI.

— Oui. Il y avait bien un homme et un petit ramoneur. Mais l'homme n'est pas Triscèle. C'est un adolescent d'une quinzaine d'années, un gommeux blond à l'air arrogant et fat. Il tient la main du gamin et ils posent tous les deux, souriant à l'objectif. Derrière eux, il y a une jeune fille, blonde elle aussi, avec des fleurs dans les cheveux. Plutôt jolie, l'air terrorisée.

— Lilas ! s'exclama Albert.

— Avec tout ça, j'ai un mal de crâne ! reprit Bouly. Heureusement que ces crevards ne m'ont pas piqué mes cigarettes de marijuana. Quelqu'un en veut une ?

— Non, merci, j'ai mes Élégantes, répondit machinalement Louis, pensant au bout de film.

Au moment où il avait été filmé, le petit ramoneur ne se méfiait pas, mais Lilas, par contre, avait peur… parce qu'elle savait quelque chose. Et on l'avait tuée sans doute pour l'empêcher de parler. Il sortit le médaillon.

— Connaissez-vous cet objet ?

Bouly fronça les sourcils.

— Le médaillon non, mais le motif oui. Il est gravé sur la façade de San Servolo, sur le côté nord, près de la porte latérale. On dit que l'hospice a été bâti sur les fondations d'un lieu de culte antique. C'est un camarade spécialisé dans la sculpture ornementale qui me l'a fait remarquer.

Après un bref silence, Albert proposa un dédommagement à Bouly qui accepta et s'en fut continuer à travailler. Beaucoup de notables voulaient immortaliser leur présence à cette fête très sélecte.

— L'ennemi nous espionne ! déclara Émile quand il fut sorti. Sinon comment auraient-ils su que nous avions confié la pièce à conviction à Bouly ?

— Toursienne a dû me reconnaître ce matin à l'église et il a chargé un de ses sbires de nous filer, suggéra Louis. Le problème, c'est que nous ne savons pas à quoi ressemble notre suiveur. Et puis, ils sont sans doute plusieurs. Que pensez-vous de ce foutu symbole, le triskel, gravé sur le mur de l'hospice ?

— Comme vous nous le serinez, c'est un symbole fréquemment utilisé et à toutes les sauces religieuses, dit Émile.

— Oui, mais c'est à San Servolo que s'est volatilisé Toursienne. Peut-être se servent-ils de ce signe pour marquer les bâtiments amis ? suggéra Louis.

— De nouveau la théorie du complot ! marmonna Albert. D'après vous, ils seraient légion, prêts à fondre sur Venise comme la nuée diabolique de l'Apocalypse ?

— Le Vicomte n'agit pas seul, c'est une certitude. Et cette porte dérobée dans le confessionnal ? Cela aussi doit avoir un sens ! Pourquoi une porte dérobée et pourquoi dans le confessionnal où officiait le père Esposito ?

— Pour permettre à Toursienne de l'assassiner ! ricana Émile.

— Précisément ! À quoi servait-elle, cette porte, en dehors des heures de crime ?

— Toursienne ne pouvait compter sur la coïncidence que le prêtre se trouve justement dans ce confessionnal, lança Albert.

— Nous sommes donc d'accord sur le fait que cette porte doit être ouverte ou fermée, mais ne pas rester ainsi entrebâillée à notre raisonnement ! claironna Louis.

— Allons-y donc en patrouille demain matin ! lança Émile, qui commençait à en avoir soupé des portes récalcitrantes et des symboles antiques. Nous referons la route de l'église jusqu'à l'hospice. Ces cornichons des sociétés secrètes apprécient beaucoup les jeux de piste, conclut-il.

Louis leur résuma ensuite ce que lui avait appris Zorn et leur montra l'esquisse. Émile se contenta de hausser les épaules en murmurant « Allez retrouver le zigue, avec ça ! » et Albert soupira :

— Effectivement, ce n'est pas très précis.

— Mais ça ne vous évoque personne ? demanda Louis, n'osant formuler sa pensée.

Ses amis haussèrent les épaules et Louis n'insista pas. Il était sans doute victime de son imagination débridée. Réajustant leurs masques, ils convinrent de se rendre au Lido dès le lendemain, en fin de matinée.

La fête battait son plein. Les Tisonneurs et le Vicomte avaient déjà cinq morts à leur actif : le petit ramoneur, Lilas, la mère Dupuis, Polyte et don Esposito, et n'avaient manqué Émile que d'un cheveu ou plus exactement d'une respiration. Quant à Edmond... on pouvait craindre le pire.

Tout en observant les invités occupés à parader, affairés et bruyants, et en buvant un très agréable valpolicella, Louis essayait de raisonner « par le bon bout de la raison », comme se plaisait à dire son collègue Gaston Leroux. Il était curieux de lire son roman quand il serait fini. Un roman policier, quelle drôle d'idée ! Comme si les faits divers ne suffisaient pas à combler tout amateur de déductions et d'aventures. Quel ennui d'être un personnage de roman, c'était trop statique ! Traîner de chapitre en chapitre jusqu'à la laborieuse résolution d'une intrigue emberlificotée... Et quant à en écrire... On était payé à la ligne, on en rajoutait, on délayait, le héros raisonnait plus lentement qu'une charrette ou au contraire fonçait soudain comme un faucon en aéronef sur un indice miroitant sorti du sac à malice de l'auteur.

Mais baste, du vent, la littérature ! Revenons à nos moutons cinématographiques. On n'avait éliminé ni Totor ni Léon Bouly, qui avaient pourtant vu le Vicomte. Il ne suffisait donc pas de croiser sa route pour mal finir. Il en fallait plus. Il fallait représenter un danger. Le ramoneur avait été sacrifié lors d'un rituel immonde, c'était certain. Mais les autres avaient été abattus par mesure de sûreté et pour inspirer de la crainte aux éventuels mouchards.

Et donc… il ne sut jamais à quelle brillante conclusion il serait arrivé car une silhouette longiligne entra dans son champ de vision. Élégamment voûtée, vêtue d'une robe de marquise rouge grenat et tenant à la main un magnifique masque incarnat en plumes d'autruche qui laissait voir un nez grec et des lèvres bien dessinées sans être pulpeuses. Elle bavardait avec un Polichinelle tout en blanc jusqu'au masque en cuir. Louis se tourna vers Camille qui savourait une assiette de *peoci gratinai*, de petites coques gratinées au brandy.

— La marquise, là en face, elle ne te rappelle rien ?

— Lady Fisher-Brown, laissa tomber immédiatement Camille. Il y a une chose que je n'oublie jamais, c'est le tour de taille et la courbure des épaules. Que fait-elle là ?

— Je ne sais pas, je vais lui demander.

— Hum. Je t'accompagne.

— Tu sais très bien qu'elle n'est pas du tout mon genre ! protesta Louis, mais Camille fonçait déjà sur sa proie.

— Eleonore ! Quelle joie de vous trouver ici ! Cela fait si longtemps !

— Camille De Saens ! lui renvoya Lady Fisher-Brown, perçant elle aussi aussitôt le déguisement de Camille.

Elle abaissa son masque, laissant voir ses grands yeux d'un noir profond, qui, légèrement étirés en amande, lui donnaient un air abyssin.

— Et ce fringant chevalier vénitien, ne serait-ce pas notre ami Denfert ?

— Pour vous servir ! répliqua Louis en exécutant sa meilleure révérence.

Quand il releva la tête, le Polichinelle s'était éclipsé, avalé par la foule.

— Vous êtes donc revenue en Europe ? Il m'a semblé vous apercevoir l'autre soir à Paris, à l'asile du Château-des-Rentiers, lança Louis, allant droit au but.

— Ah, c'était vous, le journaliste ? Oui, je faisais ma petite tournée. Je suis rentrée depuis quelques mois. C'est très surfait, l'Amérique. Et tellement vulgaire. J'avais besoin de retrouver nos bonnes vieilles traditions. Et vos camarades ? Notre joli Jolimond, cet extraordinaire prestidigitateur, et votre garde du corps, le rude Gaulois qui a pour nom Germain ?

— Les voici, dit Louis, comme ils se matérialisaient à leurs côtés.

— Albert-Philibert ! s'exclama Lady Fisher-Brown en étreignant Albert. Comme vous êtes chou en Arlequin ! Bonjour, monsieur Germain.

Albert fit une courbette. Émile lui écrasa joyeusement la main.

— Vous êtes somptueuse, ma chère, déclara Albert alors que Camille levait les yeux au ciel. Que faites-vous donc à Venise ?

— Rien de particulier. J'aime bien la cité des Doges l'hiver. J'ai été invitée par une de mes amies à profiter de la suite qu'elle réserve à l'année à l'*Excelsior*, pendant qu'elle séjourne à Louxor avec son époux, un assommant égyptologue.

Le fastueux hôtel *Excelsior*, au Lido. Intéressant.

Ils bavardèrent encore un moment et Lady Fisher-Brown leur apprit les déboires d'Oscar Wilde, que connaissait bien Albert. Il y avait eu l'affaire des œillets verts, venus de France et adoptés par Wilde et ses amis, comme « fleurs du poète ». La rumeur publique accusait les chevaliers de l'œillet vert de n'être qu'une bande de pédérastes. Le marquis de Queensberry, le père de Lord Douglas, avait décidé de séparer son fils de Wilde. Le père et le fils s'étaient copieusement insultés. Sur quoi, le marquis, ulcéré, avait été empêché d'assister à la première de *De l'importance d'être constant*, le 14 février dernier au Saint James Theater à Londres. Pour se venger, il avait d'une part fait déposer un bouquet de... navets et d'autre part avait accusé Wilde de poser comme sodomite. Celui-ci l'avait attaqué pour diffamation. Elle en discutait justement avec le Polichinelle, un admirateur anglais de Wilde qui avait dû lui-même se réfugier en France suite à d'absurdes accusations, la loi de 1885 punissant toujours la sodomie de prison. Non, hélas, il ne lui avait pas dévoilé son nom.

Laissant Albert et Lady Fisher-Brown continuer à potiner, Louis essaya de repérer le Polichinelle en question. Un riche inverti craignant la justice et se réfugiant en France... Juste au moment où le Vicomte se mettait à sévir... Certes, tous les invertis n'étaient pas pervers, mais c'était une piste à suivre.

Il se faufila à travers les petits groupes d'invités se gobergeant joyeusement, avisa un Polichinelle, mais qui était beaucoup trop petit. Pourtant un costume blanc, c'était repérable. Son attention fut soudain attirée par quelqu'un portant la *bauta* : longue cape noire, tricorne, capuchon de dentelle, et le masque blanc neutre. C'était ainsi que Bouly avait décrit ses agresseurs. Tandis qu'il essayait de se rapprocher sans se faire remarquer, l'orchestre se lança dans une hora, une danse roumaine trépidante, et la salle entière se mit à onduler et à serpenter, lui coupant la route. Des mains cherchaient à le faire entrer dans le cercle et il se dégagea assez vivement. Le personnage en *bauta* se dirigeait vers une porte sculptée et Louis distingua le haut chapeau conique d'un Polichinelle se déplaçant dans la même direction.

Évitant une plantureuse matrone, il contourna le buffet et hâta le pas. Les deux hommes avaient refermé la porte sur eux. Louis la poussa brusquement. Il se trouva dans un vestibule desservi par un monte-charge et par un étroit escalier descendant vers les profondeurs du palais. Sans doute un accès de service. Il s'y engagea à pas de loup, tendant l'oreille. Des pas, en contrebas. Des chuchotements. Impossible d'entendre distinctement, mais l'un des hommes semblait en colère. L'autre protestait faiblement. Louis se pencha par-dessus la rampe en marbre dépoli, aperçut deux ombres en grande conversation sur un palier mal éclairé et se rejeta en arrière.

Trop tard, le Polichinelle l'avait vu, les deux hommes s'étaient mis à courir. Il s'élança à leur suite, sans plus chercher à se dissimuler. Il avait dans sa poche intérieure son petit pistolet, celui que lui avait offert Émile à leur première rencontre, et il le dégaina.

Il atteignit le palier où il les avait entrevus, sauta deux marches et se retrouva dans le noir complet. Quelqu'un avait soufflé la mèche de l'applique à huile. Laissant sa main glisser sur la rampe, il continua lentement sa descente. Le marbre devenait plus froid et plus humide. Ça sentait le salpêtre. On se rapprochait de l'eau… Une lueur sur la gauche. Une plate-forme. Il reconnut le débarcadère privé où ils avaient accosté. La lune, comme une grosse tête blanche sortie d'entre les nuages, éclairait la cavité et le canal endormi. L'endroit était désert. Une gondole tirait doucement sur la corde l'attachant à un épais pieu en bois pavoisé de bleu et or. Des marches moussues disparaissaient sous l'eau, évoquant une sente sous-marine et Louis songea à la mélancolie de ces somptueux palais s'enfonçant peu à peu sous l'eau, chassés par le monde moderne comme l'avait été l'antique Avalon.

Quelqu'un avait bien tenté d'emprunter les marches submergées. Deux godillots dépassaient de l'eau fangeuse. Il les saisit et tira, manqua perdre l'équilibre sur la pierre glissante, remonta lentement en hâlant son fardeau.

Une cape noire gorgée d'eau. Un capuchon de dentelle. Un masque à demi détaché révélant une bouche lippue.

Une rame cognait contre la gondole. Sans doute l'arme qui avait assommé le bandit masqué. Mais où était passé le funeste Polichinelle ?

Une cavalcade le fit se retourner. Albert et Émile arrivaient, munis d'une lanterne.

— Que faites-vous là ? s'écria Albert. Émile vous a vu filer comme un rat de ce côté et comme vous ne reveniez pas…

— Merci de votre empressement, on aurait eu le temps de m'occire cent fois.

— Je ne pouvais tout de même pas couper la parole à Milady ! Vous passez votre temps à disparaître on ne sait où. Vous vouliez nous fausser compagnie ?

— Pas du tout, répondit Louis en se déplaçant pour leur laisser voir le corps à demi immergé. Mais celui-ci, en tout cas, nous a tiré sa révérence.

— Qui est-ce ? demanda Émile, qui surveillait les abords avec son propre revolver d'ordonnance.

— Le type que j'ai vu ce matin avec Toursienne. Celui qui vous a tout à l'heure flanqué à la baille. Il lui a sans doute remis les épreuves dérobées à Bouly. J'étais sur leurs talons, mais je suis arrivé trop tard.

— Mais alors, où est passé notre scélérat ? dit Émile, perplexe. Parti à la nage ? Ça me rappelle la fois où nous avons dû remonter le Mékong dans la boue…

Des pas légers le firent taire. Ils sursautèrent, prêts à tirer. Ce n'était que Rizzo, le visage plissé par la curiosité.

— Vous l'avez toué ? demanda-t-il joyeusement en découvrant le cadavre.

— Non, c'est un grand Polichinelle qui lui a fait son affaire, répliqua Louis. Et nous ne savons pas par où il a pu s'enfuir.

— Pas par le Grand Canal, qué sinon *il pòpe*, le gondolier du *traghetto*, il l'aurait vu, leur dit-il en montrant la grosse gondole qui faisait la navette entre les deux rives. Et s'il était rémonté, *mi* l'aurais croisé. Donc…

Il se tourna soudain vers le mur du fond et une lourde grille piquée de rouille.

— La conduite d'*aqua* ! L'eau potable, elle vienne par des gros tuyaux sous les rues. La grille, là, elle mène à les canalisations.

Ils se ruèrent sur la grille massive, la trouvèrent ouverte. Derrière, une large plaque circulaire en métal, munie d'une grande poignée. Émile l'empoigna et essaya de la faire pivoter. En vain.

— Il a dû la bloquer de l'intérieur, ragea Albert. Où mène ce conduit ?

— Partout, répondit Rizzo en haussant les épaules. Il y beaucoup des tounnels, des embranchements. Et des échelles pour qué les ouvriers, ils pouissent rémonter à la sourface après avoir réparé les condouites.

Donc le Polichinelle assassin pouvait émerger n'importe où et se fondre dans la nuit vénitienne comme une ombre de commedia dell'arte. Le forban les avait blousés !

— Remontons avant qu'on ne s'aperçoive de notre absence, lança Louis. Je ne tiens pas à ce que l'on nous interroge sur ce qui s'est passé. Nous ignorons les appuis que Toursienne ou le Vicomte peuvent avoir auprès des édiles locaux. La corruption étant ce qu'elle est, nous risquerions de finir au pont des Soupirs à leur place !

Dans la salle de bal, la danse se terminait dans un joyeux charivari et les danseurs se congratulaient et s'épongeaient le front, pressés autour des buffets de pâtisseries. Un immense cygne en sucre candi flottait sur une mer de glace pilée garnie de pétales de roses. Louis avisa Camille et Serafina les doigts barbouillés de crème Chantilly.

— Où étais-tu passé, mon petit tsar ? lança Camille. J'ai dû me trouver un autre danseur. Un homme très sympathique. Un poète français. Henri Delvaux.

Louis fronça les sourcils. Les poètes avaient l'inconvénient d'avoir la passion facile. Camille lui donna un petit coup d'éventail.

— Il m'a invitée à venir prendre le thé demain au Lido.

Avant que Louis ait pu desserrer les dents, elle lui désigna un homme corpulent vêtu en cardinal dont le masque de Pantalone était encadré d'épais favoris gris. Il soupira d'aise : un vieillard ! Il se laissa présenter au sieur Delvaux, lequel tint à leur déclamer d'une voix cassée une des strophes vénitiennes de Théophile Gautier :

Sur une cadence se glisse
Un domino ne laissant voir
Qu'un regard malin en coulisse
Aux paupières de satin noir.

C'était de circonstance. Émile le félicita, surtout pour le faire taire. Delvaux se prétendait ami de Verlaine, de Mérat et d'autres anciens du Club des vilains bons hommes, dissous en 1872. Louis, qui avait la tête ailleurs, s'apprêtait à les laisser converser belles-lettres, quand le bonhomme, qui était effectivement fort vilain, répéta sa proposition de venir prendre le thé le lendemain à son club au Lido. Un endroit très calme doté d'une vue splendide sur les vastes plages et l'Adriatique. Si calme qu'il était quasi secret. Ils devaient le rejoindre à l'*Excelsior* et il les conduirait ensuite au Cercle des marais.

— « Marais » à cause des marécages environnants ? demanda Louis.

— Non, répondit le poète, c'est le Cercle des marées, en hommage à l'union céleste de la lune et des ondes.

CHAPITRE X

Louis était rentré à l'hôtel dans un état de surexcitation qui n'avait d'égal que sa fatigue. Il avait donc passé la première moitié de la nuit à se retourner entre les draps frais et la seconde plongé dans un sommeil hébété peuplé de cauchemars. Le dernier, dans lequel un bras inconnu enfonçait une seringue dans le cou blanc de Camille, le fit se dresser comme un pantin à ressorts, juste avant l'aube, les yeux cernés, la bouche pâteuse.

Prenant garde à ne pas réveiller la jeune femme, il se faufila jusqu'au secrétaire sous la fenêtre et prit une feuille de papier et un crayon. La lune suffirait bien à l'éclairer pendant qu'il coucherait une fois de plus ses réflexions par écrit, essayant de composer son futur papier.

À la poursuite des Adorateurs du Diable.

Trop vu. Léo Taxil et son ami, Charles Hacks, alias le Dr Bataille, avaient gâché la besogne avec leurs délires récurrents sur le satanisme maçonnique et le sulfureux « ordre du Palladium », adonné aux orgies et aux rites sanglants. Leur publication, *Le*

Diable au XIXe siècle, tenait les lecteurs en haleine sur fond de révélations croustillantes.

Le Vicomte pervers.

Pas mal. Alléchant.

Sur la piste des Tueurs d'enfants. Une bande spécialisée dans l'exploitation éhontée des petits malheureux de la capitale semble fournir des proies à la terrible lubricité d'un pervers homicide. Suivant la piste des misérables, notre fougueux – raturé – vaillant – raturé – intrépide – oui – intrépide reporter, Louis Denfert, poursuit son enquête à Venise, la Mystérieuse.

Bon, et après ? Il fait quoi, l'intrépide Denfert ? Il patauge dans la gadoue, pire qu'à Paname. Il aperçoit Toursienne, trouve un prêtre assassiné, un médaillon celtique, un photographe qui a connu le Vicomte, aide à sauver Émile de la noyade, constate la disparition d'un nain, repêche un voyou trucidé dans un canal et se révèle incapable de faire le lien entre tous ces événements. Tu ferais mieux de retourner au compte rendu des courses hippiques, Denfert. Parce que ce n'est pas avec toi que les faubouriens en auront pour leur argent en matière de révélations croustillantes et d'horreurs fascinantes.

À moins que ce Delvaux et son Cercle des marées ne soient le chaînon manquant. Selon Zorn, don Esposito avait évoqué le Lido et les marais. Mais peut-être avait-il mal compris. Le prêtre s'était exprimé en français et les deux mots se prononçaient pareillement, lui-même s'y était laissé prendre.

Un raisonnement qui ne tient que par des bouts de grosse ficelle. Mais bon, le petit côté pleine lune et eaux profondes de ce Cercle des marées était assez triskellien, conclut-il avant d'entreprendre sa toilette et d'aller retrouver Émile et Albert pour un hâtif petit déjeuner.

Albert buvait du chocolat tout en grignotant des *baracòccoi* et des *armèini*, des prunes et des abricots. Émile terminait de faire un sort à une *pasta e fasiòi*, une solide soupe aux pâtes et aux fayots dénichée à l'office. Louis attaquait une belle tartine de pain à la châtaigne et au miel quand Rizzo fit irruption et lui tendit un pli cacheté.

Il l'ouvrit sous le regard curieux de ses amis. Le message était bref et concis :

Tout va bien. Je serai ce soir à l'hôtel.

Signé Le Roi des Elfes, suivi d'un élégant paraphe à l'encre violette.

Ils se dévisagèrent, perplexes. Pas un mot d'explication sur sa disparition ni l'agression dont Émile avait été victime et dont il avait forcément été témoin.

— Quelqu'un connaît-il son écriture ? demanda Émile, les yeux plissés.

La réponse fut négative et donc la missive pouvait fort bien être un faux. Mais quel intérêt les éventuels ravisseurs auraient-ils à les rassurer ? La question resta en suspens. Autant agir dans la mesure du possible que ruminer stérilement.

San Giuseppe di Castello semblait somnoler dans la brume qui montait des canaux. Des femmes du peuple allaient et venaient d'un air pressé, le missel ou le sac à provisions à la main, enroulées dans leurs tartans gris. Les dames de la bonne société bourgeoise déambulaient d'un air hautain, accompagnées de leurs servantes au milieu des étalages de poissons frais pêchés, des pyramides d'huîtres et d'oursins. Les maraîchers, installés sur leurs embarcations, hélaient le chaland. Des ouvriers passaient en discutant, dans un tintamarre d'outils. On entendait les coups de marteau du chantier de l'Exposition. Un paquebot en partance pour Istanbul fit donner de la corne de brume par trois fois. Des messieurs bien mis se dépêchaient de sauter dans leurs gondoles, d'autres se dirigeaient vers les arrêts de vaporetto. Il y avait presse autour du kiosque à journaux et les cafetiers sortaient tables et chaises et servaient expressos et ballons d'*ombra* en échangeant les derniers potins avec leurs clients.

— Tout de même, dit Albert, c'est drôle de marcher dans la rue sans risquer de se faire écraser.

— Ça manque de chevaux, fit Émile. Et quel cauchemar pour les copains artilleurs, tous ces ponts ! Faudrait qu'on leur confectionne des ponts mobiles, plats, d'une portée de… voyons…

— Émile, vous nous ferez la campagne de Venise une autre fois. Pour l'instant, contentons-nous de monter à l'assaut de cette porte dérobée, lui enjoignit Louis. Rizzo, attends-nous dehors.

Se découvrant, ils s'engouffrèrent dans l'église sous le regard curieux de deux vieilles égrenant leur chapelet près du bénitier. La première messe venait de finir et le bedeau, un petit homme ventru, époussetait les bancs vernis. Albert affecta une pieuse attitude, tête baissée et mains jointes, tandis qu'Émile faisait mine d'admirer les tableaux suspendus çà et là et que Louis se glissait jusqu'au confessionnal.

Occupé. Il distinguait deux bottes éculées dépassant du rideau de velours noir. Il s'assit sur le banc le plus proche, rongeant son frein. Le pénitent devait en avoir lourd sur la patate parce que ça durait ! Il avait trucidé toute sa famille ou quoi ? Émile, qui s'était rapproché, haussait des sourcils interrogatifs. Albert toussotait de façon exaspérante. Rizzo, qui s'ennuyait, les avait rejoints et se signait d'abondance. Pour couronner le tout, le bedeau venait vers eux, l'air patelin et servile.

Par l'intermédiaire de Rizzo, il leur expliqua qu'il avait plaisir à leur offrir l'excellente brochure rédigée par M. le curé. Connaissaient-ils la légende de San Giuseppe ? Non ? Quel dommage, elle était si édifiante ! Et l'église ! Quelle œuvre d'art et de spiritualité ! Ces pieux messieurs étrangers désiraient sans doute faire un don pour la restauration du bâtiment ?

Albert, pour s'en débarrasser, déposa dans sa corbeille quelques-uns des faux billets de théâtre qu'il transportait toujours sur lui tandis que Louis voulait savoir si ce n'était pas ici, dans ce lieu saint, qu'avait été commis la veille un abominable meurtre ?

Le bedeau blêmit, encore sous le choc. Ces messieurs étaient au courant ? Don Esposito était tellement apprécié de ses ouailles comme de ses supérieurs ! Il en avait pleuré toute la nuit, leur confia-t-il. Et songer que les murs sanctifiés puissent avoir été souillés par une telle infamie ! L'évêque était venu la veille au soir, aux vêpres, pour bénir l'église et en bannir les forces obscures. Mais il y avait quelque vieilles du quartier qui ne voulaient plus venir, elles préféraient changer de lieu de culte, à leur âge, les pauvres ! Non, l'enquête de police n'avait rien donné pour le moment. Don Esposito avait-il des ennemis ? Cet angelot ? Certainement pas. Qui donc alors avait pu l'occire ? Ah… peut-être un malandrin abruti par l'alcool croyant que le prêtre avait de l'argent sur lui ? Ou un dément échappé de San Servolo ?

Il y avait donc des fous à San Servolo ? Pour sûr ! On y parquait les nécessiteux : vieillards séniles, mal portants et malades mentaux. Ces derniers étaient cantonnés dans une section spéciale, mais allez savoir si l'un d'eux ne s'était pas sauvé et n'avait pas erré dans les rues, rêvant d'homicide ?

Hum, hum. Et ce fou, comment avait-il pu se faufiler dans le confessionnal sans que don Esposito proteste ? fit demander Louis.

— Hé ! Avec le vacarme de l'harmonium ! Luigi, il joue trop fort, je le lui dis toujours. Et en plus, il est mal accordé, l'harmonium. J'ai bien vu la veuve qui nous lançait des regards contrariés.

— Et qui donc enterrait-on en si grande pompe ? demanda Albert.

— *Il signor* Balsamo. Il était dans le commerce des antiquités, les reliques de la première civilisation lacustre, les grimoires… M. le curé vous en dirait plus que moi. *Il professore* Balsamo détenait des pièces rarissimes, paraît-il. Son ami de France, M. de Toursienne, avait fait spécialement le voyage pour venir lui rendre un dernier hommage.

Et d'une pierre deux coups : enterrer Balsamo et supprimer Esposito ! songea Louis *in petto*. Mais quel danger pouvait représenter le jeune prêtre ? Et de quoi donc était décédé le *signor* Balsamo ?

Une affaire stupide ! Une mauvaise chute en descendant de sa gondole ! Il avait raté l'appontement et s'était étalé sur le pavé, la tête portant sur le coin de l'escalier en pierre de taille. Où cela ? Au palais Papadopoli où il s'était rendu pour affaires. Ah, un bien cruel malheur !

Oui, c'était bien triste et c'était dans ce confessionnal-ci que le meurtre avait eu lieu, n'est-ce pas, ce confessionnal occupé depuis bientôt une demi-heure ?

Le bedeau tourna la tête, étonné.

— Occupé ? Non, je ne crois pas. M. l'abbé est parti à la Questure – il se signa – et ne reviendra pas ce matin.

— Et ça, alors ? lança Louis en désignant les bottes.

Le bedeau écarquilla les yeux et demanda d'une voix coassante s'il y avait quelqu'un. Pas de réponse. Échange de regards. Louis s'avança d'un pas décidé et tira le rideau.

Le personnage agenouillé ne bougea pas. Sa cape le couvrait jusqu'aux pieds. Sa voilette, son masque blanc et son tricorne étaient affalés sur la tablette de bois où il aurait dû joindre les mains. Mais il n'était ni mort ni inconscient. Non, il était vide. Ce n'était qu'un costume.

Le bedeau, le premier instant de stupeur passé, poussa un cri de rage. Ces forbans, ces malappris de gamins lui avaient encore joué un tour ! La semaine dernière, ils avaient fait couler de la cire partout sur les bancs ! Ce carnaval du diable encourageait la licence et l'insoumission ! Des sauvages, des gibiers de potence, il n'y avait que don Esposito qui savait les tenir, ah, quel malheur, quel malheur ! Et il se remit à pleurer tandis qu'Émile fouillait le déguisement et que Louis examinait la cloison.

Mais il n'y avait pas grand-chose à examiner. Le mécanisme de la porte avait été scellé. On distinguait les traces de plâtre frais. Il chercha à tâtons, en vain. C'était inouï ! Pourquoi avoir muré cette porte qui devait bien servir à quelque chose d'autre qu'à assassiner les prêtres ?

Et si… et si don Esposito l'avait découverte par hasard ? Oui, il tenait un bout de raisonnement, si seulement ce bedonnant bedeau pouvait arrêter de gémir… Laissant le bonhomme ventripotent secouer le déguisement avec colère, ils sortirent discuter à l'extérieur.

— Encore ce costume traditionnel… commença Albert.

— Taisez-vous juste une seconde, répondit Louis, je tiens une idée.

— Ne la laissez pas s'échapper, ce serait dommage ! ricana Albert, vexé qu'on l'ait prié de se taire.

— Don Esposito avait découvert la porte dérobée, suggéra Louis, l'index levé, faisant les questions et les réponses.

— Elle servait à quelqu'un d'autre. Pour quoi faire ?

« Sortir et entrer sans attirer l'attention. Se livrer à des activités secrètes alors qu'on vous croit dans l'église. Qui est concerné ?

« Voyons… le curé, le bedeau, le sacristain.

— Ou n'importe quel paroissien au courant du truc, fit observer Émile. Imaginez comme c'est pratique. « Je vais me confesser à l'église »… et hop ! je me retrouve au bordel.

— Le bordel, il est par là ! expliqua Rizzo. De l'autre côté du *fondamenta* Santa Anna, entre l'Arsenal et l'Isola di San Pietro.

— Cherchez le phare et vous trouverez la lanterne rouge ! lança Émile en se frisant les moustaches.

— Votre idée solitaire me semble un peu trouée, Louis, dit Albert de son ton précieux. Si cette issue servait à quelqu'un d'autre qu'à don Esposito, pourquoi la murer hâtivement ?

— À cause de l'enquête de police, mon petit Albert. Je me demande si l'abus de café chocolaté n'altère pas la matière grise.

— Si je vous suis, mon cher Louis, à peine le vicaire tué, youp la boum, le plâtrier débarque et dissimule le mécanisme secret en sifflotant pendant que la femme de ménage crie à l'assassin.

— Primo, les carabiniers n'ont peut-être pas vu qu'il y avait une issue secrète. Deuzio, afin d'éviter qu'on la découvre, les plâtriers, comme vous dites, sont venus officier en toute discrétion cette nuit.

— Très bien. Et donc en utilisant cette porte dérobée pour tuer don Esposito, son utilisateur se condamnait à la condamner ?

— Il recommence à pleuvoir, constata Émile. Si nous allions poursuivre vos élucubrations dans un troquet ?

— On s'en moque, de la pluie ! répliqua Louis. Sur ce, j'ai plutôt soif.

Albert tomba d'accord et Rizzo les mena dans un vénérable *bacàro* de la via Garibaldi, un bistrot traditionnel où ils commandèrent des expressos et de la *fugassà*, du pain sucré à l'huile d'olive.

Mais au bout du troisième café *ristretto*, ils n'étaient toujours pas parvenus à éclaircir le mystère de la porte close.

— Ma peut-être il est don Esposito qui sé servait de la porte, dit Rizzo, des moustaches de mousse de lait au-dessus de la lèvre. Il a ouvert à l'azzazzin et ensouite celoui-ci est venu la dissimouler.

— Si nous cessions de nous miner la cervelle avec cette fichue porte ? demanda posément Émile. La seule chose dont nous sommes sûrs, c'est que ce n'est pas don Esposito qui l'a plâtrée.

— Le curé ! s'exclama Louis. Il a écrit une brochure, rappelez-vous. Tenez, je l'ai là. Il est passionné d'archéologie et il connaît sûrement son église comme le fond de sa soutane. Il est forcément au courant.

— Dans ce cas, il en avait sans nul doute parlé à son vicaire. Comme d'une curiosité de l'édifice, fit valoir Albert.

— Donc, en fin de compte, nous avons une porte secrète connue de tous, récapitula Émile en commandant un verre de blanc pour chasser le goût amer du café. À se demander pourquoi on l'a dissimulée cette nuit.

Silence. Le cafetier lisait le journal. Sa femme nettoyait le comptoir.

— Et que faisons-nous du sieur Balsamo ? demanda Albert en faisant craquer ses longs doigts. Un antiquaire ami de Toursienne décède. Celui-ci accourt et… zut et flûte ! Cette histoire est plus bourrée de trous qu'un fromage suisse !

— Émile a raison, laissons tomber nos cogitations pour l'instant et allons donc voir de plus près le triskel de San Servolo, conclut Louis en demandant l'addition.

La pluie avait cessé. Un petit vent coulis s'était levé. Le ciel contrasté promettait de belles éclaircies. Les femmes sortaient leurs lessives, se parlaient de fenêtre à fenêtre. Malgré leurs préoccupations, ils ne pouvaient s'empêcher de ressentir le charme des ruelles tortueuses. Ils admiraient les pavés ornementés, les grandes cheminées *a canna rovesciata*, à tuyau renversé, ou *a tronco di cono*, à tronc de cône (Qué i y en avait 10 000 au vieux temps et qu'il en reste encore 7 000), les émouvants clochers penchés (qué ils servaient aussi dé phares per les bateaux et d'alerte per les incendies), les placettes médiévales ornées de puits aux margelles blanches si élégantes, les *vere*.

— Ma ils ne sont pas vraiment des puits, expliqua Rizzo, décidément très en verve. Qué en dessous, il y a une citerne avec une couche de sable très pur. Elle recueille l'eau de pluie par les petites grilles, là, aux quatre coins. Lé sable, il filtre l'eau qui remonte ensouite *tutte* pure dans le cylindre central et voilà lé puits ! Regardez, là-bas, il y a des travaux, vous comprendrez mieux.

Il les entraîna vers un *campiello* éventré où des ouvriers empilaient les pavés tandis que d'autres creusaient des tranchées. De grosses canalisations en plomb étaient entreposées dans un angle. Un contremaître mesurait des niveaux, l'air soucieux. Un jeune ingénieur surveillait le chantier tout en compulsant ses plans annotés à la main. Les entendant parler, il leva la tête.

— Des compatriotes ! leur lança-t-il en souriant avant de se présenter.

Jules Gaillac était ingénieur à la Compagnie générale des eaux qui approvisionnait Venise en eau potable. Des travaux titanesques avaient permis d'amener l'eau pure de la rivière Brenta par le canal de la Seriola jusqu'à la ville. L'inauguration du réseau vénitien avait eu lieu en grande pompe place Saint-Marc le 23 juin 1884 avec la mise en eau d'une fontaine élevée uniquement pour la circonstance.

Gaillac, enthousiaste, leur décrivit les conduites sous-marines de quatre-vingts centimètres de diamètre traversant la lagune sur plus de six kilomètres, les bassins filtrants de Moranzini, le réservoir de Sant'Andrea lui-même bâti sur des centaines de pieux, d'une capacité de 10 000 litres pouvant débiter 134 litres par seconde ! Rizzo, qui l'écoutait avec des yeux émerveillés et comptait sur ses doigts comme sur un boulier à une vitesse ahurissante, lança : « Qué ça fait 5 300 mètres cubes d'*aqua potabile* par jour », ce qui lui valut les félicitations étonnées du jeune ingénieur.

Il avait encore fallu, continuait celui-ci, l'œil enfiévré, installer des conduites passant sous les places et les canaux, franchir ces centaines de foutus ponts pour arriver à chaque robinet-jauge de chaque immeuble, sans oublier d'alimenter les 120 citernes municipales. On en utilisait encore certaines, mais bientôt la ville entière serait desservie par la Compagnie, qui avait ses bureaux au palais Monecigo-Contarini, dans le *sestiere* San Benedetto. Un très beau palais, avec ses fresques et ses carreaux de Delft. Il serait ravi de leur en faire les honneurs. Pour le moment, il supervisait la destruction d'une citerne fendillée à l'emplacement de laquelle allait passer la nouvelle conduite. La citerne vénitienne avait été un système très ingénieux et universellement admiré. Mais au seuil du XXe siècle, n'est-ce pas, on voulait avoir l'eau au robinet, pure et à volonté.

Ils s'approchaient du trou quand un ouvrier poussa un cri et remonta en hâte, blême, les yeux exorbités. Il lança des mots en dialecte et Gaillac se précipita. Ils coururent à sa suite et se penchèrent sur la vaste excavation.

L'antique citerne, mise à nu, se présentait comme une pyramide tronquée au sommet et dont la base était recouverte d'une couche de sable d'une trentaine de centimètres. L'ouvrage, vétuste, s'étant fendu, il n'était plus utilisé depuis plusieurs mois. Le cylindre central, qui faisait office de puits, s'était peu à peu vidé de son eau, ne conservant que quelques dizaines de litres de liquide saumâtre. Mais ce n'était pas la vue de l'eau croupie qui avait ébranlé l'ouvrier.

C'était le triste spectacle d'un cadavre bouffi dont les cheveux bruns flottaient comme une touffe d'algues.

Gaillac fit reculer tout le monde et, se saisissant d'une longue barre de fer, essaya d'agripper le corps sous les aisselles. Un bras boursouflé aux doigts rongés se détacha lentement, cognant contre la pierre.

— Il part en morceaux ! pesta le jeune ingénieur. Luca, va chercher les carabiniers ! Tout cela va nous faire retarder pendant des heures. Comment cet imbécile a-t-il pu tomber dans ce puits ? ! Il était cadenassé, comme tous les autres !

Ils contemplaient le noyé quand Albert toussota.

— Hum… je ne voudrais point vous affoler, monsieur Gaillac, mais il me semble… enfin sans vouloir déranger… eh bien, ce cadavre…

— Albert, crachez votre pastille ! s'emporta Louis.

— Eh bien, comme vous pouvez le constater, le malheureux a un troisième bras.

Exclamations. Regards suspicieux. Puis consternés.

Effectivement, pointant près du col élimé de la chemise, on distinguait une troisième main dépourvue d'ongles.

— Bon sang, mais combien sont-ils là-dedans ? s'écria Gaillac en se tirant les cheveux. Comme si j'avais le temps de perdre mon temps ! Et la police, qu'est-ce qu'elle fiche ?

Elle arrivait, d'un pas martial. Après avoir jaugé la situation, il apparut qu'il fallait qu'un œil supérieur la jaugeât à son tour et on envoya quérir un officier. Pendant ce temps, Gaillac, passant outre aux vagues protestations des deux carabiniers occupés à éloigner les badauds, avait chargé ses ouvriers munis de gaffes de remonter les corps à la surface.

Le temps que le commissaire arrive, on avait compté trois cadavres entassés dans le puits. Trois corps en piteux état après un trop long séjour dans l'eau. Trois garçons. Deux adolescents et un enfant.

On les allongea sur des planches. Ils gisaient blancs comme marbre, les orbites gluantes, les cheveux en corolle. Louis détailla les corps dégingandés. Il était difficile de se faire une idée de leur apparence ante-mortem, car les bactéries et les moisissures avaient fait leur œuvre, creusant dans les chairs gonflées et marbrées. Albert, s'étant présenté comme médecin expert, fut autorisé à les examiner de plus près en attendant l'arrivée du médecin de la police qu'on était allé chercher en gondole.

Il observa tout d'abord que les trois jeunes garçons étaient sommairement habillés : chemise et pantalon de mauvaise qualité, pas de chaussures, pas de chapeau. D'après leur taille, leur stature et leur maigreur, il donna une quinzaine d'années aux deux plus âgés, dix ans au petit, et diagnostiqua un état de malnutrition.

— Le séjour dans l'eau a altéré la peau et le tissu cellulaire. On ne peut discerner à l'œil nu s'il y a des ecchymoses. Je ne relève ni blessures par balle ni traces de strangulation, déclara-t-il. Et autant que l'état des crânes le permet, je ne pense pas qu'il y ait eu usage d'instrument contondant.

— Mais de quoi sont-ils morts ? s'écria le commissaire, un petit homme chauve et barbu. Ils ne se sont tout de même pas noyés ?

— Seule l'autopsie pourra vous éclairer sur la présence d'eau dans les poumons, répondit Albert. Mais je ne pense pas non plus que la noyade soit la cause de leur décès.

— Mais quoi alors ?

— Mon opinion est qu'ils ont perdu beaucoup de sang. Tout leur sang, en fait.

Louis et Émile se figèrent.

— Tout leur sang ? répéta le commissaire. Une hémorragie massive ? Le choléra ?

Les ouvriers se signèrent.

— Non, non, je me suis mal expliqué, le rassura Albert. D'ailleurs, notez qu'il n'y a pas de fèces ni de sang dans le cylindre. Je voulais dire… eh bien… en quelque sorte et très exactement qu'on les a vidés de leur sang. Par cette incision à la carotide, là, voyez, c'est très net sur ce jeune garçon, malgré la boursouflure des chairs. L'incision sur la partie antéro-latérale gauche du cou. Les deux autres corps présentent la même blessure.

— Une si petite entaille peut être fatale ? s'étonna Gaillac.

— Certainement, si personne n'enraie l'hémorragie qui s'ensuit. Car si la plaie est peu étendue en surface, elle est profonde. Et partant, mortelle.

— Mais depuis quand sont-ils là-dedans ? demanda le commissaire.

— Difficile à dire et difficile de dire s'ils ont été jetés là tous les trois au même moment ou pas. Cependant, j'incline pour une petite semaine. Il faudra soigneusement examiner les ongles, qui comme vous le savez poussent d'un millimètre par semaine pour les mains et d'un millimètre par mois pour les pieds. Il faudra également rechercher s'il y a eu coït buccal ou anal, pour autant que les muqueuses et le sphincter ne soient pas trop altérés. Les immersions prolongées rendent la tâche des enquêteurs extrêmement difficile.

Pendant que Gaillac et le commissaire se penchaient effarés sur les corps, Louis tira Albert en arrière.

— Ils ont été tués comme le ramoneur. Il faut trouver le Vicomte avant qu'il ne fasse d'autres victimes ! Pas un mot de plus à la police, Albert. Laissons-la mener son enquête et conduisons la nôtre. Nous devons garder les coudées franches. La lourdeur de l'administration nous ralentirait trop.

— Une poignée de voltigeurs aguerris est parfois plus utile qu'un bataillon en ordre de marche, approuva Émile.

Gaillac revenait vers eux, en se tirant les cheveux.

— Je vais me faire incendier au siège ! Trois morts dans ma tranchée ! Et qui voudra boire notre eau dans le quartier après cela ?

Le médecin légiste, enfin débarqué, ouvrait sa trousse d'autopsie avec mauvaise humeur, son panier garni d'un couvercle de zinc posé à ses côtés. Le lieutenant-major Andreani était un homme d'une cinquantaine d'années, sec et noueux, le visage glabre. Il n'y avait pas beaucoup d'homicides « gratuits » à Venise et il s'était habitué à la tranquillité de sa charge, assumée en sus de son poste de chirurgien à l'Ospedale militare. En face de la gare, de l'autre côté de la *sacca* Santa Chiara, précisa-t-il à Émile qui s'était aussitôt présenté en mentionnant son grade et son arme.

Le lieutenant-major confirma en maugréant le diagnostic d'Albert. *Si*, les trois *ragazzi* avaient été saignés comme des cochons. Avec toutes les marbrures dues au séjour dans l'eau, il fallait un examen plus approfondi pour savoir s'ils avaient été battus. Le plus âgé portait au ventre un tatouage, ajouta-t-il en montrant le pantalon qu'il avait déboutonné.

Tout le monde se pencha, mais Louis était certain de ce qu'il allait voir. Et il avait raison. Un triskel ornait l'abdomen blafard. Trois spirales en hélice autour du nombril. Il avait donc fait partie de la bande. Pourquoi alors l'avoir éliminé ? Un règlement de comptes interne ?

À Gaillac qui voulait savoir si le tatouage était l'insigne d'une corporation, Andreani répondit que non, en tout cas pas d'une corporation connue, ni d'un corps d'armée. De même que le fameux professeur Lacassagne en France – petit salut à Albert – il s'intéressait à la question des tatouages, « ces cicatrices idéographiques, colorées par introduction de parties colorantes dans les mailles du tissu sous-épidermique », et avait un catalogue des motifs répertoriés.

Ce motif-ci, le triskel, était un emblème associé à la magie celtique et dont le sens ancestral était aussi obscur que profond. Il signifiait aussi bien le Soleil que le Temps, les trois États de conscience ou les Trois Cercles du cosmos. Mais celui-ci se présentait comme sinistrogyre, les spirales tournant dans le sens inverse des aiguilles d'une montre, ce qui, comme tout le monde le savait, n'est-ce pas, en faisait un symbole maléfique et belliqueux.

— L'emblème d'une confrérie vouée à des activités de magie noire ? conclut-il ironiquement.

« Qui sait ? » songea Louis en frémissant. Il loucha sur le médaillon trouvé dans le confessionnal et constata que là aussi les spirales de l'hélice étaient orientées vers la gauche.

Le commissaire décida de faire emporter les corps à la morgue pour l'autopsie et ordonna à ses subordonnés de procéder au relevé détaillé des lieux et non, *dottore* Gaillac, il ne serait pas possible de reprendre le travail avant qu'ils en aient terminé.

Gaillac, furieux, roula ses plans et partit d'un pas décidé pour aller rendre compte à l'inspecteur général de la compagnie. Il laissa sa carte à Albert et ébouriffa les boucles de Rizzo en l'invitant à passer le voir, il aurait certainement un petit boulot pour un gamin dégourdi comme lui. Le jeune domestique, à l'idée d'augmenter ses gages, sauta de joie sous l'œil bougon d'Émile qui le voyait déjà destiné à la carrière militaire.

— Bien. Nous voilà donc avec trois cadavres de plus et toujours pas le moindre indice permettant de mettre la main au collet des tueurs, soupira Louis en prenant la direction de San Servolo. Notre enquête ne piétine pas, elle fait du sur-place.

— Comment pouvez-vous être sûr que ces trois-là soient à mettre au compte du Vicomte ? répliqua Émile.

— Je suppose qu'il n'a point échappé à votre fameuse sagacité de vieux broussard que ces jeunes gens ont été saignés à blanc et que l'un d'eux portait un triskel en tatouage ? murmura fielleusement Louis.

— Je voulais juste faire observer qu'il n'y a peut-être pas qu'un seul Vicomte. Nous avons peut-être affaire à une organisation plus vaste. Une coalition d'affidés au culte du sang, dont les troupes œuvraient simultanément sur plusieurs champs de bataille en vue de la grande cérémonie sacrificielle de la pleine lune.

— Quelle cérémonie sacrificielle de la pleine lune ? répéta Albert, l'œil rond.

— Celle que notre poète sapeur vient d'inventer, rétorqua Louis. Quand je vous dis, mon vieil Émile, que vous devriez vous établir feuilletoniste !

— N'empêche que rien ne démontre que j'ai tort.

— Si je décide d'affirmer que la secte des adorateurs du Triskel voue un culte à Belzébuth, qu'elle empoisonne sciemment les puits vénitiens avec des corps de garçons pubères pour contaminer toute la population et faire passer la ville entière de vie à trépas le soir du Grand Rendez-Vous Nocturne, vous ne pourrez pas non plus me contredire ! s'emporta Louis.

— Pas bête, cette idée d'empoisonner les puits avec des cadavres… Au Soudan, des guerriers bambaras ont procédé ainsi pour ralentir l'avance des troupes coloniales…

— Ne ralentissez pas la nôtre avec vos histoires oiseuses, lui lança Louis, ces satanés petits ponts s'en chargent déjà bien assez.

Il s'avisa alors que celui sur lequel ils s'étaient engagés était dépourvu de parapets.

— E qué c'était oun pont pour *la guerra des Pugni*, oun pont per la bagarre ! expliqua Rizzo en leur montrant sur le sol le carré de pierre où figuraient des empreintes de pied en mosaïque. On se place ici, et pan, on se lance des coups de poing, et lé perdant il tombe dans le canal, c'est *molto* amusant ! Ma l'habitoude elle s'est perdue, hélas !

Il avait à peine fini sa phrase que des pas retentirent et Louis, relevant la tête, vit deux hommes en costume noir qui montaient les marches côté gauche. Coiffés de chapeaux melons, une écharpe enroulée autour du cou, ils balançaient leurs cannes en jonc au même rythme. Rizzo s'apprêtait à ajouter quelque anecdote quand Louis s'aperçut que deux autres hommes en costume arrivaient de l'autre côté.

Il ne sut jamais ce qui l'alerta : l'absence de manteaux, malgré le froid ? leur démarche souple et rapide ? leurs écharpes nouées de façon à masquer leurs traits ? Toujours est-il qu'il cria « Attention » à l'instant même où les quatre hommes, les serrant en tenaille, fondaient sur eux, cannes brandies. Émile esquiva d'un souple mouvement de la taille et sa jambe droite lancée latéralement faucha son assaillant au creux du genou, le précipitant à terre. Aussitôt Rizzo se mit à lui bourrer le visage de coups de pied, lui fracassant le nez. Déjà Émile fonçait vers l'homme qui s'était attaqué à Albert à moitié assommé. Louis pour sa part bloqua le coup de canne de son agresseur avec l'avant-bras tout en balançant un crochet du gauche de tout son poids. Atteint à la mâchoire, le type recula en titubant avant de dégringoler droit dans le canal. Son compagnon, gêné par l'étroitesse du passage, se rua à son tour sur Louis, canne haute, et celui-ci distingua nettement le dangereux bout ferré taillé en pointe qui visait sa poitrine. Fidèle aux leçons d'Émile, il pivota sur le côté, empoigna le bras de son adversaire emporté par son élan, le bloqua au-dessus du coude et, d'un geste sec, lui déboîta l'épaule. L'homme hurla, un hurlement strident qui se termina dans l'eau froide.

Louis se retourna, les poings serrés, mais il n'y avait plus personne à fracasser. Émile essayait d'enfoncer la face du troisième assaillant dans le pavé à coups de talon énergiques. Le dernier détalait à quatre pattes, le nez en sang. Albert avait la moitié du visage tuméfiée, mais il s'exprima posément :

— Émile, de grâce, cessez de marteler ce misérable, essayons plutôt de l'interroger avant qu'il ait rendu l'âme et toutes ses dents.

— Grmmpff.

— Louis, est-ce que les deux malandrins jetés par-dessus bord se sont noyés ?

— Pour l'un je n'en sais rien, je ne le vois plus. Pour l'autre, il a réussi à s'accrocher à une barque…

— *Sandolo buranelo, sandolo* de l'île de Burano.

— … et il est en train de filer avec. J'ai bien envie de le révolvériser un coup, conclut-il.

— Non ! s'écria Albert. Voulez-vous que nous ayons tous les flics du coin sur le paletot ? Contentons-nous de questionner celui-ci. Émile, bon sang ! Comment voulez-vous qu'il parle s'il n'a plus de mâchoire ? Écoutez donc l'avis du corps médical, à la fin !

— Les salauds ont la peau dure, marmonna Émile tout en relevant sa victime d'une seule main.

— Eh, il est bien arrangé ! rigola Rizzo en poussant du pied deux incisives qui venaient de rouler par terre.

Louis s'approcha du prisonnier. Un type d'une trentaine d'années, sec et noueux. Des traits quelconques, des yeux clairs, brillants, aux pupilles dilatées.

— Qui vous envoie ?

L'homme se contenta de cracher un filet de bave et de sang d'entre ses lèvres éclatées. Émile le secoua par les cheveux, et Louis fit signe à Rizzo de traduire.

— M. Germain n'est pas très patient et brûle du désir de t'envoyer à la baille, reprit Louis. Pieds et poings liés, histoire d'aller compter par toi-même le nombre de pilotis qui soutiennent cette foutue ville.

L'homme le fixa sans ciller, avec mépris.

— Tu fais partie des Tisonneurs ?

Sa paupière tressauta. Louis sortit son couteau de poche et fendit sa chemise d'un geste rapide, dévoilant un ventre plat et musclé. Et tatoué d'un triskel violacé.

— Qui est le Vicomte ? Parle ou je te coupe les roustons ! grogna Louis en s'efforçant d'avoir l'air féroce.

— Vous avez un problème ? demanda une voix affable.

Un marinier les regardait d'en bas, debout dans sa *caorlina* chargée de cageots de légumes.

Le Tisonneur se permit un sourire édenté.

— Vas-y, coupe ! susurra-t-il à Louis, goguenard.

Celui-ci refréna l'envie de lui planter sa lame dans le nombril. Un cordonnier était apparu sur le seuil de sa boutique, un soulier à la main.

— Que se passe-t-il ?

Rizzo expliqua en dialecte vénitien qu'un voyou les avait agressés, mais qu'ils avaient la situation en main. Le marinier leur recommanda de bien le retenir le temps qu'il aille prévenir les carabiniers. Le cordonnier restait planté là, bientôt rejoint par le *biavarol*, l'épicier, et le barbier, accompagné de son client à demi rasé. Deux commères, enroulées dans le long fichu gris des femmes du peuple, s'arrêtèrent à leur tour. Ne restait donc qu'à attendre la police. Saisissant le Tisonneur à bras-le-corps comme un ballot de linge sale, Émile regagna la placette et poussa l'homme contre un réverbère, au bord du quai.

— Ne le laissez pas s'échapper ! cria le cordonnier tout en se tenant prudemment à distance.

Il avait à peine fini sa phrase qu'un filet de pêche s'entortillait autour d'Émile et le tirait brutalement en arrière vers l'onde immobile. Ils le virent basculer, se rattraper in extremis à une *palina*. Le temps qu'ils s'élancent vers lui, le prisonnier s'était jeté dans une petite barque survenue sans bruit et qui, traversant le canal, tournait dans un *rio* transversal, hors d'atteinte.

— *Sciopon !* s'exclama Rizzo. Petite barque pour la chasse, très rapide. On s'en sert pour traquer lé renard, tirer les faisans…

— Ils nous ont eus ! fulmina Louis, en frappant du poing sur le mur – mauvaise idée – tandis que le cordonnier réintégrait sa boutique avec un sentencieux « Je vous l'avais bien dit ! » et que les autres badauds retournaient à leurs occupations.

Ils dégagèrent Émile cramponné au pieu de bois et Louis allait rageusement jeter le filet de pêche à l'eau quand Rizzo l'arrêta.

— Ce filet, il est de Torcello ! dit-il. Regardez les nœuds ! Il n'y en a plous beaucoup dé pêcheurs là-bas. Et il ne reste qu'oun *squèro*, oun chantier de réparation de barques. Celoui du vieux Melchior.

Torcello. La première des îles de la lagune à avoir été habitée. Elle avait compté jusqu'à 20 000 habitants, mais de sa splendeur passée il ne restait que l'église octogonale de Santa Fosca, la vieille cathédrale Santa Maria Assunta, quelques fermes, un hameau et deux ou trois trattorias.

— Combien de temps pour se rendre là-bas ? demanda Louis.

— Il faut deux heures de gondole. Le vaporetto, il y va pas en hiver.

— Nous irons demain. Le filet a pu être volé et dans ce cas on n'aboutira à rien. Tout d'abord San Servolo. Ça va, Émile ?

— Aussi bien qu'un thon empaqueté dans un filet cisaillant, je suppose. Mais que ça ne nous retarde pas, surtout.

— Il faut reconnaître que vous avez une propension certaine à vous fourrer dans de fâcheuses situations, fit remarquer Albert tout en tamponnant son œil poché avec un mouchoir mouillé à l'eau glacée d'une fontaine estampillée Générale des eaux.

Émile ne daigna pas répondre et ils suivirent Rizzo qui portait le filet drapé sur les épaules. Ils restaient sur leurs gardes. L'ennemi n'avait pas hésité à frapper en plein jour. Cela signifiait-il qu'il craignait d'être bientôt démasqué ? Que Louis et sa fine équipe étaient plus près du but qu'ils ne le croyaient ?

Ils passèrent bientôt devant la maison close mentionnée par Rizzo. Deux pensionnaires opulentes se tenaient à la fenêtre du premier étage, plutôt décolletées malgré le froid, et gloussaient en agitant leurs éventails.

— Quand l'Arsenal drainait des milliers de marins, ces demoiselles bénéficiaient quasiment d'une rente de situation ! fit observer Émile en frisant sa moustache.

En apercevant les femmes, Rizzo s'était figé et il essayait maintenant d'entraîner sa petite troupe dans une ruelle parallèle.

— Hé, Rizzo ! appela la plus grosse des deux. Rizzo, *la mia fragola, vieni qui* !

— Que dit-elle ? demanda Louis.

— *Mi* ne sais pas. Des bêtises.

— On dirait qu'elle t'appelle.

— Rizzo ! *Baxarioto* ! cria de nouveau la fille. Petit fourbe, tu ne reconnais pas *Sia* Narda ? ajouta-t-elle dans un italien que comprit Albert.

— C'est ta tante ? demanda-t-il à un Rizzo cramoisi.

— E non qu'elle est ma tante ! *el xena na bauxiera !* Oune menteuse.

— Viens là, *la mia fragola*, viens faire un câlin à ta *Gnagnà* !

— La famille, c'est la famille, décréta Émile. Cette dame a l'air très avenante. Va donc la saluer, je t'accompagne.

— Émile ! s'écria Louis. On a autre chose à faire que batifoler, mille bombes !

— Aucun agent de renseignement n'arrive à la cheville d'une bonne catin, lui renvoya l'ex-sapeur, une main sur l'épaule de Rizzo. Nous avons la chance de pouvoir être introduits…

— Quand vous aurez fini de vous introduire, rejoignez-nous à l'hospice ! lui lança Louis en entraînant Albert à sa suite. À moins que vous aussi, mon petit Albert, vous ne souhaitiez faire la connaissance approfondie de Tatie Narda ?

— Brr… je préfère encore visiter l'aile des incurables.

Le nez sur le plan de Louis, ils empruntèrent un *rio tera*, une rue obtenue en comblant un canal, suivirent une *ruga* bordée d'habitations et de boutiques, avant de déboucher soudain sur le flanc de l'hospice. Contournant l'imposant bâtiment en brique rouge et pierre de taille, ils en scrutèrent l'arrière jusqu'à trouver le triskel gravé à environ un mètre cinquante de hauteur, entre deux rosaces blanches.

Le symbole ancestral avait été taillé à même la pierre. D'un diamètre de cinquante centimètres environ, il représentait trois spirales en hélice tournant résolument vers la gauche.

— Le bâtiment repose sur les soubassements d'une chapelle de l'an mille, dit Albert. La partie du mur que nous contemplons date de cette époque à peu près.

Quelle main avait tracé ce motif druidique sur un édifice catholique et dans quel but ? Un des ouvriers d'alors avait-il subrepticement apposé la marque de son propre culte ? L'hospice servait-il de point de ralliement aux Tisonneurs ? Tout en observant le triskel, Louis enrageait d'avoir provision de questions et pénurie de réponses.

Albert, qui avait tapoté la pierre séculaire d'un air docte et suivi du doigt le tracé délicat, semblait partager ces moroses pensées car il soupira.

— Si vous voulez mon avis, Louis, nous courons derrière une poignée de vent. Ces types sont organisés. Ils veulent notre peau. Et tout ce que nous avons, ce sont des cadavres sans identité et une vague piste à base de motif antique dans une ville où s'entremêlent mille deux cents ans d'histoire… S'il y a une société secrète, elle nous reste totalement hermétique.

— Ne soyez pas défaitiste, Albert, répliqua Louis par esprit de contradiction. Nous savons que le Vicomte filme très certainement ses crimes à l'aide d'un cinématotrucmuche et qu'il est affolé au point de nous envoyer ses Tisonneurs pour nous estourbir.

— Oui, et nous savons qu'Émile a failli périr noyé, qu'Edmond a disparu et que la tantine de Rizzo travaille dans une maison close, lança Albert avec ironie.

— Je ne peux m'empêcher de penser de nouveau à Londres, fit observer Louis. Là aussi, nous avons eu affaire à des tatouages en forme d'hélice.

— Ne soyez pas stupide, comment voulez vous qu'il y ait un lien entre ces deux affaires ! s'écria

Albert, cherchant à l'évidence à se convaincre lui-même. C'est une simple coïncidence !

— Et si nous avions réellement affaire à des satanistes ?

— Le spectre récurrent d'une secte internationale d'adorateurs du Mal, voilà qui va ravir Émile.

— En tout cas, moi, je sais ce qui va vous ravir ! déclara celui-ci en surgissant derrière eux, suivi d'un Rizzo dégustant un cornet de *stracaganàsse*, des châtaignes bien chaudes. J'ai un peu discuté avec *Sia* Narda, une femme qui a de la trempe ! Cette ardente patriote a été cantinière dans l'armée de Garibaldi. Elle m'a invité à revenir prendre un *caffé latte* quand il me plaira, aux frais de la maison, ajouta-t-il d'un air fat.

— Émile, vous êtes en train de devenir un homme à femmes, un quasi gigolo ! s'exclama Louis faussement horrifié.

— Ne soyez pas jaloux, la bleusaille. Donc disais-je, *Sia* Narda, mise en confiance par notre réciproque passé militaire, m'a avoué qu'il se tramait d'étranges choses dans la Cité des vieux doges.

— La Vieille Cité des doges, corrigea machinalement Albert, s'attirant un coup d'œil courroucé.

— Tout est vieux ici, de toute façon, dit Louis. À quoi la tante faisait-elle allusion ?

— Une rumeur court dans les milieux interlopes. À propos de ceux que l'on nomme les Initiés.

— Et allez donc ! lança Albert en levant les yeux au ciel.

— Eh oui, mon petit jeune homme, c'est comme ça ! répliqua Émile. Ces Initiés se livreraient à des actes contre nature avec de jeunes prostitués mâles. Lesquels seraient ensuite sacrifiés à Hécate, les nuits de pleine lune, au cœur d'un sanctuaire secret.

— Hécate ! Tiens, ça change de Satan, lâcha Albert. Je rappelle à mon aimable auditoire que le cadavre du petit ramoneur ne portait pas trace de viol.

— Je vous répète ce qu'on dit, répondit Émile. Et concernant les trois jeunots trouvés dans le puits, nous ne savons rien des sévices qu'ils ont pu subir.

— Le sanctuaire secret… croyez-vous que ce puisse être San Servolo ? demanda Louis.

Albert soupira de nouveau.

— Jusqu'à plus ample information, nous étions sur la piste d'un meurtrier sadique. Pas d'une meute de meurtriers sadiques chassant pour le compte d'Artémis ou Hécate ou n'importe quelle divinité lunaire.

— Pourquoi associez-vous Artémis et Hécate ? voulut savoir Émile.

— Artémis la chasseresse et Hécate la magicienne sont souvent associées, avec Séléné la lumineuse, aux trois visages de la Lune.

— Et, au soleil, je dirais qu'il se fait faim ! décréta Louis. Vous nous en apprendrez un peu plus en déjeunant.

Rizzo les conduisit sur-le-champ vers une *ostarià* plus que typique. On n'y parlait que vénitien et le patron refusait de servir les étrangers qui ne lui étaient pas amenés par un compatriote. Trapu et velu, il s'affairait devant son four à bois comme un maréchal ferrant à sa forge, houspillant son commis et sa femme qui s'occupait, elle, de la *pignata*, la marmite suspendue dans l'âtre.

Il leur servit d'office des *cichetti*, des petits hors-d'œuvre de poulpes, de fromage, d'artichauts et d'oignons, posa devant eux une *bossa di bianco*, une bouteille de vin blanc. Rizzo leur recommanda le *bisato*, l'anguille de la lagune, la *tripa*, les tripes, et les *sépe nere in técia*, les seiches noires dans leur encre.

Une fois confortablement installé sur des bancs de bois sombre, dans une demi-pénombre, devant des assiettes bien garnies, tout le monde parut disposé à écouter les savants éclaircissements d'Albert à propos d'Hécate.

La déesse, inconnue d'Homère, s'était introduite assez tard dans la mythologie grecque. Émanation de la redoutable Bendis des Thraces, elle avait tout d'abord été assimilée à Artémis comme déesse lunaire, patronne des marins, des chasseurs…

— Difficile de s'y retrouver dans ce foutoir mythologique ! marmonna Émile.

— … Mais à l'époque romaine, son versant sombre et cruel avait pris le dessus et le culte populaire en avait fait une divinité infernale, symbole de la lune glaciale et voilée, des mystères de l'obscurité, des spectres et des enchantements. Déesse des carrefours et des croisées de chemins, on lui élevait des autels, on lui sacrifiait des chiens et des agneaux noirs. Elle était coiffée d'une haute tiare ronde, le *polos*, et tenait dans sa main une torche…

— Comme la statue de la Liberté, en somme ? demanda Émile.

— Depuis Alcamène, elle est souvent représentée comme triple : trois corps de femmes dos à dos formant une colonne et sous cet aspect on la nomme Trivia.

— Pourquoi faire simple quand on peut…

— Les trois visages de Trivia, Émile, qui symbolisent les trois phases de la Lune.

— Motif giratoire ternaire, marmonna Louis barbouillé d'encre de seiche. Trivia, triskel…

— Difficile de faire le Tri dans cette Tripotée ! rigola Émile.

— Ravi que ça vous amuse, mon vieux, lâcha Albert. Trivia, donc, la triple Hécate, objet et sujet d'un culte violent et souvent orgiaque. Artémis, pour sa part, élisait le plus souvent domicile dans les terres à demi immergées, entre ciel et mer.

— La lagune ! s'exclama Louis. Et si Hécate lui a été primitivement assimilée…

— Hécate a très bien pu être vénérée dans ce delta marécageux, ce dédale d'îlots, carrefour entre le continent et la mer, entre l'Orient et l'Occident, conclut Albert. Cependant, même si nous démontrions que Santa Maria Assunta a été à l'origine un lieu de culte consacré à Hécate, cela ne nous avancerait pas à grand-chose dans la recherche du Vicomte, un assassin résolument contemporain.

— Pourquoi Hécate aurait-elle besoin de sang ? demanda Louis, la fourchette en l'air.

— Pourquoi les divinités ont-elles besoin de sang, de chair, de cœurs palpitants, de vierges à tresses blondes ? Comment voulez-vous qu'on vous réponde ! s'écria Albert en agitant un morceau d'anguille.

— Pourquoi particulièrement du sang, du sang de jeunes garçons ? insista Louis. Souvenez-vous de Gilles de Rais. Un maréchal de France, qui, après avoir combattu aux côtés de Jeanne d'Arc, a été convaincu de la torture et du meurtre de plus d'une centaine d'enfants éventrés et démembrés. Il aimait voir couler le sang. Et l'autre folle, polonaise ou hongroise, je ne sais plus, qui se baignait dans le sang de ses victimes et le buvait.

— La comtesse Erzsébet Bathory, dit Albert. Mais depuis la publication des minutes de son procès, on sait qu'elle ne buvait pas le sang. Ce qu'elle aimait, c'était torturer et mordre. De nombreux criminels atteints de psychopathie sexuelle éprouvent une jouissance à voir couler le sang. Ce sont ceux que l'on nomme les sanguinaires.

— D'accord, mais, en tout cas, les légendes nous colportent la vieille croyance que le sang a des vertus magiques capables d'empêcher le vieillissement.

— Pour l'avoir vu couler en abondance de camarades qui ne se sont jamais relevés, je m'inscris en faux, déclara Émile en reprenant une portion de tripes.

Albert hocha la tête.

— C'est aussi une croyance répandue chez de nombreux peuples primitifs qui pratiquent le cannibalisme et certains aliénés développent ce genre de délires.

— On traite souvent d'aliénés des gens que d'autres siècles ou d'autres mœurs auraient trouvé parfaitement normaux, fit observer Louis.

— Et alors ? Où voulez-vous en venir ?

— Ma conviction est que le Vicomte n'agit pas que par plaisir. Il croit à quelque faribole ésotérique.

— Ou bien il justifie son coupable désir de sang par une prétendue dévotion à un culte infernal, objecta Albert.

— Le résultat est le même : qu'il tue pour vivre ou vive pour tuer, le fait est qu'il tue. Rizzo, sers-nous à boire, nos rouages mentaux ont besoin de lubrifiant. Le soufre de ce petit vin blanc s'accommode très bien avec nos sulfureuses déductions !

— Qu'il aide à enflammer l'alloumette de votre raisonnement ! lança Rizzo portant un toast, avalé cul sec.

— Bon, résumons-nous, reprit Louis, les yeux brillants. Grâce aux renseignements fournis par *Sia* Narda, nous soupçonnons que le Vicomte justifie sa folie meurtrière par un prétendu culte à Hécate. L'hospice San Servolo joue un rôle dans cette histoire, San Giuseppe di Castello en joue un autre, avec sa porte dérobée et ce pauvre don Esposito assassiné.

Albert se tamponna les lèvres avec sa serviette.

— Le lien entre le jeune vicaire et le Vicomte ?

— J'y viens. Don Esposito pose trop de questions, brasse trop d'air. Le Vicomte préfère le faire supprimer par son âme damnée, Toursienne.

— Tout ça, nous le savions déjà ! dit Émile.

— Les résumés aident à se remettre les idées en place, lui retourna Louis. Pour ceux qui ont des idées, du moins. Il ne nous reste plus qu'à suivre les pistes à notre disposition, tels les chiens d'Hécate. San Servolo, le Lido et Torcello.

Le patron leur offrit une coupe de *sabayon*, liquoreux à souhait, et ils ressortirent convenablement lestés pour affronter les trépidations de leur enquête.

CHAPITRE XI

C'est la jeune Ignatia qui les reçut, toute souriante à la vue de Rizzo. Sœur Constance, qui les avait accueillis la fois précédente, n'était pas là. Elle assistait une vieille dame à l'agonie. Souhaitaient-ils s'entretenir avec le médecin-chef ? Albert opina et elle les mena à l'étage noble. Le vaste bureau directorial donnait sur un charmant *rio* où paressait une barque vert et noir.

— *Sandolo da barcariol*, chuchota Rizzo, pour le transport de les gens.

Le *dottore* Mastroianni, le médecin-chef, avait la soixantaine élégante. Long et voûté, la barbe grisonnante, il parlait un excellent français et se montra enchanté de recevoir les assistants du grand professeur Lacassagne, qu'il avait eu l'occasion de rencontrer au dernier congrès de Milan, en même temps que l'éminent *dottore* Cesare Lombroso, le père de l'anthropologie criminelle.

S'ensuivit une brève joute entre lui et Albert quant aux mérites respectifs des deux célèbres praticiens que les autres écoutèrent distraitement. On entendait Rizzo, dans le couloir, taquiner Ignatia en lui racontant des plaisanteries scatologiques. Émile, penché sur un journal resté ouvert, parcourait un article sur Bob « Poings d'Acier » Fitzsimmons, le champion anglais. Le 16 novembre dernier, le terrible puncheur avait terrassé son adversaire, Con Riordan, décédé six heures plus tard. Il avait été inculpé de meurtre au premier degré et acquitté après neuf jours de procès.

Pour sa part, Louis, fasciné, contemplait une superbe série de cires anatomiques : écorchés saisissants de réalisme, moulages de cerveaux dénudés, de fœtus mal formés in et ex utero... Une cire surtout retint son attention : une femme grandeur nature, nue, assise sur un rocher, dont le ventre incisé et béant découvrait le système digestif. La sculpture était si parfaite qu'on avait l'impression de vraie chair. Il détourna les yeux et rencontra le regard d'une tête d'homme. Dépouillé de son derme, le visage écorché exposait le système lymphatique et les tendons. Les yeux de verre semblaient étrangement vivants.

« Vraiment, ces cires anatomiques, rendues célèbres, entre autres, par la fameuse collection du Dr Spitzner, ont quelque chose de morbide et d'inquiétant », se dit-il, tandis qu'Albert et le médecin-chef convenaient enfin que Lacassagne et Lombroso se partageaient le podium en tant que fondateurs de la criminologie moderne.

— Vous admirez mes spécimens ? dit Mastroianni avec satisfaction. Des pièces rares. Elles viennent de l'École d'anatomie de Bologne et du Museo La Specola à Florence. Des travaux remarquables ! Longtemps indispensables pour l'apprentissage de nos étudiants. Pour chacune de ces œuvres, il faut un prosecteur et un mouleur qui opère in situ pendant l'autopsie. Et puis il faut le talent ! Cette tête, là, tellement réaliste, est attribuée au fameux Gaetano

Zumbo, le maître sicilien de la fin du XVIIe. Et l'exquise *morbidezza* de cette femme…

Tout le monde s'extasia, puis le Dr Mastroianni accepta, malgré ses importantes et nombreuses obligations, de leur faire visiter le quartier des aliénés, au rez-de-chaussée côté jardin. Oui, oui, l'hospice bénéficiait d'un jardinet où les malheureux pouvaient aller et venir au soleil, on les encourageait même à s'occuper d'un petit potager, sans trop de succès, hélas. Les plus dangereux étaient reclus dans leurs cellules, les anciennes cellules des frères lais, et ne sortaient que sous surveillance.

Il leur désigna par une fenêtre le jardinet en question, un carré de terre bien entretenu, orné d'un citronnier couvert de gros fruits jaunes, d'un mandarinier et d'un vieux prunier sous lequel se tenait un homme corpulent. Ceint d'un tablier de cuir à la ceinture duquel cliquetait un épais trousseau de clés, il portait ostensiblement une longue matraque en bois.

— Luigi, notre surveillant-chef. C'est que nous avons ici quelques patients gravement atteints, précisa Mastroianni. Un cas d'homicide par dépècement… toute sa famille… Un autre qui a essayé de dévorer ses propres pieds, le résultat n'est pas joli joli. Un troisième qui ne songe qu'à se suicider avec tout et n'importe quoi, depuis sa cuillère en bois jusqu'à son vase de nuit, etc. Enfin, en France aussi, vous connaissez tout cela, n'est-ce pas ?

Acquiescements.

— On m'a dit que Paris était rempli de pauvres diables au cerveau dérangé, ravagés par l'absinthe et l'opium. Ah, la manie française du romantisme, si pernicieuse !

Protestations.

Ils avaient atteint le jardin et saluèrent le surveillant-chef. Profitant de ce que la pluie s'était arrêtée, quelques malades déambulaient. Une femme hagarde en cheveux, un vieillard agité de tics convulsifs et un homme accroupi près de ce qui avait dû être un carré de plantes médicinales. L'homme portait sans cesse quelque chose à sa bouche et ils se rendirent compte que c'était de la terre, de la terre qu'il avalait à poignées.

— Vous le laissez faire ? s'étonna Albert.

Mastroianni haussa ses patriciennes épaules.

— On n'arrive pas à l'en empêcher. C'est ça ou bien l'entendre hurler à la mort jour et nuit. Jusqu'à maintenant, la terre ne s'est pas avérée trop néfaste. Elle est grasse et de bonne qualité, pleine de vers, qui, comme vous le savez, sont une intéressante source de protéines animales.

— Il croit peut-être que ce sont des spaghettis, dit Émile. J'ai connu un spahi qui prétendait que les blattes…

— Et les malades dangereux ? coupa Albert d'une voix forte. On peut les visiter ?

— Il faut manger la terre, comme ça la lune ne peut pas vous attraper, déclara l'homme accroupi.

Les cheveux sales, la bouche souillée, il brandissait un nœud de racines et de longs vers roses.

— Tais-toi, Como, tu ennuies ces messieurs, lui jeta le surveillant.

— Il faut manger la terre, sinon la lune vous appelle et vous vous envolez jusqu'à elle et, pfuiit, elle vous avale ! La terre, elle, vous rend lourd ! Plus lourd que l'air, plus lourd que l'eau ! Des trois éléments j'appartiens à la terre ! Vous aussi, docteur ! Tenez, prenez, mangez, ceci est notre corps !

Mastroianni lui tapota la tête.

— Pas de blasphème, Como ! Si tu continues comme ça, Luigi te ramène à l'intérieur.

Le nommé Como lui décocha un regard haineux et se retourna pour continuer à marmotter dans son coin.

Mastroianni les fit entrer dans un couloir étroit bordé de part et d'autre de portes métalliques verrouillées. L'éclairage au gaz était éteint pendant la journée, il faisait sombre, ça sentait l'humidité du canal adjacent et du jardin. Louis songea que l'endroit ressemblait plus à une prison qu'à un couloir d'hôpital. Mastroianni, relevant le judas, leur montrait une des cellules.

Ils reconnurent l'homme qui avait voulu manger ses pieds à ses moignons enveloppés dans des bandages. Entravé par une camisole de force, il grimaçait et éructait, de la bave au coin des lèvres.

— On ne peut pas le laisser détaché, sinon il se mutile, soupira le médecin en passant à la cellule suivante. Ici, vous avez celui qui a massacré sa famille. Un brave *squèrarol*, un constructeur de barques, qui a perdu l'esprit du jour au lendemain. Rien ne laissait prévoir un tel drame. Il les a démembrés à coups de hache, sa femme et les quatre enfants… La folie était si évidente qu'elle lui a épargné la pendaison.

Il traversa le couloir.

— Voici notre suicidaire. Ça va, Massimo ? demanda-t-il d'une voix forte à l'intention d'un homme d'une quarantaine d'années, en chemise, occupé à écailler le mur peint en gris.

« Comme vous le voyez, il entreprend de s'empoisonner avec les rognures de peinture au plomb. Hé, Massimo, tu n'en auras jamais assez ! Tu ne veux pas plutôt lire la belle bible que Lady Fisher-Brown t'a fait porter ?

— Lady Fisher-Brown ? s'exclama Louis. Vous la connaissez ?

— Oui, bien sûr. Une dame très généreuse qui consacre une partie de sa fortune à soulager la souffrance des malades et des miséreux.

Albert expliqua qu'elle comptait parmi leurs amies et on potina un peu sur l'Angleterre, le procès Wilde, l'inversion et ses néfastes conséquences : la perversion sexuelle et la criminalité, dont l'aliéné de la cellule n° 6, Herman, était un bon exemple, leur apprit Mastroianni.

— Un amateur de petits garçons, qui est allé jusqu'à en étriper un et à le faire cuire pour le manger. On a trouvé dans son carnet cette phrase : « Ai tué un petit garçon, c'était bon et chaud. »

Il releva le volet du judas, leur laissant apercevoir un jeune homme aux longs cheveux châtains tout emmêlés, la barbe grossièrement taillée. Il portait une chemise blanche constellée de taches brunes.

— On le change souvent, mais il arrive à se faire saigner en se mordant, leur confia Mastroianni. Il prétend avoir besoin de sentir le goût du sang dans sa bouche.

En entendant parler, le jeune homme s'était redressé et semblait les écouter, sagement assis sur l'étroite couchette en bois, les mains croisées sur ses genoux.

— On dirait un ermite en méditation, fit observer Émile.

— Oui, il a toujours l'air doux et soumis. Mais les gardiens ont peur de lui. Ils l'appellent le Reptile.

À ces mots, Herman tourna la tête vers eux avec lenteur. Sous les mèches hirsutes luisaient des yeux sombres. Il passa lentement et délibérément sa langue pointue sur ses lèvres minces et gercées, les étirant en un sourire hideux, et ils comprirent son surnom. « Cet homme n'a pas une once d'humanité en lui, se dit Louis, vaguement écœuré par la fixité impitoyable de ce regard flamboyant. Juste une totale et singulière altérité. »

— Le requin ! chuchota Émile, corroborant son impression. L'œil vide et noir du squale, du prédateur sans âme.

— Eh bien, Herman, tu as de la visite ! lança Mastroianni. Des médecins français qui s'intéressent à ton cas.

— Vraiment, messsssieurs ? susurra Herman en français, d'une voix sifflante.

Albert se racla la gorge.

— Bonjour Herman, je suis le Dr Féclas, de la faculté de Lyon. Je suis anatomopathologiste…

— Vous avez eu de la chanccce, monsieur. La chair morte est si douccce. Et le sssang, l'ineffable douccceur du sssang ! Je vous en aurais volontiers offert un verre, mais hélasss, le bon docteur ne me permet pas de sssuivre mon régime !

Il se mit à rire, un petit rire étouffé comme une toux.

— Je t'ai déjà prévenu, Herman, que tes provocations n'amusaient que toi-même ! laissa tomber Mastroianni avant de refermer brutalement le judas.

Il se tourna vers ses compagnons.

— Désolé, mais ce monstre me tape sur les nerfs. Voyez-vous, je suis persuadé qu'il simule la folie.

— On ne peut tout de même pas avancer que tuer un enfant pour le manger soit une preuve de bonne santé mentale, fit observer Louis.

— M. Féclas comprend très bien ce que je veux dire, répondit le médecin. Le problème de l'expert est de déterminer si le criminel est « atteint d'une maladie mentale continue le privant du libre exercice de sa volonté », récita-t-il, ou encore s'il « n'a pas agi sous l'influence d'un accès de délire passager », auquel cas il sera déclaré irresponsable.

— Effectivement, approuva Albert. Nous avons même un cas d'école en ce domaine. L'affaire Menesclou. En 1880, Louis Menesclou, âgé de dix-neuf ans, a violé, tué et dépecé la petite Louise Deu, quatre ans. On a retrouvé dans ses poches les deux avant-bras de l'enfant et dans son fourneau la tête et les intestins. Nous sommes donc assez proches du cas d'Herman. Le coupable fut confié aux fins d'expertise mentale à MM. Lasègue, Brouardel et Motet. Leur conclusion fut, je cite : « … que l'énormité ou l'étrangeté du crime n'implique nullement la supposition de la folie. Il existe à côté des imbéciles de l'intelligence des débiles du sentiment ».

Louis songea brièvement à Camille qui le traitait en riant d'« analphabète du cœur ».

— Et votre Menesclou a été jugé sain d'esprit et coupable de meurtre, conclut Mastroianni. Oui, qu'y a-t-il, Luigi ? Ah, l'Évêché au téléphone ! Une seconde, messieurs, je reviens. Profitez donc un peu du jardin, faites comme chez vous.

Il s'éloignait déjà de sa démarche rapide et altière, brossant de la main ses courts cheveux gris. Laissés en plan dans le corridor obscur, Louis, Émile et Albert se regardèrent.

— Cette visite ne nous apprend pas grand-chose, dit Émile. Je ne pense pas que Toursienne ou le Vicomte se cachent dans un de ces cachots.

— Non, mais un de leurs émules, peut-être, répliqua Louis en relevant le volet du judas de la cellule d'Herman.

Il y colla l'œil et sursauta. Celui du jeune assassin lui faisait face, noir et vide, et il éprouva une frayeur rétrospective à la pensée que l'autre aurait pu lui crever le globe oculaire avec ses doigts.

— Que voulez-vous ? murmura Herman, toujours plaqué contre la porte, ses ongles faisant crisser le fer.

— Où puis-je trouver le Vicomte ? murmura Louis en retour, décidé à tenter le tout pour le tout.

Le criminel recula et considéra avec attention la portion du visage de Louis dévoilée par le judas, son hideux sourire flottant sur ses lèvres.

— Êtes-vous sssûr de vouloir sssuivre la Voie ?

— Oui !

— Vraiment ? Alors il me faut voir couler votre sssang. Pour le pacte.

Il y eut un léger flottement, puis Louis sentit Albert lui glisser entre les mains un couteau pointu et l'exhorter à s'en servir d'une pression sur le poignet. Louis releva sa manche, lentement, sans quitter Herman des yeux. Puis, d'un geste vif, il abaissa la lame, se transperçant l'avant-bras. Du sang jaillit, rouge et épais, sous le regard avide du jeune tueur.

— Lécher ! balbutia-t-il en avançant sa langue pointue, haletant de désir.

Louis, réprimant sa répulsion, le laissa effleurer le filet de sang avant de retirer vivement son bras. L'autre se lécha les lèvres et écarquilla les yeux.

— Froid, laissa-t-il tomber. Froid et mort comme nos âmes. Vous aussi vous êtes un non-vivant !

— Nous avons peu de temps, lui renvoya Louis. Le Vicomte, dites-moi, vite !

— Le Verbe magique.

— Quel Verbe ? Où ?

— Le Livre de la Nuit sss'écrit avec la Lune. Le Livre de la Terre sss'écrit avec de l'eau. Le Livre du Pouvoir sss'écrit avec du ssang. La lagune est un passsage tellurique dont Venise est l'épicccentre ! ajouta-t-il en postillonnant, secouant ses longs cheveux sales.

Des échos de pas, de voix. Louis rabattit précipitamment le volet ainsi que la manche de sa chemise et rejoignit Albert et Émile sur le seuil.

— Le docteur regrette de devoir écourter la visite. Il doit recevoir deux messieurs de la Questure. Ils veulent s'assurer qu'aucun de nos aliénés ne s'est échappé pour aller assassiner un pauvre vicaire. Comme si nous les laissions sortir se promener !

Effectivement, quelle idée saugrenue ! Ah, saperlipopette, Louis avait laissé tomber son mouchoir dans le couloir. Il fonça pendant qu'Albert posait d'amicales questions à Luigi, gratta à la cellule n° 6 et entendit gratter en retour.

— Herman, c'est moi, il faut me dire : pouvez-vous sortir d'ici ? Pouvons-nous nous rejoindre ?

— Pas maintenant, répondit la voix haletante. Ssseulement quand ils viennent me chercher.

— Qui ça, « Ils » ?

— Les nôtres, voyons.

Puis soudain méfiant :

— Donnez-moi le mot de passse !

Mais déjà Louis filait sans lui répondre, le laissant cogner le battant avec colère.

Ils prirent congé et, à l'instant où ils passaient devant Como, toujours accagnardé dans un coin, de la terre plein les mains, celui-ci leva les yeux, regardant Louis.

— Le Maître va vous tuer ! marmonna-t-il.

— Pardon ?

— Il va vous tuer, comme les autres. Il ne fallait pas venir. Tenez, mangez de la terre, mangez-en tant que vous pouvez.

— C'est gentil, merci, mais j'ai déjà très bien déjeuné.

— Les crânes aussi rient de toutes leurs dents. Le vôtre ira très bien dans sa collection.

Louis ouvrit la bouche mais n'eut pas le temps d'en dire plus.

— Adieu, messieurs, au plaisir de vous revoir !

Mastroianni se tenait près d'un portail de fer forgé noir. Deux carabiniers, le bicorne à la main, attendaient poliment quelques pas en arrière.

Une fois dehors, ils entendirent le déclic de la grosse clé qui tournait dans la serrure. Le portail donnait sur une minuscule venelle d'un mètre de large, le quai d'un *rio* où se reflétaient les toits de tuile rouge.

— Pas trop mal au bras ? demanda Albert en souriant.

Louis exhiba sa chair intacte.

— Un miracle ! dit-il.

— Le miracle de la Sainte Scène ! renchérit Albert. On ne dira jamais assez l'utilité d'un accessoire de théâtre dans la propagation de la foi. Les Mystères médiévaux étaient bourrés de trucages astucieux. Mais j'avoue que j'ai eu peur quand il a voulu goûter le sang. Du sang de poulet. Aucun être humain n'a le sang froid !

— Sauf les non-vivants, apparemment. Ça me rappelle un truc que j'ai lu il y a longtemps, ça s'appelait *Le Capitaine Vampire*, de Marie Nizet, une Belge.

— Oui, intéressant, mais j'ai préféré *Varney the Vampyre or The Feast of the Blood* ! déclama Albert. Un *penny dreadful* qui a tenu en haleine nos amis anglo-saxons dans les années 40. Huit pages de peur gothique pour un penny !

— Les vampires, ce sont les riches qui se nourrissent du sang des pauvres, lâcha Émile.

— Émile, vieux briscard, vous voilà socialiste maintenant ! Ou peut-être même anarchiste, comme notre cher Denfert ?

— Les vampires, ils se réunissent les nouits de pleine lune à Torcello, les interrompit Rizzo, très sérieux. Ils sortent de l'ossouaire de San Arian et ils volent jusqu'au baptistère. Ces nouits-là, aucune *barca* ne navigue autour de l'île et les habitants ils restent enfermés. C'est à cause des démons qué l'île elle s'est vidée.

— Des démons appelés ensablement, insalubrité, malaria, lui renvoya Albert. Allons, nous avons assez de problèmes avec un tueur récidiviste sans nous occuper de ces sornettes de morts-vivants.

Rizzo haussa les épaules, peu convaincu, et ils prirent le chemin de la Piazzetta, tandis que Louis et Albert discutaient avec animation.

— Herman a évoqué trois livres, dit Louis. Trois !

— Trois cercles dans un triskel. Les trois visages d'Hécate…

— Les trois phases de la Lune !

— Les Trois Singes, la Sainte-Trinité !

— Pardon, Émile ?

— Les trois âges de l'homme, trois repas par jour… on retrouve le trois à toutes les sauces. Pareil pour le quatre, remarquez : faire les quatre cents coups, manger son quatre-heures, sans parler du septième ciel, des sept jours de la semaine, ou des cinq sens…

— Merci, Émile, on a compris. Vous avez mieux à proposer ?

— Si ces jobards, humains ou spectres, ont établi un camp à Torcello, affrétons un torpilleur et faisons-y un raid. Demain soir, c'est la pleine lune.

— En guise de torpilleur, vous avez bien conscience que nous n'aurons qu'une grosse barque de pêche ?

— Ce qui compte, c'est la volonté de vaincre. Souvenez-vous de la bataille des Thermopyles.

— Oui, tous les courageux Spartiates sont morts, lui renvoya Albert. Mais bon, vous avez raison. Autant aller faire un tour là-bas. Les rumeurs fantastiques reposent le plus souvent sur des événements mal compris ou sciemment mis en scène.

— Qu'avez-vous pensé d'Herman ? demanda Louis tout à trac.

— Meurtrier sexuel sadique typique. Atrophie totale de la compassion. Le plaisir de tuer étouffe tout autre sentiment. Le Vicomte est certainement bâti sur le même modèle.

— Cela ne fait-il pas beaucoup de fous sanguinaires d'un coup ? dit Émile. On pourra bientôt former un bataillon de haschischins aspirant au carnage…

— Et en quoi une bande de fous sanguinaires vous semble-t-elle moins crédible qu'une tribu de vampires ?

— Je ne sais pas, bougonna Émile. M'est avis qu'on est en train de se faire enfumer et qu'on risque à tout de moment de dégringoler dans le piège à tigres.

— D'après ce que vous a dit Herman, Louis, nous sommes obligés de conclure qu'il y a bien une association de malfaiteurs pratiquant la pédophilie et le meurtre, déclara Albert. Et il est logique que les hommes de main du Vicomte soient eux-mêmes de grands sadiques, selon la classification de Lacassagne.

— C'est-à-dire ?

— Le sadique actif se délecte à infliger la douleur et à voir couler le sang. Flagellant, piqueur, mordeur, etc. Le grand sadique, lui, pratique l'assassinat, la torture, les mutilations. Il commet, *dixit* le patron, des « crimes à répétition, accomplis dans les mêmes circonstances, exécutés de la même façon, montrant un procédé opératoire toujours identique ». Comme Gilles de Rais ou ce fichu Jack l'Éventreur. Ah, la Piazzeta !

Les bateaux à vapeur par le Lido ne fonctionnaient que pendant la saison d'été. Ils louèrent donc une gondole, qui effectuait le trajet en vingt-cinq minutes environ. Le gondolier tint absolument à leur recommander les établissements de bains *La Favorita*, entrée vingt-cinq centimes, bain un franc, et Louis acquiesça machinalement, les yeux rivés sur l'eau frémissant sous la brise, suivant les méandres des pieux de bois délimitant les couloirs de navigation qui sillonnaient les cinq cent cinquante kilomètres carrés de la lagune. Le risque de s'échouer n'était pas négligeable, entre les *barene*, les bancs de sable couverts d'une végétation rase et submergés à marée haute, les *velme*, ces affleurements boueux eux aussi recouverts à chaque marée, et les *ghebi*, les petits canaux se perdant dans la vase.

Rizzo égrenait les noms des îles plus lointaines :

— San Lazzaro degli Armeni, quarante-cinq minutes en gondole. Murano, trente-trois. Burano, une heure et demie. Chioggia, deux bateaux à vapeur par jour, 26 000 habitants…

Albert avait l'air soucieux. Il ne cessait d'essuyer ses lunettes dans son gilet de laine anthracite. Son chapeau melon était perlé de l'humidité ambiante. Émile, les mains dans les poches, faisait le gros dos, sa veste à chevrons boutonnée jusqu'au cou, l'air aimable d'un touriste en casque à pointe.

Louis consulta sa montre. Ils devaient rejoindre Camille, Serafina et Talbot vers les 3 heures de l'après-midi afin de répondre à l'invitation de Delvaux, cela leur laissait un peu de temps pour mener leurs investigations. Rizzo leur avait expliqué que les mauvais garçons, leur nuit de labeur terminée, venaient souvent se prélasser au Lido, hiver comme été, exhibant leurs corps sveltes et leurs cheveux bouclés sous les fenêtres des hôtels de luxe. Louis espérait pouvoir interroger de vive voix les acteurs de la débauche nocturne.

Ils débarquèrent transis par l'air marin plus que vif et ils s'aperçurent avec plaisir qu'il y avait une station de louage sur cette île plate et sans canaux. L'odeur si familière des chevaux et du crottin chatouilla agréablement les narines de Louis et il surprit Émile à caresser les naseaux d'une vieille carne somnolente. Rizzo discuta le prix de la course avec un cocher et ils prirent un fiacre qui longea l'avenue Santa Maria Elisabetta, tourna sur la promenade du bord de mer et les arrêta devant les établissements de bains.

Ils descendirent face à la mer. Le vent était plus fort de ce côté-ci de la lagune et le soleil brillait d'un éclat métallique dans un ciel orageux. On entendait le chuintement vivifiant des vagues qui venaient mourir sur la grande plage de sable.

Les rangées de tentes rayées de bleu et blanc étaient closes pour la plupart. Quatre dames, en manteaux, abritées sous leurs ombrelles, arpentaient lentement la grève, leurs carlins courant après les mouettes. Un homme, debout devant un chevalet, le pinceau brandi, semblait réfléchir. Des femmes du peuple longeaient le rivage, les jupes relevées sur les cuisses, remplissant leurs seaux de coquillages, d'algues, de vers, de mollusques.

À l'horizon croisaient des dizaines de petites barques de pêche aux voiles rouges, jaunes ou bleues. « *Topo... caorlina... bragasso...* », disait Rizzo en pointant du doigt tel ou tel bateau ventru à fond plat. C'était gai, c'était coloré. Rien à voir avec les chalutiers gris des terre-neuvas sur lesquels le capitaine Denfert avait parfois emmené Louis pêcher la baleine.

Il aurait pu devenir marin.

N'était-ce pas ce qu'il avait fait, finalement ? Allant jour après jour à la pêche au mot sur la mer toujours agitée de la littérature, ironisa-t-il *in petto*.

Un groupe de jeunes adolescents en pantalons de toile, torse nu malgré le froid, se livrait à des acrobaties et à des exercices de main à main. Roulades, ponts, poiriers, sauts périlleux, pyramide humaine... ils sautaient et couraient en riant, éclaboussés d'embruns et de sable. Ils semblèrent redoubler d'ardeur en voyant le petit groupe qui les observait.

— *I xe bone da gninte*, lâcha Rizzo. Des bons à rien. Ils font les beaux parce qué vous les regardez. Ils vont venir demander de l'argent.

Effectivement, un des garçons se détacha des autres. Sa chevelure dorée répandue sur ses épaules, le ventre plat et musclé, la peau hâlée, un sourire carnassier.

— Un jeune dieu sorti de l'onde ! murmura Albert.

— Un foutriquet que j'assommerais d'une seule main, grogna Émile.

— Attention, ils sont fourbes et malhonnêtes. Les plus grands, ils ont toujours des couteaux, prévint Rizzo.

— À se demander comment ils se font avoir par le Vicomte ! laissa tomber Louis tout en regardant le bel adolescent approcher de sa démarche élastique.

— *Can I help you ?* lança celui-ci avec un sourire aguicheur.

— Eh bien, on dirait que MM. les Anglais ont tiré les premiers !

— Émile ! Épargnez-nous vos plaisanteries de corps de garde ! aboya Albert.

— Ah ! *Franzsa !* Moi guide, vous faire visiter l'île, très belle, vous montrer les sentiers, les digues, *il faro*, et puis on aller prener le thé !

— Nous avons déjà un guide, lança Émile en désignant Rizzo qui arborait un air farouche.

— Lui ? *Cette testa da marsion*, il connaître *gninte*, lâcha-t-il, méprisant.

— *Mozzo da culo !* rugit Rizzo. Je vais te casser la gueule !

Émile retint le jeune groom.

— Comment t'appelles-tu ? demanda Louis.

— Taddeo. J'ai seize ans. Je sais tout faire, ajouta-t-il avec un clin d'œil appuyé.

— Connais-tu un monsieur élégant qui propose de montrer d'étonnants jouets optiques ?

Le garçon se ferma aussitôt.

— Va te faire foutre ! lâcha-t-il avant de tourner les talons. Je cause pas à la *polizia*.

— Nous ne sommes pas de la police ! protesta Louis. Je suis journaliste, pour un grand journal français. J'ai de l'argent !

— Combien ? demanda Taddeo qui était revenu sur ses pas au mot « argent ».

Albert sortit une vraie pièce de un franc, ornée de Cérès. La main de Taddeo se referma dessus et il la fourra dans une bourse suspendue à sa ceinture.

— Alors, que sais-tu sur cet homme ? reprit Louis.

— Je parlerai à lui, répondit Taddeo en désignant Albert. Un franc pour chaque question.

Et sans attendre la réponse, il tira Albert par la manche, laissant Louis bouillonner de frustration. Les deux silhouettes marchaient le long du rivage et, de loin, Albert non plus ne semblait pas avoir plus de seize ans, se dit Louis. Frêle, mince, quasi imberbe. Un petit garçon malicieux déguisé en médecin.

De son côté Rizzo donnait un cours de vénitien à Émile, lui expliquant que le *marsion* était un minuscule poisson sans cervelle et le *mozzo da culo*, eh bien, c'était une allusion aux mousses qu'on embarquait autrefois uniquement pour satisfaire les besoins de l'équipage. Ils portaient une boucle d'oreille et on les appelait aussi *Recia*. Un mot à éviter devant tout bon Vénitien.

Enfin, Albert revenait.

— Je me sens plus léger ! lança celui-ci en désignant ses poches. Notre ami Taddeo a bon appétit.

— Que vous a-t-il appris, mille bombes !

— Comme vous êtes délicieux, vous aussi, Louis. Et inutile de me menacer d'étranglement, je vais tout vous relater pour peu que vous cessiez de vous agiter. Tout d'abord, le personnage se fait appeler comme à Paris : il Visconto. Peut-être est-il réellement titré ? Quoi qu'il en soit, nous sommes en présence de la même rumeur : un homme en habit noir attire les enfants et les jeunes prostitués mâles dans sa gondole fermée de rideaux de velours violets en les appâtant avec de l'argent et la promesse d'un praxinoscope de luxe projetant des images magiques. Ensuite, même topo : on ne revoit jamais ceux qui acceptent.

— Une description physique ?

— Grand, raide, barbu, il marche comme un automate.

— Abus de stupéfiants ? suggéra Émile.

— Peut-être. Autre chose : on murmure qu'il possède le secret de la vie, qu'il sait en capturer le reflet et le projeter sur les murs.

— Les films !

— Et que certains rouleaux animés s'arrachent clandestinement à prix d'or.

— Un trafic de vues pornographiques. Et peut-être de meurtres ! Et Taddeo et ses amis, ils n'ont pas peur ?

— Ils se croient invincibles. Lui prétend qu'il est trop vieux pour intéresser le Vicomte. Il m'a proposé de me présenter des garçons plus jeunes, dont son petit frère Tadzio ! ajouta-t-il les lèvres pincées.

— Un rabatteur ? Dans ce cas il saurait où crèche notre infâme salopard.

— On parle d'un palais désaffecté sur une des îles abandonnées.

— Un vrai roman d'horreur pour jeunes filles ! ricana Louis. Il est l'heure de rejoindre ces dames, Talbot et l'ineffable poète.

Ils reprirent leur fiacre qui trottina jusqu'à la façade néomauresque de l'hôtel *Excelsior*, le cocher affaissé sur son siège, le cheval semblant se conduire tout seul.

— À ce train-là, nous aurions mieux fait d'aller à pied, fit observer Émile. Entre les gondoles conduites par des limaces et les fiacres nourris aux escargots…

— Terminous ! annonça Rizzo.

Ils escaladèrent le perron et allèrent s'installer dans un confortable salon orientalisant chauffé par une vaste cheminée. Louis espérait vaguement entrevoir Lady Eleonore Fisher-Brown. Sa présence à Venise le titillait comme une dent vaguement agacée. Eleonore, Édouard de Toursienne et le Vicomte… Était-ce une simple coïncidence ? Et Edmond qui n'était toujours pas reparu. Pourvu qu'il ne lui soit rien arrivé de fatal ! Il s'imaginait mal devoir prévenir le gigantesque Champ' que son protecteur et mentor était à présent bouclé pour l'éternité dans un des cercueils de Toursienne.

On vint les prévenir que M. Delvaux les attendait dans le petit salon vert.

Le poète s'y trouvait en compagnie de Camille, de Serafina et de Talbot. Les Français discutaient de la dernière production de Verdi, *Falstaff*, qu'ils avaient tous trois vue à Paris l'an passé. Louis se fit la réflexion que la patronne de la jeune modiste lui laissait une grande liberté. Peut-être travaillait-elle à son compte à domicile ? Il embrassa Camille, salua tout le monde, puis Henri Delvaux, souriant et affable, proposa que l'on se mît en route : sa voiture les attendait dehors.

Ils s'entassèrent dans un élégant coupé à caisse ronde, mené par un cocher taciturne emmitouflé dans sa capote. Le soir tombait vers cinq heures et demie et Albert s'inquiéta de savoir si les gondoles faisaient le trajet de retour de nuit. Delvaux le rassura : de solides *sandolo* à deux rameurs se chargeaient toute la soirée de faire traverser les convives qui avaient voulu s'amuser à Venise et vice-versa.

La route, poudreuse, suivait une digue de pierre léchée par les vagues – un des *murazzi* élevés tout le long de la côte au XVIIIe siècle pour se défendre des assauts de la mer –, longeait d'élégantes villas de style Liberty, traversait des champs avant d'atteindre une villa palladienne nichée dans un parc à l'abandon au bout duquel on apercevait les reflets de l'Adriatique sous le soleil couchant.

— C'est effectivement plutôt isolé ! fit remarquer Louis en considérant la façade ocrée.

Des fenêtres éclairées sourdait une lumière dorée. Le vent soufflait dans les arbres. Un valet de pied se précipita à leur rencontre.

À l'intérieur, ce n'était que bois précieux, fer forgé et mosaïques entourant statues grecques et meubles Directoire. Un très étrange mélange, trahissant sans doute les goûts éclectiques d'un voyageur collectionneur. Delvaux les précéda dans un salon garni de poufs et de sofas où se tenaient une vingtaine de personnes. Une femmes fardée, en toge, vocalisait d'une voix puissante de mezzo-soprano. Deux hommes vêtus à l'occidentale discutaient en fumant le narguilé. Accrochés aux murs pendaient de vieux drapeaux aux couleurs passées dont l'un arborait un triskel à trois jambes humaines.

Albert pinça discrètement le bras de Louis.

— L'emblème de la Sicile, dit Delvaux qui avait suivi leur regard. Curieusement identique à celui de l'île de Man. Vous vous intéressez à l'héraldique ?

Sans attendre leur réponse, il salua un homme jeune et mince doté de moustaches en guidon de vélo.

— Gabriele ! Cher ami ! Gabriele D'Annunzio nous fait l'honneur de nous rendre visite, expliqua-t-il à ses visiteurs. C'est un des plus talentueux auteurs de notre jeune Italie.

— J'ai beaucoup apprécié *L'Innocent*, dit poliment Louis qui ne l'avait pas lu, mais savait que la critique en avait fait de grands éloges.

D'Annunzio le salua d'un geste assez sec, mais, tout attentionné, baisa la main de Camille et se lança avec elle dans une conversation à bâtons rompus sur le théâtre et le fantastique talent d'Eleonora Duse, qui était sa maîtresse.

— Comme vous l'aurez deviné, reprit Delvaux avec grandiloquence, notre Cercle ne sacrifie qu'aux muses ! Poésie, théâtre, musique…

Opium, alcool, cocaïne, se dit Louis *in petto*, notant les teints jaunes, les cernes noirs et les dents gâtées de nombreux membres.

— Rhétorique, astrologie… Nous nous réunissons dans ce magnifique décor pour échanger nos élucubrations et célébrer les Arts près des flots enchanteurs !

Il sourit avec affectation et arracha Camille à l'éloge interminable de la Duse :

— Venez, ma chère enfant, que je vous présente un auteur accompli…

Il entraîna la jeune femme vers un vieux barbon qui mimait avec passion un monologue de Iago tandis qu'on leur proposait des rafraîchissements : thé, marsala, valpolicella, fruits frais, *baicoli* (des biscuits), *bussolai* (d'autres biscuits), chocolats et *caramei*, des morceaux de fruits caramélisés en brochette.

Talbot choisit le vin rouge, refusant les pâtisseries.

— Nous nous sommes déjà goinfrés de tiramisu, n'est-ce pas, ma belle ? gloussa-t-il à l'adresse de Serafina qui gloussa en retour.

S'agissant d'un gâteau dont le nom signifiait « envoie-moi au ciel » on ne pouvait se méprendre sur leurs horripilants gloussements.

Près d'eux, deux poètes vieillissants débattaient de l'élégie, chacun défendant sa manière. Trois jeunes peintres faméliques critiquaient férocement Titien. Une cantatrice très en chair essayait de *cantater* pour envoûter un poète rubicond, mais il ne la laissait pas en placer une, trop content de lui réciter du Lui.

— Je ne vois pas trop avec qui je pourrais lier conversation, reprit Talbot à voix basse, mon art n'étant pas en odeur de sainteté. On ne fait pas mumuse avec les muses !

— Ils ne connaissent pas encore le muse-hic hall, renchérit Albert, qui buvait un minuscule verre de marsala en grignotant un grain de raisin.

— Je ne crois pas que ces initiés-là aient grand-chose à voir avec des dévôts d'Hécate, marmonna Émile.

Il étouffa un bâillement plein de chocolat.

— Me semblent surtout initiés à *fiar caigo*, filer le brouillard, comme dit notre petit Rizzo. Discuter avec passion de choses sans consistance.

— Émile, attention, vous devenez trop intellectuel, vite, un verre de gnôle !

— Il a raison, dit Louis en finissant son verre de vin. Ce Cercle des marées s'enlise à marée basse. Nous perdons notre temps ici.

— Je suis bien d'accord ! approuva Émile, réveillé. Retournons chasser le vampire.

Talbot leva un sourcil interrogateur.

— De quoi parlez-vous ? Je vous quitte une loupe à la main et vous retrouve armés de pieux ?

— Trop long à expliquer ! laissa tomber Louis. Il s'avère que le Vicomte est bien ici, et qu'il n'opère pas seul.

— Le rapport avec les vampires ? Vous ne croyez tout de même pas qu'il recourt à des forces surnaturelles ?

— Notre dernière théorie est qu'il utilise des aliénés et des sadiques pour ses basses œuvres, répondit Albert. Et ce qui est particulièrement effrayant, c'est que l'anthropologie criminelle n'avait pas été jusqu'à présent confrontée à des tueurs capables de s'associer pour commettre des crimes à répétition.

— C'est assez cauchemardant !

— Tout à fait, et nous n'allons donc pas prendre racine ici, enchaîna Louis.

— Où comptez-vous aller ?

— À Torcello. Plusieurs éléments nous y poussent.

— Hum… Et vous comptez faire ça maintenant, en milieu d'après-midi ?

— Nous n'avons pas le choix : c'est demain soir la pleine lune et elle joue un rôle prépondérant.

— « Tes détours et tes dédales, Venise, nous les savons ! » rugissait Delvaux.

— Tout cela me semble bien confus. Et Camille ? Vous allez la laisser ici ?

— Camille va rentrer dîner avec ses camarades du théâtre, dit celle-ci en ébouriffant les cheveux de Louis. Il y a des garçons charmants dans la troupe. Le juge Brack est un vrai boute-en-train, notre Ejlert Løvborg est tourmenté à souhait, quant au metteur en scène c'est un ange. Joignez-vous à nous, Joseph, avec Serafina, on s'amusera bien, vous verrez.

Talbot fit la grimace.

— Avec toute une bande d'ibsenophiles ?

— Au diable la Gabler et ses vapeurs ! « Les gens qui ne rient jamais ne sont pas des gens sérieux », comme dit notre ami Alphonse, lui renvoya Camille. La troupe va à la *Taverna Venexiana*, un des seuls endroits publics où l'on peut guincher dans cette ville aussi calme qu'un cimetière.

— C'est ce qui fait son romantisme ! se moqua Louis avant de grogner : Danser ? Je croyais que tu avais répétition demain de bonne heure ?

— Dis donc, mon petit tsar, je ne suis pas ici que pour jouer les faire-valoir ! Va chasser tes monstres comme un vaillant petit bonhomme et laisse-moi le champagne et la rigolade. Et tâche de ne pas te faire écharper ! ajouta-t-elle à voix basse. Ça me semble bien imprudent, cette équipée à Torcello.

— La lagune est plate comme une limande, je ne vais pas me noyer dans cinquante centimètres d'eau ! Je suis armé et Émile aussi. Et Albert a sa baguette magique.

— Je ne plaisante pas. Emmenez au moins Talbot avec vous. Il est costaud.

— Je préfère qu'il veille sur toi. S'il t'arrivait quoi que ce soit…

Ils se dévisagèrent avec intensité, les mains nouées, puis Camille rejeta la tête en arrière et se dégagea en affectant de rire.

— Allez, filez, vauriens ! Mais je te préviens, tsarevitch, si tu n'es pas de retour à minuit sonnant, je me cherche un autre prince.

Ils prirent congé de leur hôte, prétextant qu'Albert était requis au palais ducal. Delvaux déplora leur départ et insista pour qu'ils utilisent une des embarcations à la disposition des membres du club.

— Les gondoliers ne coûtent rien, à Venise, comme le reste, d'ailleurs ! On les paye trente francs par mois, non nourris. Et le *sandolo* vous coûtera trente centimes de l'heure. Prenez le coupé, il vous conduira à l'embarcadère de Riva di Corinto, vous demanderez Pippo et Gianni.

Force fut d'accepter. Ils récupérèrent Rizzo qui aidait le lad à bouchonner les chevaux à l'écurie et ils partirent vers les quatre heures et quart, lestés de biscuits secs et d'appréhensions.

Un regard cruel avait observé leur départ. Derrière un visage d'emprunt et qui affectait la plus extrême cordialité.

CHAPITRE XII

Pippo et Gianni accueillirent la nouvelle de leur destination avec une certaine nervosité et tentèrent de persuader les *signori francese* que Murano ou même Burano leur conviendraient mieux qu'une île désertée dépourvue de guinguettes et de fabriques de verre ou de dentelles. Mais Émile se contenta de répéter d'un ton ferme leur destination et Albert de faire cliqueter de la monnaie. Ils se mirent à ramer en silence, contournant le Lazzaretto Vecchio, l'île où se dressait le lazaret destiné à accueillir les pestiférés.

Ils suivaient le littoral du Lido et en face d'eux Venise dressait ses campaniles et ses palais. Des flottilles de gondoles y ramenaient les promeneurs et ils croisaient des visages hilares et rougis par le froid, captaient des bribes de chansons.

Ils admirèrent San Lazzaro degli Armeni, où se dressait le monastère arménien et sa riche bibliothèque, dépassèrent lentement l'île de San Servolo qui abritait, comme son homonyme terrestre, un asile pour malades mentaux, puis celle de Certosa, glissèrent sur le canal Passaora entre le Vignole et San Erasmo, les potagers de Venise où l'on cultivait les asperges, et les fameux petits artichauts. Venise s'éloignait. Les rires et les chansons n'étaient plus qu'un lointain écho. Ils étaient quasi seuls.

Cette navigation silencieuse à la fin du jour sur des eaux agitées par la *favénte*, le courant causé par la marée basse, avait quelque chose d'envoûtant. Des barques de pêche dérivaient de-ci de-là. Le silence n'était troublé que par les cris stridents des mouettes et le frémissement des broussailles sur les terres à demi immergées. Louis imagina des lapins et des renards bondissant dans une traque mortelle. La lune, obèse et orangée, commençait son ascension, portée par un banc de nuages. Derrière eux, les lumières de Venise brillaient comme les feux d'un rutilant vaisseau de pierre. Toute la vie était concentrée dans la cité dont la lagune n'était plus que la campagne.

Çà et là, des îlots désertés où s'érigeaient des ruines, des habitations et de complexes ouvrages maçonnés devenus inutiles. Pippo et Gianni, interrogés, répondaient par borborygmes. Rizzo avouait lui-même son ignorance. Les gens y avaient vécu, les gens en étaient partis, peut-être la peste, la malaria, l'envie de changer ? Il haussait les épaules en écartant les mains : *E ! chi lo sa ?*

Les rameurs étaient attentifs : la marée basse découvrait les *velme*. Leurs muscles noueux tendaient leurs blouses, leurs cuisses épaisses se raidissaient tandis qu'ils poussaient la rame contre la *forcola*. Les galériens de Venise ne ramaient plus pour la flotte glorieuse de l'Arsenal, mais pour la flotte argentée des touristes.

Pour ne pas s'enliser ou se perdre, il fallait suivre les canaux navigables. Rizzo, la main en visière, guettait les pièges et observait les *bricole*. Un poteau devant et deux derrière signifiaient que vous étiez dans un canal assez profond. Louis se souvint d'avoir ri quand Ambroise Tardieu, un historiographe rencontré à une soirée, lui avait raconté s'être perdu dans la lagune en 1883, parce que ses gondoliers et son guide ne connaissaient pas bien les canaux. Eh bien, maintenant, c'était moins drôle. La brume rendait flou le contour des terres et le crépuscule tombait. Tardieu avait mis près de cinq heures à rejoindre la Sérénissime dans un état assez peu serein.

Suivant le canal di Crevan, Louis admira San Francesco del Deserto, l'île aux cyprès, qui abritait un monastère franciscain. « *La perla di la laguna* », lui dit Rizzo. On apercevait au loin les poudrières : l'île de San Giacomo in Palude avec son chapiteau néogothique, vestige du couvent démoli pour laisser place aux installations militaires, et l'île de Madonna del Monte, protégée de l'érosion par sa haute palissade.

Curieusement, personne ne parlait. Émile, engoncé dans son gros veston, les bras croisés, fouillait l'horizon. Albert, recroquevillé dans son manteau, le chapeau tiré sur les oreilles, faisait craquer ses longs doigts, ses lunettes embrumées lui donnant l'air d'un aveugle.

On se rapprochait de la masse colorée de Burano, où toutes les maisons de pêcheurs étaient peintes de couleurs vives, pour être repérables dans le brouillard, disait-on. Il était près de 5 h 30. La nuit tombait. Pippo et Gianni souquaient ferme et soudain Pippo annonça qu'ils les déposeraient à Burano. Ils n'iraient pas plus loin. Il était trop tard.

— Mais il n'est même pas 6 heures du soir ! s'écria Louis.

Émile s'emporta et Albert argumenta : ils avaient été loués pour les conduire jusqu'à Torcello, que voulaient-ils qu'ils fassent à Burano ?

Eh bien, qu'ils marchent jusqu'à Mazzorbo où Fausto, ce cinglé, accepterait sans doute de les faire traverser jusqu'à Torcello.

— On avait bien besoin d'un Faust dans les pattes ! grommela Émile tout en insultant copieusement les deux gondoliers qui faisaient mine d'être devenus sourds et les débarquèrent sans plus de cérémonie sur un quai où quelques vieux ravaudaient des filets.

Une nuée d'enfants loqueteux les assaillit aussitôt pour leur proposer qui la meilleure auberge, qui les plus belles dentelles et Rizzo eut fort à faire pour les tenir à distance. Il sélectionna enfin un mouflet édenté pour les mener à Fausto. Après une petite trotte d'une vingtaine de minutes dans le noir sur des pavés inégaux, ils passèrent un pont de bois branlant et se retrouvèrent au milieu de broussailles, au bord de l'eau. On distinguait une masure en pierre d'où s'élevait de la fumée et où brillait une lumière. Le gamin empocha la pièce promise par Rizzo avant de filer à toutes jambes.

Émile frappa fermement à la vieille porte vermoulue qui s'ouvrit en grinçant, dévoilant une pièce sombre et enfumée, éclairée par une grosse bûche flambant dans l'âtre. Un homme leur faisait face, à contre-jour, le visage dans l'ombre. Il portait un pantalon de pêcheur, une vareuse en toile huilée et tenait à la main une hache. Une hache au fil effilé.

— Bonjour, êtes-vous Fausto ? demanda Albert de son air le plus enjoué.

— Il paraît. Que lui voulez-vous ? répondit froidement l'homme.

— Ces messieurs viennent de France et souhaitent se rendre à Torcello, expliqua Rizzo.

— Maintenant ? Ce soir, personne ne va à Torcello.

— Nous n'avons pas peur des fantômes ! lança Albert.

— Il ne s'agit pas de fantômes, il s'agit du brouillard, répliqua Fausto. Il va être tellement épais qu'il sera impossible de se diriger, expliqua-t-il. Le vent est tombé, la terre est tiède, elle exhale la vapeur des marais. Il sera déjà difficile de vous ramener à Venise.

— Nous avons de l'argent, dit Albert en sortant ses sempiternels faux billets.

— Vraiment ? Ces morceaux de papier juste bons à vous essuyer le derrière ? Monsieur Féclas, vous avez tort de prendre tous les gens pour des imbéciles.

Louis sentit sa peau se hérisser. Comment ce Fausto connaissait-il le nom d'Albert ? Il dégaina son revolver de poche et s'avança, résolu, l'arme pointée.

— Qui êtes-vous ?

Fausto ne broncha pas.

— Rangez votre joujou métallique, monsieur Denfert. Et vous, Émile Germain, n'essayez même pas de m'approcher pour me briser la nuque.

— Qui êtes-vous ? répéta Louis, prêt à tirer.

— Je vais vous répondre, non parce que vous me faites peur mais parce que tel est mon bon plaisir, Denfert. Je suis Fausto Auerbach, pêcheur de son état. Mais on m'appelle plutôt le Pilleur de Tombes.

— Un violeur de sépultures ? Et vous vous en vantez ?

— Non, je vous dis ce qu'il en est. Je connais les marais mieux que personne. J'y ai toujours vécu. J'y pêche, j'y chasse la grouse, le renard, le lièvre. J'en connais chaque trou d'eau, chaque motte de terre. Je sais où se trouvent les tombes abandonnées, les îles disparues.

— Des îles disparues ? répéta Louis, les narines frémissantes.

— Envahies par les eaux, les marécages, recouvertes de broussailles, affaissées, englouties. Tenez, à quelques encablures derrière nous se trouvait Costanziaca, sans doute nommée ainsi en l'honneur de l'empereur Constantin. De ses palais, de son monastère, il ne reste que l'eau et la boue. Un peu plus loin, Ammiana, abandonnée à cause de l'envasement. Nos barques glissent sur des églises, messieurs, des rues, des maisons.

— Fascinant !

— Les archéologues amateurs de trésors ensevelis ont souvent recours à mes services pour fouiller dans les profondeurs des *ghebi*, ajouta Fausto avec fierté.

— Et comment savez-vous qui nous sommes ?

— Mon frère m'a parlé de vous tantôt.

— Votre frère ?

— Herman, laissa tomber Fausto avec un demi-sourire.

Albert ouvrit des yeux ronds.

— Herman est votre frère ?

— Eh oui. On ne choisit pas sa parentèle, n'est-ce pas ? Je suis allé le voir cet après-midi. Il est peut-être aliéné, mais il n'est pas sourd et il se souvenait parfaitement de vos noms. Ce n'est pas si souvent qu'il voit des étrangers s'intéresser à lui.

— Alors, vous aussi, vous êtes à la solde du Vicomte ! s'écria soudain Émile en serrant les poings.

Fausto soupira tout en suivant du doigt le fil de sa hache qui donnait l'impression de pouvoir décapiter un bœuf d'un seul coup.

— Je travaille pour qui me paie bien, messieurs. Mon homonyme avait vendu son âme en échange de la jeunesse. Moi, je vends la mienne pour manger à ma faim. Venez, je vais vous montrer quelque chose, ajouta-t-il en s'emparant d'une torche.

Interloqués, ils le suivirent hors de la cabane, dans le brouillard qui s'entortillait autour de leurs jambes. Rizzo flairait la brume comme un chien de chasse. Fausto Auerbach les précéda le long d'un chemin sinueux qui menait à un monticule d'herbes et de pierres sèches.

— Vous savez ce que c'est ? leur demanda-t-il.

— Un tumulus ! s'exclama Albert.

— Tout à fait. Un très vieux monument funéraire d'où j'ai extirpé de superbes vestiges qui ont fait la joie du Dr Balsamo.

L'antiquaire et ami de Toursienne, décédé accidentellement au palais Papadopoli. Louis referma sa prise sur la crosse de son arme.

— J'ai également trouvé des fragments de céramique, des peignes, des objets en bronze, continua Fausto. Tout un bric-à-brac de barbares.

— Vos ancêtres ! s'indigna Albert.

— Je suis né d'un soudard autrichien et d'une putain, monsieur Féclas, je me contrefiche de mes ancêtres. Notre mère nous a abandonnés, Herman et moi, dès qu'elle a pu. Nous nous sommes élevés seuls, comme des chiens galeux.

Il leva sa torche et ils aperçurent soudain distinctement ses traits. Il ressemblait à Herman, c'était indéniable. Ce même air de loup affamé. Mais il ne lui ressemblait qu'à demi car la moitié gauche de son visage était horriblement mutilé.

— Je suis tombé dans l'âtre quand j'étais petit et que ma mère était soûle une fois de trop. Vous comprenez sans doute mieux mon goût pour la solitude.

Rizzo fit discrètement le signe pour écarter le diable, les doigts tendus derrière le dos, tandis que Louis s'efforçait de réfléchir aussi vite que pédalait son idole Terront.

— Pourquoi nous avez-vous amenés ici ? Qu'avons-nous à voir avec ce tumulus ?

— Bonne question, monsieur Denfert. Distinguez-vous ces trous fraîchement creusés dans la terre, là ?

Ils s'approchèrent à sa suite de quatre fosses rectangulaires. Les pelles des ouvriers étaient encore plantées sur les bords.

— Je vous ai dit qu'on me surnommait le Pilleur de Tombes. Mais ce n'est pas uniquement en raison des services que je rends à ces messieurs les historiens. Je travaille aussi pour ces messieurs les médecins. Les professeurs d'anatomie ont toujours besoin de viande fraîche, ajouta-t-il avec un sourire qui rappelait soudain tout à fait son frère.

— Vous déterrez les cadavres comme un charognard ! souffla Émile. On se croirait au Moyen Âge ! De nos jours, les chirurgiens n'ont plus besoin de travailler en cachette.

— Tout dépend de ce qu'ils veulent faire des corps…

Louis essayait de comprendre où Fausto voulait en venir. L'homme parlait trop, comme s'il cherchait à les étourdir.

— Votre célèbre Fragonard, disait-il. Pas le peintre, l'autre, son cousin. Il a, en son temps, utilisé de vrais morceaux de chair pour ses pièces anatomiques.

— Vous parlez d'Honoré Fragonard, celui qui a dirigé l'École vétérinaire d'Alfort au siècle dernier ? dit Albert tout en tirant un cigare de sa poche.

Fausto hocha la tête.

— Celui-là même. Il ne voulait pas de moulages ni de sculptures de cire, il voulait de la chair. De la chair séchée et enduite de vernis. Cela donne des pièces extraordinaires, comme son fameux *Cavalier de l'Apocalypse* dont j'ai vu une reproduction en couleurs. Mais à l'aube du XXe siècle, ce serait mal vu d'utiliser des morts pour en faire des exemples d'anatomie. Et donc j'agis en toute discrétion pour contenter des savants aux goûts aussi particuliers qu'à la bourse bien garnie.

Louis songea avec un frisson à la collection d'écorchés du Dr Mastroianni. Le docteur soupçonnait manifestement Herman Auerbach d'être responsable de ses actes, mais ne contestait pas le verdict d'irresponsabilité de ses confrères. Fausto l'approvisionnait-il en matière première ?

— Pourquoi nous racontez-vous tout cela ? demanda-t-il tandis que Rizzo, accroupi sur ses talons, scrutait la nuit.

— À votre avis, monsieur le journaliste ? ricana Fausto. Vous ne lisez jamais de romans ? J'en lis beaucoup, moi, au fond de mon trou d'eau. Des romans, des feuilletons… du papier qui me sert ensuite à allumer mes feux de tourbe. Pour une fois que la littérature peut aider à la survie de l'espèce !

— Vous vous croyez drôle et spirituel ? lui lança Albert. Vous cherchez à compensez vos pauvres origines en jouant les hommes du monde ?

— Comme vous êtes cruel, monsieur le docteur ès-cadavres, vis-à-vis d'un malheureux qui vous confie les secrets de son cœur tourmenté.

Émile s'agitait.

— Foin de parlottes ! Nous ne sommes pas des ânes qu'on nourrit d'un picotin de baratin ! Venez-en au fait !

— Le fait est que vous me demandiez pourquoi je vous livrais mes petits secrets. C'est simple : généralement, quand il arrive sous la plume de l'un de vos confrères, Denfert, que le méchant se confesse aux gentils, c'est parce que…

— Les gentils sont cuits, déclara une voix maniérée, d'un agréable ton de ténor léger.

Ils se retournèrent d'un bond.

Une silhouette se tenait en retrait dans l'ombre, enveloppée de brume. Un Polichinelle au masque en cuir blanc, nonchalamment appuyé sur une canne en ébène. Deux pas devant lui, les Tisonneurs qui avaient réussi à leur échapper dans la matinée, armés de fusils peu aimablement pointés vers leurs têtes.

— Posez vos joujoux, les guignols, lança celui à qui Émile avait brisé les dents, ou je fais sauter en premier la grosse cervelle du toubib.

Louis vit son doigt se crisper sur le pontet et, sans réfléchir, se laissa tomber dans la fosse derrière lui tout en pressant la détente de son arme et en fauchant les jambes d'Albert au passage. Une salve de détonations retentit en retour et il continua à tirer du fond de sa tranchée, tandis que de la terre meuble lui tombait en pluie sur le visage. Il réalisa qu'il s'était mis en fâcheuse posture, une cible idéale, et se plaqua contre la paroi qui sentait la tourbe. Un autre coup de feu claqua et il entendit un homme pousser un cri de surprise. Se protégeant la tête d'une main, il tira encore à l'aveuglette dans la direction de leurs assaillants, s'attendant à tout instant à sentir l'acier glacé de la hache lui trancher le poignet.

La lune s'était cachée comme une danseuse nue attendant son heure et la brume s'épaississait. Louis rampa dans la boue, entrevit une bottine, l'agrippa, retournant le pied qui s'y trouvait, et en brisa la cheville d'une sèche torsion. Son possesseur hurla et tira, mais Louis avait déjà roulé sur le côté et il projeta sa propre arme à la tête de l'homme à la cheville cassée, le touchant à la tempe. Celui-ci s'effondra et Louis lui flanqua un violent coup de savate à la pointe du menton, le mettant knock-out. Haletant, il chercha des yeux ses amis.

Un des Tisonneurs gisait sur le sol, un trou sanguinolent à la place de l'œil droit. Albert se tenait audessus de lui, brandissant son cigare.

— C'est mon cigare lance-fléchette, expliqua-t-il. Je m'en sers pour un numéro de tir à l'aveugle. Plaît beaucoup au public, ajouta-t-il, visiblement secoué.

Louis pivota sur lui-même. Le Polichinelle avait disparu. Émile avait jeté son arme déchargée et faisait face à Fausto qui brandissait sa hache avec agilité. Mais lorsque ce dernier vit arriver les renforts il s'enfuit en courant, s'enfonçant dans les fourrés, avalé par le brouillard.

— Il nous en manque un, dit Louis. Celui du pont.

— Retour à l'envoyeur, répliqua Émile.

Louis se pencha. Le Tisonneur gisait dans l'une des tombes préparées à leur intention, les yeux grands ouverts, la bouche couverte de terre. Émile sourit, malgré son flanc ensanglanté.

— C'est ce qu'on appelle un baptême de feu ! Ces salopiots commençaient à me porter sur les nerfs.

— Vous êtes blessé au ventre ?

— Pas de problème : la dragée n'a fait que m'érafler la couenne. Ça saigne un peu. Combien de chances de rattraper le Faust ?

— Aucune.

— Et le vampire en chef ?

— Aucune non plus. Avec ce brouillard, on se croirait en Écosse dans une nouvelle de M. Holmes. Évitons de tomber une nouvelle fois dans un piège. Rizzo ! Où est Rizzo ?

Allongé dans la boue, le garçon ne bougeait pas. Ils se précipitèrent et Albert l'examina.

— Ce n'est qu'une commotion. Émile, donnez-lui donc de votre potion magique.

Émile sortit sa flasque de gnôle et en versa un bouchon dans la gorge de leur guide inanimé qui toussa et ouvrit les yeux d'un coup.

— Lé lutin ! s'exclama-t-il. Qué c'est lé lutin qui m'a sauvé !

— Le choc… dit Albert tout en passant de la pommade au cannabis sur l'énorme bosse qui lui décorait le front.

— Ma non, pas lé choc ! Je l'ai vou ! Il a sauté déhors dou tombeau et il a poussé le type qui allait me touer !

— Hum, bien sûr. Émile, venez ici que je panse cette vilaine entaille. Il faut regagner Burano et trouver une barque pour rentrer.

Louis acquiesça. La torche de résine et de poix qu'avait lâchée Fausto brûlait toujours et ils s'en servirent pour retrouver le sentier. Émile la tenait bas, le long de sa jambe, pour laisser le haut de leurs corps dans l'obscurité. « Mieux vaut une balle dans le mollet que dans l'œuf mollet ! » avait-il dit, faisant allusion à leur noble margoulette. Rizzo, le front bandé, avançait courbé comme un Mohican, à l'affût des tueurs et des lutins.

Ils arrivèrent sans encombre à la masure dont la porte béait et entrèrent pour la fouiller sommairement, sans trouver autre chose que des outils, quelques vêtements et des livres. Des brochures sans valeur que Louis éparpilla avec rage.

— Comment ce Fausto savait-il que nous allions venir ? Comment a-t-il prévenu le Vicomte ?

Albert sondait avec prudence la couchette en paille à l'aide de sa canne.

— Tout était prévu. Que Pippo et Gianni nous laissent ici. Qu'on nous conduise à Fausto !

— Le satané poète à la noix ! gronda Émile en balançant un coup de pied dans une marmite qui résonna comme un basson. C'est lui qui nous a recommandé ces deux jean-foutre !

Louis sentit les doigts osseux de la peur lui griffer les côtes.

— Camille ! Camille est avec eux !

— Restons calmes ! leur enjoignit Albert. Tout d'abord, elle n'est pas seule : Talbot est avec elle.

— Un pétomane ! répliqua Louis.

— Un pétomane aux épaules aussi larges que les vôtres, ne vous en déplaise. D'autre part, rien ne démontre que ce pauvre vieux Delvaux soit complice. Il ne savait pas que nous voulions nous rendre à Torcello.

— Mille bombes ! Vous ne comprenez donc pas que nous sommes à l'évidence espionnés ! se récria Louis, tout en secouant une botte pour voir s'il n'en tombait rien.

— Arrêtez de vous agiter et raisonnez un peu par le bon bout, comme vous le conseille votre ami Leroux.

— Certes, mais comme le dit Allais : « La logique mène à tout à condition d'en sortir ! »

— Tout ce temps perdu à ergoter sur le champ de bataille !

— Le temps passé à réfléchir n'est pas du temps perdu, Émile.

— Blablabla. On dirait nos vieux généraux qui noircissent des tonnes de papier millimétré comme des géomètres pendant que l'ennemi nous pilonne.

— Gaillac ! lança Louis. Demain, nous irons voir Gaillac, l'ingénieur. J'avais oublié cette histoire de conduites souterraines. C'est par là qu'ils se déplacent, j'en mettrais ma main au feu.

— Restez prudent, vous n'en avez que deux, lui conseilla Albert. Tout de même, épatant ce cigare à fléchette, j'en commanderai d'autres.

— Arrêtez de vous autocongratuler. Tiens, qu'est-ce donc ?

Il tenait un fragment de papier à la main, une page arrachée à un carnet. La feuille, qui semblait d'un vélin ancien, ne portait qu'une courte inscription :

Parle sans verser ! Lape huit cents ! Viens dire : ha !

— Quel galimatias ! « Parle sans verser » : il est sur une charrette ? s'esclaffa Émile. Et lape huit cents quoi ? Huit cents bols de sang ? Quant à dire « ha », je ne vois pas trop ce qu'il y a de drôle dans tout ce boxon.

Louis empocha le message sibyllin et ils repartirent vers Burano en essayant de ne pas s'enfoncer dans les profondes flaques de boue et les poches d'eau stagnante.

La terre détrempée résonnait du chant des crapauds. De fantomatiques lueurs dansaient sur la lagune et ils arrivèrent avec soulagement au village où toute une troupe de joyeux fêtards croates quittait l'auberge *Da Romano*. Louis avisa soudain une enseigne signalant que le restaurant disposait du téléphone et s'y précipita.

C'était un vieux modèle avec microphone mural, qui ne permettait aucune intimité. C'est donc sous le regard curieux des derniers convives et dans le silence général qui s'était fait que la communication avec l'*Excelsior* fut rapidement établie. Louis demanda au réceptionniste de faire appeler M. Delvaux.

Le réceptionniste répondit qu'il le ferait volontiers, mais que hélas il n'y avait pas de M. Delvaux parmi les clients.

— Henri Delvaux ! cria Louis. Je l'ai vu chez vous cet après-midi !

Tout le restaurant échangea des coups d'œil intrigués.

Ni Henri, ni Gaston, ni Roger, pas de Delvaux.

Plein d'anxiété, Louis eut soudain l'idée de demander Lady Fisher-Brown en priant pour qu'elle soit là. Dix minutes plus tard, durant lesquelles l'assemblée captivée recommanda du vin, une voix mélodieuse retentit enfin à son oreille anxieuse.

— Que vous arrive-t-il, mon cher Denfert ? Vous voulez encore vous faire plumer au poker ?

— Eleonore, il faut absolument que vous vous rendiez au Cercle des marées, Camille s'y trouve et…

— Non, elle ne s'y trouve plus.

— Comment le savez-vous ?

— Parce qu'elle est près de moi, je vous la passe.

Avec un intense soulagement, il serra plus fort le cornet en bakélite et tourna le dos à un type coiffé d'un chapeau tyrolien qui levait le pouce en signe de succès.

— Où est Delvaux ?

— Ça me fait plaisir de savoir que tu vas bien toi aussi, mon chou à la crème.

Ricanements dans l'assistance.

— Réponds, Camille, c'est sérieux !

— Mais je n'en sais rien, de ton Delvaux !

— C'est toi qui t'es entichée de ce zig !

— Entichée, comme tu y vas ! Nous avons échangé quelques idées sur l'art, mais ça évidemment, pour un type qui croit que lard ça ne se trouve que dans le cochon…

— Camille, cesse de faire ton intéressante et réponds-moi. Que s'est-il passé après notre départ ?

Camille soupira.

— Pas grand-chose. Encore des poésies, des déclamations. Une vieille folle a essayé de me convaincre qu'elle serait parfaite en Iphigénie à varices et puis Delvaux a proposé de rentrer. Il allait nous embarquer dans sa voiture avec Joseph et Serafina quand nous avons croisé le buggy d'Eleonore qui revenait d'une promenade à Malamocco. Il paraît que c'est une ravissante bourgade…

— Camille ! Je me contrefiche de Malamocco !

Protestations étouffées dans son dos.

— Ce que tu peux être grognon, mon choupinet. J'ai expliqué à Delvaux et à Joseph que j'étais positivement obligée de monter avec Eleonore, nous avons si peu l'occasion de nous voir ! Delvaux a paru contrarié au point que je me suis demandée s'il n'avait pas des projets lubriques à mon égard, le pauvre vieux. Bref, nous avons regagné l'hôtel, et nous étions en train de papoter chiffons quand le valet d'étage est venu nous dire qu'un jeune monsieur assez désagréable réclamait Lady Fisher-Brown.

— Très bien. Reste avec Eleonore. Nous revenons. Nous devons retourner au Cercle.

— Inutile, intervient Lady Fisher-Brown, vous ne trouverez personne là-bas, c'est fermé pour la soirée, tout le monde est reparti tantôt. Pourquoi ne pas plutôt nous retrouver à Venise ? Dînons donc tous ensemble comme au bon vieux temps. Je connais un excellent restaurant près de San Marco : le *Gatto Nero*.

Un chat noir, encore !

Il raccrocha, pensif. Delvaux avait dû rentrer à Venise, rendre compte à Toursienne et consorts. Il paya le patron qui voulut à tout prix lui offrir un verre de *soave* servi dans un gobelet en terre cuite. Émile, Albert et Rizzo, qui étaient allés aux renseignements, se joignirent à lui. Le flanc ensanglanté d'Émile suscita de nouveaux commentaires passionnés.

Pippo et Gianni étaient repartis. Personne ne les connaissait. D'après leur accent, c'étaient des Trévisans. Fausto avait la réputation d'un sauvage, d'un braconnier, d'un coupe-jarret, bref d'un original, lui résuma Albert.

Louis leur relata en retour sa conversation.

— Nous devons rejoindre Camille et Lady Fisher-Brown pour dîner, conclut-il. Il nous faut un *sandolo*.

— Encore une heure et demie en cercueil flottant ! grommela Émile.

— Permettez, gentlemen, je peux vous aider.

Un homme dans la quarantaine, cheveux et moustache châtains, doté d'un fort accent anglo-saxon, les salua en ôtant son chapeau. Il leur demanda s'ils parlaient anglais et reprit son discours dans cette langue.

— Je me présente : Thore J. Olsen, de Chicago. J'ai profité de cet intéressant voyage dans la vieille

Europe pour perfectionner ma dernière invention, qui, je le crois, pourra vous être utile. Suivez-moi, je vous prie.

Étonnés, ils emboîtèrent le pas à l'inventeur américain qui les mena jusqu'à un quai excentré où deux gamins hilares montaient la garde autour d'une étrange embarcation. Thore J. Olsen alluma une lampe tempête et ils purent contempler une paire de barques étroites en toile goudronnée reliées entre elles par un essieu et surmontées de deux grandes roues à aubes.

— Mon tricycle aquatique et terrestre ! lança fièrement l'Américain sous le regard éberlué de Rizzo. En quelques coups de pédale, je vous fais traverser la lagune ! Fini, les obsolètes gondoles ! Mon pédalocipède voguera bientôt sur tous les cours d'eaux. J'ai déjà obtenu un rendez-vous avec le propriétaire d'un établissement de bains conscient de l'intérêt de cet engin pour le plaisir sportif de son élégante clientèle.

— Vous prétendez pouvoir traverser la Manche avec ce machin, comme le fit Terry ? demanda Louis, fasciné par l'engin.

Le samedi 28 juillet 1883, Terry, un ancien marin anglais de vingt-neuf ans, avait traversé le détroit du pas de Calais de Douvres à Andreselles en dix-sept heures avec son tricycle convertible en bateau avant de le transformer en vélocipède pour gagner Paris qu'il avait rejoint en cinq jours.

Olsen sourit.

— Pff ! Vous plaisantez ? ! Mon invention n'a rien à voir. Le tricycle aquatique et terrestre passe partout, de l'eau à la terre et vice versa sans même que l'on doive descendre de machine. Installez-vous, je vous emmène.

— Tout compte fait, une bonne vieille gondole… marmonna Émile.

— Allons, mon vieux, ça nous changera de ces barcasses, comme vous aimez à dire, lui renvoya Louis en se laissant glisser dans une des deux barques. Ça me plaît bien, votre jouet, Olsen.

— Jouet ? Ce prototype m'a coûté plusieurs centaines de dollars ! Le jeune monsieur maigre, mettez-vous à côté de M. Denfert. Et vous, le corpulent gentleman, asseyez-vous dans l'autre barque, avec le petit boy.

Thore J. Olsen releva les jambes de son pantalon qu'il attacha par une pince sous le genou, s'installa sur la selle surélevée et dénoua l'amarre.

— *There we go !*

Il donna un vigoureux coup de pédale et l'engin décolla du quai, puis se mit à avancer lentement mais régulièrement.

— Bien sûr, ça marche plus vite à vide ! leur cria-t-il en s'enfonçant dans la brume humide, la lampe tempête accrochée au gouvernail rudimentaire.

Louis regretta un instant de n'avoir pas emprunté le tricycle aquatique pour son seul usage, et eut honte de cette pensée de mauvais camarade. De toute façon, le temps qu'ils arrivent, Delvaux serait hors d'atteinte. Enfui à Mestre, terré dans Venise, embarqué sur un navire en partance… Imbéciles de vaporettos qui ne fonctionnaient que l'été ! On n'était pas des marmottes pour hiberner !

L'Américain avait un vigoureux coup de pédale et l'embarcation fendait l'eau avec aisance. Le léger inconvénient des palettes fixées aux hautes roues latérales était qu'elles éclaboussaient copieusement le passager arrière de la barque, en l'occurrence Louis, qui demanda très vite à Olsen la permission de pédaler un peu. Celui-ci, ravi de faire essayer son engin, lui céda la place et Louis se retrouva à foncer dans la nuit à travers les bancs de brume et le clair de lune intermittent. La lampe n'éclairait pas grand-chose, mais au moins les signalait-elle aux autres embarcations. Plus ils se rapprochaient de Venise, plus le ciel se dégageait, et plus il était aisé de suivre le chemin indiqué par les pieux.

Albert, soucieux de sa santé, tirait sur sa cigarette avec ardeur. Le tabac était bien connu pour son action antiputride et miasmicide, et le charbon, la nicotine et la pyridine pour leurs propriétés antiseptiques. Dans le même souci, Émile fumait un toscan puant. De plus le pouvoir sédatif et apaisant du tabac s'avérait fort utile quand on essayait de vous assassiner ou qu'on vous transportait à travers les roseaux dans une sorte de luge aquatique.

Ils doublèrent Murano, aperçurent bientôt San Erasmo, puis le Vignole où luisaient de rares lumières, longèrent le « jeune » cimetière San Michele, une initiative de Napoléon. Les travaux n'avaient été achevés qu'en 1870. On avait pour cela comblé en 1836 le canal séparant San Michele proprement dit de l'île de San Cristoforo della Pace, qui servait jusqu'alors de prison, leur expliqua Rizzo. Ils mirent enfin le cap droit sur la masse scintillante de la Sérénissime, pour aborder peu après au *fondamenta nuova*, non loin de l'Ospedale civile.

Tandis qu'ils débarquaient et invitaient Olsen à se joindre à eux pour le souper, Louis aperçut une silhouette familière qui se hâtait vers l'hôpital. Le Dr Mastroianni. S'excusant auprès de ses amis, il courut derrière le médecin qui se retourna en entendant son nom. Essoufflé, humide, les pantalons encore garnis de pinces à vélo, Louis le salua à peine.

— Nous avons rencontré Fausto Auerbach, Il a essayé de nous tuer, lâcha-t-il d'une traite.

Mastroianni cilla.

— Fausto ? Vous tuer ? Je ne comprends pas.

— Moi non plus. Nous voulions simplement qu'il nous mène à Torcello.

— Torcello ? Il n'y a rien à Torcello. Écoutez, je suis attendu…

— Bon sang, je vous dis que Fausto Auerbach est un assassin en puissance et c'est tout ce que ça vous fait ! C'est parce qu'il vous fournit en matière première pour vos écorchés ?

Mastroianni blêmit et il s'avança vers Louis, les mâchoires crispées.

— Mon jeune ami, vous m'avez tout l'air d'un excellent candidat pour mon pensionnat d'aliénés. Je ne suis en rien responsable des actes de Fausto Auerbach. S'il vous a agressés, prévenez la police. Et cessez de m'importuner.

Il tourna les talons et s'engouffra dans la cour de l'hôpital non sans glisser un mot au gardien, qui s'avança, menaçant. Louis haussa les épaules et rejoignit les autres. Olsen était en train d'attacher son pédalocipède à un pieu et cherchait quelqu'un à qui en confier la surveillance. Un mendiant borgne lui jura de le couver comme son unique prunelle et ils se mirent en quête du *Gatto Nero*, discutant avec ardeur en français, au grand dam d'Olsen qui avait du mal à suivre la conversation.

Le *Gatto Nero* était caché dans une petite ruelle étroite. D'appétissantes odeurs s'en échappaient, et c'est cinq hommes affamés qui se précipitèrent vers

Camille et Lady Fisher-Brown, installées dans une petite salle basse à l'écart, devant d'appétissants *cicchétti* et un carafon de Spritz.

— Vin blanc sec, eau de Seltz, Campari et rondelles de citron, leur dit Camille, vraiment délicieux.

On présenta Olsen à ces dames. Lady Fisher-Brown leva un œil de velours intéressé aux mots « Chicago, inventeur, sportif, prometteur, fortuné » et le pria de s'asseoir auprès d'elle, elle lui servirait d'interprète.

Une fois la commande passée, Louis résuma la plus grande partie de leur enquête pour Lady Fisher-Brown, qui ne parut pas vraiment étonnée ; elle savait hélas trop bien de quoi les hommes étaient capables pour assouvir leurs désirs. Olsen, les yeux écarquillés, mâchouillait ses *garusoli*, de petits mollusques servis froids, sans en croire ses oreilles. Rizzo courait autour de la table comme un jeune chiot, pour traduire et commenter les plats. Tout en attaquant ses *sardèle in saor*, Louis essayait de suivre le fil de son raisonnement. On ne savait pas où étaient passés Joseph Talbot et Serafina. Mais bon, a priori, ils n'étaient pas une cible pour leurs ennemis. Quant à Toursienne, le Vicomte, Fausto et consorts, ils se baladaient tranquillement dans la lagune comme des nuées de vampires affamés, semant les cadavres sur leur passage.

Et eux, la fine équipe française, eh bien ils n'avaient pas la moindre idée de comment s'y prendre pour les mettre hors d'état de nuire. Voilà : il fallait bien l'avouer, l'équipée vénitienne était un échec ! Une véritable déroute !

On réclama du vin pour combattre cette sinistrose, on fit un sort aussi bien au *risi e bisi* qu'aux *tortiglioni* à la chicorée rouge et à la saucisse, à la *bac-*

cala mantecata qu'au *risotto al nero di seppia*, mais hélas aucun plan solide ne put être esquissé. Louis avait l'impression de combattre un ennemi protéiforme en lançant des bottes au hasard. Même le réconfort des desserts, *pevarini* et *torta sabbiosa*, et du vin de Malvoisie ne purent le tirer de sa sensation de défaite. C'est à peine s'il se joignit au groupe qui reprenait en chœur une vieille chanson du XIVe siècle entonnée par Rizzo :

Chi ben beve ben dorme,
Chi ben dorme mal no pensa,
Chi mal no pensa mal no fa,
Chi mal no fa in Paradiso va[1] *!*

Pas de paradis à l'horizon, c'était de l'enfer qu'il sentait la brûlante proximité. Un enfer peuplé, tel celui de Jérôme Bosch, de créatures immondes qui n'étaient autre que l'incarnation des pulsions sadiques des hommes.

C'est à cet instant fragile, à la lisière du découragement et de la rage de dents, que la porte s'ouvrit sur un gamin vêtu d'un mauvais manteau, qui, en écho aux pensées de Louis, lança un tonitruant « En voilà des sales types, les gens ! » avant de sauter sur la table.

Cette citation de l'ami Alphonse Allais dans la bouche d'un gamin vénitien avait de quoi surprendre, mais ledit gamin, ôtant sa casquette trempée, dévoilait des cheveux carotte, des yeux verts et des oreilles en pointe.

— Edmond ! Mille bombes ! On vous croyait perdu !

1. Qui boit bien dort bien, qui dort bien ne pense pas mal, qui ne pense pas mal n'agit pas mal, qui n'agit pas mal va au Paradis.

— Égaré tout au plus dans les dédales sournois des manigances ennemies ! répliqua le nain en se laissant tomber sur une chaise et en s'emparant d'une assiette abandonnée.

Émile se pencha vers lui, un tantinet menaçant.

— Dites donc, mon petit bonhomme, où étiez-vous donc hier soir pendant qu'on me faisait faire trempette ?

— Quand vous avez été frappé, j'ai réagi en acrobate. Je suis parti en roulé boulé et j'ai atterri dans le jardinet du Palais-Royal, expliqua Edmond la bouche pleine d'un reste de risotto. Je me suis planqué sous un buisson.

— Très courageux ! le fustigea Émile.

— Que vouliez-vous que je fasse contre deux géants ? Essayez donc de flanquer un de vos fameux coups de poing à un adversaire à qui vous arrivez au genou, monsieur le matamore ! Un peu de vin, merci. Du vernaccia.

— Et ensuite ? le pressa Louis.

— Ensuite, j'ai suivi l'un des deux types, qui filait comme un rat le long du môle. Il a sauté dans un vaporetto en partance, moi toujours à ses basques. Nous étions une tripotée de masques là-dedans ! Il est descendu à San Simeon Piccolo, il a gagné une *cae* déserte, il a soulevé une plaque de fonte et il s'est enfoncé sous terre.

— J'avais raison ! s'exclama Louis. Ils se servent du réseau d'eau potable !

— J'ai échangé mes vêtements avec un petit mendiant et lui et ses amis m'ont aidé à soulever la plaque.

— C'était gentil, fit observer Camille.

— Mmouais, ça leur a permis de me délester de ma bourse et de me pousser dans le trou d'un coup de pied aux fesses.

— Les salopiots !

— Je me suis raccroché aux barreaux d'une échelle et me suis retrouvé dans une canalisation au centre de laquelle coulait de l'eau limpide. J'ai pris un bras latéral, où étaient entreposés des pioches et des burins, et j'ai aperçu mon bonhomme qui s'enfonçait dans une galerie basse et voûtée, très étroite. Il était obligé d'avancer à quatre pattes et j'ai pu le rattraper. Il est ressorti par une autre échelle. J'ai attendu un peu, puis je me suis glissé dehors à mon tour. Nous étions sur un quai et il longeait le canal en compagnie d'un masque, un Polichinelle.

Il savoura lentement son verre de vin, ravi de son effet, jusqu'à ce que Louis fasse mine de le lui arracher.

— Ils sont montés dans une gondole, c'était le bandit qui ramait. J'étais bien embêté : comment les suivre ? J'ai d'abord couru le long du rio Croce en remerciant le maudit gamin d'avoir eu des dix-huit aux pieds !

— Des dix-huit ? fit Lady Fisher-Brown, perplexe.

— Des deux fois neuf, des souliers ressemelés ! expliqua Émile. Ensuite ?

— Ensuite, j'ai avisé une barge de tonnelier qui suivait la même route et je m'y suis laissé tomber. Nous avons emprunté le rio di Tolentini, le rio del Gaffaro, le rio del Malcanton et le rio Cá Foscari, le patron souquant ferme et moi le nez dans les cruchons vides. Nous avons rejoint le Grand Canal à la hauteur de San Toma. Il y avait un monde fou et j'avais sans arrêt peur de perdre la gondole du Polichinelle, un grand machin noir avec un *felze* garni de velours violet. Mon tonnelier s'est arrêté place Saint-Marc et eux, heureusement, ont pris le long de la riva degli Schiavoni, donc j'ai pu continuer à les pister à pied. Ils ont abordé à l'Arsenal, j'avais les jambes pleines de ponts ! Et devinez où ils se sont rendus ?

— À San Servolo ! jeta Louis.

— Comment le savez-vous ? s'étonna Edmond en reprenant un peu de vin et des biscuits. Excusez-moi, mais je n'ai pas beaucoup mangé depuis hier !

— On vous expliquera. Racontez-nous la suite.

— J'ai passé la nuit tassé contre un porche et, au petit matin, je vous ai fait porter un message à l'hôtel. Il y a eu pas mal de va-et-vient autour de l'hospice et vers 9 heures un type est sorti qui avait la silhouette de notre agresseur de la veille. Je l'ai suivi et il m'a mené droit jusqu'à vous !

Les exclamations fusèrent.

— Vous avez été suivis toute la journée et moi j'ai suivi le suiveur, continua Edmond.

Louis sursauta.

— C'était vous, le gamin qui traînait dans mon champ de vision !

— Exact ! J'espère que vous connaissez un traitement efficace contre les ampoules, Albert. Bref, rien de spécial jusqu'à ce soir et la visite mouvementée au signor Fausto Auerbach.

— Le loutin ! Qué c'était vous !

— *Si*, qué c'était moi, et qué j'ai dou revenir avec un pêcheur complaisant dans une barcasse qui embaumait la poiscaille, tandis que vous vous prélassiez tous sur le bateau-cycle de M. Olsen.

— Pourquoi ne pas vous être montré ?

— Pour garder l'avantage, Denfert ! Je suis à peu près sûr que personne n'a percé à jour mon déguisement. De la sorte je pourrai continuer à vous suivre.

Louis haussa les épaules :

— Pour faire quoi ? Courir derrière des ombres ? Nous sommes battus !

— Un elfe ne s'avoue jamais battu tant qu'on n'a pas enfumé son terrier, lui renvoya le nain.

— Vous confondez avec les marmottes, dit Émile.

Louis expliqua à Edmond leurs dernières hypothèses avant de lui poser une question :

— Mais dites-moi, Edmond, aviez-vous vraiment aperçu nos ennemis à la Zecca ?

— À votre avis ? J'ai dit ça pour amuser M. Germain ? J'avais reconnu le gars à la grosse bouche ! Il venait des Nouvelles Procuraties. Il s'est approché en catimini d'un homme de la stature de Toursienne qui portait un masque en cuir de la commedia dell'arte, Pantalone ou Capitan, et qui tirait sur un cigare. J'en fumerais bien un moi aussi, merci.

Émile fit passer son étui à la ronde et il y eut un instant de silence. Le patron leur servit du cynar, une liqueur amère à base d'artichauts censée favoriser la digestion et que Camille trouva délicieuse. « Ça vaut cent fois une insipide tisane ! »

Louis essayait de concocter un plan pour le lendemain, mais ses idées étaient aussi volatiles et brumeuses que leurs ronds de fumée. Autant aller se coucher.

Olsen, qui logeait dans un hôtel du Lido, proposa de ramener Lady Fisher-Brown, une traversée de vingt minutes à peine. On se sépara en se promettant d'être prudents et, une demi-heure plus tard, Louis s'affalait sur son lit, en bras de chemise, rompu de fatigue. Il s'endormit avant même que Camille ait fini de brosser sa longue chevelure rousse et de délacer son corset Justaukor – « lavable, confortable, inusable », promettait la réclame. Le point délicat dans les corsets, c'était les buscs, ces petites languettes étroites – autrefois en fanon de baleine – qui tapissaient l'engin et lui donnaient son relatif confort et sa solidité. Sans doute était-ce pareil pour les gens. Chacun était fait d'une gaine plus ou moins fiable et se tenait plus ou moins droit face à l'adversité, se dit-elle en contemplant son amant endormi avec un sourire attendri.

CHAPITRE XIII

L'aube filtrait sur la place Saint-Marc. Il était 7 heures. Malgré le froid, Louis, Émile et Albert étaient attablés devant un solide petit déjeuner sous les arcades du *Florian*, car l'éclairage au gaz interdisait de fumer à l'intérieur. Rizzo écartait sans se lasser les mendiants parmi lesquels se dissimulait Edmond.

— Ils ne doivent pas avoir chaud avec leurs chaussettes polonaises, commenta Émile, désignant les bandes de papier journal dont les malheureux s'enveloppaient les pieds et les mollets.

Louis voulut donner quelques piécettes à Rizzo pour qu'il les leur distribue, mais le garçon refusa tout net. Le *signor* voulait donc que ces sangsues les suivent toute la journée ? Louis soupira, se souvenant de la visite des asiles de nuit à Paris, il y avait de cela… voyons… pas même une semaine !

Que faisait Talbot ? Il avait laissé un message à l'hôtel disant qu'il passait la nuit chez Serafina et les rejoindrait au petit déjeuner.

Albert, fidèle à ses habitudes, avait entrepris de noter un résumé de leurs pérégrinations à l'aide de sa fidèle machine à écrire portative américaine, une Hall de cinq kilogrammes, et les passants se retournaient, étonnés, en entendant cliqueter les touches en ivoire.

— « Plan d'attaque du jeudi 28 février 1895 », lut-il à voix haute avant de laisser ses doigts en suspens.

— Retourner à San Servolo, cuisiner le Dr Mastroianni, déclara Louis.

— Pff, une perte de temps ! lança Émile. Le bougre ne vous lâchera rien.

— S'entretenir avec Herman.

— Autant grimper une colline à reculons.

— Vous avez quelque chose d'autre à suggérer, Émile ?

— Pardi ! Filer sur Mazzorbo, débusquer l'autre rat d'eau de Fausto, et puis investir Torcello.

— Investir Torcello avec l'aide de l'armée italienne ?

— Avec l'aide de nos flingues et de nos yeux. Si le Vicomte prépare une petite cérémonie en l'honneur d'Hécate, ça devrait se voir.

— Et Delvaux ? On laisse tomber ?

— Et si Delvaux et Toursienne ne faisaient qu'un ? dit soudain Albert.

— Encore votre manie du grimage et des tours de passe-passe ! bougonna Louis. Delvaux est tout simplement un de ses sbires.

— En tout cas, ces gens agissent à la manière des illusionnistes. Ils nous manipulent.

— Le Vicomte est peut-être l'un des vôtres, dans ce cas ? lui retourna Louis. Un magicien britannique comme notre ami David Devant. Car je vous rappelle que le Polichinelle assassin était anglais, d'après Lady Fisher-Brown.

Albert demeura pensif, laissant son regard errer sur la place traversée de passants affairés, chapeautés et gantés. Soudain, un éclat doré attira son attention.

— Là-bas, c'est Taddeo ! Il longe la basilique !

Songeant qu'il n'avait même pas eu le temps de visiter le monument, Louis s'élança, Émile sur ses talons, criant à Albert, empêtré avec sa machine, de les attendre céans sous la garde de Rizzo. Edmond les suivit de loin, se hâtant sur ses petites jambes, la casquette enfoncée au ras des sourcils.

Le beau Taddeo, fort matinal ou pas encore couché, foulait le pavé de sa démarche féline. Louis et Émile, des miettes de croissant sur les revers de leurs vestes, s'efforçaient de ne pas se faire repérer par l'adolescent qui se retournait sans cesse pour saluer des connaissances : ouvriers, commerçants en train d'ouvrir leurs volets, livreurs, pêcheurs, dentellières... Il semblait à l'aise dans le monde affairé du petit matin, chipait ici une galette de maïs, plaisantait là avec un solide *batipài*, un planteur de pieux nu jusqu'à la taille, faisait mine de dérober un poulet au *frittoìn*, au rôtissier.

Se repérant sur son plan, Louis devina très vite quelle était sa destination et, en effet, après quelques détours, ils se retrouvèrent face à San Servolo. Dissimulés derrière l'éventaire d'un doreur sur bois, ils le virent obliquer rapidement vers la porte latérale du jardinet et s'y engouffrer sans bruit.

— Soit il a une clé, soit l'ennemi lui a ouvert, fit observer Émile.

— Pour quelle raison un jeune prostitué aurait-il la clé du jardin de l'hospice ? demanda Louis à voix haute.

— Pour retrouver Mastroianni discrètement ? suggéra Émile.

— Mastroianni ou Toursienne ? interrogea Louis, cherchant Edmond du regard.

Il le repéra près d'un puits, qui faisait mine de renouer ses lacets. Le nain leva la tête et lui désigna d'un geste rapide de la main un étroit *sottoportego* sur la gauche. Louis se retourna et entr'aperçut une silhouette qui s'enfonçait dans l'ombre.

— Émile, nous sommes suivis. Le type se cache là-bas dessous.

Émile serra les poings avec un grand sourire et se dirigea vers la planque de leur suiveur avec la paisible assurance d'un rouleau compresseur à vapeur.

Arrivé devant le passage couvert en question, juste assez large pour laisser passer un homme, il s'arrêta, faisant mine de fouiller ses poches. Dans une flaque à ses pieds se reflétait une ombre tapie contre la pierre. Louis s'approcha, longeant les façades, collé contre le mur. Émile leva le bras droit comme pour regarder l'heure à sa montre gousset, le coude plié en équerre. Puis il le détendit soudain et sa main, aussi rigide qu'une plaque de fonte, fila vers le recoin obscur, percutant un corps qui, sous le choc, recula d'un bon mètre. Louis entendit une exclamation étouffée et se précipita à son tour dans le tunnel obscur. Leur suiveur, suffoquant, une main sur la poitrine, brandissait de l'autre une lame brillante. Se souvenant des matches de football disputés sous l'égide de la Société athlétique française, Louis plongea en avant et le saisit aux jambes, le faisant basculer tête la première sous le poing d'Émile qui s'abattit comme une massue. On entendit distinctement le choc de la tête cognant le pavé et, avant que le gars ait repris ses esprits, Émile le soulevait par le col et le jetait contre les moellons où il acheva de s'assommer.

Louis ramassa le couteau et le passa à sa ceinture. Ils retournèrent l'intrus. C'était un des jeunes garçons de la bande de Taddeo. Émile secoua la tête.

— Ces sales petites frappes travaillent donc pour le Vicomte !

— Peut-être pas toutes.

Il fit signe à Edmond qui s'approcha en sautillant à cloche-pied, imitant à s'y méprendre un enfant.

— Dès qu'il se relèvera, suivez-le ! Nous, nous allons voir ce que fabrique le beau Taddeo. Quoi qu'il se passe, essayons de nous retrouver à 11 heures à la *Casa Kirsch*. Olsen doit nous y rejoindre.

Edmond acquiesça et continua à jouer à la marelle devant le passage peu utilisé tandis qu'Émile et Louis se glissaient le long du petit canal jusqu'au portail en fer forgé. Muni du couteau dérobé, Louis essaya de forcer la serrure, mais bernique sansonnet !

Il leva les yeux vers une branche du vénérable mandarinier qui dépassait de la propriété. La pluie se remit à tomber, une averse brutale, et les deux hommes échangèrent un regard entendu.

Émile colla son œil au trou de la serrure.

— Je ne vois personne. Allez-y.

Louis sauta pour s'agripper à la branche et se rétablit tant bien que mal, accroupi comme un chat. Émile, plié en deux, scrutait le jardinet.

Louis rampa avec précaution jusqu'au faîte de l'arbre, caché à la vue par les feuilles persistantes. Il n'y avait personne. La pluie avait rempli son office de berger poussant les moutons à l'étable. Il fit signe à Émile et se laissa glisser le long du tronc. Dix secondes plus tard, l'arbre tremblait et Émile lui dégringolait à demi sur le dos.

— De mon temps, les arbres étaient plus coopératifs, chuchota l'ex-sergent en se redressant.

Rasant les murs, ils se faufilèrent jusqu'à l'entrée du rez-de-chaussée, s'avancèrent entre les cellules, le long des portes closes. La vieille femme chantait à tue-tête d'une voix de casserole. Massimo, le suicidaire, se frappait monotonement le crâne contre la porte de sa cellule. L'homme aux moignons faisait la conversation à ses pansements. Como, le mangeur de terre, hurlait à la mort. Herman Auerbach, lui, ne faisait aucun bruit.

Et pour cause : sa cellule était vide.

Taddeo était venu le libérer ! Il fallait prévenir Mastroianni !

Ils grimpèrent quatre à quatre l'escalier du bâtiment principal menant à son bureau sans croiser personne. Il était tôt et le personnel était mobilisé par les soins du matin. Mastroianni lui-même ne semblait pas être arrivé, car il ne répondit pas aux légers coups frappés à sa porte, laquelle s'entrouvrit sans bruit, laissant Louis la main levée, surpris.

L'intérieur de la vaste pièce était plongé dans la pénombre, les rideaux tirés. Louis sursauta en apercevant le médecin, assis dans son fauteuil devant sa collection de cires anatomiques. Il leur tournait le dos, immobile.

— Docteur ? lança-t-il. Docteur, nous devons parler d'Herman et de Fausto.

Pas de réaction. Émile sortit son revolver. Louis posa la main sur le dossier du confortable fauteuil en cuir sans que Mastroianni frémisse. Une odeur étrange flottait dans la pièce. Une odeur de… de chair fraîche, se dit-il avec malaise.

Il fit pivoter le fauteuil et sentit son estomac se contracter. Il entendit Émile jurer en sourdine. Il entendit une cloche sonner le quart de 8 heures. Le roulement de tonneaux qu'on débarquait. L'appel aigu du rempailleur de chaises. Un marinier qui sifflait joyeusement, quelque part dehors. Il entendit tout cela sans l'entendre, les yeux rivés sur le visage du Dr Mastroianni.

Sur ce qui avait été le visage du Dr Mastroianni, et n'était plus qu'un morceau de viande sanguinolent, entièrement dépouillé de sa peau. Un écorché aux globes oculaires exorbités, injectés de sang. La bouche sans lèvres hurlait en silence.

On lui avait lié les mains aux bras du fauteuil. Il s'était tellement débattu que la corde s'était incrustée dans la chair de ses poignets. Une boule de tissu imbibée de glaires et de sang gisait sur ses genoux. Sans doute le bâillon utilisé par ses tortionnaires. Pour l'achever, on lui avait planté un scalpel dans le cœur. Un scalpel qui épinglait un rectangle de papier sanguinolent où l'on pouvait lire : « *cào da brodo* ».

— *Brodo*, ce n'est pas le bouillon ? Vous savez, comme dans *pasta in brodo* ? dit Émile en guise d'oraison funèbre.

Il écarta légèrement un pan du rideau.

— Les zoulous qui ont fait ça n'ont pas pu filer par l'entrée principale : il y a deux factionnaires en train de discuter le bout de gras avec notre ami Luigi. Ils auraient reconnu Herman. Et ils n'ont pas pu non plus sortir par le jardin, on les aurait vus.

— Vous avez raison, Émile. Ils ont traversé le mur.

— Je ne trouve pas ça très correct de plaisanter devant un cadavre aussi moche.

— Je ne plaisante pas. Regardez ces traces de pas.

Louis montra les empreintes sanglantes qui filaient droit vers la bibliothèque et s'y arrêtaient net.

— *Histoire antique de Venise*, *Archéologie de la lagune*, *Histoire du fleuve Brenta*, *Magnétisme et secousses telluriques en Vénétie*… lut-il en faisant courir ses doigts sur les volumes reliés en cuir. De très beaux livres anciens. Mais par les mânes de Dumas père, où est donc le mécanisme qui fait bouger tout ça ? Dans les Mémoires de Monsignor Piva ? Au cœur de la chronique médiévale d'Andrea Dandolo ?

Émile se figea.

— Écoutez ! Il y a des gens dans les escaliers.

— Poussez le verrou.

— Et vous, poussez un peu la comprenette, sinon on est bons pour l'échafaud sur ce coup-là.

Louis se représenta les pistons de son cerveau tournant à toute vapeur, entraînant le train de ses pensées sur la voie de la solution.

Émile, qui s'était posté derrière lui, attira son attention sur un volume épais signé par un certain Luchino Balsamo : *Cartographie complète de la lagune antique, îles, canaux et curiosités.*

— Balsamo, ce n'est pas le nom du camarade de Toursienne ? L'antiquaire décédé au palais Papadopoli ?

— Sans doute. Et alors ?

— Alors, c'est peut-être la clé que nous cherchons.

— C'est ça, ce serait trop facile, vous ne trouvez pas ?

Sans répondre, Émile tira le bouquin vers lui et le pan de la bibliothèque pivota gracieusement, révélant un escalier intérieur qu'ils dévalèrent en courant, alors qu'on frappait à la porte. « Ce qu'il y a d'épatant avec ces villes médiévales, se dit Louis, c'est qu'on y trouve à foison les éléments des intrigues gothiques des livres d'aventures de son enfance. »

L'étroit escalier en colimaçon débouchait tout simplement dans l'aile des aliénés. Retour à la case départ. Louis flanqua un coup de pied furieux dans la poussière et manqua dégringoler dans un trou surgi sous ses pieds. Une lourde trappe en bois, repoussée contre le mur, dévoilait d'autres marches irrégulières. Chausse-trapes, passages secrets, il ne manquait que le spectre sans tête se promenant en secouant ses chaînes.

— Un souterrain ! murmura Émile. J'adore les souterrains. Les Chinois et les Annamites sont maîtres dans l'art de construire des boyaux menant au camp ennemi.

— Il n'y a pas de souterrains à Venise ! La ville est bâtie à moins d'un mètre au-dessus du niveau de la mer. La seule crypte connue se trouve sous la basilique et est censée contenir la dépouille de saint Marc l'Évangéliste.

— Arrêtez d'apprendre vos guides pour touristes par cœur. Je vois des escaliers s'enfonçant sous terre, *ergo* ils vont bien quelque part. Si la Générale des eaux a pu creuser sous les canaux et sous les pilotis pour faire passer ses tuyaux, d'autres l'ont pu aussi. Il suffit que le sol soit solide à cet endroit.

Louis émit un « hum » sceptique et posa le pied sur la première marche, usée en son centre. Rien ne lui sauta au visage et ils descendirent avec précaution dans ce boyau sans lumière, s'éclairant à l'allumette.

Il n'y avait en fait que cinq marches. L'escalier dissimulé aboutissait à une cave à demi pleine d'eau, abritant quelques embarcations et dotée d'une ouverture en arc de cercle donnant sur l'extérieur.

— Une écurie à gondoles, dit Émile. Ce qui semblait être le rez-de-chaussée du bâtiment se situe en fait un mètre au-dessus du canal.

— Ce n'est certainement pas l'accès officiel, fit remarquer Louis. On ne peut sortir qu'en se mettant à plat ventre, ou presque.

Émile passa la main sur les murs verdis de lichen.

— Soit le sol s'est affaissé avec les années, soit cela a été conçu ainsi…

— On en débattra un autre jour, dépêchez-vous ! lança Louis en sautant dans une étroite petite barque à fond plat, très basse sur l'eau.

Un *sciopon*, une barque de chasse. Parfait.

Émile embarqua et le *sciopon* tangua dangereusement avant de se rétablir. Courbés en deux, ils passèrent sous l'arche et débouchèrent dans un rio inconnu. Au-dessus d'eux des femmes se dépêchaient de rentrer leur linge en insultant le ciel qui ne savait que pisser. Le seul problème, à part la pluie qui leur dégoulinait dans le cou, était qu'il fallait ramer debout. Louis, qui avait pratiqué l'aviron au Rowing-Club, commençait à se lever, mais Émile le fit rasseoir d'une bourrade.

— Laissez-moi faire ! Quand je vous dis que ces machins ne sont que de foutues pirogues !

Il se redressa et s'empara de la rame, s'en servant comme d'une pagaie, trouvant assez vite le rythme.

— J'en ai manœuvré au Soudan, sous les flèches des guerriers peuls de Macina. Il fallait faire traverser nos barils de poudre à sec. Et aussi au Bambouk. Une chouette contrée, le Bambouk. Bourrée de mines d'or. Bien, où allons-nous, *bwana* ?

— Que voulez-vous que j'en sache ? Ils ont pu tourner n'importe où.

— Vous auriez dû être général. Ils ont le chic pour paumer les troupes.

Ils ne tardèrent pas à s'égarer dans les méandres des rios, croisant des gondoliers abrités sous de grandes capes, leur clients à l'abri dans les cabines fermées, et ils esquivèrent de peu plusieurs collisions avant de se rendre compte que les bateliers lançaient des « *Sia stali* », « *Sia premi* » ou « *Sia di lungo* » sonores à l'approche de chaque carrefour. N'étant pas certain du sens exact de ces signaux – lequel signifiait à gauche et lequel à droite ? –, Émile se contenta de hurler des « *Sia di lungo* » : tout droit !, à réveiller les habitants de San Michele.

— Arrêtons de tourner en rond, en carré et en trapèze ! décida soudain Louis. Accostons à la Piazzetta et rejoignons Albert.

— Vous croyez qu'il nous aura attendu ?

— Tel que je le connais, il n'a pas dû bouger d'un centimètre. Il n'est même pas neuf heures et demie. Quand il commence à taper sur sa machine à écrire, on ne peut plus l'arrêter. C'est le syndrome du fonctionnaire. Des rapports, toujours des rapports !

Émile, manœuvrant de-ci de-là, réussit à les emmener sans encombre jusqu'au môle, malgré les fortes secousses causées par le sillage des vaporettos.

Ils sautèrent à terre, trempés, et se précipitèrent au *Florian* en quête de chaleur et de remontants. Rizzo, qui discutait sur la place avec un petit vendeur de *bevaràsse* – les meilleurs coquillages *della* lagune –, se précipita à leur suite. Réfugié à l'intérieur, un Albert fleurant le *caffé macchiato* discutait avec un Talbot aux yeux cernés, tout en tapotant une petite pile de feuilles dactylographiées.

— Ah, vous voilà enfin ! Je craignais qu'Émile n'ait succombé aux charmes de Taddeo !…

— Émile a succombé aux charmes des gondoles et m'a promené dans tout Venise ! proclama Louis en s'asseyant à califourchon sur une délicate petite chaise enrubannée.

Talbot se redressa.

— Racontez-nous donc ça ! Albert m'a relaté le reste.

Louis baissa la voix tout en s'emparant d'un *bussolai.*

— Eh bien, à vrai dire, il y a eu un nouveau meurtre.

Une fois son récit achevé, les quatre auditeurs restèrent silencieux quelques secondes.

Rizzo, lassé d'enquiquiner le gros chat tigré de la maison, se fit répéter le message ensanglanté épinglé sur le malheureux Mastroianni.

— « *Cào da brodo* »… qué c'est oune insulte. Qué c'était la corde qui sert à attacher le bateau et qui reste toujours à traîner dans l'eau et qu'elle sert aussi à s'essouyer les fesses.

— Pardon ?

— Si, qué c'est le papier dou marin.

— Une corde à merde ?

— Si, *signor* Émile, tout à fait. Qué ça veut dire que la personne elle vaut rien, elle est jouste bonne à vous essuyer le derrière.

Ils méditèrent un instant cette pittoresque explication, puis Louis se tourna vers Albert :

— Résumez-nous donc votre résumé, mon petit vieux. Dites-nous quelles grandes lignes directrices se sont dessinées dans la lagune marécageuse de notre enquête. Quel canal de la logique devons-nous emprunter pour remonter le courant jusqu'à notre sinistre requin ?

— Arrêtez votre théâtre, Louis. La vérité est que nous sommes embourbés. Voici les faits.

Il se racla la gorge, vérifia que ses lunettes étaient bien en place.

— Quatre meurtres ont été commis à Paris et six à Venise.

— Ce qui fait dix.

— C'est bien, Émile, vous savez compter. Les meurtres par transfixion sont imputables directement à un personnage se faisant appeler le Vicomte, un amateur de jeunes garçons et d'appareils de chronophotographie. Les meurtres de Lilas, de la vieille maquerelle, du clochard Polyte, de don Esposito, du sbire masqué et du Dr Mastroianni sont soit du fait du même Vicomte, soit de celui de son factotum, Édouard de Toursienne, entrepreneur de pompes funèbres à Paris, utilisant la bande des Tisonneurs.

— Continuez, dit Talbot en bâillant.

— Nous savons que Toursienne se trouve à Venise où il a enterré son ami l'antiquaire Balsamo et sans doute tué don Esposito. Que l'hospice de San Servolo est impliqué. Qu'un des aliénés de San Servolo, Herman Auerbach, fait partie de la bande, ainsi que son frère Fausto, qui a essayé de nous assassiner en présence dudit Vicomte dont nous n'avons pu hélas distinguer le visage. Que tout ce beau monde utilise le symbole du triskel et semble avoir des accointances avec le Cercle des marées et un certain Henri Delvaux…

— C'est aussi confus qu'avant, lâcha Émile. Avec ce genre de rapport, on vous colle au mitard.

— Ah oui ? Eh bien, collez-vous-y, la prochaine fois.

— Moi, je trouve que les choses prennent forme, dit Talbot. Vous avez les crimes et l'auteur des crimes, il ne vous manque que le mobile et la cachette.

— Quel sale temps ! lança soudain une voix connue.

Léon Bouly, son appareil photographique en bandoulière, se laissa tomber sur une banquette. Il était accompagné de deux hommes d'une trentaine d'années, bruns et minces, aux épaisses moustaches bien taillées.

— La place grouille déjà de touristes. Remarquez, je ne m'en plains pas. Mais les faire poser sous cette pluie… Vivement le printemps ! Oh, j'oubliais de vous présenter MM. Max et Emil Skladanowsky, de Berlin, dont je vous ai parlé l'autre fois. De brillants confrères. Avec leur père, Carl, ils ont fondé Nebula Pictures, un truc formidable : ils projettent des photographies accompagnées de bruitage reproduisant l'effet des tremblements de terre, du feu, des éclairs, des tornades… De la Grande Illusion imagée en quelque sorte.

Il présenta l'assemblée et les deux frères saluèrent poliment.

— Ils sont là afin de trouver des mécènes pour leur Bioscope, reprit Bouly. Tout le gratin se côtoie ici, Austro-Hongrois, Prussiens… C'est le côté Mitteleuropa de Venise. Mes amis préparent une projection publique pour l'automne. En voilà encore qui ont su prendre le train en marche, pas comme moi, conclut-il avec un soupir.

Émile, qui suspectait tout ce qui venait de l'autre côté du Rhin d'avoir un canon dans la poche, toisa les deux Allemands avec méfiance. Louis leur proposa de trinquer à l'avenir des images animées et ils s'animèrent aussitôt. Ils ne parlaient pas trop français, mais se débrouillaient en italien et Max expliqua qu'ils comptaient utiliser leur invention pour présenter un programme de variétés. Ils avaient déjà retenu une *Serpentine Tanz*[1], Mr Delaware boxant contre un kangourou, le jongleur Paul Petras, des illusionnistes… À ces mots, ce fut Albert qui sembla se réveiller et, cinq minutes plus tard, les trois hommes discutaient des modalités d'enregistrement des prouesses de Philibert Jolimond. Voyons, vers 4 heures cet après-midi, cela conviendrait-il ? Mais non, coupa Emil, à 4 heures ils avaient rendez-vous avec M. le Vicomte, voyons !

À la mention du mot, Louis pivota vers les Skladanowsky comme s'il était monté sur ressorts.

— Le Vicomte ? croassa-t-il.

Max Skladanowsky le considéra avec perplexité.

— Oui, M. le vicomte de Triscèle. C'est un amateur éclairé de chronophotographie et il possède une remarquable collection d'instruments optiques anciens et d'appareils contemporains. Mais son obsession, comme à nous tous, est la projection d'images animées. Il est convaincu de l'avenir de notre Bioscope et souhaite nous en acheter un prototype. Il paraît que l'appareil qu'il utilise actuellement est de piètre facture et ne lui donne pas satisfaction.

Bouly faillit s'étrangler avec son café arrosé de *grappa*.

— Il vous a dit ce qu'il comptait en faire, de votre Bioscope ? glapit-il.

— Filmer les sites antiques, la faune de la lagune.

— La faune des bas-fonds, oui ! C'est un dangereux pédophile ! s'insurgea Louis.

Max le considéra, abasourdi, et Bouly dut raconter toute son histoire.

1. *Danse serpentine.*

Les deux Berlinois, un peu sonnés, leur apprirent que le Vicomte séjournait actuellement dans sa villa de l'Isola La Cura et qu'ils devaient retrouver son secrétaire à Torcello.

— Ledit secrétaire est certainement Toursienne, affirma Louis en tapant sur la table.

Regards perplexes.

— C'est en effet M. Édouard de Toursienne qui nous a écrit que le Vicomte souhaitait nous rencontrer.

— Mais le Vicomte lui-même, vous l'avez déjà vu ?

— Pas encore, répondit Max.

— M. de Toursienne n'est-il pas dans les pompes funèbres ? dit Albert de son air innocent.

— Certainement, au service de M. le Vicomte qui possède un immense domaine forestier dans le Siebenbürgen. Or le bois est la matière première des cercueils…

— Le Siebenbürgen : les Carpates, traduisit Albert. M. le Vicomte a donc des activités très diversifiées ?

— M. le Vicomte gère son héritage et délègue certaines activités commerciales à ses subordonnés.

— Le Vicomte est valaque ? voulut savoir Louis.

— On le dit d'ascendance hongroise. Vous savez, sa généalogie nous intéresse moins que sa fortune. Tout ce que nous voulons, c'est pouvoir financer la construction de nos Bioscopes. À cheval donné…

— Certes, mais celui-ci pourrait mordre très fort.

— Vous ne comprenez pas, messieurs, qu'il y a urgence ? s'emporta Max. Nous serons les premiers à présenter au monde des images réellement animées ! Des spectacles vivants sur une toile tendue ! Nous allons créer un empire du divertissement qui attirera les foules !

— Messieurs, il peut y avoir du danger, nous ne serons pas loin ! décida Louis.

— Bonne idée, approuva Talbot. Une confrontation directe et sans échappatoire ! Mais ne trouvez-vous pas curieux toutes ces coïncidences ? ajouta-t-il à l'oreille de Louis. Bouly sert peut-être de rabatteur pour nous mener dans les rêts du Vicomte.

— Vous parlez de moi ?

— Absolument pas.

Max s'était levé, entraînant son frère.

— Désolé de devoir vous quitter, mais nous avons des achats à faire et des gens à voir avant le rendez-vous de cet après-midi.

Ils répétèrent de mauvaise grâce qu'une gondole du Vicomte devait venir les chercher à Torcello, non ils ne savaient pas encore à quel appontement et non, ils n'avaient pas besoin de nurses. Louis leur assura qu'ils les suivraient de loin dans leur propre embarcation et attendraient la fin de leur négociation commerciale pour demander à leur tour audience au Vicomte. L'air contrarié, les deux Berlinois se retirèrent.

— Vous leur sapez le boulot ! commenta Bouly. Ce n'est pas si facile de trouver un mécène.

— Nous n'allons pas laisser un assassin en liberté pour faire plaisir à leur porte-monnaie ! On ne peut pas faire passer une invention avant la vie humaine, tout de même ! se récria Louis.

— Vous croyez ? Qui vous dit que le cinématographe ne sera pas plus important pour l'humanité que la vie de quelques gosses dévoyés ? Imaginez que Gutenberg ait été un assassin. Valait-il mieux le laisser libre de poursuivre ses recherches ou le pendre avant qu'il ait mis au point la typographie ? Qui vous lirait, aujourd'hui, monsieur Denfert ?

— Ce n'est pas comparable ! On parle d'un jouet optique qui permettra de voir sur un écran des numéros de cirque, des combats de boxe, des femmes nues ! Ce n'est pas fondamental pour la civilisation !

— C'est sans doute ce qu'on a dit de l'opéra, de la peinture, du phonographe ou du téléphone ! lui jeta Bouly en se levant. Moi qui vous croyais moderne ! Vous ne comprenez pas, messieurs, que les images animées vont changer à jamais notre perception du monde ? On pourra ramener des souvenirs de voyage, on pourra voir, de nos yeux voir, ce que de hardis explorateurs auront découvert à l'autre bout de la terre ! Contempler d'illustres disparus comme s'ils étaient encore vivants. Immortaliser des scènes historiques…

Émile haussa les épaules :

— Oui, la Saint-Barthélemy, l'assassinat du duc de Guise… La mort, quoi. Après tout, le Vicomte est logique. Il va au bout des possibilités de cette foutue invention. Quand on a une nouvelle arme de guerre, on l'utilise. Y en a même qui pensent qu'on ne fait la guerre que pour cela, pour pouvoir essayer de nouvelles armes.

Tous le regardèrent, étonnés par ce soudain accès d'éloquence, et il se renfrogna.

— Cessons cette conversation stérile, proposa Albert. De toute façon, nous serons les premiers à aller voir un film si ça existe un jour. Concentrons-nous sur notre confrontation avec le Vicomte.

— Oui, approuva Talbot. Que comptez-vous faire exactement ?

— Eh bien, lui demander des comptes ! répliqua Louis.

— Intéressant. Et ensuite ? Vous prenez le thé ? Avec ou sans *bussolai* ?

— Je n'ai pas le pouvoir de lui passer les menottes. Mais munis de ses aveux nous pourrons prévenir la police.

— Parce que sans doute il va tout vous avouer ? Peut-être même a-t-il rédigé sa confession en double exemplaire, un pour la Questure de Venise, l'autre pour la Préfecture de Paris ? ironisa Talbot.

— Je vous préfère quand vous fonctionnez au gaz hilarant, mon vieux ! Non, je ne pense pas qu'il se jettera dans nos bras pour se confesser. À nous de le confondre.

— Mum.

— Ne faites pas « mum » comme ça, on dirait Albert dans ses mauvais jours.

— Mum. Je persiste à trouver bizarre qu'après tant de manœuvres dans l'ombre, le Vicomte se montre soudain au grand jour.

— Vous craignez un guet-apens, c'est cela ? demanda Albert.

Talbot hocha la tête.

— Après tout, personne ne sait que vous êtes à ses trousses. Si vous disparaissez, qui établira une relation avec lui ? Un noble hongrois, collectionneur éclairé, menant paisiblement ses affaires... À moins que vous n'ayez couvert vos arrières en écrivant au *Petit Éclaireur* ou en confiant un courrier à Camille ?

— Ni l'un ni l'autre, mais c'est une idée. Albert, passez-moi votre résumé. Je vais effectivement le poster à Gillières.

— Je m'en charge, si vous voulez, proposa Talbot. Je dois rejoindre Serafina pour déjeuner. Notre dernier déjeuner. Je repars ce soir.

On le fixa, surpris.

— Lady Fisher-Brown, à qui j'ai fait une démonstration de mes modestes talents organiques, m'a obtenu un engagement à Milan. Je succéderai à Fregoli.

— Qui est-ce ? demanda Émile au grand étonnement de Rizzo.

— Notre collègue Fregoli est un remarquable transformiste et un ventriloque hors pair, lui apprit Albert, une pointe de jalousie dans la voix. Il peut changer de personnage plus de quarante fois en une demi-heure, en donnant à chacun une attitude et une voix différentes. Il n'a que vingt-huit ans et je lui prédis la gloire. C'est un bon présage pour vous que de passer après lui, Joseph.

Joseph Talbot ne répondit pas et Louis pensa qu'Albert l'avait vexé. Mais bon, les états d'âme du pétomane lui importaient peu. On en était à établir un plan de bataille pour l'après-midi et il serra distraitement la main de Talbot qui prenait congé, chargé de poster le résumé pour Gillières.

— Remercions le ciel d'avoir rencontré les Skladanowsky, car ce n'est pas avec nos déductions que nous aurions retrouvé le Vicomte, fit observer Albert, morose. Nous ne sommes pas près de nous installer comme détectives privés à l'instar de M. Sherlock Holmes.

— Holmes est un personnage. Les personnages ont plus de facilités pour résoudre des énigmes de papier que les gens réels à affronter les vacheries de la vie, lui renvoya Louis. Si nous étions des personnages de roman, nous raisonnerions à la vitesse de la lumière sans jamais être le moins du monde affectés par la fatigue ou la faim.

— Je dois reconnaître que vous luttez très courageusement contre la faim, Louis ! Garçon, apportez-nous d'autres biscuits, et du café.

— Sur le champ de bataille, grommela Émile, on a tout intérêt à bouger aussi vite que l'éclair et à oublier qu'on crève la dalle et qu'on n'a pas dormi depuis des nuits. Hélas, ça ne fait pas des soldats des personnages !

— Ça en fera peut-être des héros de cinématographe ! Vous imaginez ça, la charge de la brigade légère enregistrée par Bouly !

— « Il n'y a pas de raison, il n'y a qu'à agir et mourir ! » récita Albert. Le poème de Tennyson en hommage à la bataille, expliqua-t-il.

— Mille bombes, ce serait autre chose de la *voir* que d'écouter l'enregistrement sur cire qu'à fait Tennyson lui-même de son texte en 90 !

— Pour sûr, ce serait nouveau, de voir calancher de pauvres pioupious comme si on y était, mais bien au chaud dans une salle de café-concert. Merci, je passe ! grogna Émile, décidément réfractaire au progrès.

Après un bref silence entrecoupé d'*espressos*, on délibéra sur les dispositions à prendre en vue de l'abordage du Vicomte. Émile était partisan d'une attaque frontale et sans sommations, impliquant l'usage immodéré d'armes à feu. Albert suggérait l'emploi d'un tampon d'éther permettant de ficeler le monstre endormi avant de l'interroger. Louis hésitait à mettre le feu à la baraque pour en faire sortir le gibier, qu'ils n'auraient qu'à cueillir, à l'aide de grands filets de pêche fournis par Rizzo. Cette suggestion plut beaucoup à celui-ci qui se voyait déjà en rétiaire. Albert grignotait des cacahuètes, consterné. Il était entouré de cow-boys dépourvus de tout esprit scientifique ! Et d'abord, elle se trouvait où, l'île de La Cura ?

— Ah ! Qué c'est au nord de la Paluda della Centrega, entre l'île dé Santa Cristina et Torcello, tout à côté de l'ossuaire de Sant'Ariano. Vingt hectares de souperficie, oune *azienda*, oune ferme, et des maisons abandonnées… qué avant c'était couvert de palais et d'églises, très bel ! Ma tout a disparou !

On s'avisa soudain qu'il était bientôt l'heure de retrouver Olsen pour un déjeuner sur le pouce à la *Casa Kirsch*. Louis ferait d'abord un détour par le théâtre, pour voir Camille et lui expliquer qu'il ne savait pas à quelle heure il reviendrait de l'expédition de l'après-midi.

Camille, de fort méchante humeur à cause d'une réplique idiote sur laquelle elle trébuchait inexorablement, le voua aux gémonies sans la moindre compassion. Il voulait jouer les imbéciles redresseurs de torts ? Grand bien lui fasse ! Il voulait périr immolé comme un canard boiteux sur un autel consacré à cette vieille hétaïre d'Hécate ? À son gré ! Elle était jeune, elle était belle, elle s'en remettrait. Ses salutations au Vicomte. Ah, au fait, Talbot était passé lui dire au revoir et lui avait proposé de venir le rejoindre à Milan, son prochain jour de repos. À croire qu'il anticipait son veuvage !

Louis blêmit. Talbot ! Quel fieffé saligaud ! Mille bombes ! Il lui foutrait sa main sur la gueule dès qu'il le reverrait. Et elle, Camille, qu'elle ne s'avise pas de battre ne serait-ce qu'un cil pour un autre homme, sinon…

— Sinon quoi, mon petit tsar ? Tu jailliras de ton sarcophage de boue vénitienne pour venir me chatouiller les pieds ? Je te déteste, toi et tes enquêtes à la noix !

Elle se jeta dans ses bras et ils s'étreignirent sous le regard attendri de la costumière. Puis il fallut se séparer. Hedda Gabler regagna la scène et ses chausse-trapes et Louis Denfert, vaillant reporter, sa dangereuse traque.

CHAPITRE XIV

Le déjeuner se passa dans une ambiance survoltée. On allait enfin en découdre face à face avec le Vicomte et les Tisonneurs ! Olsen les informa qu'Eleonore – pardon, Lady Fisher-Brown – ne pouvait se joindre à eux : elle était attendue au conseil communal. Chaque fois qu'il prononçait son nom, il souriait d'un air niais. Il ne faudrait pas longtemps à Eleonore pour parader à Chicago en conquérante.

Le vin aidant, on se retrouva à entonner *La Marseillaise*, puis le *Star-Spangled Banner*, l'hymne de la marine américaine depuis 1889, et Olsen essayait d'apprendre à Émile à articuler correctement :

Oh ! Thus be it ever, when freemen shall stand
Between their loved home and the war's
[desolation !

quand on fut prié de faire moins de bruit : on était à Venise, et à Venise on se tenait bien et même « les hommes libres protégeant leur chère patrie des désolations de la guerre » ne vociféraient pas.

— C'est que cette pauvre vieille ville est foutrement silencieuse ! dit Émile. À croire qu'ils se baladent tous avec des savates en feutre.

— Les Vénitiens sont calmes et peu démonstratifs. Et la langueur de la lagune ne porte pas à une outrancière exubérance, expliqua Albert.

— Moi, j'ai une outrancière envie de pocher un œil au Vicomte, répliqua Louis en se levant pour se rendre aux lavabos.

— Œil poché au petit déjeuner, journée bien commencée ! osa Émile, un peu parti.

Les lavabos, carrelés de marbre vert, fleuraient l'essence de pin. Louis était en train de se rajuster devant un urinoir en faïence quand la porte s'ouvrit sur un homme en costume gris.

Louis tourna la tête et resta bouche bée de saisissement.

Le Dr Mastroianni le contemplait d'un air haineux, les yeux injectés de sang, armé d'une serpette acérée.

Renonçant à fermer sa braguette, Louis bondit en arrière et la serpette fendit l'air à moins d'un centimètre de sa gorge. Il voulut dégainer son arme, mais elle était restée dans la poche de son manteau. Mastroianni fondit sur lui et Louis le repoussa vivement à l'aide du crachoir sur pied, le frappant à l'épaule. L'homme feula, comme un chat acculé. Ses yeux roulaient dans ses orbites. Sa peau livide était tendue et ne frémissait pas plus qu'une cire et Louis comprit soudain que ce n'était qu'un masque, un masque confectionné à partir du visage découpé du médecin.

Il feinta, se fendit et, du talon, frappa l'homme au foie, le projetant contre le mur. Puis, à l'aide du trépied en fonte du crachoir, il le heurta violemment à la poitrine, ce qui le stoppa net. Ils haletaient, seuls, face à face, les yeux rouges de l'homme luisant sous le masque de chair morte.

Personne n'avait donc envie de se soulager dans ce fichu restaurant ?

Rompant la lutte, son agresseur battit enfin en retraite et se glissa dans l'entrebâillement de la porte qu'il repoussa avec force derrière lui. Louis se la prit en pleine poire et, le temps qu'il bondisse à son tour dans le couloir, le faux Mastroianni avait disparu. Il reprit sa respiration. La vision du visage du docteur lui avait flanqué un sacré choc. Par acquit de conscience, brandissant son trépied comme un dompteur son trident, il alla inspecter les toilettes des femmes et manqua provoquer une attaque chez une douairière dont la femme de chambre tira le cordon d'alarme situé près de la lampe à gaz.

Autant éviter de se faire arrêter avant le rendez-vous avec le Vicomte. Louis abandonna le valeureux crachoir, se recoiffa avec les doigts et se précipita dans la salle de restaurant où Albert l'accueillit avec des toussotements étranges.

— Vous avez pris froid, mon petit Albert ?

— Hum, hum.

— Prenez donc une infusion au rhum, c'est souverain.

— Votre… hum hum.

Louis suivit son regard et s'assit précipitamment pour remettre de l'ordre dans sa tenue sous le couvert de la nappe damassée.

— J'ai été attaqué !

— Mazette ! Par un zig déterminé, vu l'état de votre froc ! ricana Émile.

— Par le Dr Mastroianni, imbécile, ou du moins quelqu'un qui portait son visage !

Olsen demanda qu'on lui traduise, car il avait du mal comprendre.

— Un masque à l'effigie de Mastroianni, martela Louis. Sans doute un moulage ! J'ai bien cru reconnaître le regard d'Herman derrière ce masque en peau humaine.

— Je ne comprends pas pourquoi le Vicomte voudrait vous abattre vous en particulier, fit observer Albert. Nous sommes tous au courant de ses activités.

— Sans doute me trouve-t-il plus dangereux que vous, mon cher Albert. En tout cas, ça m'a fait froid dans le dos de voir le visage d'un mort sur un bonhomme bien vivant qui essayait de me couper la gorge. Ouat ! Voilà la rombière des gogues.

Il plongea derechef sous la table pour chercher une serviette tandis que la vieille dame passait, majestueuse et indignée. Olsen commanda des cafés bien serrés, et proposa de les prendre au salon fumoir.

Vautrés dans de confortables fauteuils en cuir, envahis par une douce torpeur postprandiale, la petite troupe sembla un instant sur le point de s'assoupir, cigares au bec, quand un gamin dépenaillé surgit en courant et, d'une cabriole, se jucha au sommet d'une commode.

— J'espère que vous avez bien déjeuné ! jeta Edmond avec acrimonie. Et vous m'avez sans doute gardé une part d'ortolan bien au chaud ?

— Comment vous êtes-vous introduit ici ? Avec cette dégaine ?

— Par la cave à charbon, comme un voleur. Je suis prêt à tuer pour un foie de veau à la vénitienne. Bien chaud et abondamment garni de polenta dorée à point.

— Cachez-vous derrière le canapé le temps que je passe la commande, dit Louis en sonnant le garçon.

En attendant son plat, Edmond alluma un cigare et étendit ses petites jambes avec un soupir d'aise.

— Dedieu ! J'ai trotté toute la matinée. Quand votre Tisonneur est revenu à lui, il s'est rendu dans une boutique élégante, chez un *impiraperle*, un confectionneur de colliers en perles de verre. L'homme l'a fait passer dans l'arrière-boutique. J'ai contourné le bâtiment, grimpé sur un tas d'ordures et pu regarder par l'imposte en me barbouillant de toiles d'araignées.

Il fit une pause pour souffler un rond de fumée.

— Le garçon était assis sur une caisse et attendait. Puis la porte s'est ouverte et Taddeo et un homme hirsute à l'air étrange sont entrés.

— Herman Auerbach ! s'exclama Émile.

— Ils lui ont coupé les cheveux et la barbe, lui ont fait enfiler des vêtements propres. Puis Taddeo a sorti de son sac un paquet qui semblait précieux.

— Le visage du Dr Mastroianni !

Interloqué, Edmond demanda des explications.

— Que c'est fastidieux, de devoir sans cesse se raconter les uns les autres ce qui s'est passé ! laissa tomber Louis, son récit terminé. Si seulement nous pouvions communiquer tout du long !

Albert fronça les sourcils :

— Avec des téléphones transportables ? Non, impossible : que ferait-on des câbles ? Dommage.

— Taddeo et les deux autres se sont enfoncés dans un coin que je ne pouvais voir, autour d'une sorte d'établi, reprit Edmond. Ensuite, Taddeo est reparti, seul, je ne savais pas quoi faire. Puis ça a été le tour du Tisonneur et de cet Herman. Ils sont venus déjeuner ici, dans la petite salle à prix fixes. À un moment, Herman s'est absenté.

Louis opina.

— Oui, pour m'assassiner.

— Il est revenu très agité et ils ont sauté tous les deux dans un vaporetto en partance pour Murano. Je n'ai pas pu les suivre : je serais tombé à l'eau.

— Dommage que vous n'ayez pas pu filer Taddeo !

— Eh oui, dommage que je ne sois pas divisible ! Malgré tous les efforts de la nature, aucun de nous autres monstres n'y est encore parvenu.

— Il n'est que midi et demi, nous avons le temps d'aller rendre visite à ce fabricant de verroteries.

Ils attendirent impatiemment qu'Edmond avale son plat au risque de s'étouffer avant de sortir sous un soleil voilé. Le nain les guida en pestant : ce n'était pas juste que son physique particulier le condamne aux tâches les plus ingrates, à savoir se les geler dehors toute la journée dans des guenilles puantes. Il s'immobilisa devant une petite boutique. L'extérieur du magasin, austère, annonçait en simples lettres dorées sur fond noir : Antonio Gaggian, maître verrier. Ils poussèrent la porte, faisant tinter une sonnette, laissant Edmond grommeler à l'extérieur.

Il faisait sombre dans la boutique. Une lampe électrique éclairait le comptoir en bois derrière lequel un homme examinait une perle de verre, une loupe de joaillier vissée sur l'œil droit. Dans son dos, on apercevait une arrière-boutique, où un ouvrier d'une soixantaine d'années exposait à la flamme d'un chalumeau un petit bâton de verre duquel se détachait un mince fil qui s'enroulait sur un tambour actionné par une pédale. L'ouvrier fredonnait en travaillant et Louis reconnut *L'Hiver* de Vivaldi.

Des vitrines étincelantes contenaient des pièces à la vente.

— Pas vraiment de la verroterie, chuchota Albert en désignant les pendants d'oreilles opalins, les coupes en verre filigrané, les cravates de fil de verre et les minuscules gondoles translucides.

Le maître verrier leva la tête. Sa loupe lui donnait l'air d'un cyclope. Il n'était pas très grand, mince, quasi chauve, rasé de près. Une cicatrice courait du coin de la loupe à la commissure de ses lèvres. Un coup d'épée ? L'œil qui les regardait, un œil marron, semblait dubitatif. Puis soudain l'homme s'anima et ôta sa loupe, s'essuyant les mains à son tablier bleu foncé.

— Bienvenue dans ma modeste boutique, messieurs. Puis-je vous aider ? Vous cherchez des souvenirs pour vos dames, peut-être ?

Louis pointa une coupe chatoyante.

— Ah ! Du verre mosaïque ! Toujours très apprécié.

Il susurra un prix que Louis apprécia moins. Albert examinait un bracelet opalescent.

— Verre girasol, dit l'artisan. Translucide et blanchâtre, on l'obtient en rajoutant de l'oxyde d'étain dans la pâte. Mais peut-être vous plairait-il de visiter mon petit atelier ?

Ils le suivirent dans l'arrière-boutique et Louis repéra le visage bougon d'Edmond collé à l'imposte.

L'ouvrier continua sa tâche sans leur prêter attention. Une fois les fils de verre enroulés autour du tambour, il les reliait en écheveau de couleurs différentes et les tressait rapidement. Une jeune fille, assise devant une minuscule table, enfilait des perles brillantes sur un fil.

— Verre aventurine : des particules d'oxydes métalliques lui donnent cet aspect.

Ils revinrent dans la pièce principale et le verrier se tut, observant ses quatre clients. Seul Olsen papillonnait autour des vitrines, en poussant des exclamations ravies tout en consignant sur un carnet le montant de ses achats potentiels.

— Vous êtes Antonio Gaggian ? demanda Louis.

— Pour vous servir, monsieur…

— Denfert, Louis Denfert, de Paris.

— Ah, Paris ! La tour Eiffel ! Le *Moulin-Rouge* ! Mais trop de bruit, trop de monde, trop de crottin !

Louis sourit, affable :

— Connaissez-vous le vicomte de Triscèle ?

Maître Gaggian croisa les bras, ses lèvres minces s'étirèrent en une parodie de sourire.

— Vous êtes dans une boutique, monsieur Denfert. Soit vous désirez acheter, soit vous désirez vendre, mais il n'entre pas dans mes attributions de faire la conversation.

Ils le dévisagèrent, étonnés, et Albert s'avança.

— Vous voilà soudain fort peu aimable, maître Gaggian. Est-ce étonnant que des gentlemen se renseignent sur d'autres gentlemen ?

— Je ne suis qu'un modeste artisan, monsieur. Les mondanités ne sont pas de mon ressort et la discrétion est l'une des principales vertus de mon négoce.

Louis s'appuya nonchalamment au comptoir :

— Pensez-vous que l'assassinat du Dr Mastroianni soit à ranger au rayon « mondanités » ?

Maître Gaggian cligna vivement des yeux et plongea la main sous son comptoir, mais déjà Émile lui avait saisi le poignet et le lui tordait dans le dos.

— Messieurs, êtes-vous fous ? Je vais crier ! jeta Gaggian à voix basse.

Émile posa contre sa gorge le fil d'un coupe-chou aiguisé.

— Je peux te tailler une bouche supplémentaire si tu veux…

Gaggian leur décocha un regard venimeux. Inconscients de ce qui se passait, l'ouvrier continuait à fredonner et la jeune fille à coudre. Albert ferma doucement la porte de communication.

— Reprenons notre aimable conversation, Antonio.

— Je ne vous permets pas de m'appeler par mon prénom. Mais enfin, que voulez-vous ?

— C'est vous qui fabriquez les yeux de verre pour les écorchés ? lança Louis, traversé d'une soudaine intuition. Avec du verre aventurine !

— Et alors ? Je suis le meilleur dans ma spécialité, jeune homme. Je ne sais pas si l'on peut en dire autant de vous.

— Donc vous fournissiez Mastroianni.

— C'est un crime ?

— Non. Mais lui scalper le visage, oui.

— En quoi ce meurtre épouvantable me concerne-t-il ? La police mène l'enquête, monsieur le blanc-bec.

— Et Taddeo et Herman Auerbach, ce sont de bons amis à vous ? Des amants, peut-être ?

Gaggian faillit s'étouffer.

— Pour qui me prenez-vous ?

— Pour un menteur et un conspirateur. Albert, baissez donc son pantalon.

— Espèces de malades !

N'osant se débattre à cause du rasoir contre sa carotide, il fut bien obligé de se laisser déboutonner et Albert lui releva vivement sa chemise blanche, laissant apparaître un ventre blafard que ne déparait aucun tatouage. Étaient-ils en train de brutaliser un innocent ?

— Taddeo est mon commis ! glapit Gaggian. Et je ne connais pas cet Auerbach !

— Il est venu chez vous ce matin, avec Taddeo.

— Ah, celui-là. Et alors ?

— Savez-vous que votre commis se prostitue ?

— Ce ne sont pas mes affaires. Il me rend beaucoup de services. Il connaît beaucoup de monde.

Louis fit signe à Émile de desserrer sa prise.

Les joues marbrées de rouge, Gaggian remit sa chemise en place.

— Taddeo comprend le verre, ajouta-t-il. Il en comprend la beauté, le travail. Il sait le vanter. Et il m'apporte parfois des pièces très anciennes, d'une valeur inestimable. La lagune est remplie de vestiges des temps reculés où la plupart des îles étaient habitées. On y a travaillé le verre depuis le VIe siècle. C'est un cimetière de l'art, messieurs, un cimetière où reposent des trésors enfouis depuis des siècles.

Il acheva de remettre de l'ordre dans sa tenue non sans les dévisager avec un aplomb qui rappela à Louis l'arrogance des Tisonneurs.

— Puis-je savoir maintenant ce qui m'a valu ces brutalités ? questionna Gaggian avec raideur.

Que faire ? Et, comble de malédiction, la clochette tintait, la porte s'ouvrait, Gaggian se précipitait.

— *Signora* Balsamo ! Comment allez-vous ?

Deux femmes étaient entrées. Il s'avança vers la première, une brune d'une cinquantaine d'années en grande tenue de deuil, les traits classiques et sévères, qui le laissa lui baiser la main. Le verrier se tourna à demi vers la dame qui la suivait, enveloppée d'une cape elle aussi, le visage dissimulé par une voilette mauve.

— Mon amie, laissa tomber la *signora* Balsamo, Lady Fisher-Brown.

Il y eut un léger flottement, puis Eleonore s'écria « Vous ici, quelle surprise ! » en étreignant Albert et entreprit de présenter tout le monde à tout le monde. Maître Gaggian, très circonspect, ne cessait de toussoter. Olsen, cramoisi, se tenait derrière Lady Fisher-Brown tel un fidèle chien d'arrêt.

Ainsi la veuve de Balsamo était cliente de maître Gaggian. Et Balsamo l'antiquaire avait été l'ami de Toursienne. Tout se tenait. Ils ne faisaient pas fausse route.

Et Eleonore ? Quel était son rôle là-dedans ?

— Nous discutions antiquités avec maître Gaggian, dit Albert tout sourire.

— Feu mon époux en était passionné, répondit la *signora* Balsamo en effaçant une petite larme invisible.

— *Il professore* Balsamo était une sommité en son domaine ! lança Gaggian. Un génie ! Quelle perte immense que sa tragique disparition !

La veuve se tapota de nouveau les paupières, puis, d'un geste vif du poignet, changea de sujet :

— Ainsi vous-mêmes, messieurs, êtes collectionneurs ?

— Je m'intéresse aux cires anatomiques, laissa tomber Louis, et aux documents relatifs à l'histoire de la lagune.

— Ah, pour les cires, il faut voir avec Antonio. Pour la lagune, mon époux aurait pu vous conseiller des ouvrages de choix.

— J'ai réussi à me procurer celui-ci tantôt, dit Louis en sortant le livre de sa poche. Une *Cartographie*, de M. Balsamo lui-même.

Gaggian fit un pas en avant, la *signora* Balsamo parut sur le point de défaillir.

— Oh, mon Dieu, mon mari tenait tellement à cet ouvrage ! Où l'avez-vous trouvé ?

— Chez un revendeur à la sauvette près du môle.

— Dites-moi votre prix, monsieur, il sera le mien. C'est un souvenir si cher ! L'édition en est épuisée.

— Je ne puis m'en séparer, madame, je l'ai acheté pour le compte de quelqu'un qui y tient particulièrement.

— Vraiment ? Serait-ce indiscret de vous demander son nom ? Nous nous connaissons tous dans le milieu.

— M. le vicomte de Triscèle, lâcha Louis avec nonchalance.

— Mais, M. le vicomte… commença Gaggian avant de refermer la bouche.

— Triscèle… n'est-ce point une connaissance de M. de Toursienne, l'ami de votre époux ? demanda Eleonore en agitant son éventail.

— Si fait, convint la *signora* Balsamo, les yeux brillants. Quand vous le verrez, monsieur, transmettez-lui mon bon souvenir.

S'ensuivit un échange de regards perplexes à la dérobée, plus personne ne sachant quel rôle endosser dans ce jeu de dupes. Louis, satisfait d'avoir semé la confusion, rempocha l'ouvrage.

— Il paraît qu'il y a là-dedans de nombreuses indications concernant des îles antiques telles Ammiana,

Costanziaca… lança-t-il, se rappelant leur conversation avec Fausto.

— Ammiana, Costanziaca ainsi que Centranica faisaient partie d'un archipel aujourd'hui disparu. Au Moyen Âge, Ammiana et Costanziaca étaient chacune les chefs-lieux d'un chapelet d'îles. Il faut vous imaginer la lagune entière recouverte de petites Venises, de ponts, de canaux, d'églises et de marbre.

Albert fronça les sourcils :

— Mais ces îles…

Gaggian soupira :

— De celles qui dépendaient d'Ammiana ne subsistent que la Motte dei Cunicci – la colline aux lapins –, l'île de Santa Cristina et celle de la Salina. Quant aux îlots qui composaient Costanziaca, il n'en reste que l'ossuaire de Sant'Ariano et l'île de La Cura, étant entendu que la configuration du terrain a changé au cours des siècles, expliqua Gaggian avec passion.

— Que s'est-il donc passé ?

— La lente érosion des sols, la montée des eaux, l'insalubrité… Des symptômes discrets et insidieux qui ont mené des villes prospères et florissantes à n'être plus que des traces sur d'anciennes cartes. Santa Cristina a été désertée au XVe siècle. La dernière nonne, l'abbesse Filippa Condulmer, a quitté le couvent des bénédictines en 1452. Le corps de la sainte repose aujourd'hui à San Francesco della Vigna.

— La dépouille de sainte Christine se trouvait là-bas auparavant ? demanda avec un réel intérêt Albert, qui prisait fort l'hagiographie.

— Le corps de la sainte y avait été ramené clandestinement de Constantinople en 1325, précisa à son tour la *signora* Balsamo. Le monastère était précédemment consacré à saint Marc.

Louis, plus obnubilé par les fripouilles que par les dépouilles, s'efforça de revenir à ce qui l'intéressait :

— Et l'île de La Cura ?

— C'était certainement Costanziaca Minore, séparée de Costanziaca Maggiore par un étroit canal. On pense que c'est là qu'était érigée l'importante église de SS. Giovanni e Paolo. Mais tous les édifices ont été démolis au cours des siècles et l'île rendue à l'agriculture et aux résidences de campagne. Le livre que vous avez acquis contient la reproduction d'un dessin de Tommaso Scalfurotto datant de 1755 qui nous montre déjà l'île dans son état actuel.

Curieusement, personne ne mentionna que c'était là qu'était censé résider le Vicomte. Où tout cela allait-il les mener ? La *signora* Balsamo de même que Gaggian ignoraient ce que savaient réellement Louis et ses amis. Louis ignorait ce que savaient vraiment Gaggian et la Balsamo. La conversation pouvait prendre n'importe quelle direction. La Balsamo pouvait par exemple dire :

— Je suis sûre que M. le Vicomte de Triscèle ne verra aucune objection à me céder le livre de feu mon mari.

Ou bien :

— Peut-être pourrions-nous nous entretenir tous ensemble avec le Vicomte ?

— Ou encore :

— Saperlipopette, Denfert, je vous brûlerais volontiers la cervelle pour fourrer ainsi votre foutu tarin français dans notre linge sale du sang de jeunes innocents.

Gaggian pouvait tirer une pétoire de sous son comptoir et faire sauter une ou deux boîtes crâniennes.

Olsen pouvait retrousser sa chemise sur son torse musclé de sportif et découvrir un triskel flamboyant en hurlant :

— Ha, ha, je suis le Vicomte ! N'est-ce pas un retournement d'enfer, Denfert ?

Mais cela ne les mena nulle part. Lady Fisher-Brown regarda simplement sa montre en sautoir et fit observer qu'elle devait y aller. Olsen voulait-il bien lui prêter son bras ? L'Américain lui tendit les deux. La Balsamo demanda à Gaggian si elle pouvait l'entretenir en particulier de sa commande. Et nos amis se retrouvèrent dans la rue, excités comme des puces sur un chien de race, mais sans savoir quel morceau de choix mordre en premier.

— Ils sont tous de mèche ! proféra Émile. Un bon coup de canon là-dedans, histoire de nettoyer la position…

— Allez chercher les boulets et la poudre, pendant ce temps nous essaierons de réfléchir, répliqua Albert.

Ils se poussèrent sur le côté pour laisser passer un rémouleur chargé de son barda. Un réparateur de faïence, assis par terre, était penché sur une soupière. La rue s'était animée et la population vaquait tranquillement à ses affaires. Il n'y avait pas cette urgence, cette fébrilité qu'on trouvait à Paris ou à Londres. On se serait cru dans un gros bourg industrieux. Sans doute l'absence de circulation, de hennissements, et de réclames.

Ils se glissèrent dans la ruelle adjacente et Edmond sauta de son perchoir.

— Vous avez raté le plus intéressant ! Le verrier a fait passer ses employés dans la boutique et, suivi de la belle femme en deuil, est allé à son coffre-fort qu'il a ouvert, devant elle et devant moi ! 3 – 5 – 9 – 1 – 4, si ça intéresse quelqu'un, énonça-t-il avec un clin d'œil. C'est bourré de bijoux en verre là-dedans ! Des pièces magnifiques. Il a sorti un pendentif opalescent d'une grande finesse qu'il lui a passé autour du cou.

— C'est son amant ? demanda Louis.

— Non, je ne crois pas, il avait l'air très professionnel en manipulant le fermoir de ce superbe triskel sinistrogyre !

Satisfait de son effet, il fit la révérence et tendit sa casquette :

— Un petit sou, mes beaux messieurs, un petit sou pour le petit bonhomme !

Louis s'empara de la casquette et le talocha avec.

— Les sorcières se parent pour la cérémonie ! On n'attend plus que nous.

— N'avez-vous pas trouvé toute cette entrevue très étrange ? demanda Albert. Ce Gaggian nous entretenant paisiblement du passé de Venise alors que nous le menacions dix minutes auparavant ? Et la *signora* Balsamo, imperturbable quand vous prétendez être envoyé par le Vicomte ! À quoi jouent-ils tous ?

— Je ne sais pas. On se croirait dans un dîner de têtes !

Dans les dîners de têtes, dont Camille raffolait, les invités arboraient un masque personnalisé – marin, bonne sœur, dandy… – et en jouaient le rôle toute la soirée. Plus pratiques et moins contraignantes que les bals masqués et se limitant à une douzaine de convives, ces soirées étaient très prisées.

— Et votre Eleonore, Albert ? Quel rôle joue-t-elle ? reprit Louis.

— Comme tous les félins, Eleonore se contente de suivre la trace du gibier le plus prometteur.

— Ce goût du lucre ne cadre pas avec son apparent dévouement aux œuvres de bienfaisance, fit observer Edmond.

— Eleonore est entourée de voiles qu'elle garde même nue, soupira Albert.

— Pour ce que vous en savez… rigola Émile. Mais bon, le cas de la citoyenne Fisher-Brown n'est pas prioritaire. Vous pensez vraiment que l'ennemi en chef nous attend tranquillement dans son cantonnement sur un reste de vieille île engloutie ?

— Il ignore que nous allons venir, fit observer Albert. Il ne sait pas que nous avons rencontré les Skladanowsky.

Edmond leva un petit index potelé :

— Rencontre fort opportune et peut-être sous surveillance. Nous ne savons pas qui a pu vous suivre tandis que je suivais notre suiveur !

— Attention, estafette en vue ! lança Émile.

Ils se rencognèrent et la *signora* Balsamo passa, très droite, abritée du crachin par un haut chapeau à plumes noires. Que faire ?

Edmond soupira :

— C'est bon, je m'y colle ! Rendez-vous à Fondamenta Nuove à une heure et demie.

Louis consulta sa montre.

— D'accord. Pour notre part, essayons de voir si Herman a réintégré l'asile.

Ils se mirent en route d'un pas vif, au milieu des paisibles passants faisant leurs emplettes, qui s'écartaient de mauvaise grâce pour laisser passer les Français toujours pressés.

Le réparateur de faïence releva la tête et regarda le petit groupe s'éloigner avec un sourire amusé et cruel.

CHAPITRE XV

San Servolo était entouré de carabiniers grincheux. Albert se présenta, tendit sa carte de visite et on le laissa entrer afin de rencontrer le médecin adjoint, le Dr Pensacola. Albert expliqua à ce dernier qu'il s'intéressait à la pathologie d'Herman Auerbach, ayant à traiter d'un cas similaire à Paris. Le praticien lui répondit qu'un deuil cruel avait frappé l'hospice, on avait assassiné le Dr Mastroianni ! Albert se récria, compatit et obtint finalement de se rendre seul auprès d'Herman.

Luigi, le gros surveillant, arpentait d'un pas rageur le jardinet, sa matraque à la main, et il salua Albert, des sanglots dans la voix.

— Faudrait tous les enfumer, ces dingos ! fulmina-t-il en italien. Pauvre *dottore* ! Il était trop bon de s'occuper de tous les jobards de la terre !

Avec un sourire poli, Albert se faufila dans le corridor où s'élevaient les cris et les gémissements habituels. Como, le mangeur de terre, divaguait à propos de la Lune noire et implorait qu'on lui apportât de la bonne terre.

La bouche sèche, Albert releva le judas de la cellule n° 6. Herman était assis sur sa couchette, les mains jointes. Il portait sa chemise souillée et un bonnet sans doute destiné à cacher qu'on lui avait coupé les cheveux. Quel meilleur alibi que cette cellule ? Il leva la tête en entendant du bruit et fixa Albert. Ses lèvres rouges s'écartèrent, dévoilant les dents pointues.

— Bonjour, monssieur le petit docteur. Vous venez vous faire raser de près vous aussi ?

Il partit d'un rire aigu.

— J'avais tellement sssoif, ajouta-t-il. Quel dommage que M. Denfert soit si avare de son sssang !

— Nous savons que vous avez tué Mastroianni ! Nous savons que vous et votre frère êtes à la solde du Vicomte ! jeta Albert. Parlez, si vous ne voulez pas finir exécuté !

— N'avez-vous donc pas compris, docteur, que la Mort est ma fiancccée ? Elle m'est sssi voluptueuse !

— Pourquoi vider les enfants de leur sang ?

Herman lâcha de nouveau son rire chevrotant de vieillard.

— Pour faire du boudin, pardi !

— Pourquoi faut-il que les corps restent intacts ? s'obstina Albert. Le garçonnet que vous avez tué, vous l'aviez éventré. Pourquoi pas ceux-ci ?

Herman se rua brusquement vers la porte et riva son regard de dément dans celui d'Albert.

— Ce garçon était à moi, à moi ! J'avais besoin de le boire à ma manière ! Et ceux-là, ceux-là, ils sont à lui. Il m'en a promis, d'autres, pour moi. Des tout doux. Des petits sacs d'entrailles bien chaudes.

Albert se força à rester calme et professionnel.

— Vous vous complaisez dans des évocations morbides qui ne choquent que vous-même, Herman.

Vous êtes tout compte fait un assez pitoyable assassin. Un faible, victime de ses pulsions incontrôlables.

Les ongles effilés d'Herman tracèrent un sillon rouge autour de son propre cou.

— Vous, je ne vous viderai pas de votre sssang, docteur. Je vous empalerai sur un des bons vieux pieux de la lagune et je vous regarderai vomir vos tripes.

— Vous n'êtes même plus un être humain, mon pauvre ami, juste un sujet d'études, un peu répugnant, mais utile. Le Vicomte me semble vous surpasser grandement dans le meurtre sadique. Voilà un artiste !

Herman frappa du poing contre la porte en fer.

— Le Vicomte ! Il se prend pour le Maître ! Il croit à la vie éternelle ! Il ne connaît pas le vrai goût des choses.

Il accentua le mot « goût » d'une manière fort déplaisante. Albert haussa les épaules, gardant un ton calme et mesuré.

— En tout cas, c'est lui qui commande, semble-t-il !

— Personne ne donne d'ordres à Herman Auerbach ! hurla le dément en se jetant contre la porte.

— Tout va bien, docteur ? demanda soudain Luigi, à l'orée du couloir.

— Oui, oui, j'en ai fini dans une minute, répondit Albert sans quitter Herman des yeux, se tenant hors de portée de ses ongles redoutables.

Il ne fallait pas que Taddeo le fasse sortir une nouvelle fois. Il ouvrit sa sacoche. Louis n'aurait sans doute pas hésité à se servir du cigare lance-fléchette pour lui crever les yeux, mais un médecin ne pouvait pas ainsi se débarrasser d'un malade, même franchement immonde. Il sortit son tube de « Fixetout, résiste même à l'eau bouillante », qui lui permettait de faire tenir entre eux les objets les plus insolites, et en obtura avec soin la serrure.

— Que faites-vous ? grogna Herman.

Albert en rajouta aussi sur les gonds.

— Je m'assure que vous resterez bien au chaud dans votre cage. En attendant d'être pendu.

Herman se mit à vociférer des mots incompréhensibles en décochant des coups de pied contre la tôle, ce qui fit accourir Luigi. Albert leva la main :

— Laissez ! Une petite crise de rage sans importance.

— Ce salaud-là me tape sur les nerfs. S'il n'avait pas été enfermé, je jurerais que c'est lui qui a massacré le docteur ! Une bête féroce qui aurait eu sa place sur le bûcher ! Je vous raccompagne, monsieur.

Albert l'adjura d'avoir foi en la justice des hommes et de Dieu, puis se pressa de rejoindre ses amis.

— Et il ne vous a rien dit d'autre ? gronda Louis, surexcité, tout en gagnant Fondamenta Nuove où Rizzo était allé retenir une embarcation.

— Désolé, il ne m'a pas fourni une photographie stéréoscopique du Vicomte, lui renvoya Albert. C'est un dément, Louis. Il n'a qu'une apparence de raison, laquelle obéit à une logique régie par ses pulsions.

— Mais il a confirmé la culpabilité du Vicomte. Nous ne sommes plus dans le domaine des suppositions. Il nous suffit de dénicher une preuve, une seule, et nous pourrons alerter les autorités ! Et pour les films ?

— Je n'ai pas eu le temps de lui en parler.

— Mais moi, j'ai du nouveau ! lança une voix de baryton familière.

Ils se tournèrent vers Edmond qui émergeait d'une venelle, un peu essoufflé.

— Elle m'a fait courir, la garce, lança-t-il, mais je l'ai eu !

— Quoi donc ?

— Le pendentif !

Il entrouvrit la main, laissant voir un triskel opalescent, lourd et épais.

— Comment avez-vous fait votre coup ? demanda Émile.

— À la hussarde ! Elle m'a baladé dans de petites ruelles, sont récent veuvage lui interdit de s'afficher dans les grandes rues commerçantes. Et devinez qui elle a rencontré, comme par hasard ? Notre bon Taddeo ! En blouse de commis, une caisse de perles de verre de Murano sous le bras. Ils ont été discrets, mais ils ne se sont pas méfiés d'un sale gosse. Elle a ouvert le pendentif – il désigna le fermoir en laiton – et lui a tendu un petit rouleau. En échange, il lui en a remis un autre qu'elle y a mis à la place. Et puis elle a hélé une gondole. C'est là que je suis intervenu. J'ai fait mine de courir derrière une de mes billes, tête baissée, je l'ai bousculée, elle a failli dégringoler : injures, excuses et hop, passez muscade ! Votre serviteur a filé comme le vent avec son butin, sans qu'elle se soit rendue compte de rien.

— Mmmm, fit Albert.

Louis s'était emparé du pendentif dont il sortit un petit rouleau, qu'il déroula précautionneusement. Le rouleau était blanc. Une longueur d'une dizaine de vues, sans perforation et avec des rayures. Sans doute la machine de Bouly.

— La pellicule a dû se voiler, commenta Louis, dépité. Mais dans ce cas pourquoi en faire l'objet d'une transaction ?

— Photographies magiques, laissa tomber Albert.

— Ce n'est pas le moment de plaisanter. On est tous à cran.

— Je ne plaisante pas. Émile, passez-moi un de vos infâmes *crapulos*.

Perplexe, Émile lui tendit un cigare bon marché.

Albert prit son temps pour l'allumer puis s'approcha du rouleau blanc et souffla délicatement dessus. Des ombres commencèrent à apparaître. Stupéfait, Rizzo le regarda avec un respect nouveau et fit le signe contre le malin dans son dos.

— Alors là, mon petit Albert, vous me coupez la chique ! marmonna Louis.

— Prises de vues tirées sur papier au chlorure d'argent, mais sans virage et sans or, expliqua posément Albert en agitant le cigare. Plongées dans une dissolution de bichlorure de mercure, ce qui les blanchit et les fait apparemment disparaître[1].

Les ombres se précisaient, on apercevait des souliers, des jambes, les pieds d'une table…

— Pour faire réapparaître l'image, il faut soit user d'hypochlorite de soude, soit de vapeurs ammoniacales.

Une table. Des hommes assis autour d'une table.

— La fumée de tabac en contient en quantité suffisante. *Ergo*...

Plus personne ne l'écoutait. Ils étaient tous penchés vers le rouleau magique, le cœur battant. Allait-on

1. Le bichlorure de mercure transforme la photographie en partie en chlorure d'argent blanc et en partie en protochlorure de mercure également blanc.

découvrir la séquence d'un meurtre ? Les épouvantables visages des auteurs d'épouvantables forfaits ?

Retenant leur souffle, ils écarquillèrent les yeux et…

Restèrent cois. On distinguait nettement maintenant les quatre hommes assis. Quatre hommes correctement vêtus qui semblaient discuter devant une bouteille de vin. Un grand, un moyen, un petit et un tout petit. Quatre hommes qui ne leur étaient pas inconnus. Car en fait d'épouvantables visages, il n'y avait que les leurs. Oui, leurs séduisantes physionomies, épinglées par un kinétographe clandestin !

— Sacrédieu, ces cloportes se payent notre fiole ! gronda Émile. Ils ont infiltré notre position.

Louis serra les dents pendant qu'ils embarquaient, moroses. Bouffonneries ! Mensonges ! Stratagèmes ! Mille bombes ! Il allait secouer ce Vicomte à lui en faire tomber les noix !

Une fois dans le *sandolo* à deux rameurs qui devait les mener à Torcello, Albert demanda à Louis de lui prêter le livre de Balsamo et s'y plongea et s'y plongea avec délices pendant que ses compagnons multipliaient pêle-mêle les hypothèses de tout acabit.

Dans quel but Taddeo avait-il donné à la *signora* Balsamo ce morceau de film ? Devait-elle le remettre à quelqu'un afin qu'on les identifie plus facilement ? La ville entière participait-elle du complot ? Les ennemis de la jeune Italie, guidés par des Austro-Hongrois vindicatifs, armaient-ils le bras du Vicomte ? Les francs-maçons eux-mêmes unis aux derniers Templiers conspiraient-ils dans la crypte de San Servolo en sacrifiant des enfants mâles à Baphomet-Hécate ? Et, plus sérieusement, la Balsamo, Gaggian, Taddeo et les autres participaient-ils à une entreprise cinématographique visant à procurer des images animées de vrais meurtres à des clients pervers ?

Edmond croyait à l'entreprise commerciale de films innommables : il était bien placé pour savoir que les monstruosités faisaient vendre. Comme Edison, le Vicomte avait sans doute son propre studio pour y enregistrer non pas des éternuements et des pirouettes, mais des viols et des meurtres, ce qui devait s'acheter beaucoup plus cher !

Albert leva la tête :

— Des pervers se réunissant pour voir projetés des actes de psychopathes ? Mon Dieu, si c'est là l'avenir de la cinématographie, je rejoins Émile : autant en rester aux dessins animés de M. Reynaud.

Louis alluma une cigarette dont le bout grésilla dans la brume montante.

— On peut concilier toutes ces théories : le Vicomte est un criminel sadique qui s'amuse à enregistrer sur Celluloïd ses actes pervers, puis, en bon homme d'affaires, il vend sa production à des amateurs d'horreurs.

— Les Tisonneurs, menés par Toursienne, sont ses hommes de main, continua Edmond.

— Et les frères Auerbach ses âmes damnées, convaincus de participer à des rituels maléfiques ! renchérit Émile.

— E qué tous ils sont des vampires ! approuva Rizzo avec enthousiasme.

— Vous voyez, quand on tient conseil on y voit plus clair, déclara Émile tout en vérifiant les pistolets.

Rizzo se rembrunit.

— Ma qué on a oublié les crucifix !

— Ne t'inquiète pas, mon garçon, lui répondit Émile tout guilleret, mes balles traceront de beaux signes de croix dans la poitrine de ces enviandés !

Si seulement… se dit Louis tout en regardant défiler le plat pays de la lagune. Ombres de terre et miroirs d'eau, volutes de brume, cris d'oiseaux, ciel de zinc et de chrome hachuré vert-de-gris. Un monde étrange et déliquescent, aussi fantomatique que le Vicomte et leur bizarre enquête. Un monde étrangement argentique. Que disait Allais, déjà ? « Ne nous prenons pas au sérieux, il n'y aura aucun survivant. » Mais ce n'était pas une raison pour tolérer le meurtre et l'infamie.

Et comment expliquer les corps vidés de leur sang ?

— Puisque nous faisons halte à Torcello, dit-il en jetant son mégot dans l'eau tourbeuse, nous irons visiter ce Melchior, le *squèrarol*. Nous lui demanderaons s'il a récemment fourni des filets.

Rizzo approuva, juché à la proue, sondant le fond du regard, une habitude commune à tous ceux qui vivaient dans ces terres liquides, vestiges du delta du Pô.

Au bout de deux heures de navigation lente et silencieuse, un haut clocher apparut dans la brume et l'eau se remplit d'algues à l'odeur écœurante. Torcello. Des ponts disjoints franchissaient des canaux à l'aspect désolé. Des enfants en guenilles qui ramassaient des coques, immergés dans l'eau froide jusqu'aux genoux, les regardèrent passer. Leurs mères, paniers sur la hanche, marchaient dans la boue. Par endroits, des vapeurs délétères s'exhalaient de gros nids de mousse.

— Qué lé Grand Livre de la noblesse torcellana il a été transporté à Burano. Les nobles, il n'y en a plous, il resté qué les pauvres, dit Rizzo en faisant un bras d'honneur à un gamin qui leur envoya en retour un caillou plat, lequel ricocha plusieurs fois gracieusement avant de toucher la barque.

Ils abordèrent sans encombre. Leurs bateliers, grassement rétribués, les attendraient à l'écart, près d'un rideau de roseaux. Louis et Rizzo allaient se rendre auprès du vieux Melchior pendant qu'Émile et Edmond se cacheraient pour épier les Skladanowsky et leur contact et qu'Albert irait explorer le hameau et les deux églises.

Ne serait-ce que pour contrarier Maurice Barrès, cet antidreyfusard au lyrisme exalté, Louis aurait bien voulu que l'île désertée ne fût pas la « terre pourrie », « aux boues malsaines » et à « l'eau morte » que celui-ci avait évoquée, mais il fallait reconnaître que la splendide cité de 20 000 habitants avait tout du marécage entouré d'un silence au parfum de mare croupie.

Ils empruntèrent le chemin pavé qui longeait quelques masures en ruine, puis Rizzo obliqua à gauche pour rejoindre une maison isolée sur un tertre.

— *La tumba di Melchior !* annonça-t-il.

— La tombe ? Mais qu'est-ce que tu me racontes ?

— Ma non, pas la tombe, la *tumba* ! Les *tumbae* c'est des petits îlots, qué l'eau elle ne monte pas dessus même à *l'acqua alta.*

« Est-ce pour cela que le Mont-Saint-Michel s'appelait autrefois le Mont-Tombe ? » se demanda Louis qui partageait l'engouement actuel pour la toponomastique.

Ils enjambèrent un minuscule ruisseau et Rizzo mit ses mains en coupe pour siffler, un hululement qui rappela à Louis le chant du grèbe huppé. On lui répondit en retour, sur les mêmes notes. Ils écartèrent un rideau de cannes et se trouvèrent face à un vieillard à la longue barbe grise, coiffé d'un feutre détrempé et armé d'un vieux fusil français.

— Souvenir de l'armée napoléonienne, 1813 ! lança-t-il, rieur, en voyant la mine étonnée de Louis. Mon père était réfractaire à la conscription : rien à fiche de partir se battre pour la France ! Le gars à qui il l'a pris doit dormir par là-dessous, ajouta-t-il en désignant une fosse couverte de nénuphars. Salauds de Français, ils nous ont réduits à la misère puis lâchés aux Autrichiens !

Puis, s'apercevant que Rizzo traduisait, il lança avec malice :

— Ah, mais monsieur est peut-être lui-même un *Nuovoloni* ?

Louis sourit. Grand-Père Honoré, un ancien grognard, lui avait parlé dans son enfance de ce surnom donné par les Italiens aux soldats français, lesquels disaient souvent « nous voulons ». Par homonymie, ce « nous voulons » était devenu « *Nuovoloni* » : les « Nuages ». L'expression italienne complète à la mode dans ces années-là était : *Sti nuovoloni c'hanno rotto il coglioni*, « Ces nuages nous cassent les c… ».

— Oui, mais rassurez-vous, je ne suis pas venu vous les briser, *signor* Melchior.

Le vieux sourit à son tour. Les rides dessinaient sur son visage une carte compliquée et ravinée. Ses yeux d'un bleu vif pétillaient dans son visage tanné d'homme habitué à vivre au grand air. Il cassa le fusil au niveau de la crosse.

— Tout cela est bien loin. Les guerres, les défaites, les victoires. Je n'ai plus les *mustaci de féro*, les moustaches de fer, je n'ai plus beaucoup d'énergie, mais l'eau de la lagune est mon sang, monsieur. Dieu a fait l'homme d'argile et le Vénitien de tourbe.

Il retourna s'asseoir près d'un brasero branlant et reprit le filet qu'il était en train de ravauder de ses vieilles mains noueuses.

Rizzo s'accroupit sur ses talons pour l'aider tandis que Louis se posait sur une caisse renversée. Il sortit son paquet d'Amazones et Melchior en accepta une qu'il cala derrière son oreille gauche.

— Une cousue ! Je la garderai pour Pâques.

— Tenez, j'en ai d'autres, dit Louis en lui donnant son paquet, un peu gêné de cette relative richesse et se souvenant du temps où il ne fumait lui aussi que des cigarettes qu'il roulait lui-même.

Le vieux empocha le paquet sans un mot. Louis lui avait-il fait honte ?

Rizzo tira une bouffée de la sienne puis se mit à parler en dialecte et à agiter les mains. Quand il se tut, le vieux Melchior resta un instant silencieux avant de cracher dans l'eau saumâtre.

— Avec un bon filet, dit-il, vous pouvez ramener du beau poisson. Mais on ne sait jamais ce qui peut se cacher tout au fond. Parfois vous vous apercevez que vous avez remonté quelque chose de mauvais. Une abomination tout heureuse d'être revenue au sec. Fausto est comme ça, ajouta-t-il en crachant de nouveau. Fausto est pire que son frère, le dément.

— C'est à Auerbach que vous avez fourni un filet ? voulut savoir Louis.

Melchior ne répondit pas. Il se balançait sur ses talons, comme Rizzo, le regard perdu sur l'horizon brumeux.

— Fausto, je l'ai aidé, quand tout le monde le traitait comme un chien galeux. Je leur en ai donné, des galettes de polenta, à lui et à son dément de frère. Fausto est dangereux parce que le Seigneur a oublié de lui faire un cœur. Herman, lui, c'est une bête enragée. Il a tué mon chien, savez-vous ? Mon Fidelio. Il sentait un lapin à cent mètres. Je l'ai trouvé tout mou, tout flasque, vidé de son sang ! Ce putois d'Herman a nié, mais je savais que c'était lui. Il puait le Mal. Une odeur affreuse, monsieur, qui lui sourdait par tous les pores, une odeur de douleur.

Il se tut, parut réfléchir. Pointa l'index.

— Là-bas, c'est Mazzorbo. Leur tanière de serpents. Après la mort de mon pauvre Fidelio, je ne les ai plus laissés venir ici. Je leur ai tiré dessus chaque fois que je les voyais rôder dans le coin, j'ai placé des pièges en espérant leur briser les jambes. Ils se sont tenus à l'écart. Mais il y a un mois, Fausto a débarqué. Il m'a menacé, à sa façon polie. Il voulait un filet. Un filet à l'ancienne. Un filet consacré.

Rizzo se signa. Louis tira une bouffée, perplexe.

— Un filet consacré ?

— Oui, à Santa Maria Assunta[1]. C'est là que ça doit se faire, selon l'ancien rite…

Louis se sentit soudain très réveillé.

— L'ancien rite ? répéta-t-il.

— « L'eau nourrit l'homme, la lune nourrit l'eau », déclara Melchior. La Lune doit bénir le filet. Mais il faut faire attention. La Lune est gourmande d'âmes. Il faut connaître les formules.

— Et manger de la terre ? demanda Louis dans son mauvais italien.

Melchior se tourna vers lui, surpris.

— Comment savez-vous…

— « La terre, elle, vous rend lourd ! Plus lourd que l'air, plus lourd que l'eau ! » récita Louis, se souvenant des paroles de Como dans le jardinet.

1. Le plus ancien édifice de toute la lagune. Dédié à la Vierge et fondé par l'exarque de Ravenne en 639, comme l'atteste une inscription gravée à gauche du chœur.

— « Des trois éléments j'appartiens à la terre, lança Melchior. Mais à la Lune je rends hommage et sacrifie. »

— Que doit-on lui sacrifier ?

Le vieil homme se ferma.

— Un animal ? insista Louis. Il faut lui offrir du sang, c'est ça ?

— Vous êtes trop jeune et trop étranger pour connaître les Mystères. Je n'ai pas le droit de vous en dire plus, monsieur le Nuage.

— Quelqu'un tue des enfants en les vidant de leur sang, chuchota Louis et Rizzo traduisit à voix basse, les yeux mi-clos.

Melchior se leva et cala son fusil sous son bras.

— Je vais bientôt mourir, jeune Français. Je veux rejoindre mon créateur en paix. Je ne veux pas me convulser dans les bras de glace brûlante de la Déesse, mâché et recraché comme un jus de chique.

Il étendit le bras comme pour englober l'étendue des marécages autour de lui.

— Fausto a exigé le filet. J'ai accepté. En souvenir de sa mère. Qui avait été mienne avant de devenir putain.

Il tendit l'oreille, comme s'il écoutait ses propres souvenirs.

— C'était la nuit de la Saint-Jean, la lune était pleine. Elle s'est donnée à moi près d'un buisson de chèvrefeuille. Ça sentait bon. Elle se donnait à tout le monde, c'était sa maladie.

— Et Fausto ? Le filet ? le coupa Louis, conscient du temps qui s'écoulait.

— J'avais quarante ans, continua Melchior, et elle seize. Un jour, moi aussi, j'ai eu seize ans et j'ai fait l'amour pour la première fois. J'en ai ottante-trois et bientôt je mourrai pour la première fois.

Il ramena son regard toujours vif sur Louis.

— Le filet… Je vous l'ai dit, j'ai accompli le rite dont je suis le seul dépositaire aujourd'hui. Le rite qui donne la chance et l'abondance. Le rite de la Bonne Lune. Je ne sais pas ce qu'il voulait faire avec le filet. Sans doute attraper du gros poisson. Toute chose a trois faces, jeune Français : son jour, sa nuit et ses limbes. Fausto et Herman sont voués à l'autre face. Celle des limbes. Celle de la Lune de Santa Fosca.

L'église octogonale qui jouxtait la cathédrale de Santa Maria Assunta. Le peu qu'il savait de Santa Fosca, il l'avait appris d'Albert : on supposait qu'elle avait été bâtie par des maîtres ouvriers grecs vers le XIe siècle, sur l'emplacement d'un sanctuaire du VIIe. La légende voulait que les dépouilles de la sainte et de sa nourrice Maura aient été emmenées de Libye lors de la conquête musulmane. À l'époque, la course aux reliques battait son plein et Venise avait besoin de tout le prestige religieux possible. Mais ce n'était pas cela qui avait retenu l'attention de Louis et le faisait presque trépigner.

Lune. Limbes. Ouvriers grecs. « Hécate ! » lui soufflaient les roseaux. « Culte démoniaque. »

— Que savez-vous de l'île de La Cura ? demanda-t-il nerveusement.

— Elle a abrité de belles églises et de grands palais, mais il n'en reste que les fondations dans des gangues de boue.

— Avez-vous entendu parler de la demeure du vicomte de Triscèle ?

— La maison du vieux fou ? Il n'en sort que pour les cérémonies de la Grande Lune. On dit qu'il fait partie des Frères noirs, une très ancienne confrérie créée au temps du premier doge Contarini.

— De quelles cérémonies parlez-vous ?

Melchior soupira.

— Vous êtes obstiné, le Nuage ! Tout cela est compliqué, aussi sinueux que les *ghebi*, aussi immergé que les *velme*... Je vous ai dit que la Déesse avait trois visages. Le Maître de La Cura sacrifie au culte du visage de la Nuit.

— Quelle différence avec les limbes ?

Melchior lança au loin un morceau de bois mort.

— Dans les limbes errent les tourmenteurs tourmentés, ils n'ont que le pouvoir que vous leur laissez prendre. Ceux de la Nuit sont d'une autre sorte. Ils prennent leur puissance directement de la Grande Louve.

Il s'inclina et baisa la terre, puis en jeta une poignée dans l'eau.

— Offrande, expliqua-t-il brièvement. Elle n'aime pas qu'on parle d'Elle aux non-initiés. Vous devriez y aller, ajouta-t-il. La brume s'épaissit. Les mirages du sombre se mettent en place. Cette nuit sera dangereuse, jeune homme. La nuit de la Danse des Illusions. Il ne faudra à aucun prix approcher l'ossuaire ou errer sans protection.

— Encore une question, Melchior : qui étaient au juste les Frères noirs ?

— Des Illuminés dévoués au Calice. Ils croyaient au pouvoir du Sang, ils en prônaient la consommation. Ils ont été frappés d'hérésie et leur ordre a été dissous.

Il haussa les épaules.

— Je n'en sais pas plus, c'est le curé qui me l'a expliqué.

— Il sait que vous êtes un païen, le curé ?

— Ne riez pas avec ça, le Nuage ! Je fais toutes mes dévotions, mais le curé lui-même sait bien que les vieux dieux de la lagune hantent encore les *barene* et les chenaux. Tenez, ajouta-t-il en lui tendant deux clous effilés qu'il noua en croix à l'aide d'un lacet de cuir trempé dans la boue. Ça pourra vous servir. Maintenant, il faut que vous partiez.

Louis empocha le crucifix improvisé et étreignit la main du vieux marinier. Il voulut lui donner de l'agent, mais Melchior refusa d'un geste.

— De toute ma vie, je ne regrette qu'une chose : ne pas avoir noyé ces deux rats de fange quand ils sont nés. Tuez-les pour moi, monsieur, et je serai payé.

— Je vous promets de faire de mon mieux, dit Louis avec sincérité et il tourna les talons, courant presque.

À travers les anciens vergers de pruniers et de pêchers, Rizzo le ramena jusqu'à la piazza, en passant par l'antique Pont au Diable – un nom prédestiné ? – dépourvu de parapets. La façade abîmée du palais communal ne renvoyait plus l'écho des rires et des pas qui sonnaient autrefois sur les pavés, juste le silence. Le campanile, du haut duquel on embrassait toute la lagune nord, émergeait du brouillard comme un cierge.

Ils avisèrent une petite taverne. L'aubergiste mettait du vin en perce. Les rares touristes étaient sur le retour, ce ne serait pas une journée de bon rapport et cette nuit, il était fermé, oh, pour ça oui ! Deux messieurs teutons ? Oui, il leur avait servi des infusions, ils avaient rendez-vous au ponton au Lion. Deux messieurs français ? Oui, il leur avait servi de la grappa. Eux aussi étaient partis se promener, quasiment sur les pas des deux autres. Et pour eux, ce serait ?

Ils n'avaient pas le temps de consommer, aussi le tavernier leur lança une épithète peu aimable avant de retourner à son tonneau.

Le ponton au Lion, sur lequel trônait un vieux lion de pierre tout émoussé, était à moins de cinq minutes. Il fallait récupérer Albert qui inspectait les deux églises suspectées de servir à des pratiques occultes.

Sous son plafond à poutres apparentes, Santa Maria Assunta offrait le silence coloré de ses mosaïques et la beauté de son iconostase. Malgré l'urgence, Louis s'arrêta une seconde pour admirer les panneaux de marbre ornés de paons et de lions en relief avant de fouiller le chœur et l'abside principale du regard : pas plus d'Albert que de Frère noir au regard halluciné. Une vieille dentellière assise sur un banc verni cousait près d'un curieux bénitier aux figures barbares. Un prêtre replet expliquait à un couple d'Anglais d'un certain âge comment lire la grande mosaïque de la paroi ouest illustrant la crucifixion, la résurrection et le Jugement dernier. Au-dessus des stalles encaustiquées, une autre mosaïque sur fond d'or : une *Madonne Teotoca* serrant dans ses bras le petit Jésus. Rizzo se signa plusieurs fois et chassa d'un coup de pied un gamin déguenillé qui vendait des petits carrés dorés arrachés aux murs.

Personne non plus dans la sacristie, négligée. Il repensa à *L'Italie des Italiens* de Louise Colet, femme de lettres et maîtresse de Musset et de Flaubert. Un vieux bouquin trouvé dans la bibliothèque du lycée qu'il avait lu, croyant y trouver des scènes à la Casanova. Colet y évoquait la vieille sacristie de Torcello, et décrivait une salle délabrée que l'eau de la lagune aurait soudainement envahie, dispersant « les vestiges d'un culte détruit », oui, c'était ça « un culte détruit ». Il tapota pensivement sur le rebord du bénitier sous le regard courroucé de la dentellière. L'église n'était pas chaude, mais peut-être plus accueillante que sa masure ? se dit-il en regardant les doigts gonflés d'arthrite tresser un napperon d'une finesse incomparable. Peut-être même y vivait-elle, petit fantôme paisible et industrieux ? Ouat ! la langueur délétère de l'île le gagnait ou quoi ? ! Reprends-toi mon vieux, tu tournes spleen et poésie.

Ils ressortirent, longèrent le baptistère – pourquoi était-il extérieur à l'église ? – et entrèrent dans Santa Fosca, si curieusement octogonale, comme les bastions militaires de la lagune. Mais une église ne servait pas à se défendre, n'est-ce pas ? Ils passèrent rapidement le chevet, ses doubles colonnes, ses frises décoratives et trouvèrent finalement Albert à l'extérieur, près d'un antique siège en pierre surnommé le Trône d'Attila où les anciens tribuns s'asseyaient pour rendre la justice.

— Ma qué on n'est pas soûrs qué Attila il y a vraiment posé ses fesses, dit Rizzo. Qué moi j'aurais bien aimé être oun Hun, et porter la tête de mes ennemis à la ceintoure et la viande à couire sous ma selle !

Albert ne s'occupait pas du pseudo-Trône. Il était penché sur une mosaïque à moitié enfouie sous l'herbe. Le dessin en était presque effacé, mais on y distinguait encore un homme en tenue de croisé portant à ses lèvres un calice. Il n'y avait pas d'inscription.

— Balsamo l'indiquait dans son livre, expliqua Albert en levant la tête. Un ouvrage remarquable, soit dit en passant. D'une richesse de documentation…

— Question documentation, j'en ai de première main moi aussi ! lança Louis. Vous avez entendu parler des Frères noirs ?

— Un avatar des Pénitents noirs du comté de Nice ?

— Mieux que ça, mon vieux. Allons au ponton, je vous explique.

Louis avait à peine fini de relater sa conversation avec Melchior qu'ils tombèrent littéralement sur Émile planqué derrière une haie de ronces. Edmond, juché sur le faîte d'un mur en ruine, les rejoignit d'un saut périlleux.

— Les Berlinois sont montés dans une grande gondole, leur apprit-il. Ornée d'une cabine fermée aux rideaux tirés. Mais curieusement, elle reste à quai. Venez voir.

Ils se faufilèrent entre les ronces et la vigne sauvage. Le ponton au Lion donnait sur un canal endormi, protégé des regards par les rideaux de mousse qui pendaient des arbres centenaires.

— *Balotina !* chuchota Rizzo en désignant l'embarcation.

Deux bateliers en livrée, appuyés à leurs rames, semblaient somnoler dans la brume. Une lueur brillait à l'intérieur du *felze* en bois noir et luisant.

Puis un rideau s'écarta et Max Skladanowsky sortit, suivi de son frère, se lissant la moustache d'un air satisfait. Ils prirent pied sur le ponton et Max rangea soigneusement dans son portefeuille une épaisse liasse de billets.

— Ça a marché pour eux, murmura Albert.

— Oui, renchérit Edmond, Max portait un rouleau de plans en arrivant et il ne l'a plus. Ils ont vendu leur invention.

Les deux bateliers détachaient l'amarre, la gondole reculait.

— Rizzo, file chercher notre bateau, nous devons les suivre ! ordonna Louis.

— Et les Boches ? demanda Émile.

— Aucun intérêt, ils n'auront rien à nous apprendre. C'est cette barque funèbre qui nous mènera au Vicomte.

En effet, la *balotina* avait tout d'un corbillard flottant, avec sa cabine vernie, ses rideaux violets, son capitonnage grenat, son *féro de provà* étincelant et son *cavai* en forme de griffon.

L'un des rameurs donna une légère poussée et l'embarcation effectua une parfaite rotation sur place avant de repartir vers la lagune.

Louis cogna du poing sur la tête de la vieille statue en pestant, mais à ce moment-là on siffla le long de la berge derrière eux et ils coururent jusqu'à leur *sandolo*.

Rizzo ordonna à leurs rameurs de suivre de loin la grande embarcation.

— Il paraît qu'autrefois, avant l'an mille, les terres étaient arborées et giboyeuses. On y chassait le sanglier, leur apprit Albert qui semblait s'être pris de passion pour l'histoire de la lagune.

Le marais, parcouru de frissons, semblait murmurer… La brume flottait par bancs. La bora, un vent froid d'est-nord-est, descendait des montagnes. Des hérons fouillaient la vase de leurs longs becs. Des poules d'eau couraient en bandes sur les hauts-fonds. Les détours des canaux et le lent glissement des barques donnaient l'impression d'errer à la dérive. Il était perturbant de songer que l'on voguait souvent à moins d'un mètre du sol, comme les petits bateaux à voiles du bassin des Tuileries.

— Canale della Dolce, annonça Rizzo. À la droite, au sud dé Sant'Ariano, on trouve beaucoup dés blocs de pierre et dés morceaux de statoues, et *anche* des *pali*, des pieux tout incroustés de boue.

— Vestiges du VIIe siècle, corrobora Albert.

— Peut-être qué la *paluda* elle est pleine dé momies ! reprit Rizzo, pensif.

Il cracha dans l'eau au cas où.

CHAPITRE XVI

L'humidité ambiante donnait l'impression d'une légère bruine. La *balotina* du Vicomte sinuait tel un serpent d'eau. En approchant de Sant'Ariano, le ciel se chargea de nuages de plomb et le vent forcit. Un haut mur ceignait la petite île de trois hectares.

— Érigé en 1655 pour soustraire l'ossuaire à la vue des passants, énonça Albert.

Il tapota l'ouvrage de Balsamo.

— Avant d'être un ossuaire, on y trouvait un monastère, lequel fut abandonné en 1526 à cause de l'insalubrité. À l'époque, on a d'ailleurs dévié le cours du fleuve Sile pour éviter que l'eau douce se répande dans la lagune, apportant la malaria. Mais le mal était fait.

— E qué les moinesses elles étaient des cochonnes ! lança Rizzo. Qué elles recevaient des nobles la nouit ! Si !

— L'île est infestée de serpents, reprit Albert. Des centaines, paraît-il.

— Les serpents dou diable ! Ils sont venous quand on a enlevé les morts des cimetières dé Venexia et qu'on les a emmenés ici. Les morts, ils aiment pas qu'on les dérange !

— Que dit Balsamo à propos des serpents ? demanda Edmond.

— Qu'on ignore le pourquoi de leur prolifération sur cette île particulière, répondit Albert. Il est certain qu'un cimetière représente un terrain très riche d'un point de vue nutritif, mais des reptiles...

— Des serpents mangeurs de chair humaine en décomposition ! ricana Émile. Attention, il y a peut-être des crocodiles planqués dans ces fichues broussailles !

L'îlot était envahi par une épaisse végétation qui commençait à recouvrir partiellement le bâtiment de l'ossuaire, haut de trois mètres environ. L'endroit semblait négligé. Une barque était tirée sur les hauts-fonds et on entendait des coups de pioche sporadiques.

— Qué ils continuent d'entasser les os, expliqua Rizzo. Au bout dé douze années, on déterre les pauvres dé San Michele et on les empile ici.

Une croix solitaire se dressait au sommet d'une petite chapelle de brique rose. Albert, les yeux brillants, se dressa à demi, embrassant du geste l'horizon plat.

— Dans tout le nord de la lagune se dressaient de nombreux monastères. Balsamo souligne qu'ils ont été abandonnés entre le XIVe et le XVe siècle, Sant'Ariano est le dernier à avoir fermé.

— Quand je pense que j'ai vécu jusqu'à présent sans le savoir ! railla Louis.

— Vous ne trouvez pas ça fascinant, une flopée de monastères tous abandonnés en même temps ? La nature anéantissant les œuvres de la religion ?

— La nature chassant le Dieu des bigots avec des légions de moustiques... murmura Louis. Oui, ça me plaît bien. La Déesse a repris ses droits sur la lagune !

— Un territoire de païens et de mécréants, grogna Émile, s'attirant le regard courroucé de Rizzo. Ils ont dû jubiler quand les moines ont plié bagage. D'ailleurs, ils ont rien laissé, pas même les fondations. Et pourtant, ça devait en faire, des tonnes de briques et de marbre !

— Tout a été démonté, démantelé et emporté pour reconstruire autre chose ailleurs, expliqua Albert.

— Excusez ma trivialité, dit Edmond, mais je crois que nous arrivons à La Cura.

Devant eux, la gondole du Vicomte longeait le mur de la pointe sud, entourant les *barene* dont étaient en grande partie composée l'île. Ils la suivirent, prenant le risque d'être repérés. Heureusement, un grand nombre de barques sillonnait encore les chenaux, rentrant des zones de pêche ou transportant des marchandises. C'était curieux de songer qu'il n'y avait qu'une solution pour se déplacer : utiliser un bateau. On ne pouvait même pas aller à pied, les fonds étant trop variables. Il fallait naviguer, et cette obligation de recourir à ce seul moyen de transport expliquait peut-être le fameux sens de l'industrie et du commerce qui avait hissé Venise au sommet des puissances de son temps, se dit Louis en tapotant le plat-bord.

Le crépuscule s'annonçait, la lagune se parait d'une mousseline de brume mauve, d'une voilette orange. La Cura semblait paisible. La haute cheminée de brique d'une exploitation agricole soufflait un panache de fumée. Des paysans s'affairaient dans un grand verger. Un âne poussa son braiement, un chien aboya. Des lavandières battaient leur linge, agenouillées sur la rive. Des enfants tressaient des paniers d'osier. Personne ne souleva son chapeau pour saluer. Les visages étaient secs, fermés.

La *balotina* vira soudain dans un minuscule canal, dont l'entrée était à demi masquée par un arceau de ronces. Louis fit immobiliser leur *sandolo* un peu en retrait. Deux pêcheurs de *vongole*, chargés de leurs panières, traversaient un *ghèbo*, un petit canal, l'eau froide à mi-mollet. Ils se hissèrent sur la terre ferme à dix mètres d'eux. Louis sauta à terre, suivi de Rizzo, pour les interroger sur le Vicomte.

Le plus âgé des deux, dans la cinquantaine, le toisa. Le plus jeune cracha par terre.

— Ce n'est pas mon ami, fit traduire Louis, bien au contraire ! Et j'ai besoin de savoir comment me rendre chez lui sans me faire voir.

Le plus jeune, la peau hérissée de froid, haussa les épaules. Il suffisait de prendre, là, à droite, sous les frondaisons, et de suivre le vieux chemin de l'église romane. Il y avait encore les pavés. C'était sur les vestiges de San Damian que les Triscèle avaient fait construire leur bâtisse. Le chemin menait à l'ancienne porte cochère. Derrière, il y avait le potager et les dépendances qui donnaient sur la partie principale.

— Faites excuse, ajouta le vieux, à quoi vous sert-il de vous rendre dans une maison inhabitée ?

— Pardon ?

— Le Vicomte est mort le mois dernier.

— C'est impossible !

— Vous croyez que j'oublierais avoir porté en terre ce vieux salaud ? ricana l'homme. Il nous a tyrannisés pendant soixante ans !

— Mais… et la *balotina* que nous venons de voir s'engager dans le chenal ?

— Ah, ça ! C'est son homme de loi, il s'occupe de la succession. Un Français, comme vous. Le vieux démon avait un fils, qui doit avoir la cinquantaine. Il paraît qu'il réside dans leur domaine de Transylvanie. Nous prions tous les jours pour qu'il ne vienne pas vivre ici !

Louis essayait de mettre de l'ordre dans ses pensées.

— Pourquoi le traitez-vous de démon ?

— Parce que c'en était un ! assura le plus jeune, en serrant le poing. Un hérétique, toujours plongé dans ses satanés grimoires !

— Un Frère noir, chuchota le vieux.

— Vous ne l'avez pas dénoncé à l'évêque ?

— Hélas, monsieur, ç'aurait été sa parole contre la nôtre ! Et l'évêque n'aurait pas excommunié un noble ! Il est bien gras, notre prélat. Un vrai chapon ! ajouta-t-il avec un sourire sans joie. Maintenant, si vous voulez bien nous excuser, la journée a été longue…

Il montra son lourd panier, ses hardes détrempées, ses mains éraflées par les coques coupantes.

— L'eau est salée par ici, plus salée qu'au sud. Elle est riche.

— Mais des trois éléments, vous appartenez à la terre, n'est-ce pas ? murmura Louis.

Ils lui jetèrent un regard stupéfait et se signèrent avant de s'éloigner en hâte.

Émile, Albert et Edmond débarquèrent à leur tour et ils trouvèrent rapidement l'antique chemin aux pavés cabossés et fendus.

— Mais si le Vicomte est décédé, qui est le Vicomte ? demanda soudain Albert, les sourcils froncés.

— *That is the question* à cent francs, mon petit Albert ! Le vieux marinier a évoqué un homme de loi.

— Et oun fils ! précisa Rizzo. Oun vieux dé cinquante ans !

Émile lui lança un regard courroucé. Louis réfléchissait à voix haute :

— Si je colle les déclarations de Melchior avec celles de nos deux paysans, nous avons un vicomte décédé soupçonné d'appartenir à l'ordre hérétique des Frères noirs, des fanatiques, adorateurs du Calice.

— Le Graal… fit Albert, pensif.

— Laissons ce bon vieux roi Arthur en dehors de ça pour le moment, c'est déjà assez compliqué, lui renvoya Louis qui commençait à en avoir sa claque des rebondissements intempestifs.

Émile approuva. On était à deux doigts de flanquer une bonne dérouillée à un zigouilleur de gosses et on venait vous tarauder la calebasse avec des décès, des héritiers, des hommes de loi…

— Le Vicomte est mort, vive le Vicomte, déclara Edmond juché sur les larges épaules d'Émile. Le père prônait les vertus sacrées du sang. Le fils a repris le flambeau et y a ajouté sa touche personnelle : le meurtre sur Celluloïd.

— Les deux Boches nous ont bien dit que le Vicomte, celui à qui ils voulaient tirer du pognon, avait des propriétés dans les Carpates, fit observer Émile. Donc tout se tient ! Le pervers que nous poursuivons est le fils, qui occupe la maison familiale en douce. Quoi de plus pratique pour commettre ses forfaits qu'un baraquement supposé vide ?

— Tout à fait ! approuva Edmond en lui tapant sur la casquette, sur quoi Émile menaça de le balancer dans les orties qui bordaient le chemin.

Louis reprenait espoir. Que le vieux vicomte soit décédé rendait même les choses plus simples. Il ne se mettrait pas en travers de leur route avec les pouvoirs de la richesse et de l'influence pour protéger son immonde rejeton.

Ils continuèrent à avancer tandis que le soleil descendait à l'horizon, se rapprochant de l'onde clapotante.

— Bordille ! jura Émile. Il faut vérifier nos briquets avant qu'il fasse nuit.

Il sortit un ruban jaune, de l'amadou, en coupa un morceau pour chacun.

— Remarquez, je compte plutôt là-dessus pour nous éclairer ! ajouta-t-il d'un air faraud en sortant de sa besace un objet métallique qu'il accrocha à sa ceinture, produisant aussitôt de la lumière.

— Une lampe électrique portative ! s'exclama Louis.

— Oui, le modèle G. Trouvé, du solide ! Elle s'éteint dès qu'on la porte par sa poignée.

— Lampe à incandescence alimentée par une pile au bichromate. Fournit l'intensité lumineuse de quatre ou cinq bougies pendant trois heures, récita Louis, lecteur passionné depuis plusieurs années de la revue *La Nature* qui rendait compte de toutes les innovations techniques et scientifiques. Plus bath que la lampe tempête !

— Regardez, dit Albert en suivant le rayon de lumière, on voit encore les sillons des ornières prévues pour le passage des charrettes, comme sur les voies romaines. D'après Balsamo, Costanziaca était très peuplée et prospère. Un peu plus loin sur la gauche se trouvait le monastère de SS. Giovanni e Paolo.

— Vous avez décidé d'apprendre ce bouquin par cœur ?

— J'avoue, mon cher Louis, que ma formation et mon tempérament me poussent à chercher les causes et les effets de la mort, que ce soit celle des gens ou celle des civilisations. Nous sommes entourés de maisons, de ponts, de colonnes, évaporés, dissous. Nous traversons des cités fantômes, englouties, telles que les antiques Ys ou Lyonesse…

Louis opina tout en remontant le col de sa veste :

— Si l'humanité avait découvert plus tôt la technique des images animées, nous pourrions voir les gens y vivre. Un saut dans le temps de six cents ans en arrière.

— Et nous pourrions admirer les costumes, les lévriers, les demoiselles, les bouffons des doges, les nains de Vélasquez… ajouta Edmond se laissant emporter.

— La progression du paludisme, l'ensablement, l'abandon des monastères, fit Albert en écho.

— Nous verrions tout. C'est cela, l'avenir, messieurs, rien n'échappera plus à notre connaissance, assura Louis.

Il buta sur Émile qui avait stoppé net.

— Aïe !

— Mes excuses, messieurs les visionnaires, mais on tourne en rond !

Louis fronça les sourcils.

— Qu'est-ce que vous racontez ?

— Depuis le temps que vous palabrez, on devrait être arrivés ! Je vous dis qu'on tourne en rond. Regardez ces vignes, on les a déjà passées deux fois.

— Mais le pêcheur nous a dit de suivre le dallage…

— Soit il s'est fichu de vous, soit nous avons pris un mauvais embranchement.

Ils revinrent sur leurs pas en étudiant attentivement le pavement envahi d'herbes folles et se trouvèrent bientôt devant un noyer tout tordu qu'on ne pouvait confondre avec un autre.

Émile s'accroupit, fourrageant dans la poussière.

— C'est ici qu'on a dû se gourer.

Scrutant les broussailles avec sa lampe, il désigna soudain un point sur la droite.

— Là, regardez, les pavés sont plus larges, c'est le chemin principal, mais il est mangé par la végétation. Nous avons pris un embranchement secondaire.

— Pourquoi tracer un sentier qui tourne en rond ? demanda Edmond.

— Aucune idée et aucune envie de me poser la question ! répliqua Louis. À cette allure, on arrivera quand tout le monde sera reparti.

Ils pressèrent le pas dans le crépuscule. La brume caressait leurs visages de ses doigts froids et humides.

— Et si nos bateliers se carapatent ? demanda soudain Émile. Les insulaires ont généralement un mauvais tempérament.

— Ils attendront. Eux vouloir les sous, répondit Rizzo, sévère. Avec les deux florins, ils vont manger de la fritoure pour oune semaine.

On continua dans l'obscurité et le brouillard, de plus en plus opaque, se déchira soudain devant…

Le foutu vieux noyer !

— Milles bombes ! C'est quoi, ce boxon ? rugit Louis, ulcéré.

— Je pense qu'il s'agit d'un labyrinthe, avança posément Albert. Un jardin médiéval, une transposition végétale du symbolisme de la Quête.

— Je sais ce qu'est un labyrinthe, mon bon Albert, mais ce que je voudrais savoir, c'est pourquoi nous nous y trouvons !

— Pour nous égarer et nous faire rentrer bredouilles, laissa tomber Edmond en grimpant en haut de l'arbre.

J'aperçois un mur sur notre gauche. Émile, passez-moi votre boussole.

Il examina encore un instant la situation puis cabriola à terre.

— Droit devant, nord-nord-ouest ! Oublions le sentier et taillons à travers les taillis.

— Mmmm… à coups de scalpel ?

— Albert, votre défaitisme de pékin est parfois lassant pour le moral des troupes, lui renvoya Émile en dépliant sa pelle d'infanterie. Vous croyez qu'un vieux singe va sortir sans biscuits ?

Et ils s'avancèrent résolument dans la végétation peu élevée, mais dense et piquante.

Il faisait presque nuit quand ils arrivèrent près du mur, un long mur de briques disjointes, affaissé par endroits. En le longeant, ils débouchèrent enfin dans le verger, au pied d'une haute bâtisse en brique rouge qui avait des allures de donjon. Au pied des arbres fruitiers, les outils et les brouettes traînaient, abandonnés au hasard. Aucun bruit de pas ni d'écho de voix. Émile passa la main sur une carriole.

— Tout est couvert de poussière. Plus personne ne vit ici.

On avait obstrué le puits avec une planche solide. L'étable était vide, les jougs et les licols gisant sur le sol, jonché de paille cassante.

— Ils ont tous détalé dès que le vieux vicomte a passé l'arme à gauche.

— Mais sans rien voler, observa Louis.

Ils se glissèrent dans le cellier. Des étagères de grands crus. Des jambons suspendus aux solives. Des œufs rangés dans leur caisses rembourrées. Un grand bidon de lait dégageait une odeur aigre. Dans les cuisines, une marmite débordante de moisissures était restée suspendue dans l'âtre monumental. Une presse à canard dégoulinait de graisse figée. De la vaisselle sale s'empilait dans l'évier et, sur la longue table en bois blanc, une demi-douzaine d'assiettes offraient des reliefs de pain sec et de riz brun ratatiné.

Le silence état total. Oppressant. Ils avançaient à la queue leu leu, retenant leur souffle. Louis s'imaginait tomber à chaque instant sur les occupants des lieux, statufiés. Mais dans le hall d'entrée, ils ne trouvèrent que des armures, vides. Un escalier en marbre, recouvert d'un tapis chinois et orné de lampes à gaz ouvragées, les mena à une grande salle.

Émile leva plus haut sa lampe et releva l'interrupteur d'un éclairage électrique. Une rangée d'ampoules vissées à quatre mètres du sol, le long des murs, inonda l'endroit d'une lumière froide et crue.

Ils se trouvaient dans une vaste pièce lambrissée de panneaux de noyer qui devait être la salle de réception de l'étage noble. Au plafond, soutenu par des colonnes de bronze torsadées, une fresque représentait la lune à son apogée, entourée des constellations. Un épais tapis d'Axminster rouge grenat recouvrait le parquet marqueté. Des tapisseries médiévales aux couleurs fanées décoraient les murs. L'immense cheminée de marbre noir ne contenait que des cendres. Un lustre de Murano, une de ces baroques extravagances de verre soufflé et de perles colorées, étendait ses deux mètres de voilure au-dessus de la table de douze couverts damassée d'écarlate. Les chaises en bois doré recouvertes de velours « Rose du Barry » étaient alignées devant des verres en cristal et des assiettes blanches cerclées de cobalt et d'or fin.

Il y avait un convive sur chaque chaise. Des jeunes gens.

Nus.

Les assiettes étaient vides.

Les invités étaient morts.

Avalant sa salive, Louis se tourna vers Albert, qui confirma d'un signe de tête. La fixité des regards, la rigidité des postures ne pouvaient tromper.

« Le palais de la Mort au bois dormant », se dit Louis en s'approchant des corps aux cheveux bien peignés. Au centre de la table était posée une ardoise sur laquelle on avait écrit à la craie : *Le festin de Nabuchodonosor*. Un festin de cadavres. Le plus jeune devait avoir huit ans, le plus âgé quatorze. Deux ou trois commençaient à s'affaisser sur leurs sièges, comme de petits ivrognes. Certains semblaient tout juste évanouis. D'autres, la peau marbrée, dégageaient une odeur doucereuse qui allait sous peu devenir pestilentielle, quelques-uns enfin commençaient à se décomposer. Albert les examina rapidement dans un silence tendu.

— Saignés à blanc, conclut-il. Tous. Un trou dans la carotide. Mais comme vous pouvez le constater, ils n'ont pas été assassinés en même temps. Je dirais que ça s'échelonne entre hier et trois semaines.

Douze jeunes garçons vidés de leur sang dans un laps de temps rapproché. Louis se glissa sous la table pour observer leurs chevilles. On y distinguait des cercles noirâtres.

— On les a pendus par les pieds, la tête en bas, et on les a piqués comme des cochons ! lança-t-il.

Rizzo, les yeux écarquillés, tournait à distance respectueuse des morts, en marmonnant *Porca Madonna !*

— Il y a un gros appareil photographique posé sur un trépied, les informa Émile qui fouillait la pièce, pistolet au poing.

Louis comprit soudain à quoi servaient les puissantes lampes électriques. Ils se trouvaient dans le studio de prises de vues du Vicomte !

Il fonça sur les coffres rangés le long des murs et en extirpa des costumes de théâtre, des perruques, des accessoires qu'il jetait par terre au fur et à mesure, pris de rage.

Il renversa les décors en carton-pâte appuyés contre le mur : colonnes romaines, puits, façade de bergerie.

— Regardez-moi ça !

D'autres ardoises portaient des titres en lettres blanches : *Les Amours de Narcisse*, *Le Pâtre séduit par Diane*, *Mars et Pompée endormi*, *Cléopâtre et ses pages*.

Il contempla pensivement une longue robe moirée de taille 52, une perruque noire constellée de pierreries, des colliers en verroterie. Le Vicomte se travestissait-il pour jouer ces saynètes ? Baste ! Quelle importance ? Il se tourna vers Edmond.

— Vous aviez raison, ce salaud assouvit ses fantasmes, quels qu'ils soient, et les fixe sur Celluloïd !

— Mais que peut-il bien faire du sang ? demanda le nain qui se tenait près d'un ravissant cabinet chinois rempli d'élégantes carafes et de verres en cristal de Baccarat.

Des carafes pleines d'un liquide épais et rouge foncé. Chacune d'elles portait une étiquette. Un silence se fit. Edmond cligna nerveusement des yeux.

— Je suis trop petit, dit-il en tendant le bras.

Albert le devança. Se pencha sur l'écriture élégante.

— *Antonio*, lut-il dans le silence total. *Pietro, Lucca...*

Il saisit le flacon étiqueté *Lucca*, en ôta le bouchon et renifla, puis le reposa sans un mot, très pâle.

— Voilà ce qu'il fait du sang, messieurs : il le boit ! Le soir, après le tournage, il s'assoit dans ce confortable fauteuil et se repose en dégustant le sang de ses victimes !

— Les rouleaux de Celluloïd vierges sont ici dans une boîte, annonça Émile qui continuait à fouiller avec fureur.

— Ils auront emporté les autres avec eux ! râla Louis, sous le choc de cette découverte. Si seulement nous n'avions pas perdu du temps à tourner en rond !

Son regard ne pouvait s'empêcher d'aller et venir des jeunes défunts sur leurs chaises à l'élégant service en baccarat. Il lança un coup d'œil par l'étroite fenêtre. Une lune d'ivoire obèse se hissait sur des bancs de brumes argentés.

— Elle sera haute dans deux heures, dit-il. Si nos lascars se terrent encore ici, nous devons les débusquer avant !

Un bref silence s'ensuivit, un silence découragé que perça soudain un timbre strident.

La sonnerie incongrue d'un téléphone.

CHAPITRE XVII

L'appareil était fixé au mur. Moderne, il disposait d'un cornet que Louis décrocha après un bref instant d'hésitation.

— Oui ? dit-il.

— Louis ? C'est toi ? cria Camille. Je suis à l'auberge de Torcello avec Talbot !

— Mais qu'est-ce que tu fais là-bas ? gronda Louis. Et comment se fait-il que ce foutu Talbot…

— Son train ne part qu'à une heure du matin. Eleonore a reçu un mot de la *signora* Balsamo disant qu'on pourrait te trouver à ce numéro. Que tout allait s'expliquer. Nous avons décidé de venir à votre aide.

— Mais c'est ridicule ! s'emporta Louis. Mille bombes, retourne à Venise tout de suite !

— Certainement pas ! Nous partons à l'instant pour Sant'…

La voix profonde de Talbot se substitua à celle de Camille :

— Nous n'allons pas vous laisser tomber ! La Balsamo nous a indiqué le chemin.

— Il n'en est pas question ! hurla Louis en vain : la communication avait été coupée.

Mais quelle fichue idiote ! Et ce godelureau de Talbot qui osait la ramener !

— Que faisons-nous maintenant ? demanda Edmond, les yeux fixés sur les carafes.

— Camille va arriver, nous devons l'attendre... gronda Louis qui s'interrompit brusquement.

Il leva le doigt.

— « Sant' », elle a dit « Sant' » avant que Talbot lui coupe la parole !

— Mm ?

— Albert ! Réveillez-vous ! Nous sommes sur l'île de La Cura.

— Santa Cura ? proposa Edmond.

— Non, dit Albert, Louis a raison. Elle ne pouvait faire allusion qu'à Santa Cristina, au nord-est, ou à...

— Sant'Ariano !

— L'île *delle morte* ! s'écria Rizzo.

— Mais pourquoi se rendre à Sant'Ariano alors que nous sommes ici ? demanda Edmond.

— Parce que cette foutue sorcière de Balsamo les a envoyés dans un piège ! rugit Émile.

Louis fonça vers la porte, la tira violemment et se figea face au fusil pointé sur lui.

— Fin du voyage ! dit la voix métallique de Fausto Auerbach, présentant son profil intact.

Louis recula, faisant volte-face, et croisa le regard indifférent de Taddeo, de l'autre côté de la pièce. Sa chevelure dorée étincelait sous les lampes puissantes. Il était armé lui aussi.

Pris en tenaille. Mais à armes égales. Louis leva son pistolet. Il y aurait carnage, mais on n'allait pas se rendre sans se battre.

— Laissez au moins notre domestique s'en aller, dit-il, il n'est pour rien dans cette histoire.

— Désolé, mais c'est tout à fait impossible, monsieur Denfert, prononça une voix mélodieuse.

Un homme se tenait sur le seuil. De haute taille, droit comme un I, il portait un manteau noir qui lui descendait aux chevilles. Coiffé d'un large chapeau à bord plat il cachait son visage derrière un masque blanc doté d'un long bec pareil à ceux des oiseaux de proie. Ses mains, gantées de blanc, tenaient une canne-épée en ébène.

— Un médecin de la peste ! laissa échapper Albert.

— C'est exact, dit l'homme. Le costume imaginé par Charles de Lorme au XVIIe siècle pour protéger les praticiens de la contamination. Le bec du masque contenait des huiles essentielles.

— Qui êtes-vous ? gronda Louis. Pourquoi ce déguisement grotesque ?

— Vous posez plus de questions à la seconde qu'un enfant en bas âge, monsieur Denfert. Apprenez donc la patience !

— Je brûle de vous occire, monsieur, alors parlez au plus vite !

— Je ne porte pas ce costume pour mon simple plaisir. Il en va de ma vie. Je suis atteint de *Xeroderma pigmentosum.*

Albert ne put retenir une exclamation de surprise.

— Une photodermatose rare, expliqua-t-il. Elle se traduit par une sensibilité excessive de la peau au soleil avec un risque très élevé de cancer.

— Précisément, monsieur Féclas. Donc j'évite de sortir et de me montrer.

— Et comme vous vous ennuyez à la maison, vous violez et tuez des gamins, lança Émile, dégoûté.

— Je ne viole personne, sergent ! Je laisse ces jeunes natures exprimer leurs penchants naturels. La jeunesse est si douce aux reclus !

— Vieux dégueulasse !

— Que pouvez-vous comprendre à la démarche d'un artiste ? Vous n'êtes qu'un sous-produit de l'humanité. J'ai toujours été fasciné par les lanternes magiques et la photographie. Les images, les images animées, le mirage de la vie, quelle fascination quand vous passez votre temps enfermé ! J'ai suivi avec passion les progrès des ingénieurs et rapidement compris que je devais posséder mon propre appareil. J'ai organisé mon petit monde privé, en quelque sorte, dont j'étais l'acteur et le metteur en scène. Un démiurge !

Il rit, d'un rire déplaisant qui ne trouva pas d'écho.

— Pourquoi tuez-vous ces garçons ? demanda Louis en s'efforçant d'être calme. Vous avez peur qu'ils vous dénoncent ?

— Il est difficile de se faire comprendre des non-initiés. Savez-vous combien de mondes gravitent autour du nôtre, messieurs ? Je parle des mondes éthérés. De ce côté-ci de la matière, ces jeunes gens sont défunts. Mais de l'autre côté, du côté immatériel où se meut la Grande Déesse, ils dansent et chantent dans les verts pâturages de l'Éternité.

— Laissons tomber ces considérations oiseuses ! lança froidement Albert. Avouez que voir couler leur sang vous excite et que vous jouissez de le boire !

— Comme vous êtes impudent et irréfléchi, monsieur le médecin. Savez-vous à quand remonte notre ordre ? Aux croisades !

— La mosaïque près du Trône d'Attila !

— Et le triskel, notre blason, gravé dans la pierre catholique de San Servolo, l'union de l'Alchimie et de la Foi.

— Parce que vous êtes pieux, en plus ? ironisa Louis. Peut-être même dévot ?

— La dévotion ne s'applique pas qu'au panthéon catholique, monsieur le journaliste. Et votre Sainte-Trinité n'est sans doute qu'un avatar des trois visages de la Déesse.

— N'essayez pas de tergiverser, dit Albert. Ce qui nous intéresse, d'un point de vue clinique, c'est la vérité. Et vous vous montrez fuyant et raisonneur, comme tous les psychopathes. Vous me rappelez ce pitoyable tueur américain, nommé Piper. Il brisait le crâne de ses victimes, mais ne leur infligeait aucune autre blessure et ne les violait pas. Cependant la police a trouvé sur ses vêtements les preuves de son excitation sexuelle. Est-ce votre cas, Vicomte ?

Difficile de deviner l'expression du criminel derrière son masque. Louis espérait que le discours d'Albert l'avait déstabilisé. Fausto Auerbach pour sa part semblait furieux. Mais à son grand dam, le Vicomte s'inclina courtoisement.

— Faites comme moi, messieurs, souriez, vous êtes filmé pour la postérité !

Il désigna Taddeo qui tournait la manivelle du gros appareil en acajou.

— Ce n'est pas parfait, mais en tout cas, même saccadée, votre mise à mort sera parfaitement vivante !

— Comme celle du Dr Mastroianni ? lança Émile.

— Ce traître voulait faire réviser le procès d'Herman ! lança Fausto, sa face mutilée tout empourprée. Lui que j'ai toujours approvisionné avec des morceaux de choix pour ses écorchés plus vrais que nature, il se permettait de mépriser mon frère !

— Fausto a le sens de la famille, approuva le Vicomte.

— Et vous, l'essence de l'infamie ! Vous ne nous avez toujours pas expliqué pourquoi vous mettez à mort comme des porcs les acteurs de vos fantasmes, dit Louis qui cherchait désespérément comment renverser la situation.

Le Vicomte prit une pose élégante, appuyé sur sa canne.

— Le réel pouvoir de transsubstantiation du sang, Denfert. C'est ça, le secret, laissa-t-il tomber d'un ton suffisant. Le sang transforme la matière. Le sang la régénère. Le sang frais provenant de jeunes corps mâles. Cela me permet de survivre. Sous ma peau livide qui n'a jamais vu le soleil coule le plus rouge des fleuves, dont je renouvelle la source chaque fois que le besoin s'en fait sentir.

— Délire avec conservation partielle de la raison, excitation maniaque, laissa tomber Albert, d'une voix docte.

— Faut être drôlement fêlé du ciboulot pour croire que boire du sang va vous aider à rester jeune, bougre de pourriture ! gronda Émile.

— Boire du sang me donne accès à l'éternité ! tonna le Vicomte en levant les bras au ciel.

— Vous auriez pu en faire profiter votre père ! lui renvoya Louis.

— Mais je suis mon père ! proclama Triscèle. Je suis Un depuis plus de mille ans, imbéciles ! Je ne meurs que pour renaître, plus jeune et plus fort !

— Maître, intervint Fausto, il faut y aller.

— C'est vrai. Il est temps de sacrifier à la Grande Déesse des marées. C'est à travers sa magnifiante puissance que s'exerce le Pouvoir du Sang.

Tout le monde demeurait figé, se tenant mutuellement en joue.

— C'est la seconde fois cette semaine, laissa tomber Louis. Ça devient lassant. Il faudra penser à renouveler votre stock de péripéties.

— Ne faites donc pas le mariolle, Denfert. Dites plutôt à vos amis de déposer les armes ou je fais occire la pulpeuse Mlle De Saens !

Louis lança un regard éperdu vers Albert. Rizzo, blême, serrait les poings. Émile jeta son arme sans hésiter. Albert l'imita, raide et digne, défiant le Vicomte du regard. Louis posa à son tour la sienne. Et s'aperçut soudain de l'absence d'Edmond ! Où était passé le nain ?

— On nous a vus débarquer sur l'île. Nos bateliers témoigneront aussi. Il y aura une enquête. Vous ne pouvez pas faire périr tous les villageois sans que ça paraisse un tantinet suspect.

— Vous avez tout à fait raison. C'est pour cette raison que je quitte définitivement les lieux. Et vous aussi ! Il est temps que ma justice soit faite, déclama-t-il.

Il éclata de son rire odieux, un rire outré de « méchant » de théâtre, et tapa trois fois de sa canne sur le sol.

Aussitôt un cercle de flammes s'éleva autour d'eux et Louis remarqua alors les fines rainures dans le parquet, qu'on avait dû remplir de pétrole.

— C'est ce qu'on appelle un feu de joie ! lança encore le Vicomte. *Enjoy !*

À travers les flammes montantes, Louis le vit s'éloigner, suivi de Taddeo portant la caméra pendant que Fausto les tenait en joue, prêt à abattre le premier qui essaierait de sortir du cercle fatal. Puis ils entendirent la clé tourner dans la serrure, le bruit d'une lourde barre métallique qui se mettait en place. Ils étaient perdus. Ils allaient brûler vifs. On conclurait à un banal incendie. Déjà les lourdes tentures et les costumes s'enflammaient. La fumée se faisait plus dense, les décors en carton grésillaient. Le parquet lui-même commençait à chauffer.

— Il faut tenter une sortie ! lança Émile.

— Pour aller où ? La seule issue est bloquée ! Et les fenêtres sont beaucoup trop hautes.

— Je ne vais pas crever comme un rat ! lui renvoya Émile en soulevant la lourde table dans l'idée de s'en faire un bouclier et de passer à travers les flammes.

— Par ici ! cria soudain une voix. Vite !

Ils levèrent la tête. Edmond, juché sur l'énorme lustre, indiquait une des impostes dont la vitre était brisée.

— Émile, posez cette fichue table qu'on puisse grimper dessus ! cria Albert.

Ils se regardèrent. Le cercle se rétrécissait. Il leur restait quelques minutes. Émile sauta sur la table et fit signe à Albert de monter sur ses épaules. Edmond, suspendu au lustre par les pieds, tendit ses bras aux muscles affermis par des années de main à main et aida Albert à se hisser sur une poutre. Ils firent ensuite passer Rizzo. Émile se tourna vers Louis.

— À vous !

— Non, à vous.

— Vous savez très bien que vous ne pourrez pas supporter mon poids. Montez, Louis. Camille vous attend.

Louis hésita. Il ne pouvait pas laisser son ami se sacrifier.

— Ça ne sert à rien qu'on tire notre révérence tous les deux. Montez, la bleusaille !

— Émile, je…

— Montez !

Il sauta sur les larges épaules, saisit les poignets d'Edmond, opéra un rétablissement. Les larmes lui inondaient les yeux, il ne voyait plus rien.

— Émile ! cria Albert. Attrapez le foulard !

De sa manche noire dégringolaient des mètres de satin rouge. Émile, debout sur la table, s'y agrippa.

— Ho hisse ! hurla Edmond.

Et tous les quatre, arc-boutés, priant pour que le fichu tissu ne cède pas, entreprirent de hisser Émile au-dessus des flammes bondissantes. Louis, à plat ventre, l'attrapa par le col de sa veste, on y était presque. Émile saisit d'une main la poutre tandis que le foulard se déchirait. Mais il tenait bon. Son biceps saillait à faire craquer sa manche. Il lança l'autre bras, puis sa jambe et se retrouva à califourchon, les bottes fumantes.

— Vite ! dit Edmond en courant sur la poutre que les flammes commençaient à lécher.

Ils le suivirent, maladroits. Le moindre faux pas et c'était le plongeon dans le bûcher organisé par le Vicomte. Edmond les attendait, à califourchon sur le rebord de la fenêtre.

— Qu'y a-t-il en bas ? demanda Louis.

— L'avenir nous le dira ! Enlevez votre redingote, Albert. Vous, Émile, tenez-en les basques.

Et, s'accrochant aux manches, Edmond se laissa basculer dans le vide, les pieds collés à la paroi.

— Il n'y a que six mètres ! leur cria-t-il. J'y vais !

Et il lâcha.

Louis avait déjà ôté sa veste qu'il noua à celle d'Albert pour donner un peu plus de longueur. Rizzo descendit à son tour.

— Qué c'est mou, en bas ! hurla-t-il après s'être relevé. Allez-y ! Sautez !

Mou n'était pas vraiment le terme approprié, se dit Louis après avoir vérifié qu'il n'avait rien de brisé. Il eût mieux valu dire que ce n'était pas trop dur.

Et Rizzo, malgré ses fanfaronnades, boitait bas.

— Je crains une entorse, diagnostiqua Albert, pour sa part assez sévèrement contusionné.

— Vous n'avez pas votre poudre de cocaïne qui est si efficace ? demanda Louis.

— Si fait. Allez-y, je m'occupe de lui et je vous rejoins.

— Qué *mi* reste pas là ! glapit Rizzo. Qué *mi* viens touer les toueurs !

Louis lui ébouriffa les cheveux et se tourna vers Edmond :

— Comment avez-vous fait pour vous évaporer ?

— La question est mal posée, répondit le nain. En fait, ils ne m'ont jamais vu ! Quand ils ont fait irruption, j'ai plongé sous la table. Ils avaient les yeux rivés sur vos armes. Pas sur vos genoux. De l'avantage d'être insignifiant ! ajouta-t-il en riant. Ensuite, avec mille précautions, j'ai entrepris de me hisser au plafond. Je n'avais pas d'arme et j'ai pensé qu'une diversion pourrait vous être utile.

— On vous doit une fière chandelle, la demi-portion ! déclara Émile en lui serrant la main.

— À charge de revanche, le vieux bourrin !

Albert avait confectionné une attelle sommaire et Rizzo pouvait trottiner sans chanceler.

Ils s'empressèrent de rattraper Louis, affolé à l'idée que les Tisonneurs détiennent Camille. Ou n'était-ce qu'un bluff ? Comment le savoir ?

Grâce à la découverte des ondes hertziennes et aux expériences d'Édouard Branly, des chercheurs[1] espéraient mettre au point incessamment un télégraphe sans fil. Quel progrès ce serait ! Il suffirait que chacun soit équipé d'un poste transportable pour pouvoir communiquer à tout moment par morse ! Il tapota « J'arrive mon amour » dans sa tête, tout en fonçant hors de l'enceinte du manoir.

Sant'Ariano était sans nul doute sous haute surveillance. Ils ne pouvaient pas se pointer en barque par le seul canal d'accès. Il consulta Albert et celui-ci demanda à Émile de lui éclairer le bouquin de Balsamo. Derrière eux, les flammes sourdaient des fenêtres dont les vitres éclataient en cascades. Curieusement, personne ne donnait l'alarme. Le plan du Vicomte était sommaire mais habile. Les corps carbonisés seraient difficiles à identifier. Lui-même passerait sans doute pour mort.

— On peut y aller à pied, décréta enfin Albert. C'est dangereux, mais c'est faisable. Si l'on emprunte les chenaux peu profonds et qu'on évite les sables mouvants. On devrait pouvoir traverser entre les deux îles à une profondeur maximum d'un mètre cinquante.

— Magnifique ! persifla Edmond. Dommage que je n'aie pas pris ma tenue de scaphandrier.

— Cessez donc de vous plaindre, vous savez très bien qu'on vous fera traverser, dit Émile en se penchant pour que le nain puisse s'asseoir à califourchon sur ses épaules. Mais faudrait pas que ça devienne une manie !

1. Tels qu'Eugène Ducretet à Paris, Alexandre Popov en Russie et Guglielmo Marconi en Italie.

Albert, le livre à la main, ouvrit la marche, éclairé par Louis. Rizzo, s'aidant d'une grande tige de roseau, suivait de son mieux. Le temps pressait et ils marchaient de nuit, en territoire inconnu et de surcroît humide. Ils avaient renoncé à s'adresser aux insulaires, doutant de leur bonne volonté. Louis, pour se rassurer, se disait que Camille ne risquait rien tant que la lune n'avait pas atteint son apogée et ne cessait de jeter des coups d'œil angoissés à cette vieille trogne phosphorescente rampant dans le firmament comme une araignée chauve sur sa toile.

Il remarqua que, tout en se pressant, Rizzo se bourrait les poches de terre et fut tenté de l'imiter. Baste, il n'allait pas succomber à des superstitions bourbeuses.

N'osant pas troubler Albert plongé dans sa *Cartographie*, il se repassait en silence leur confrontation avec le Vicomte. Quel salmigondis ésotérique ! Quelle folie ! Croyait-il vraiment être immortel ? Et cette prétendue maladie qui l'obligeait à vivre en reclus et de nuit, en bon fils de la Lune ! À dire vrai, son délire était organisé, comme souvent chez les aliénés atteints de paranoïa, d'après ce que lui en avait appris Albert. Le sujet procédait par sophismes : les déductions étaient cohérentes, mais les prémisses fausses.

Il faillit s'étaler dans un trou d'eau, et Albert grogna quand la lumière vacilla. Louis s'excusa, retourna à ses pensées.

Si le Vicomte l'avait voulu, il aurait pu se procurer des hommes de main supplémentaires. Son étrange démence effrayait-elle même les truands endurcis ? Ou bien ne recrutait-il que des malades de son espèce ? De prétendus initiés. Des tueurs à répétition, comme lui, à qui il permettait de se livrer ainsi à leurs passions – démembrement, éventrations… – du moment qu'ils lui assuraient sa provision de sang. Un redoutable meurtrier, bientôt opportunément porté disparu.

Cela lui rappela l'Ombre de Whitechapel dont les yeux ne reflétaient jamais que le froid éclat des scalpels.

Il revit les carafes pleines. Imagina le Vicomte soulevant son masque d'oiseau pour avaler une gorgée d'Antonio ou de Guido, croyant déguster un élixir de vie.

— À droite, dit Albert, le ramenant au présent.

Ils avaient coupé d'est en ouest, évitant par prudence les quelques habitations éparses.

— Nous arriverons bientôt à la pointe, reprit-il. C'est là qu'il faudra s'engager dans le marais proprement dit. Si vous pouviez essayer d'éclairer la carte au lieu de mes pieds, merci.

Clapotant dans la vase, ils atteignirent le point de passage le moins profond du canal. Juste en face d'eux, le parallélépipède plat et sombre de Sant'Ariano.

Rizzo palpa le sol.

— C'est la *dosàna*, la marée basse, annonça-t-il. *El xe* le bon moment *par* traverser. Attention *al* courant !

Émile tira de sa poche un rouleau de ficelle.

— C'est pas que j'ai pas confiance, mais vaut toujours mieux s'encorder. Je n'ai pas envie d'avaler un bol de bouillon aux algues une seconde fois !

Une fois prêts, ils s'avancèrent en file indienne dans l'onde glaciale, de l'eau à mi-taille, encouragés par Edmond bien au sec. Le courant, puissant, essayait de les entraîner vers le sud. Louis songea aux pêcheurs, ceux d'ici et ceux de son enfance, constamment exposés au froid. Il se souvint des heures à grelotter en nettoyant le poisson sur le pont, les mains gercées, les pieds glacés. « La mer est dure aux fils de l'homme », se dit-il, se permettant un mauvais jeu de mots.

Albert, qui marchait en tête, agrippa une brassée de plantes marines et se hissa sur la berge de l'îlot. Transi de froid, il sautillait sur place pour se réchauffer. Louis enfila sa veste qu'il avait tenue à bout de bras. Ses chaussures couinaient, spongieuses.

La Déesse opalescente daignait enfin se montrer dans sa quasi-plénitude et le paysage se découpait avec la netteté d'un daguerréotype. L'îlot tout entier scintillait. Ils s'approchèrent du mur d'enceinte. Les longs doigts d'Albert effleurèrent une plaque de marbre où l'on pouvait déchiffrer une inscription en latin. Un hommage aux fondateurs, leur apprit-il.

Le charnier tout proche dégageait une odeur de poussière, de terre et de caveau humide.

— Attention à lé serpents ! avertit Rizzo qui n'en menait pas large.

Albert sortit le passe-partout que lui avait offert un jeune confrère américain, Harry Houdini, et ouvrit en quelques secondes la vieille porte du poste de guet.

Un monticule d'ossements posés près d'une brouette attendait d'être enseveli. Les crânes aux orbites vides brillaient sous la lune et Rizzo, les mains jointes, entonna à voix basse ce qui semblait être une fervente prière. Louis intima le silence et ils restèrent quelques secondes immobiles, écoutant la nuit et ses ombres.

Émile s'agenouilla et posa la tête par terre comme un Peau-Rouge. Il pointa son doigt vers le sol.

— Il y a du bruit là-dessous ! souffla-t-il.

— Qué c'est les vampires !

Émile se redressa et ramassa une lourde pioche qu'il soupesa avec satisfaction.

— On va s'en occuper, déclara-t-il calmement.

Albert s'était de nouveau plongé dans son Balsamo qu'il posa soudain pour saisir un balai et épousseter les antiques dalles fendillées.

— Ce n'est pas le moment de faire le ménage ! feula Louis.

— C'est le moment de trouver l'entrée de la crypte ! lui renvoya Albert. Nous nous trouvons dans ce qui était la chapelle de l'ancien monastère. Il y avait une lipsanothèque juste au-dessous...

— Traduction ?

— Une armoire à reliques. On accédait à la crypte par un escalier dans l'angle sud-est, ajouta-t-il en dégageant une plaque disjointe. Là !

Ils soulevèrent le bloc pesant, dégageant les premières marches d'un très vieil escalier en colimaçon.

— Encore ! soupira Émile. La prochaine fois, essayons New York, au moins ce sera un peu moderne !

— Allez, mon vieux, vous n'avez pas cessé de me vanter les qualités des galeries souterraines ! répliqua Louis.

— Et si on les enfumait ?

Émile désignait un tas de bois coupé.

— On les tirera comme à la foire au fur et à mesure qu'ils remonteront.

L'idée était séduisante et Louis allait acquiescer quand un hurlement retentit. Un hurlement de femme.

Il s'élança dans l'étroit boyau. Dévalant les marches quatre à quatre, la lampe brandie au mépris de toute prudence, il s'enfonça sous terre.

De la terre battue. Humide. Une pièce carrée, d'épais piliers, une croix dorée et une châsse en bronze, vide. Dans le mur en gros moellons de gauche, le départ d'un étroit tunnel. Qui débouchait dans une longue salle voûtée d'environ cinquante mètres carrés.

Louis leva les yeux. Retint son souffle. Les murs étaient tout entiers tapissés de cadavres. Des momies vêtues de loques, dont les mâchoires disjointes semblaient rire ou appeler à l'aide. Des touffes de cheveux desséchés pendaient sur les os de leurs épaules. Des chaussures béaient à leurs pieds en lambeaux.

— Comme dans les catacombes de Palerme ! murmura Albert dans son dos. Sans doute le cimetière des religieux, regardez les costumes.

On reconnaissait des bures de laine, des capuches, des soutanes noires et pourpres, des surplis en dentelle, des bonnets d'évêque.

— Nous sommes dans les sous-sols du monastère, ajouta Albert. Au-dessous du niveau actuel de la mer.

Louis avait déjà repris sa progression. Un autre boyau, tordu et suintant.

— Où sont les autres ? jeta-t-il par-dessus son épaule.

— Ils montent la garde en surface. Regardez !

Albert désignait un triskel, gravé en relief dans la rugueuse pierre de taille.

— Cela signifie-t-il que le monastère était infesté par les Frères noirs ?

— Albert, ne me dites pas que vous commencez à croire à ces sornettes !

Albert n'eut pas le loisir de répondre car il venait de se cogner dans un homme qui déboulait en sens inverse. Stupéfaits, ils reconnurent Joseph Talbot.

— Vite, par ici ! lança celui-ci d'une voix pressante. Ils tiennent Camille !

Sans leur laisser le temps de poser plus de questions, il s'engouffra dans une galerie décorée de pilastres, leur fit traverser un dédale de ce qui semblait être des cellules, grimpa trois marches et les entraîna dans une haute salle ronde juste comme la femme hurlait à nouveau.

La seule chose que vit Louis tout d'abord, ce fut Camille, entravée et allongée sur un autel d'albâtre. Ses grands yeux verts affolés au-dessus du bâillon. Du bâillon ? Mais dans ce cas…

Il tourna vivement la tête. Mais trop tard pour échapper à la crosse de fusil qui s'abattit sur son crâne. Il s'évanouit avec l'image de la *signora* Balsamo tranquillement assise sur une demi-colonne corinthienne et hurlant à gorge déployée.

CHAPITRE XVIII

Quelle heure était-il ? Non, ce n'était pas la bonne question. Faisait-il nuit ? Non, pas ça non plus. Il battit des paupières, la tête douloureuse. Camille ! Louis essaya de bondir sur ses pieds, mais il était déjà debout, attaché par les poignets à une solide poutrelle en bronze. S'efforçant de rassembler ses idées, il distingua Albert ligoté de même. Entre eux, l'autel sur lequel gisait Camille. Maintenant que sa vue s'éclaircissait, il prit conscience qu'ils se trouvaient dans un puits, un puits de cinq mètres de diamètre environ dont les parois lisses grimpaient à la verticale jusqu'à la surface.

Au-dessus d'eux, derrière la grille qui barrait le puits en surface, la lune, l'odieuse lune aux joues pleines. Le vent, passant sur les marais, sifflait à la surface du puits comme à l'embouchure d'une conque marine.

Des pilastres et des bas-reliefs décoraient les parois. Des scènes de combat. Des allégories. Les stations de croix de la Passion. Des lambeaux de couleurs délavées témoignaient d'anciennes fresques effacées par le temps. Une curieuse odeur régnait. Une odeur de sel, d'iode et de lichen.

— Les algues ! souffla Albert.

Des algues vertes enchevêtrées poussaient entre les dalles et les flaques d'eau, grimpaient le long des parois. Des débris de coquillages en grand nombre jonchaient le sol et des mollusques s'accrochaient aux pierres. L'effet de cette salle médiévale empestant le varech était des plus curieux. « On se croirait dans la grotte de Neptune », se dit Louis. Puis il comprit que la mer envahissait régulièrement cet endroit.

— Nous sommes au-dessous du niveau de la mer, confirma Albert. L'eau entre par là-haut et s'évacue sans doute au bout de quelques heures dans les interstices du sol.

— Compris, pas besoin d'un dessin.

Comme un lointain écho aux tables de la Morgue à Paris, douze sièges de granit noir disposés en cercle entouraient l'autel. Louis cligna des yeux. Des gens étaient assis sur ces sièges à haut dossier sculptés de gargouilles. La *signora* Balsamo. Maître Gaggian. Taddeo. Fausto Auerbach et une jeune fille dans l'ombre. Hiératiques, solennels, ils avaient revêtu de longues toges pourpres et tenaient chacun un lourd cierge vermillon, hormis Taddeo posté derrière la caméra dont il tournait la manivelle.

« On a donc droit à la fameuse cérémonie secrète de la secte des pervers sadiques », se dit Louis avec l'humour du désespoir. Il tourna un peu plus la tête et aperçut Talbot. Debout, les mains dans le dos, l'air préoccupé.

— Joseph ! souffla Louis. Mais bon Dieu, aidez-nous !

Talbot se tourna tranquillement vers lui.

— Je ne peux vraiment pas, mon vieux, répondit-il en chuchotant de même.

— Où sont Émile, Edmond et Rizzo ?

— Je suppose qu'ils vous attendent toujours là-haut. À moins qu'ils ne se soient aperçus que l'accès au sous-sol a été condamné. Il n'y en a pas d'autre dans l'ossuaire. Ils doivent chercher partout comme des fous.

À la façon dont il prononça le mot « fou », le faisant rouler sur sa langue avec tendresse, Louis eut l'impression de recevoir une gifle.

— Vous ! Vous êtes des leurs ! C'était vous leur espion !

Talbot sourit, modeste.

— On gagne mieux sa vie comme criminel que comme pétomane, s'excusa-t-il. Ne vous inquiétez pas pour vos amis, nous les abattrons en partant. Leurs corps iront nourrir les mollusques.

Louis avala sa salive sans rien laisser paraître et toisa l'assemblée.

— Toute la joyeuse petite bande de psychopathes sanguinaires est réunie, laissa-t-il tomber, affectant le cynisme alors que son cœur battait la chamade. Sauf ce brave Herman qui doit pleurnicher dans sa cellule. Et ce cher Toursienne.

— Oh ! pour ce qui est de Toursienne, il est juste à côté, dit Talbot en s'enfonçant un peu dans l'ombre. Voyez, le voilà qui vient ! ajouta-t-il en agitant une perruque jais.

Il chaussa des lunettes à verres teintés et ôta sa moustache en guidon de vélo, révélant celle, étroite et fine, de Toursienne.

— Pas mal, hein, mon petit Féclas ? lança-t-il à Albert d'une voix rocailleuse. Vous n'êtes pas le seul à maîtriser l'art du travestissement !

Il se retourna vers Louis :

— Votre bande de bras cassés est très pittoresque. Je me suis rarement autant amusé ! Surtout quand vous m'avez confié la lettre à remettre à Gillières !

Il sortit une enveloppe de sa poche et la jeta par terre.

— Et le temps que vous avez perdu en supputations ! Alors que j'ai annoncé la couleur dès le début. Toursienne n'est-il pas l'anagramme de…

— Tisonneur ! coupa Albert, livide.

La jeune fille dans l'ombre applaudit et ils reconnurent soudain la gracieuse Serafina. Ils s'étaient fait avoir en beauté !

— Où est le Vicomte ? demanda Louis.

— Je suis là, monsieur Denfert.

L'homme au masque d'oiseau se tenait devant le plus haut des sièges, au dossier sculpté de deux épées entrecroisées au-dessus d'un calice.

— Je suis étonné que vous ayez malencontreusement échappé à l'incendie d'une de mes demeures ancestrales, dit-il de sa voix mélodieuse. Mais puisque vous êtes là, autant que vous serviez à quelque chose. Le Cercle des marées offre chaque année à la Déesse un présent pour apaiser la bouche avide du flux et du reflux qui mastique la lagune.

« Nous nous trouvons dans le puits du Chapitre, bâti en 832. Un lieu voué aux conseils secrets. À l'époque, il débouchait dans la galerie supérieure du cloître. Par la suite, il a été utilisé par diverses confréries. Dont la nôtre. Mais sans doute ces détails vous importent-ils peu au moment de disparaître. Dans moins d'une heure, cet endroit sera totalement inondé, comme chaque jour à marée haute. Et cette fois, pas d'échappatoire possible. Je ne voudrais pas avoir à vous renouveler encore mes adieux ! ajouta-t-il d'un ton badin.

Puis, changeant soudain d'intonation, il se tourna vers la lune, les bras levés comme un suppliant.

— Accepte notre modeste offrande, ô Déesse ! psalmodia-t-il. Et donne-nous ta force.

— Par le sang versé, la puissance viendra ! entonna l'assistance.

Louis reconnut brusquement la phrase trouvée chez Fausto. « Parle sans verser ! Lape huit cents ! Viens dire : ha ! » Un mauvais vers holorime, à la manière de l'ami Allais.

Le Vicomte baragouinait maintenant avec emphase dans ce qui semblait être du latin de cuisine et Louis, malgré la gravité de la situation, ne pouvait se défaire du sentiment de voir s'agiter un bouffon. Mais les pires assassins n'avaient-ils pas toujours un côté pitoyable et dérisoire ?

Le Vicomte s'était enfin tu, tête inclinée, imité par ses séides. Il tapa dans ses mains gantées de cuir :

— *Ite missa est !* lança-t-il. Joseph, aidez-donc nos amis à partir, ajouta-t-il, tandis que Fausto et les autres se levaient, l'air encore extasié.

Tout se passa alors en quelques secondes. Souriant, Talbot tira de sous sa redingote un revolver noir et trapu et abattit promptement chacun des assistants. Bouche bée, Louis vit éclater la tête de Fausto Auerbach. La Balsamo s'effondra dans un jet de sang. Gaggian ouvrit la bouche pour protester et s'écroula. Serafina fit un bond de côté, inutilement : la balle lui troua la poitrine. Taddeo, incrédule, vit sa cervelle éclabousser le bois verni de la caméra et sa main continua quelques secondes à actionner la manivelle alors qu'il était déjà mort.

— Je préfère faire le ménage derrière moi, expliqua le Vicomte avec bonhomie. Ceux-là ne me servaient plus à rien.

Il poussa Taddeo du pied, ouvrit la caméra et empocha le rouleau de Celluloïd qu'elle contenait.

— Qui êtes-vous ? cria Louis comme les deux hommes s'esquivaient par la porte basse tapissée de bernacles. Qui êtes-vous vraiment ?

— Vous posez toujours les mêmes questions, Denfert. Celles auxquelles vous n'aurez pas de réponses. Adieu, messieurs. Ou plutôt : *From Hell !*

Louis se figea, abasourdi. Le Vicomte venait de prononcer les derniers mots proférés par l'un des assassins de Londres. Ce ne pouvait être une coïncidence !

La porte se referma en grinçant, glissant sur ses gonds millénaires. L'eau commençait à dégoutter le long des parois verdies par les siècles. Camille roulait des yeux furieux, gémissant derrière son bâillon. Louis essaya de toutes ses forces de trouver une astuce pour se tirer de ce nouveau guêpier.

Une averse glacée s'abattit sur leurs épaules et Albert cria « Aïe » en recevant un morceau de rame sur la tête.

Une voix soudain retentit au-dessus d'eux, aussi exquise que le chant d'un rossignol.

— Le trou est là, disait Edmond.

— Nous aussi ! hurla Louis. Vite !

Le quintal d'Émile s'interposa agréablement entre la lune et eux, les plongeant dans l'ombre, et ils virent ses poings massifs empoigner la grille qui obstruait le puits tandis qu'Edmond l'aidait, arc-bouté sur ses petites jambes. Le fer rouillé céda, dans un bruit de succion, et Émile partit à la renverse. Edmond, s'agrippant au varech, descendit jusqu'à eux et coupa leurs liens avec son couteau suisse. L'eau s'engouffrait maintenant à flots. La tête frisée de Rizzo apparut soudain, essoufflée.

— Le *ghebo* se remplit, lança-t-il. Qué ils vont sé noyer !

Tout en serrant Camille dans ses bras, Louis analysait la situation. En haut, le réseau de *ghebi*, les petits canaux secondaires bientôt infranchissables. Ici, la porte qui donnait sans doute sur un souterrain. Il fallait l'ouvrir avant que l'eau ne la bloque complètement.

— Émile ! Rizzo ! Descendez !

— Mon petit tsar, dis-moi que cette porte nous conduit directement au *Danieli* ! susurra Camille, plutôt pâle.

— Je te promets qu'avant minuit nous boirons le champagne à sa terrasse !

Émile atterrit lourdement près d'eux.

— C'est vous qui les avez arrangés comme ça ? demanda-t-il en désignant les corps bousculés à chaque nouvelle chute d'eau.

— Hélas, non ! Je vous raconterai. Aidez-moi à ouvrir cette porte. La pression m'en empêche.

La marée s'engouffrait dans le puits du Chapitre au rythme des longues vagues venues de l'Adriatique. Ils pataugeaient à mi-taille, coude à coude avec les cinq cadavres, dans une turbidité écumante et ensanglantée. Camille, en blouse de soie, grelottait, les lèvres bleues. Albert, craignant l'hypothermie, lui frictionnait le dos comme on bouchonne un cheval.

Utilisant le fusil de Fausto comme levier, ils réussirent enfin à écarter le battant de la paroi.

— Sortez ! Allez ! jeta Émile, les veines gonflées par l'effort.

— Cette fois, vous ne passerez pas le dernier ! dit Louis d'un ton sans réplique et il ne se rua à son tour dans le souterrain qu'après Émile.

La porte claqua derrière eux, les laissant dans le noir, mais relativement au sec.

Dans le puits, la mer tourbillonnait maintenant, entraînant les morts dans la valse lente et gracieuse de l'oubli.

Louis secoua la lampe électrique étanche, suspendue à sa ceinture, qui s'alluma docilement. Il ôta sa veste et en enveloppa Camille dont les dents s'entrechoquaient et se retourna vers Émile.

— Comment nous avez-vous retrouvés ? voulut-il savoir.

— Quand nous avons compris que l'accès avait été scellé, nous avons arpenté ce foutu ossuaire en long, en large et en travers, dit Émile dont les épaules touchaient les murs obliques. Albert nous a assez seriné que c'était un ancien monastère.

— Et puis j'ai aperçu des débris de barque flottant dans un petit canal, enchaîna Edmond. Ils avançaient comme happés par le courant.

— Qué il est très pouissant, les marées elles sont fortes !

— Nous les avons suivis des yeux et j'ai vu…

— Non, *j'ai* vu, le coupa Émile, les débris s'enfoncer sous terre. Nous avons pensé qu'on pourrait peut-être descendre.

— Et maintenant on aimerait bien remonter, conclut Edmond en trottinant au milieu des flaques.

Louis indiqua la pente ascendante.

— C'est ce que nous faisons, on dirait.

La galerie s'élargit bientôt. Au-dessus de leurs têtes, des gouttes suintaient entre les blocs de pierre ajustés à la main mille ans plus tôt. Ils aperçurent des crabes aveugles et translucides tapis sous des pierres moussues. Puis ils virent la statue. L'archange saint

Michel. Dorée à l'or fin. Sa lance brisée pointée vers le sol vaseux.

Et derrière lui, l'élan interrompu d'un escalier blanc qui enjambait une tranchée où reposait les vestiges craquelés d'une gondole.

Ils se trouvaient sur un *campiello* au pied d'un pont.

Saisis, ils s'avancèrent lentement sur les pavés recouverts de mousse. Un éboulis de marbre entourait une fenêtre en culs de bouteille curieusement intacte. Des *pali* noircis soutenaient une lanterne rouge. Une charrette à bras remplie de tonneaux verdâtres attendait son conducteur depuis des centaines d'années. Accrochée à une façade branlante, une enseigne pendait, de guingois : *Bècher*. Une boucherie. Des commerces. Des gens avaient vécu ici.

— Costanziaca ! murmura Albert avec ravissement. Nous sommes sur une place engloutie. Le glissement de terrain et l'envasement ont dû créer une poche d'air, une grotte si vous préférez.

— Ce qu'on préférerait, c'est sortir à l'air libre avant que tout s'effondre, répliqua prosaïquement Émile.

— Ça ne bougera plus.

Albert claqua des doigts :

— La caméra ! Nous l'avons oubliée ! Louis, avez-vous votre appareil photo ?

Louis tâta ses poches, en sortit le Pocket Kodak et se mit à mitrailler les lieux. Quel dommage que les anciens archéologues n'aient pas eu le support des techniques modernes !

Albert se pencha pour ramasser un paquet de baguettes en ivoire à section carrée.

— Des baguettes de calcul chinoises ! s'exclama-t-il. On s'en sert pour effectuer les opérations simples, en les déplaçant. Tu en auras meilleur usage que moi, ajouta-t-il en les tendant à Rizzo dont les yeux brillaient de convoitise.

Ils s'approchèrent du canal asséché. La gondole n'était pas noire, comme c'était le cas depuis l'arrêté pris en 1630 par le *Magistrato alle Pompe*, mais dorée et bleue, ornée de blasons. Un petit fanion en velours rose était suspendu à son *cavai*. Albert le détacha avec précaution, craignant qu'il ne s'effrite entre ses doigts. Sur le bout de tissu, on distinguait les armes de Venise et le portrait d'un doge, avec l'inscription « Andrea Dandolo ». Dandolo avait gouverné de 1342 à 1354. Albert plia avec soin le précieux morceau de tissu tandis que Camille posait à la proue :

— Il n'y a que toi pour faire du tourisme dans une cité ensevelie, mon petit tsar !

— Il ne s'agit pas de tourisme ! Prends l'air intelligent, ce reportage va faire le tour du monde ! lui enjoignit Louis.

Rizzo, attiré par le pont brisé, escalada prudemment la volée de marches qui s'interrompaient au plafond. Un plafond de concrétions durcies par les siècles. Des petits crustacés gélatineux s'égaillèrent à son approche. Il sentit soudain de l'air frais sur son visage. Un trou. Large comme le bras. Il y colla sa frimousse et aperçut le scintillement rassurant de la Grande Ourse. Sauvés !

Ils émergèrent au milieu d'un épais taillis sur une petite butte qui dominait les *palude* environnants.

— Motta dei Zottoli, déclara Rizzo, qui se repérait sans mal. Là en face *ela xe* La Cura. Et de ce côté *el xe* Torcello.

Sur La Cura, le donjon était rongé par les flammes. Impuissants à arrêter l'incendie, les insulaires avaient chargé leurs maigres biens dans leurs barques. Priant pour qu'il pleuve, ils attendaient, immobiles dans la marée frémissante, de savoir si leurs masures et leurs champs seraient épargnés par le feu.

Rizzo scruta les nuages qui flanquaient la Déesse.

— L'orage ! annonça-t-il. Bientôt.

Louis balayait les marécages du regard. Et soudain, à la lueur de l'incendie, il les vit. Talbot et le Vicomte. À cent mètres devant eux. Courant à travers les *barene* émergés vers une gondole stationnée près d'un pieu. Il porta sans réfléchir la main à sa poche et se souvint qu'on les avait délestés de leurs armes. Il ne restait qu'à courir.

— Par là, cria Rizzo, indiquant un petit ru, qué c'est oun raccourci !

Émile s'élança près de lui, Edmond sur les épaules. Trente ans d'assauts en tout genre avaient doté l'ex-sapeur de l'énergie et de la vélocité d'une locomotive. Malgré sa charge, il dépassa Louis, son cadet de vingt ans, grignotant inexorablement la distance qui le séparait des fuyards. Le Vicomte, empêtré dans son costume médiéval, avançait avec difficulté. Talbot prit la tête. Les deux scélérats ne connaissaient pas la lagune aussi bien que les pêcheurs et s'enlisaient dans ses nombreux pièges. Les *velme* submergés happaient les chevilles. Les ronces noyées faisaient trébucher. On s'enfonçait dans les miroirs d'eau jusqu'aux épaules.

Louis accéléra, coudes au corps. Il avait l'impression de voler au ras de l'eau. Il entrevit du coin de l'œil Albert qui suivait une trajectoire parallèle. Il décrocha la lampe de sa ceinture et la fit tournoyer avant de la lancer de toutes ses forces vers Talbot qu'il rata de peu. Albert avait sorti son cigare lance-fléchette.

À cinquante mètres devant eux, Talbot sautait dans la gondole, défaisait l'attache. Louis en aurait pleuré de rage. Le Vicomte atteignait lui aussi la berge. Il avait ralenti, apparemment épuisé. Trente mètres. Vingt mètres. Dix !

— Hue ! cria Edmond. Il est à nous !

Le Vicomte tendit sa main gantée vers Talbot. Celui-ci leva sa rame et poussa vigoureusement. La gondole s'éloigna de deux bons mètres.

Le Vicomte lança un hurlement de colère. Talbot, affolé, poussa encore. La gondole entraînée par le courant tournait sur elle-même. La lune, installée sur ses gradins de nuages, semblait suivre le combat mené dans son arène.

Louis plongea. Il glissa sur le ventre dans la boue, les doigts comme des serres, visant les chevilles du Vicomte. Celui-ci se retourna, leva sa canne-épée et se retrouva cul par-dessus tête, à deux doigts de s'embrocher lui-même.

— Je te tiens ! haleta Louis en s'asseyant sur sa poitrine.

Albert, arrivé à la rescousse, lui attrapa les bras. Le Vicomte ruait et se débattait et Louis lui décocha un violent coup de tête sous le menton, le mettant knock-out.

Pendant ce temps, Talbot maîtrisait son embarcation. Que faire ? Il était déjà trop loin pour qu'on le rattrape à la nage. Émile se tenait au bord de l'eau, impuissant et furieux, quand Edmond lui cria quelque chose qui ressemblait à « comme avec Champ' ». Louis vit Émile sourire, de ce sourire qui n'augurait jamais rien de bon pour son adversaire. Il se pencha, saisit Edmond par la taille, le souleva au-dessus de sa tête et se mit à tournoyer comme un lanceur de poids.

— Oh, non ! fit Albert.

— Oh, oui ! cria Louis.

Déjà, les trente-cinq kilos d'Edmond, propulsé comme un boulet de canon, mains jointes et jambes tendues, volaient au-dessus du canal et venaient percuter Talbot en pleine poitrine. Déjà, Louis crawlait dans l'eau glacée, s'accrochait à la gondole, empoignait un Talbot hébété et le martelait de coups de poing. Déjà Camille et Rizzo étreignaient Émile et le félicitaient.

Louis et Edmond ramenèrent Talbot à terre et le ligotèrent avec un des foulards magiques d'Albert.

Albert qui, à califourchon sur le Vicomte toujours inconscient, lui ôtait son masque d'oiseau. Louis retint son souffle.

Il se sentit à la fois soulagé et déçu quand se révéla le visage glabre et blême d'un homme d'une cinquantaine d'années, marqué par la petite vérole.

L'homme battit des paupières et ouvrit les yeux. Des yeux gris et plus froids que la marée montante.

— Vous ne savez pas ce que vous faites ! balbutia-t-il. Sa puissance est infinie, sa vengeance terrible…

— Que votre Déesse vous contemple, Vicomte, se moqua Louis. Savez-vous ce que je crois, moi ? Je crois que comme nous tous ici-bas vous appartenez à la bonne vieille Terre et qu'il est temps de lui rendre hommage.

Et, saisissant une pleine poignée de boue, il l'enfonça entre les lèvres minces du buveur de sang.

Onze kilomètres à peine les séparaient de Venise, mais le retour en gondole leur parut interminable. Serrés les uns contre les autres, transis, trempés, surveillant Talbot et le Vicomte tassés à la proue, ils n'avaient qu'une envie : se retrouver au chaud et au sec pour célébrer dignement la victoire et la joie d'être sains et saufs.

Ils croisèrent vers Murano le *sandolo* des carabiniers alertés par Lady Fisher-Brown. Olsen les suivait, pédalant comme un forcené. On s'expliqua tant bien que mal. Les policiers voulaient bien croire les révélations de ces honorables Français leur expliquant que le fils du respectable vicomte de Triscèle était un sinistre assassin. Quel dommage cependant que les preuves soient en train de partir en fumée ! C'est que les pompiers n'étaient pas très utiles dans la lagune. Le temps qu'ils arrivent, il n'y avait généralement plus rien à sauver. Quand on inventerait la gondole à vapeur, ce serait différent ! (Olsen se jeta sur son carnet de croquis.)

Apprenant qu'il y avait des prises de vues compromettantes, on admit finalement qu'il y avait bien eu tentative d'assassinat sur leurs personnes, on promit d'aller dès que possible à la minuscule Motta dei Zottoli pour essayer de retrouver le chemin du puits rempli de cadavres. Il fallait rassembler les terrassiers, les manœuvres, les autorisations : on ne fouillait pas comme cela dans la zone consacrée de l'ossuaire !

Le Vicomte et Talbot, menottés, furent enfin dûment transférés dans l'embarcation officielle et on convint que les Français et Rizzo, leur interprète, se présenteraient dès le lendemain 8 heures à la Questure où les recevraient le commandant Brunello et le lieutenant-major Andreani. Ah, ils connaissaient Andreani ? Parfait ! À demain donc et bien le bonsoir.

Et c'est ainsi que trois heures et huit minutes après avoir échappé à la noyade, la petite troupe, confortablement installée dans un des salons privés de l'hôtel *Danieli*, considérait avec gourmandise un énorme plateau de *cichetti*.

Louis embrassa encore une fois Camille et, saisissant la bouteille de champagne français, avança sur la loggia qui donnait sur la lagune. Les rares lumières du Lido et des petites îles éparses scintillaient sous la pluie qui s'était mise à tomber. Hécate avait disparu. Le tonnerre grondait.

Il fit sauter le bouchon, la mousse éclaboussa les balustres, la foudre illumina la lagune.

— À notre santé, Venise !

ÉPILOGUE

Joseph Talbot, convaincu de quintuple meurtre et de tentative d'assassinat à Venise ainsi que d'une dizaine de crimes à Paris, avait la chance que les deux nations se disputent le privilège de l'exécuter et patientait au frais à la Roquette.

Lady Fisher-Brown et Olsen filaient le parfait concubinage à Chicago.

Edmond avait retrouvé Champ' et Mlle Gabrielle. Tous les trois avaient ouvert une baraque foraine à côté de celle de la Goulue. Edmond avait fait inscrire sur l'affiche : « Le Roi des Elfes de Venise. Vainqueur officiel. »

Camille n'avait pas joué devant les souverains italiens, mais avait connu un beau succès d'estime dans *La Princesse lointaine* d'Edmond Rostand, aux côtés de la grande Sarah Bernhardt. « Et tu te plains de mon caractère, mon petit tsar ? »

Il s'était avéré que le vicomte de Triscèle, peut-être influencé par son patronyme, avait versé dans l'ésotérisme le plus débridé depuis de nombreuses années. Il avait été un des patients de Charcot en son temps. Étiqueté schizophrène, on l'avait plusieurs fois interné en raison de ses délires récurrents. Il ne cessait d'invoquer un mystérieux commanditaire et menaçait tout un chacun des foudres de la Déesse. Les experts chargés de son cas confirmèrent l'insanité mentale et, jugé irresponsable, il demeurait enfermé à double tour à la Salpêtrière.

Et en ce 28 décembre 1895, Louis, Camille, Albert et Émile se tenaient devant l'affiche du Salon indien du *Grand Café*, 14, boulevard des Capucines, qui annonçait en lettre élégantes : « Le Cinématographe. Cet appareil, inventé par MM. Auguste et Louis Lumière… »

Ils saluèrent Georges Méliès qui discutait avec le projectionniste, le mécanicien-contremaître Charles Moisson. Albert jouait les blasés, car il avait été convié dans les Salons Monnier, à Lyon, à l'une des douze démonstrations privées qui avaient précédé ce grand jour. Émile, lui, regrettait de ne pas avoir pu assister à la séance du 20 mai dernier à New York, où les Latham avaient diffusé, avec leur Pantoptikon, quatre minutes du combat de boxe entre Young Griffo et Battling Charles Barnett, filmé sur le toit du Madison Square Garden le 4 du même mois. Les Skladanowski, de leur côté, projetaient les films de leur Bioscope au Wintergarten de Berlin depuis le 1er novembre.

Mais aujourd'hui c'était autre chose. C'était la première projection publique en France et, en compagnie de trente-cinq autres spectateurs payants, ils allaient découvrir les dix films du programme projetés « en grandeur naturelle, devant une salle entière ».

Ainsi le rêve de toute une génération avait abouti. Louis eut une pensée émue pour tous les inventeurs qui avaient œuvré avec ferveur à ce résultat.

Sur l'écran de deux mètres sur deux, des hommes et des femmes parlaient, bougeaient, enfourchaient des bicyclettes. Un arroseur se faisait arroser. Une petite fille essayait en vain d'attraper à l'aide d'une cuillère des poissons dans un bocal, rappelant à Louis les pitreries de Mac Norton. Comme c'était loin !

Dans la salle, les exclamations et les commentaires fusaient. Les gens riaient. Le cinématographe était né.

> « Ceux qui n'ont pas eu la bonne fortune d'assister à ce spectacle, se représenteront difficilement qu'on puisse […] donner à ce point la sensation saisissante du mouvement réel et de la vie. »
>
> A. GAY,
> *Bulletin du Photo-Club de Paris*, 1895

POSTFACE

On pourrait sans doute définir le XXe siècle comme le siècle des technologies de l'image animée, omniprésente dans tous les foyers, sur tous les supports, vingt-quatre heures sur vingt-quatre. Il nous est difficile de nous représenter un monde sans films. Un monde sans modèles, sans références cinématographiques, nous dont les gestes imitent constamment ceux admirés sur l'écran.

Avoir passé mon enfance à pédaler sur mon tricycle dans le hall majestueux d'un cinéma à l'ancienne m'a peut-être prédisposée à vouloir remonter aux sources de cette invention somme toute récente et à l'impact sociologique phénoménal.

À la fin du XIXe siècle, le média le plus populaire est sans conteste la chanson. On ne va pas se faire une toile, on va au café-concert. Le music-hall occupe une place prépondérante dans une société qui ne connaît ni la radio ni la télévision et les chansons sont omniprésentes, connues et reprises par tous, vendues au coin des rues. Les stars de l'époque telles Yvette Guilbert (1865-1944), Louise Weber dite la Goulue (1866-1839) ou Émilie Marie Bouchaud dite Polaire (1877 – ou 1874 d'après les registres de l'état civil d'Alger – 1939), électrisent les foules. Dranem

(Charles Armand Menard, 1869-1935) est un parfait exemple du « comique imbécile » qui fit fureur. Xanrof (Léon Fornax, 1867-1953), ex-avocat, est un des plus prolifiques auteurs de scies immortelles. (En passant, notons le goût du temps pour les anagrammes : Dranem et Xanrof en sont deux exemples.)

Dans ce sillage du monde du spectacle, on ne peut évidemment ignorer le bataillon bien fourni des gens de lettres que fréquente plus ou moins épisodiquement Louis : Jean Lorrain (Paul Duval, 1855-1906), Alphonse Allais (1854-1905), Marcel Schwob (1867-1905) ou Oscar Wilde (1854-1900) et Gaston Leroux (1868-1927). En 1895, Leroux est un journaliste de vingt-sept ans, plein de verve et d'idées, qui n'a pas encore inventé Rouletabille. Qui sait si Louis ne lui a pas servi de modèle ? Louis fait parfois référence au *Père Peinard*, « journal anarcho-épastrouillant » au langage populaire et percutant, édité depuis 1889 par Émile Pouget (1860-1931), un fils de notaire.

Profitant des avancées de la révolution industrielle, on se déplace. On se déplace à vélo, en omnibus, en train, en métro, en bateau. On a sous le bras son guide Diamant, édité chez Hachette, ancêtre des Guides verts et dont l'un des rédacteurs les plus connus est Alphonse Joanne.

On rêve d'automobiles et d'aéroplanes en attendant l'express de 11 h 10 du soir ou de 3 h 08 de l'après-midi, car LA DIVISION DE LA JOURNÉE EN VINGT-QUATRE HEURES ne sera effective qu'avec la loi du 9 mars 1914. Les découvertes scientifiques et techniques se succèdent à une vitesse soutenue et alors que la photographie n'a qu'un demi-siècle d'existence on veut déjà la coloriser, lui donner du relief et surtout l'animer. Les inventeurs de tous pays construisent fiévreusement et avec plus ou moins de succès des prototypes de cinématographe – pour garder le terme retenu par l'histoire – dans la lignée des remarquables travaux d'Eadweard Muybridge (1830-1904) ou d'Étienne-Jules Marey (1830-1904). Le premier, à l'aide de plusieurs appareils photo, a réussi en 1876 à décomposer le mouvement d'un cheval au galop, puis a conçu en 1880 le zoopraxiscope pour le recomposer. Le second a simplifié le dispositif et est – entre autres – l'inventeur du fusil photographique, appareil portatif qui capturait douze images par seconde, et, en 1889, du chronophotographe à bande mobile, le précurseur direct du cinématographe.

Georges Méliès (1861-1938) est surtout connu à cette époque pour être le directeur du Théâtre Robert-Houdin, le concepteur d'ingénieux automates et un magicien hors pair. Il est également caricaturiste pour le journal *La Griffe*. Après avoir assisté à la séance payante de décembre à Paris, il essaiera d'acheter l'appareil des frères Lumière, mais se heurtera à un refus, ce qui le conduira à fabriquer son propre matériel. Méliès fut, semble-t-il, le premier à s'éloigner des documentaires et à se servir de la technique cinématographique pour raconter des histoires. Émile Reynaud (1844-1918), lui, invente le praxinoscope géant ou de projection. Son théâtre optique, présenté à l'Exposition de Paris de 1889, utilise des plaques de gélatine peintes à la main. Il projette ainsi ses propres dessins animés. Après 1895, il ne pourra résister longtemps à la concurrence du cinématographe et mourra ruiné après avoir détruit la quasi-totalité de son œuvre, sauf deux bandes exposées au musée Crozatier du Puy-en-Velay. Il fut en réalité le premier à résoudre le problème de l'entraînement de la pellicule et de la stabilité des images projetées.

Quant à Thomas Edison (1847-1931), c'est après une conférence d'Eadweard Muybridge en 1888 que l'inventeur américain, surnommé « l'homme aux mille brevets », se lance, avec l'aide technique de William Kennedy Laurie Dickson (1860-1935), dans la conception du kinétographe (la caméra) et du kinétoscope (le projecteur). Après sa visite de l'Exposition universelle de Paris de 1889 où il rencontre Étienne-Jules Marey et découvre le théâtre optique d'Émile Reynaud, il dépose un nouveau brevet incluant l'usage d'une pellicule perforée, qui aboutira le 20 mai 1891 à la première démonstration publique du kinétoscope, commercialisé dès 1894 sous la forme de « visionneuses » individuelles à pièces permettant la visualisation de courtes séquences.

À la même période, Woodville Latham (1837-1911) et ses fils Grey et Otway, qui ont travaillé avec Edison, mettent au point leur Panoptikon, avec l'aide d'Eugène Lauste, et en font une démonstration à la presse le 21 avril 1895 sur Frankfort Street à New York. S'ensuivit un échange venimeux avec Edison, et Latham père écrira même le 22 avril : « Si M. Edison peut projeter des images d'objets animés sur un écran, comme il le prétend, pourquoi ne le fait-il pas publiquement, comme je viens de le faire, et tout de suite ? »

Le ton est donné !

Pendant ce temps, à Berlin, les frères Skladanowski, Max (1863-1939) et Emil, développent le Bioskop dont il est question dans le roman. (Leur visite à Venise est pure invention.) Ils le présentent en juillet 1895 aux directeurs du Wintergarten

Theater de Berlin qui leur signent aussitôt un engagement. Un personnage dont on connaît peu de chose est Léon Bouly (1872-1932) qui dépose en février 1892 le brevet n° 219 350 d'un appareil « réversible de photographie et d'optique pour l'analyse et la synthèse des mouvements, dit le Cynématographe Léon Bouly ». Il le modifiera le 27 décembre 1893 pour corriger « cynématographe » en « cinématographe ». Il ne renouvellera pas son brevet et le nom devient disponible pour l'appareil des frères Lumière. Étant donné les lacunes concernant les trente-neuf années suivantes, je me suis permis de lui imaginer une carrière de photographe professionnel. Deux de ses appareils sont conservés au Conservatoire national des arts et métiers.

Pour cette période bouillonnante où s'élabore et se met en place ce qui va devenir le cinéma, on peut consulter les excellents sites : Who's Who of Victorian Cinema et Adventures in Cybersound, ainsi que le site français de référence : l'Association française de recherche sur l'histoire du cinéma, www.dsi.cnrs.fr/AFRHC.

Parallèlement, les médiums ont pignon sur rue, on consulte les « somnambules », on photographie les fantômes. C'est un véritable engouement, illustré entre autres par le père de Sherlock Holmes, Conan Doyle.

Les francs-maçons, eux, sont en butte aux violentes attaques de Léo Taxil (1854-1907), nom de plume de Gabriel-Antoine Jogand-Pagès. Longtemps anticlérical farouche, un brin pornographe (*Les Maîtresses du pape, Les Amours secrètes de Pie IX*...), il se convertit en 1885 et devient, avec son complice le Dr Charles Hacks, le chantre de l'antimaçonnisme le plus débridé, dénonçant « l'Ordre du Palladium », portant, à travers la publication *Le Diable au* XIXe *siècle*, signée Dr Bataille (!), des accusations de satanisme orgiaque qui perdureront des années. Taxil avouera en 1897 que tout cela n'était qu'une mystification.

Comme aujourd'hui, les affaires de mœurs suscitent des scandales et les pédophiles sont sujets à l'opprobre. L'assimilation inverti / pédophile est vite faite. Ainsi, le Dr Laupts dans *Perversité et perversion sexuelle*, intitule-t-il son chapitre III : « Une observation type d'un inverti paidophile [*sic*] – Oscar Wilde ; son procès. »

Le professeur Alexandre Lacassagne (1843-1924) est un des pères fondateurs de l'anthropologie criminelle en France. Auteur de nombreux ouvrages de référence, médecin légiste novateur, il a laissé une œuvre considérable et marqué de son empreinte des générations. Il est l'un des premiers à décrire et à essayer de catégoriser ceux qu'on appellera par la suite « tueurs en série ».

Lancés sur les traces d'un de ces prédateurs, Louis et ses amis sont amenés à découvrir Venise et ses mystères. Venise sort de l'occupation autrichienne et l'Italie n'est unifiée que depuis une trentaine d'années. Chaque province a gardé vivace son langage et la plupart des Vénitiens ne parlent que le… vénitien.

La ville d'alors n'est pas très différente de celle d'aujourd'hui, si ce n'est que les chenaux pour les pétroliers n'ont pas bouleversé l'écosystème et que les canaux sont propres et transparents ! La navigation est lente et on s'envase fréquemment. Venise ne connaît pas encore les trépidations des *motoscaffi*.

« Harmonie éblouissante d'architectures fantastiques », comme nous le dit Thomas Mann dans *La Mort à Venise*, cosmopolite, libertine, romantique, elle fascine les artistes du monde entier qui viennent y chercher l'enivrement de la nostalgie. Mais c'est aussi une ville où les pauvres marchent pieds nus dans la neige, où les mendiants assaillent les visiteurs à la gare, où tout est moins cher qu'en France parce que les « petites gens » se louent pour presque rien.

La première Exposition internationale d'art de la ville de Venise ouvre ses portes le 30 avril 1895, sous la présidence de Gustave Moreau et Puvis de Chavanne. Inaugurée par le roi Umberto Ier et la reine Marguerite de Savoie, ce sera un immense succès avec 224 000 visiteurs. Le peintre suédois Anders Zorn (1860-1920) en est l'un des commissaires.

À l'époque, on parle peu des îles disparues, Torcello est à l'abandon. Aujourd'hui encore on débat de la localisation exacte des lieux et des monuments envasés. Aux lecteurs intéressés par l'histoire de la lagune, je recommande les sites archeosub.it et institutoveneto.it/venezia, et le très instructif article de Davide Busato, Mario Rosso et Paola Sfameni sur le site archeomedia.net/ (en italien).

En ce qui concerne la documentation, j'ai privilégié, chaque fois que je l'ai pu, les textes d'époque, ce qui peut mener à certaines « inexactitudes ». De même les assertions médicales et psychologiques sont-elles celles proférées à l'époque, que ce soit sur l'inversion, la folie ou les bienfaits du tabac.

Cette balade dans une Venise pas encore rénovée m'a permis de m'immerger de longs mois dans une époque passionnante, et déjà en butte aux tourments de la criminalité psychopathologique. Une époque totalement moderne, bouillon de culture de nos sociétés d'aujourd'hui et apogée triomphant de la civilisation technologique apparue avec le premier outil humain.

Les Cafés-concerts, André Chadourne, F. Dentu Éditeur, 1889.

Paulus, trente ans de café-concert, souvenirs recueillis par Octave Pradels, Société d'édition et de publications, Paris, [1908].

Guide Diamant Italie, Éditions Hachette, 1882.

Plans de Venise : voir www.lexilogos.com/venise_plan.htm.

L'Italie des Italiens, Louise Collet.

Venise, extrait d'un carnet de voyage, Jules Lemaire, 1883.

Trois Mois à Venise, Ambroise Tardieu, extrait de la *Revue lyonnaise*, avril 1884.

Le Père Peinard, un journal « espatrouillant », 1889-1900, articles choisis, Paris, Éditions Les Nuits rouges, 2006.

Le Monde moderne illustré, volumes reliés 1895-1900.

Le Vade-Mecum du médecin expert, A. Lacassagne, Éditions Storck, Lyon, 1892.

Vacher l'Éventreur et les crimes sadiques, Alexandre Lacassagne, Éd. A. Storck et Masson, Lyon et Paris, 1899.

Archives de l'anthropologie criminelle, années 1886 et suivantes.

La Nature, revue des sciences et de leurs applications aux arts et à l'industrie, années 1885-1898, rédacteur en chef Gaston Tissandier.

Perversité et perversion sexuelle, Dr Laupts, préface d'Émile Zola, Georges Carré Éditeur, Paris, 1896.

« La Morgue de Paris », in *Annales d'hygiène publique et de médecine légale*, 1878.
Dictionnaire de la langue verte, Alfred Delvau, C. Marpon et E. Flammarion, 1883.
Dictionnaire d'argot Fin-de-siècle, Charles Virmaître, A. Charles, Libraire Éditeur, Paris, 1894.
Un siècle de cyclisme, Hervé Paturle et Guillaume Rebière, Calmann-Lévy, 1996 (nouvelle éd. 2007).
Le Boute-en-train illustré, 1891.

Claude Izner

Les enquêtes de Victor Legris

Claude Izner sait recréer l'effervescence du Paris de la fin du XIXe, celui de l'Exposition universelle, du Montmartre des artistes, des petits théâtres, des rues sombres, dans la tradition d'un Eugène Sue et de ses *Mystères de Paris.* Victor Legris, propriétaire d'une librairie rue des Saints-Pères, se voit chargé de résoudre des cas mystérieux, touchant ses proches, comme son ami et associé, le Japonais Kenji Mori. Au fil des différentes affaires, le libraire de « L'Elzévir » s'improvise détective, jusqu'à ce que cela devienne une véritable passion !

n° 4100 – 8,60 €

GRANDS DÉTECTIVES, DES POLARS HORS LA LOI DU GENRE

Impression réalisée sur Presse Offset par

CPI
Brodard & Taupin

La Flèche (Sarthe), 48589
N° d'édition : 4093
Dépôt légal : septembre 2008

Imprimé en France